Nikolaj Gogol

# Abende auf dem Weiler bei Dikanka

## Erzählungen

Gogol, N. W.

**Abende auf dem Weiler bei Dikanka**

Erzählungen

ISBN: 978-3-86267-333-9

Auflage: 1
Erscheinungsjahr: 2011
Erscheinungsort: Bremen, Deutschland

Europäischer Literaturverlag GmbH, Fahrenheitstr. 1, 28359 Bremen (www.elv-verlag.de).

# Abende auf dem Weiler bei Dikanka

## Erzählungen

www.elv-verlag.de

## Vorwort

»Was ist das für eine neue Sache: ›Abende auf dem Vorwerke bei Dikanjka‹? Was sind das für ›Abende‹? Und die hat irgendein Bienenzüchter in die Welt hinausgeschleudert! Gott sei Dank, man hat wohl noch zu wenig Gänse gerupft, um Federn zu bekommen, und zu wenig Lumpen für Papier verbraucht! Noch zu wenig Volk und Gesindel jedes Standes hat sich die Finger mit Tinte beschmutzt! Jetzt bekommt auch so ein Bienenzüchter Lust, es den anderen gleichzutun! Es gibt wirklich so viel bedrucktes Papier, dass man nicht mehr weiß, was man darin alles einwickeln soll.«

Mein ahnungsvolles Herz hat alle diese Reden schon vor einem Monat gehört! Das heißt, ich will sagen, dass, wenn unsereiner, ein Vorwerksbewohner, seine Nase aus seiner Einöde in die große Welt steckt – du lieber Himmel! –, es für ihn dasselbe ist, wie in die Gemächer eines großmächtigen Herrn zu treten: alle umringen ihn sofort und beginnen ihn zum Narren zu halten; es wäre noch nicht so schlimm, wenn es nur die höheren Lakaien täten; nein, aber irgendein abgerissener Junge, ein Lausejunge, der im Hinterhofe herumwühlt, auch der fällt über einen her; und sie fangen an, mit den Füßen zu stampfen und zu fragen: »Wohin? Wohin? Was suchst du hier? Geh, du Bauer, pascholl!...« Ich will euch sagen ... Aber was soll ich überhaupt sagen! Es fällt mir leichter, zweimal im Jahr nach Mirgorod hinüberzufahren, wo mich seit fünf Jahren weder ein Kanzlist vom Landgericht noch der ehrwürdige Herr Priester gesehen hat, als mich in dieser großen Welt zu zeigen; wenn man sich da aber gezeigt hat, so muss man, ob man will oder nicht, Antwort stehen.

Bei uns, meine lieben Leser – nichts für ungut (ihr nehmt es vielleicht übel, dass ein Bienenzüchter zu euch so einfach spricht wie zu seinem Schwager oder Gevatter) –, bei uns auf den Vorwerken ist es von jeher Sitte: sobald die Feldarbeiten zu Ende sind, der Bauer sich für den ganzen Winter zur Ruhe hinter den Ofen verkrochen und unsereins seine

Bienen in den dunklen Keller gesperrt hat; wenn man weder Kraniche am Himmel noch Birnen auf dem Baume zu sehen bekommt –, dann leuchtet, sobald es Abend wird, irgendwo am Ende einer Straße ganz sicher ein Licht auf, man hört aus der Ferne Lachen und Singen, eine Balalaika klimpert, manchmal tönt auch eine Geige, man redet und lärmt ... Das sind unsere ländlichen »Abende«! Sie gleichen mit Verlaub eueren Bällen; aber man kann nicht sagen, dass sie ihnen vollkommen glichen. Wenn ihr auf so einen Ball geht, so doch nur, um die Beine zu rühren und in die hohle Hand zu gähnen; bei uns versammelt sich aber ein Haufen von Mädchen in einer Stube gar nicht für einen Ball: sie kommen mit Spinnrocken und Flachskämmen. Anfangs sieht es so aus, als ob sie arbeiteten: die Spindeln surren, die Lieder fließen dahin, und keine blickt zur Seite; kaum kommen aber die Burschen mit dem Geiger in die Stube, da erhebt sich ein Geschrei, da beginnt ein Toben, da fängt man zu tanzen an, und es kommt manchmal auch zu solchen Scherzen, dass man es gar nicht wiedererzählen kann.

Das Schönste aber ist, wenn alle sich zu einem Haufen zusammendrängen und anfangen, Rätsel aufzugeben oder einfach zu schwatzen. Du lieber Gott! Was bekommt man da nicht alles zu hören! Wo kramen sie nur so viel altes Zeug aus! Was für gruselige Sachen schleppen sie da zusammen! Aber nirgends wurde wohl so viel Wunderbares erzählt wie an den Abenden beim Bienenzüchter Panjko dem Roten. Warum mich die Leute Panjko der Rote nennen, weiß ich bei Gott nicht zu sagen. Auch sind meine Haare, glaube ich, mehr grau als rot. Bei uns ist es aber, nehmt es nicht übel, einmal Sitte: wenn die Leute einem einen Spitznamen anhängen, so bleibt er in alle Ewigkeit hängen. Manchmal versammelten sich am Vorabend eines Feiertages die guten Menschen in der Hütte des Bienenzüchters zu Besuch, setzen sich an den Tisch – und dann braucht man nur zuzuhören. Man muss auch sagen, dass es nicht ganz einfache Menschen waren, nicht etwa Bauern vom Vorwerke; ihr Besuch würde für manchen, der selbst mehr als ein Bienenzüchter ist, eine

Ehre bedeuten. Kennt ihr zum Beispiel Foma Grigorjewitsch, den Küster an der Kirche von Dikanjka? Ist das ein Kopf! Was der für Geschichten aufzutischen versteht! Zwei von ihnen werdet ihr in diesem Buche finden. Niemals hat er einen Schlafrock aus hausgewebter Leinwand getragen, wie ihr ihn bei so vielen Küstern auf dem Lande findet; selbst wenn ihr ihn an einem Wochentage besucht, empfängt er euch in einem Rock aus feinem Tuch von der Farbe eines kalten Kartoffelbreis – für dieses Tuch hat er in Poltawa fast sechs Rubel für den Arschin bezahlt. Kein Mensch auf dem ganzen Vorwerke wird behaupten, dass seine Stiefel nach Tran riechen; es ist aber einem jeden bekannt, dass er sie mit dem besten Gänseschmalz schmiert, das, glaube ich, mancher Bauer mit Vergnügen in seinen Brei tun würde. Niemand wird auch sagen, dass er sich je mit dem Schoße seines Rockes die Nase gewischt hätte, wie es oft Leute seines Standes tun; er holt aber aus dem Busen ein sorgfältig gefaltetes weißes Tuch, das ringsherum mit rotem Garn bestickt ist, legt es, nachdem er das Nötige verrichtet hat, immer zwölfmal zusammen und steckt es wieder in den Busen. Und einer der Gäste... Nun, dieser war ein so vornehmer Herr, dass man ihn sofort zu einem Assessor oder Sekretär machen könnte. Der erhebt manchmal den Finger, blickt auf dessen Spitze und beginnt zu erzählen – so hübsch und kunstvoll, wie es in den gedruckten Büchern steht! Manchmal hört man ihm zu und wird ganz nachdenklich. Kein Wort kann man verstehen. Wo hat er nur solche Worte her? Foma Grigorjewitsch hat ihm einmal eine schöne Parabel erzählt: ein Scholar, der bei einem Diakon in der Lehre war, kam einmal zu seinem Vater als solcher Lateiner zurück, dass er sogar unsere Christensprache verlernt hatte – allen Worten hängte er ein »us« an: die Schaufel hieß bei ihm »Schaufelus« und das Weib – »Weibus«. Einmal traf es sich, dass er mit seinem Vater ins Feld ging. Als der Lateiner eine Harke sah, fragte er seinen Vater: »Wie nennt man das bei euch, Vater?« Und dabei trat er aus Zerstreutheit der Harke auf die Zähne. Der Vater hatte noch nicht Zeit gehabt, zu antworten, als der Griff der Harke in die Höhe fuhr und den Sohn mit einem Schwung auf die Stirn traf. »Verfluchte Harke!« schrie der Scholar, sich mit der Hand an den Kopf greifend und einen Arschin hoch in die Luft springend: »Wie sie so weh tun kann, der Teufel möchte ihren Vater von einer Brücke herunterstoßen!« So hatte er sich plötzlich erinnert, wie das Ding hieß! – Diese Parabel gefiel dem kunstvollen Erzähler gar nicht. Ohne ein Wort zu sagen, stand er von seinem Platze auf, stellte sich breitbeinig ins Zimmer, neigte den Kopf etwas nach vorn, steckte die Hand in die rückwärtige Tasche seines erbsfarbenen Rockes, holte seine runde, lackierte Schnupftabaksdose hervor, klopfte mit dem Finger auf die auf dem Deckel gemalte Fratze irgendeines heidnischen Generals, nahm eine gar nicht kleine Portion des mit Asche und Liebstöckelblättern zerriebenen Tabaks, führte sie im Schwunge an die Nase, sog mit der Nase den ganzen Haufen ein, ohne dabei selbst den Daumen zu berühren – und sprach noch immer kein Wort. Als er aber in die andere Tasche griff und ein blaukariertes baumwollenes Tuch hervorholte, dann erst murmelte er etwas vor sich hin, ich glaube gar das Sprichwort: »Man soll nicht Perlen vor die Säue werfen ...« – Jetzt wird es einen Streit geben –, dachte ich mir, als ich sah, wie Foma Grigorjewitsch seine Finger zu einer Feige zusammenzulegen begann. Zum Glück war es meiner Alten eingefallen, einen heißen Kuchen mit Butter auf den Tisch zu bringen. Alle machten sich an die Arbeit. Die Hand Foma Grigorjewitschs griff, statt jenem eine Feige zu zeigen, nach dem Kuchen, und alle fingen wie üblich an, die Kunst der Hausfrau zu rühmen. Wir hatten auch noch einen anderen Erzähler; aber dieser (eigentlich hätte ich ihn nicht zur Nacht erwähnen sollen!) pflegte so schreckliche Geschichten aufzutischen, dass die Haare zu Berge standen. Diese Geschichten habe ich hier absichtlich nicht aufgenommen: so könnte ich den guten Leuten solche Angst machen, dass sie den Bienenzüchter, Gott verzeihe mir, mehr als den Teufel fürchten würden. Wenn ich, so Gott will, das neue Jahr erlebe und ein neues Buch herausbringe, dann erst will ich die Leser mit den Gästen aus dem Jenseits und den Wundermären, die sich in alten Zeiten in unserem rechtgläubigen Lande zugetragen haben, erschrecken. Unter ihnen findet ihr vielleicht auch einige Geschichten vom Bienenzüchter selbst, die er seinen Enkeln erzählt hat. Wenn ihr bloß zuhören und lesen wollt: ich könnte, wenn ich nicht so faul wäre, um herumzukramen, auch noch zehn solche Bücher zusammenbringen.

Die Hauptsache hätte ich beinahe vergessen: wenn ihr, meine Herren, zu mir kommen wollt, so nehmt die gerade Landstraße nach Dikanjka. Ich habe diesen Ort mit Absicht auf dem Titelblatt genannt, damit ihr schneller auf unser Vorwerk kommt. Von Dikanjka habt ihr wohl schon genug gehört. Ich muss auch sagen, das Haus ist dort viel schöner als eine gewöhnliche Bienenzüchterhütte. Vom Garten spreche ich schon gar nicht: in eurem Petersburg werdet ihr einen solchen sicher nicht finden. Und wenn ihr nach Dikanjka kommt, so fragt den ersten besten Jungen, der in einem schmutzigen Hemde die Gänse hütet: »Wo wohnt hier der Bienenzüchter Panjko der Rote?« – »Hier!« wird er sagen und mit dem Finger zeigen; und wenn ihr wollt, wird er euch auch zum Vorwerk führen. Aber ich bitte euch, die Hände nicht ruhig auf den Rücken zu legen und nicht zu stolz zu tun, denn die Straßen, die zu uns führen, sind nicht so glatt wie die vor euren Palästen. Selbst Foma Grigorjewitsch war einmal, als er vor zwei Jahren aus Dikanjka fuhr, mit seinem Wägelchen und mit der braunen Stute in einen Graben geraten, obwohl er selbst das Pferd lenkte und zu seinen eigenen Augen zuweilen auch gekaufte aufsetzte.

Wenn ihr aber zu Gast kommt, so werdet ihr solche Melonen bekommen, wie ihr sie vielleicht noch nie gegessen habt; was aber den Honig betrifft, so schwöre ich euch, dass ihr auf keinem Vorwerk einen besseren bekommen habt: denkt euch nur, wenn man eine Wabe ins Zimmer bringt, so geht ein Duft durchs ganze Zimmer, man kann sich gar nicht vorstellen, wie schön er ist: rein wie eine Träne oder wie teures Kristall, das man in den Ohrringen trägt. Und was für

Pasteten wird euch meine Alte vorsetzen! Wenn ihr nur wüsstet, was es für Pasteten sind: wie Zucker, wie der reinste Zucker! Und die Butter läuft über die Lippen, wenn man sie nur in den Mund nimmt. Was für Meisterinnen sind doch die Weiber! Habt ihr schon mal Birnenkwass mit Schlehdornbeeren getrunken, meine Herren, oder einen Obstschnaps mit Rosinen und Pflaumen? Oder habt ihr mal Gelegenheit gehabt, eine Milchsuppe mit Graupen zu essen? Mein Gott, was für Speisen gibt es nicht alles in der Welt! Wenn man zu essen anfängt, kann man sich gar nicht satt essen: die Süße ist unbeschreiblich! Im vergangenen Jahr ... Aber was bin ich so ins Schwatzen gekommen? ... Kommt doch zu mir, kommt recht bald; wir werden euch aber so bewirten, dass ihr es einem jeden erzählen werdet.

*Bienenzüchter Panjko der Rote*

# Der Jahrmarkt zu Sorotschinzy

## I

Will zu Hause nicht versauern,
Führe mich doch aus dem Haus,
In die Welt, wo Lärm und Braus,
Wo die Mädchen Lieder singen,
Wo die Burschen lustig springen.

*(Aus einer alten Legende)*

Wie erquickend, wie herrlich ist so ein Sommertag in Kleinrussland. Wie ermattend heiß sind die Stunden, wenn der Mittag in Stille und Glut strahlt und der blaue, unermessliche Ozean, der wie eine Kuppel von Wollust über der Erde schwebt, ganz versunken in Wonne, zu schlafen scheint, die Schöne mit seinen luftigen Armen umfangend und erdrückend! Keine Wolke steht auf ihm; kein Wort erschallt im Felde. Alles ist wie gestorben; nur oben in der Himmelstiefe zittert der Lerchensang, und die silbernen Lieder fliegen die luftigen Stufen zur verliebten Erde herab; nur ab und zu hört man den Schrei einer Möwe oder die helle Stimme einer Wachtel, die in der Steppe widerhallt. Träge und gedankenlos, wie Wandelnde ohne Ziel, stehen die in die Wolken ragenden Eichen, und die blendenden Blitze der Sonnenstrahlen entzünden auf einmal ganze Massen des malerischen Laubes und werfen auf andere einen Schatten so schwarz wie die Nacht, in dem nur bei starkem Winde goldene Funken aufleuchten. Smaragde, Topase und Saphire der ätherischen Insekten schwirren über den bunten, von stolzen Sonnenblumen überragten Gemüsegärten. Graue Heuschober und goldene Korngarben lagern wie ein Kriegsheer auf dem Felde, wie Nomaden auf seinem unermesslichen Räume. Die unter der Last der Früchte sich beugenden breiten Äste der Kirsch-, Pflaumen-, Apfel- und Birnbäume, der Himmel und sein klarer Spiegel, der Fluss in seinem grünen, stolz erhobenen Rahmen ... wie voll Wollust und Wonne ist der kleinrussische Sommer!

In solchem Prunk glänzte einer der heißen Augusttage des Jahres achtzehnhundert ... achtzehnhundert ... ja, es werden wohl dreißig Jahre her sein, als die Straße schon zehn Werst vor dem Flecken Sorotschinzy vom Volke wimmelte, das von allen nahen und fernen Vorwerken zum Jahrmarkt eilte. Schon seit dem frühen Morgen zogen sich in endloser Reihe die Ochsenkarren mit Salz und Fischen hin. Ganze Berge von in Heu verpackten Töpfen bewegten sich langsam und schienen sich in ihrem dunklen Kerker zu langweilen; nur hie und da guckte eine grellbemalte Schüssel oder ein Mohntopf prahlerisch aus dem hoch über den Wagen gespannten Flechtwerk hervor und zog die gerührten Blicke der Freunde von Luxus auf sich. Viele der Vorübergehenden blickten neidisch den hochgewachsenen Töpfer an, den Besitzer dieser Schätze, der seinen Waren mit langsamen Schritten folgte und seine tönernen Gecken und Koketten sorgfältig in das ihnen so verhasste Heu einwickelte.

Abseits schleppte sich ein einsamer, von müden Ochsen gezogener, mit Säcken, Hanf, Leinwand und allerlei Hausrat beladener Wagen, dem sein Besitzer in reinem Leinenhemd und schmutziger Leinenhose folgte. Mit träger Hand wischte er sich den Schweiß ab, der in Strömen von seinem braunen Gesicht lief und sogar von seinem langen Schnurrbart tropfte, der von jenem unerbittlichen Friseur gepudert war, der ungerufen zu jeder Schönen und zu jedem Krüppel kommt und schon seit einigen Jahrtausenden das ganze menschliche Geschlecht gewaltsam pudert. Neben ihm schritt eine an den Wagen gebundene Stute, deren demütiges Aussehen von ihrem hohen Alter zeugte. Viele von den Leuten, besonders die jungen Burschen, griffen nach den Mützen, wenn sie diesen Mann einholten. Es war aber weder sein Schnurrbart noch sein würdiger Gang, was sie dazu trieb; man brauchte nur die Augen ein wenig zu heben, um den Grund dieser Hochachtung zu sehen: oben auf dem Wagen saß die hübsche Tochter mit dem runden Gesichtchen, den schwarzen Brauen, die sich wie runde Bogen über ihren heiteren braunen Augen wölbten, mit den sorglos lächelnden rosa Lippchen, mit den roten und blauen Bändern auf dem Kopfe, die zusammen mit den langen Zöpfen und einem Strauß von Feldblumen als eine reiche Krone auf ihrem entzückenden Köpfchen ruhten. Alles schien sie zu beschäftigen; alles war ihr neu und wunderbar ... und die hübschen Äuglein liefen fortwährend von einem Ding zum anderen. Wie sollte sie sich auch nicht zerstreuen! Zum ersten Male auf dem Jahrmarkte! Ein achtzehnjähriges Mädchen zum ersten Male auf dem Jahrmarkte! ... Aber keiner von all den Leuten, die zu Fuß und zu Wagen vorbeizogen, wusste, welche Mühe es sie gekostet hatte, beim Vater durchzusetzen, dass er sie mitnehme; er hätte es auch herzlich gern getan, wenn die böse Stiefmutter nicht wäre, die sich angewöhnt hatte, ihn ebenso geschickt zu lenken, wie er seine alte Stute, die jetzt zum Lohne für ihren langen Dienst verkauft werden sollte. Die energische Gattin ... Aber wir haben vergessen, dass auch sie hoch oben auf dem Wagen thronte in einer schmucken grünwollenen Jacke, die wie Hermelin mit kleinen Schwänzchen besetzt war, nur dass diese Schwänzchen von roter Farbe waren; sie trug auch noch einen Rock, so bunt wie ein Schachbrett, und ein farbiges Häubchen aus Kattun, das ihrem roten vollen Gesicht eine besondere Würde verlieh, dem Gesicht, das zuweilen einen so unangenehmen, so wilden Ausdruck zeigte, dass jeder sich sofort beeilte, den entsetzten Blick auf das lustige Gesichtchen der Tochter zu richten.

Vor den Augen unserer Reisenden lag bereits der Psjol; schon wehte aus der Ferne eine Kühle, die nach der ermattenden, versengenden Hitze um so fühlbarer war. Durch die dunkel- und hellgrünen Blätter der auf der Wiese verstreuten Weiden, Birken und Pappeln leuchteten feurige, doch kalte Funken, und der schöne Fluss entblößte strahlend seine silberne Brust, auf die die grünen Locken der Bäume üppig herabfielen. So launisch, wie eine Schöne in den herrlichen

Stunden, wenn der treue, so beneidenswerte Spiegel ihr stolzes und blendendes, strahlendes Haupt, ihre lilienweißen Schultern und den marmornen, von einer dunklen, vom blonden Kopf herabfallenden Haarflut beschatteten Hals einschließt, wenn sie verächtlich ihre Schmucksachen von sich wirft, um sie durch andere zu ersetzen, und ihre Launen kein Ende nehmen wollen, – so wechselt auch der Strom jedes Jahr seine Umgebung, wählt einen neuen Weg und umgibt sich mit neuen, abwechslungsreichen Landschaften. Die Reihen der Mühlen hoben die breiten Wellen auf ihre schweren Räder, warfen sie mächtig zurück, zerschlugen sie zu Wasserstaub und erfüllten mit diesem Staube und dem Lärm die ganze Umgebung. Der Wagen mit unseren Bekannten fuhr um diese Zeit über die Brücke, und der Fluss bot sich ihren Blicken in seiner ganzen Pracht und Größe wie ein einziges Stück Glas. Der Himmel, die grünen und blauen Wälder, die Menschen, die Wagen mit den Töpfen, die Brücken – alles stand auf einmal auf dem Kopfe und bewegte sich mit den Füßen nach oben, ohne in den blauen herrlichen Abgrund zu stürzen. Unsere Schöne wurde beim herrlichen Anblick nachdenklich und vergaß sogar, ihre Sonnenblumenkerne zu knacken, mit denen sie sich während der ganzen Fahrt mit großem Eifer beschäftigt hatte, als plötzlich die Worte: »Ei, was für ein Mädel!« an ihr Ohr schlugen. Sie wandte sich um und sah einen Haufen Burschen auf der Brücke stehen, von denen der eine, der etwas feiner gekleidet war als die anderen, einen weißen Kittel trug und eine graue Lammfellmütze aufhatte, die Hände in die Hüften gestemmt, kühn die Vorüberfahrenden ansah. Die Schöne konnte nicht umhin, sein sonnverbranntes, doch anmutiges Gesicht und seine feurigen Augen zu bemerken, die sie durchbohren wollten, und schlug die Augen nieder beim Gedanken, dass er vielleicht die Worte gesprochen, die sie gehört hatte. »Ein feines Mädel!« fuhr der Bursche im weißen Kittel fort, ohne ein Auge von ihr zu wenden. »Ich würde meine ganze Wirtschaft darum geben, wenn ich sie nur einmal küssen könnte!« Von allen Seiten erhob sich Gelächter; aber diese Begrüßung gefiel der aufgeputzten Lebensgefährtin des langsam dahinschreitenden Gemahls recht wenig; ihre roten Wangen wurden zu feuerroten, und ein Geprassel auserlesener Worte regnete auf den Kopf des lustigen Burschen herab.

»Ersticken sollst du, nichtsnutziger Barkenschlepper! Ein Topf möge deinem Vater auf den Schädel fallen! Auf dem Eise möge er ausgleiten! der verdammte Antichrist! Der Teufel möge ihm in jener Welt den Bart anbrennen!«

»Hört nur, wie die schimpft!« sagte der Bursche, sie anstarrend, gleichsam verblüfft durch eine so starke Salve unerwarteter Begrüßungen. »Wie tut bloß der hundertjährigen Hexe bei solchen Worten die Zunge nicht weh!«

»Der hundertjährigen...!« fiel die bejahrte Schöne ein. »Ruchloser, geh und wasch dich zuerst! Du unnützer Lump! Ich habe deine Mutter nie gesehen, aber ich weiß, dass auch sie nichts taugt. Auch dein Vater und deine Tante sind ein Gesindel! Der hundertjährigen!... er ist hinter den Ohren noch nicht trocken...«

In diesem Augenblick fing der Wagen an, von der Brücke herunterzufahren, und die letzten Worte waren nicht mehr zu verstehen; aber der Bursche wollte offenbar noch nicht aufhören: ohne sich lange zu besinnen, packte er einen Klumpen Schmutz und warf ihn ihr nach. Der Wurf war gelungener, als man hätte erwarten können: die ganze neue Kattunhaube wurde mit dem Schmutz bespritzt, und das Lachen der ausgelassenen Nichtstuer tönte mit doppelter Kraft. Die wohlbeleibte Kokette entbrannte vor Zorn; aber der Wagen war indessen schon ziemlich weit weggefahren, und ihre Rache wandte sich gegen die unschuldige Stieftochter und den langsamen Gatten, der, da er an solche Erscheinungen längst gewöhnt war, hartnäckiges Schweigen bewahrte und die aufrührerischen Reden der erzürnten Gattin kaltblütig hinnahm. Trotzdem knatterte und arbeitete ihre unermüdliche Zunge so lange, bis sie endlich in der Vorstadt bei ihrem alten Bekannten und Gevatter Zybulja anlangten. Die Begegnung mit dem Gevatter, den sie lange nicht mehr gesehen hatten, vertrieb für eine Zeit lang das unangenehme Erlebnis aus ihrem Sinn, indem sie unsere Reisenden veranlasste, von dem Jahrmarkt zu sprechen und nach der langen Reise auszuruhen.

## II

Mein Gott, du lieber Gott! Was gibt
es nicht alles auf so einem Jahrmarkt!
Räder, Glas, Teer, Tabak, Riemen,
Zwiebeln, Waren aller Art ... und
wenn ich auch dreißig Rubel in der
Tasche hätte, könnte ich den ganzen
Jahrmarkt doch nicht aufkaufen.
*(Aus einem kleinrussischen Lustspiele)*

Ihr habt wohl sicher einmal gehört, wie irgendwo in der Ferne ein Wasserfall herabstürzt, die ganze aufgestörte Umgebung mit Dröhnen erfüllend, so dass ein Chaos wunderlicher, unbestimmter Töne vor euch wirbelt. Nicht wahr, die gleichen Empfindungen erfassen euch plötzlich im Strudel eines ländlichen Jahrmarkts, wenn das ganze Volk zu einem einzigen Ungeheuer verschmilzt, das sich mit seinem ganzen Leibe über den Platz und die engen Gassen bewegt, schreit, tobt und johlt. Lärmen, Fluchen, Brüllen, Meckern, Blöken – alles fließt zu einem einzigen unharmonischen Geräusch zusammen. Ochsen, Säcke, Heu, Zigeuner, Töpfe, Weiber, Pfefferkuchen, Mützen – alles wirbelt in grellen, bunten unordentlichen Haufen und flimmert vor den Augen. Verschiedenstimmige Reden ertränken einander, und kein einziges Wort kann dieser Sintflut entgehen; kein einziger Schrei kann deutlich vernommen werden. Man hört nur an allen Enden und Ecken des Jahrmarkts den den Kauf besiegelnden Handschlag der Händler. Ein Wagen zerbricht, Eisen klirrt, die auf den Boden herabgeworfenen Bretter poltern, und der vom Schwindel erfasste Kopf weiß nicht, wohin er sich wenden soll. Unser zugereister Bauer mit der schwarzbraunen Tochter trieb sich schon lange im Gedränge herum: er trat an den einen Wagen, betastete die Waren auf einem anderen und erkundigte sich nach den Preisen; seine Gedanken drehten sich indessen ununterbrochen um die zehn Säcke Weizen und die alte Stute, die er zum Verkauf hergebracht hatte. Dem Gesicht der Tochter konnte man ansehen, dass es ihr nicht allzu angenehm war, sich zwischen den Wagen mit Mehl und Weizen herumzudrücken. Sie hätte gern dahin gewollt, wo unter leinenen Zeltdächern rote Bänder, Ohrringe, Kreuze aus Zinn und Messing und Dukaten hübsch aufgehängt waren. Aber auch hier fand sie vieles zur Beobachtung: es amüsierte sie außerordentlich, wenn ein Zigeuner und ein Bauer einander den Handschlag gaben und dabei selbst vor Schmerz schrien; wenn ein betrunkener Jude ein Bauernweib von hinten pufftte; wenn die in Streit geratenen Händlerinnen einander mit Schimpfworten und Krebsen bewarfen; wenn ein Moskowiter mit der einen Hand seinen Ziegenbart streichelte und mit der anderen ... Plötzlich spürte sie aber, wie sie jemand am gestickten Ärmel ihres Hemdes zupfte. Sie sah sich um, und der Bursche im weißen Kittel mit den strahlenden Augen stand vor ihr. Alle ihre Adern bebten, und ihr Herz klopfte so, wie es noch nie, bei keiner Freude und bei keinem Kummer geklopft hatte: so wunderbar und so wonnig kam es ihr vor, und sie konnte sich's nicht erklären, wie ihr geschah.

»Fürchte dich nicht, Herzchen, fürchte dich nicht!« sagte er ihr leise und ergriff ihre Hand. »Ich werde dir nichts Schlechtes sagen!«

– Vielleicht ist es auch wahr, dass du mir nichts Schlechtes sagen wirst –, dachte sich die Schöne, – aber es ist mir so wunderlich zumute... das macht gewiss der Böse! Ich weiß wohl selbst, dass es nicht recht ist, und doch habe ich nicht die Kraft, die Hand fortzuziehen. –

Der Bauer wandte sich um und wollte seiner Tochter etwas sagen, aber in diesem Augenblick hörte er plötzlich in der Nähe das Wort »Weizen«. Dieses magische Wort zwang ihn im Nu, sich zu den beiden laut sprechenden Kaufherren zu gesellen, und nichts vermochte mehr, seine auf sie gerichtete Aufmerksamkeit abzulenken. Die Kaufherren sprachen aber über den Weizen folgendermaßen.

## III

Du staunst wohl über diesen Burschen:
Du findest keinen auf der Welt,
Der Schnaps so säuft, als wär' es
Wasser!
*(Kotljarewskij »Äneis«)*

»Du denkst also, Landsmann, dass unser Weizen keinen Käufer findet?« sprach ein Mensch, seinem Aussehen nach ein zugereister Kleinbürger aus irgendeinem Flecken, in teerbeschmutzter und fettiger Pluderhose zu einem anderen Mann, der einen blauen, stellenweise geflickten Kittel trug und eine riesengroße Beule auf der Stirn hatte.

»Da gibt es nicht viel zu denken: ich bin bereit, mir eine Schlinge um den Hals zu legen und an diesem Baume zu baumeln wie eine Wurst vor Weihnachten in der Stube, wenn wir auch nur ein Maß verkaufen.«

»Wen willst du zum Narren halten, Landsmann? Es gibt doch gar keine Zufuhr von Weizen, wir sind die einzigen«, entgegnete der Mann in der leinenen Pluderhose.

– Ihr könnt sagen, was ihr wollt –, dachte sich der Vater unserer Schönen, der sich kein Wort vom Gespräche der beiden Kaufherren entgehen ließ, – ich habe aber zehn Säcke im Vorrat. –

»Das ist es eben: wo der Teufel seine Hand im Spiel hat, kann man von einer Sache ebenso viel Nutzen erwarten wie von einem hungrigen Moskowiter«, sagte der Mann mit der Beule auf der Stirn bedeutungsvoll.

»Was für ein Teufel?« fragte der Mann in der leinenen Pluderhose.

»Hast du gehört, was die Leute sich erzählen?« fuhr der mit der Beule auf der Stirn fort, indem er ihn mit mürrischen Augen von der Seite ansah.–»Nun?«

»Nun, das ist es eben! Der Assessor – möge er sich nie mehr die Lippen nach dem herrschaftlichen Zwetschgenschnaps abwischen – hat für den Jahrmarkt einen so verdammten Ort bestimmt, dass man hier auch kein Körnchen verkaufen kann, selbst wenn man sich auf den Kopf stellt. Siehst du die alte zerfallene Scheune dort am Fuße des Berges? (Der neugierige Vater unserer Schönen rückte noch näher heran und schien ganz Ohr zu sein.) In dieser Scheune gibt es immer Teufelsspuk, und kein einziger Jahrmarkt an dieser Stelle ist ohne Unglück abgelaufen. Gestern ging der Gemeindeschreiber am späten Abend vorbei, da sah er, wie aus dem Dachfenster eine Schweineschnauze herausguckte, und sie grunzte ihn so an, dass es ihn kalt überlief. Jeden Augenblick kann der *rote Kittel* wieder auftauchen!«

»Was ist das für ein *roter Kittel?*« Hier standen aber unserem aufmerksamen Zuhörer die Haare zu Berge. Entsetzt wandte er sich um und sah, wie seine Tochter und der Bursche ruhig dastanden, sich umarmten, einander Liebeslieder sangen und alle Kittel in der Welt vergessen hatten. Das verscheuchte seine Angst und gab ihm seine frühere Sorglosigkeit wieder. »Ach so, Landsmann! Wie ich sehe, verstehst du dich aufs Umarmen! Ich aber habe erst am vierten Tage nach meiner Hochzeit gelernt, meine selige Chwessjka zu umarmen; und das auch nur dank meinem Gevatter, der es mich als Brautführer lehrte.«

Der Bursche merkte sofort, dass der Vater seiner Liebsten nicht allzu gescheit war, und er begann einen Plan auszuhecken, wie er ihn für sich gewinnen könnte.

»Du kennst mich wohl nicht, guter Mann, ich habe dich aber gleich erkannt.«

»Kann schon sein.«

»Wenn du willst, sag' ich dir deinen Vornamen und Zunamen und alles, was du willst: du heißt Ssolopij Tscherewik.«

»Stimmt, Ssolopij Tscherewik.«

»Schau mich mal gut an: erkennst du mich nicht?«

»Nein, ich erkenne dich nicht. Nimm's mir nicht übel: ich habe in meinem Leben schon so viele Fratzen gesehen, dass nur der Teufel sie alle behalten kann!«

»Dann ist es schade, dass du dich nicht an Golopupenkos Sohn erinnerst!«

»Bist du denn ein Sohn Ochrims?«

»Wer denn sonst?«

Die beiden Freunde zogen nun die Mützen, und das Küssen ging los. Der Sohn Golopupenkos beschloss sofort, ohne die Zeit zu verlieren, seinen neuen Bekannten zu übertölpeln.

»Nun, Ssolopij, wie du siehst, haben wir, ich und deine Tochter, uns so lieb gewonnen, dass wir immer miteinander leben wollen.«

»Was meinst du, Paraska«, sagte Tscherewik, sich lachend an seine Tochter wendend, »soll man's vielleicht wirklich so machen, wie man so sagt, dass ihr zusammen auf dem gleichen Grase weidet? Wie? Abgemacht? Nun, mein neuer Schwiegersohn, jetzt müssen wir eins trinken!»

Und alle drei befanden sich bald in der bekannten Jahrmarktswirtschaft, unter dem Zelte der Jüdin, wo eine ganze Flotte von Flaschen, Krügen und Kruken jeder Art und jeden Alters herumstand.

»Ein tapferer Bursche! Das liebe ich!« sagte Tscherewik ein wenig angeheitert, als er sah, wie sein künftiger Schwiegersohn sich eine Kanne, die ein halbes Quart fasste, einschenkte, sie, ohne mit einer Wimper zu zucken, bis auf den Grund leerte und dann zerschlug, dass die Splitter nur so flogen. »Was sagst du dazu, Paraska? Was für einen Freier habe ich dir verschafft! Schau nur, schau, wie tapfer er säuft!...« Lachend und schwankend ging er mit ihr zu seinem Wagen zurück. Unser Bursche begab sich aber zu den Buden mit den Schnittwaren, wo selbst Kaufleute aus Gadjatsch und Mirgorod, jenen beiden berühmten Städten des Gouvernements Poltawa, ihren Handel trieben, um eine recht hübsche Holzpfeife mit schmuckem Messingbeschlag, ein rotgeblümtes Tuch und eine Mütze als Hochzeitsgeschenke für den Schwiegervater und alle anderen, denen es zukam, auszuwählen.

### IV

Wenn's auch dem Manne nicht behagt,
Muss er, was seine Gattin sagt,
Ihr zu Gefallen machen ...

*(Kotljarewskij)*

»Nun, Weib, ich habe für unsere Tochter einen Bräutigam gefunden!«

»So, das ist just die richtige Zeit, um einen Bräutigam zu suchen. Ein Dummkopf bist du, und es ist dir wohl schon so beschieden, dein Lebtag so ein Dummkopf zu bleiben! Wo hast du es gesehen, wo hast du gehört, dass ein anständiger Mensch heutzutage einem Bräutigam nachläuft? Hättest du doch lieber daran gedacht, wie du deinen Weizen absetzt. Das wird wohl ein netter Bräutigam sein! Ich denke mir, der zerlumpteste aller Lumpen.«

»Warum nicht gar! Du hättest sehen sollen, was das für ein Bursche ist! Sein Kittel allein ist mehr wert als deine grüne Jacke und die roten Stiefel. Und wie tapfer er den Schnaps trinkt! ... Der Teufel soll uns alle beide holen, wenn ich schon je gesehen habe, dass ein Bursche ein halbes Quart auf einen Zug leerte, ohne mit der Wimper zu zucken.«

»Ja, so ist es: jeder Säufer und Landstreicher, den du findest, ist dein Mann. Ich möchte wetten, dass es derselbe Taugenichts ist, der uns auf der Brücke zugesetzt hat. Schade, dass er mir bisher noch nicht unter die Augen gekommen ist, ich hätte's ihm schon gezeigt!«

»Und wenn es auch derselbe ist, Chiwrja, warum soll er ein Taugenichts sein?«

»Warum er ein Taugenichts ist? Ach, du hirnloser Kopf! Hast du so was gehört! Warum er ein Taugenichts ist? Wo hattest du deine närrischen Augen versteckt, als wir an den Mühlen vorbeifuhren? Man beleidigt sein Weib vor seiner mit Tabak beschmierten Nase, und das geht ihn gar nichts an.«

»Ich sehe noch immer nichts Schlimmes dabei: der Bursche ist gut! Selbst wenn er dir die Fratze für einen Augenblick mit Kot verkleistert hat.«

»Aha! Wie ich sehe, willst du mich nicht zu Worte kommen lassen! Was soll das heißen? Seit wann bist du so? Du hast wohl schon was getrunken, ohne etwas verkauft zu haben?«

Hier merkte Tscherewik selbst, dass er zu viel gesagt hatte, und bedeckte augenblicklich seinen Kopf mit den Händen, da er ohne Zweifel annehmen musste, dass seine erzürnte Lebensgefährtin nicht säumen werde, ihm mit ihren ehelichen Krallen ins Haar zu fahren.

– Zum Teufel! Da habe ich die Hochzeit!– dachte er bei sich, indem er der gegen ihn vordringenden Gattin auswich.– So werde ich einem guten Menschen so mir nichts dir nichts absagen müssen. Du lieber Gott, was hast du uns Sündern für Plagen geschickt! Es gibt doch ohnehin so viel Mist in der Welt, und da hast du auch noch die Weiber erschaffen. –

## V

Bück dich nicht, du Ahornbaum,
Solange du noch grün bist;
Klage nicht, du junger Bursch,
Solange du noch jung bist!
*(Kleinrussisches Lied)*

Zerstreut blickte der Bursche im weißen Kittel, neben seinem Wagen sitzend, auf das dumpf um ihn herum brausende Volk. Die müde Sonne verließ die Welt, nachdem sie den ganzen Morgen und Mittag gebrannt hatte, und der erlöschende Tag schminkte sich verführerisch in ein flammendes Rot. Blendend leuchteten die Spitzen der weißen Zelte und Buden, von einem kaum merkbaren feurig rosigen Schein Übergossen. Die Scheiben der zu einem Haufen aufgeschichteten Fensterrahmen glühten; die grünen Flaschen und Gläser auf den Tischen der Schenkwirtinnen verwandelten sich in Feuer; die zu Bergen aufgehäuften Melonen, Wassermelonen und Kürbisse schienen aus Gold und dunklem Kupfer gegossen. Der Lärm nahm ab und wurde merklich dumpfer, und die müden Zungen der Händlerinnen, Bauern und Zigeuner regten sich immer träger und langsamer. Hier und da glomm ein Feuerchen auf, und der wohlduftende Dampf von gekochten Klößen schwebte über die stiller werdenden Straßen.

»Was bist du so traurig, Grizko?« rief ein langer, sonnverbrannter Zigeuner, indem er unseren Burschen auf die Schulter schlug. »Lass mir doch die Ochsen für zwanzig!«

»Du denkst nur an die Ochsen. Euer Volk denkt nur an Vorteile und wie ihr einen anständigen Menschen beschummeln und übers Ohr hauen könnt.«

»Pfui Teufel! Du bist ganz verrückt! Kommt das vielleicht aus Ärger, dass du dir selber eine Braut angehängt hast?«

»Nein, das ist nicht meine Art: ich halte mein Wort. Was ich einmal abgemacht habe, bleibt in Ewigkeit. Aber dieser alte Tscherewik hat wohl nicht für einen halben Heller Gewissen: erst hat er es versprochen und tritt dann zurück... Aber ihm kann man keine Vorwürfe machen: er ist nur ein Holzklotz. Das sind lauter Geschichten der alten Hexe, die wir Burschen heute auf der Brücke ordentlich ausgeschimpft haben! Ach, wenn ich ein Zar oder ein großmächtiger Herr wäre, so ließe ich selbst alle die Dummköpfe aufhängen, die sich von den Weibern satteln lassen...«

»Wirst du mir die Ochsen für zwanzig lassen, wenn wir den Tscherewik dazu bringen, dass er dir die Paraska gibt?«

Grizko sah ihn erstaunt an. In den braunen Zügen des Zigeuners lag etwas Boshaftes, Bissiges, Niedriges, zugleich aber Hochmütiges: jedermann, der ihn anblickte, musste zugeben, dass in dieser wunderlichen Seele auch große Tugenden brodelten, für die es aber nur einen Lohn auf Erden gibt – den Galgen. Der zwischen der Nase und dem spitzen Kinn völlig eingefallene Mund, auf dem ständig ein giftiges Lächeln spielte, kleine, aber feurig lebhafte Augen und die in diesem Gesicht ständig wechselnden Blitze von Plänen und Unternehmungen – das alles schien eine eigentümliche, ebenso wunderliche Kleidung zu erfordern, die er auch wirklich anhatte. Dieser dunkelbraune Rock, der wohl bei der geringsten Berührung zu Staub zerfallen würde; lange, zottige, über die Schultern fallende Haare; die Schuhe, die er an den nackten braunen Füßen trug – alles schien mit ihm verwachsen zu sein und seine Natur auszumachen.

»Ich lasse sie dir nicht nur für zwanzig, sondern auch für fünfzehn, wenn du mich nur nicht belügst!« antwortete der Bursche, ohne die prüfenden Augen von ihm zu wenden.

»Für fünfzehn? Gut! Pass auf, vergiss es nicht: für fünfzehn! Da hast du einen blauen Lappen Anzahlung!«

»Und wenn du mich belügst?«

»Wenn ich dich belüge, so gehört die Anzahlung dir.«

»Gut, schlag ein!«

»Abgemacht!«

## VI

Dieses Unglück: da kommt Roman, um mich durchzuwalken, und auch Ihr, Pan Choma, werdet nicht ohne Schläge davonkommen.
*(Aus einem kleinrussischen Lustspiele)*

»Hierher, Afanassij Iwanowitsch! Hier ist der Zaun etwas niedriger, hebt den Fuß und habt keine Angst: mein alter Narr schläft mit dem Gevatter heute Nacht unter dem Wagen, damit ihm die Moskowiter nichts stibitzen.«

So ermutigte Tscherewiks strenge Gemahlin mit freundlichen Worten einen Popensohn, der ängstlich am Zaune klebte. Bald stieg er auf den Zaun und blieb oben unschlüssig wie ein langes, schreckliches Gespenst stehen, mit den Augen prüfend, wo es am besten wäre, hinunterzuspringen; schließlich polterte er ins Unkraut hinunter.

»Dieses Unglück! Habt Ihr Euch nicht wehgetan, habt Ihr Euch nicht, Gott behüte, den Hals gebrochen?« stammelte Chiwrja besorgt.

»Pst! Es ist nichts, es ist nichts, liebste Chawronja Nikiforowna!« flüsterte der Popensohn schmerzvoll, auf die Füße springend. »Abgesehen von den Bissen der Nesseln, dieser schlangenähnlichen Kräuter, wie sich der selige Protopope auszudrücken pflegte.«

»Kommt jetzt in die Stube, es ist niemand da. Ich hatte schon geglaubt, Afanassij Iwanowitsch, dass Ihr eine Beule oder Leibschmerzen habt; so lange habt Ihr Euch nicht sehen lassen. Wie geht es Euch? Ich habe gehört, dass Euer Herr Vater allerlei schöne Sachen bekommen hat!«

»Nicht der Rede wert, Chawronja Nikiforowna. Väterchen hat während der ganzen Fastenzeit nur an die fünfzehn Sack Sommergetreide, vier Sack Hirse und an die hundert Brote bekommen; wenn ich aber die Hühner zusammenzähle, so werden es auch keine fünfzig Stück sein; und die Eier sind zum größten Teil faul. Aber die wahrhaft süßen Gaben werde ich, bildlich gesprochen, einzig von Euch bekommen, Chawronja Nikiforowna!« fuhr der Popensohn fort, sie gerührt anblickend und näher heranrückend.

»Da habt Ihr eine Gabe, Afanassij Iwanowitsch!« sagte sie, indem sie die Schüsseln auf den Tisch setzte und geziert ihre Jacke zuknöpfte, als ob sie sie gar nicht absichtlich aufgeknöpft hätte: »Da sind Quarkkuchen, Klöße aus Weizenmehl, Krapfen und Fischklöße!«

»Ich möchte wetten, dass all dies von den geschicktesten Händen aus Evas Geschlecht zubereitet ist!« sagte der Popensohn, indem er sich an die Fischklöße machte und mit der anderen Hand die Krapfen an sich heranzog. »Aber, Chawronja Nikiforowna, mein Herz erwartet von Euch eine süßere Speise als alle diese Krapfen und Klöße.«

»Ich weiß wirklich nicht, was Ihr noch für eine Speise wollt, Afanassij Iwanowitsch!« antwortete die wohlbeleibte Schöne, die sich so stellte, als verstünde sie nichts.

»Selbstverständlich Eure Liebe, unvergleichliche Chawronja Nikiforowna!« flüsterte der Popensohn, in der einen Hand einen Quarkkuchen haltend und mit der anderen ihre breiten Hüften umschlingend.

»Was fällt Euch ein, Afanassij Iwanowitsch!« sagte Chiwrja, die Augen schamhaft senkend. »Ihr werdet vielleicht gar noch zu küssen anfangen!«

»Was dies betrifft, so will ich Euch etwas, wenn auch nur von mir selbst, erzählen«, fuhr der Popensohn fort: »Als ich beispielsweise noch im Seminar war, ich erinnere mich noch, als wäre es heute geschehen...« Aber in diesem Augenblick tönte vom Hofe her Hundegebell und ein Klopfen ans Tor. Chiwrja lief schnell hinaus und kam ganz blass zurück.

»Afanassij Iwanowitsch, da sind wir hereingefallen: ein ganzer Haufe Menschen klopft ans Tor, und auch die Stimme des Gevatters glaube ich darunter zu hören ...«

Der Quarkkuchen blieb dem Popensohn in der Kehle stecken ... Er glotzte so mit den Augen, als hätte er eben einen Besuch von einem Gast aus der anderen Welt bekommen.

»Kriecht da hinauf!« schrie die erschrockene Chiwrja und zeigte auf die Bretter, die dicht unter der Decke auf zwei Balken lagen und auf denen allerlei Gerümpel aufgehäuft war.

Die Gefahr gab unserem Helden Mut. nachdem er ein wenig zu sich gekommen war, sprang er auf den Ofen und kroch von dort vorsichtig auf die Bretter; Chiwrja aber lief ganz außer sich zum Tor, denn das Klopfen wiederholte sich mit größerer Kraft und Ungeduld.

## VII

Das ist ja ein blaues Wunder,
werter Herr!
*(Aus einem kleinrussischen Lustspiele)*

Auf dem Jahrmarkte hatte sich etwas Sonderbares zugetragen: überall war das Gerücht aufgekommen, dass irgendwo zwischen den Waren der *rote Kittel* aufgetaucht wäre. Einer Alten, welche Brezeln verkaufte, war der Satan in Gestalt eines Schweines erschienen, das sich ständig über die Wagen beugte, als suche es etwas. Dieses Gerücht verbreitete sich schnell an allen Ecken und Enden des nun ruhenden Lagers, und alle hielten es für ein Verbrechen, nicht daran zu glauben, obwohl die Brezelverkäuferin, deren wandernder Laden sich neben der Bude der Schenkwirtin befand, den ganzen Tag über ohne jeden Grund Verbeugungen gemacht und mit den Füßen Figuren beschrieben hatte, die an ihre leckere Ware erinnerten. Hierzu gesellten sich noch übertriebene Nachrichten von dem Wunder, das der Gemeindeschreiber in der eingefallenen Scheune gesehen hatte, so dass bei Anbruch der Nacht alle Leute sich enger aneinander drängten; die Ruhe war gestört, und die Furcht hinderte einen jeden, die Augen zu schließen; diejenigen aber, die nicht zu den Tapferen gehörten und ein Nachtlager in Wohnungen hatten, begaben sich dorthin. Unter den letzteren befand sich auch Tscherewik mit seinem Gevatter und der Tochter; mit den Gästen, die sich ihnen aufgedrängt hatten, machten sie den großen Lärm, der unsere Chiwrja so sehr erschreckte. Der Gevatter war schon etwas angetrunken. Das konnte man daraus ersehen, dass er mit seinem Wagen zweimal um den Hof herumfuhr, ehe er das Haus fand.

Auch die Gäste waren alle in bester Laune und traten ganz ohne Umstände noch vor dem Wirt in die Stube. Die Gattin unseres Tscherewik saß wie auf Nadeln, als sie anfingen, in allen Ecken der Stube umherzuscharren.

»Nun, Gevatterin«, schrie der eintretende Gevatter, »schüttelt dich noch immer kein Fieber?«

»Ja, es ist mir nicht ganz wohl«, antwortete Chiwrja, unruhig zu den Brettern hinaufblickend, die unter der Decke lagen.

»Frau, hol mal vom Wagen das Fässchen!« sagte der Gevatter zu seinem Weib, das mit ihm gekommen war. »Wir wollen mit den guten Menschen eins trinken, denn die verdammten Weiber haben uns solche Angst gemacht, dass es eine Schande ist. Bei Gott, Brüder, wir haben gar keinen Grund gehabt, heimzufahren!« fuhr er fort, aus einem irdenen Becher trinkend. »Ich setze meine neue Mütze zum Pfand, dass die Weiber sich über uns nur lustig gemacht haben. Und wenn es selbst der Satan wäre – was ist der Satan? Spuckt ihm auf den Kopf! Wenn er jetzt in diesem Augenblick hier erscheint, zum Beispiel vor mir, so will ich ein Hundesohn sein, wenn ich ihm nicht eine Feige zeige!«

»Warum bist du dann plötzlich ganz blass geworden?« schrie einer der Gäste, der alle um einen Kopf überragte und immer den Tapferen spielte.

»Ich? ... Gott sei mit euch! Ihr träumt wohl?«

Die Gäste lächelten; ein zufriedenes Lächeln zeigte sich auf dem Gesichte des redseligen Helden.

»Wie sollte er jetzt blass werden!« fiel ein anderer ein. »Seine Wangen blühen wie Mohn; jetzt ist er keine Zybulja (Zwiebel) mehr, sondern eine rote Rübe, oder richtiger – der *rote Kittel* selbst, der die Leute so erschreckt hat.«

Das Fässchen rollte über den Tisch und stimmte die Gäste noch lustiger. Nun machte sich unser Tscherewik, den der rote Kittel schon längst quälte, so dass sein neugieriger

Geist für keinen Augenblick Ruhe fand, an den Gevatter heran.

»Sei so gut, Gevatter, erzähle es! Ich bitte immer und kann es doch nicht erleben, dass ich die Geschichte von diesem verdammten Kittel zu hören bekomme.«

»Ach, Gevatter! Eigentlich darf man so was nicht bei Nacht erzählen; höchstens um dir und den guten Leuten (er wandte sich dabei an die Gäste), die, wie ich sehe, ebenso gern wie du von diesem

Wunder hören wollen, einen Gefallen zu tun. Es sei. Hört also zu!«

Er kratzte sich die Schultern, wischte sich das Gesicht mit dem Rockschoß ab, legte beide Hände auf den Tisch und begann:

»Einmal wurde ein Teufel, ich weiß bei Gott nicht, für welche Schuld, aus der Hölle gejagt...«

»Wie ist es möglich, Gevatter,« unterbrach ihn Tscherewik, »dass man einen Teufel aus der Hölle gejagt hat?«

»Was soll ich machen, Gevatter! Man hat ihn eben hinausgejagt, einfach hinausgejagt, wie ein Bauer seinen Hund aus der Stube jagt. Vielleicht war ihm einmal der verrückte Gedanke gekommen, eine gute Tat zu tun; also wies man ihm die Tür. Nun hatte der arme Teufel solches Heimweh nach der Hölle, dass er sich hätte erhängen können. Was war da zumachen? Vor Kummer fing er zu trinken an. Er setzte sich in jener Scheune fest, die du dort am Fuße des Berges gesehen hast und an der jetzt kein guter Mensch vorübergeht, ohne vorher das Zeichen des Kreuzes zu machen, und wurde zu so einem Säufer, wie man ihn selbst unter den Burschen nicht findet: vom Morgen bis zum Abend sitzt er in der Schenke!...«

Der strenge Tscherewik unterbrach hier wieder unseren Erzähler:

»Gott weiß, was du sagst, Gevatter! Wie ist es möglich, dass jemand den Teufel in die Schenke hineinlässt? Er hat doch, Gott sei Dank, Krallen an den Pfoten und Hörnchen auf dem Kopfe.«

»Das ist es eben, dass er eine Mütze und Handschuhe anhatte. Wer kann ihn da erkennen? Er bummelte so lange, bis er alles versoff, was er bei sich hatte. Der Schenkwirt gab ihm lange auf Borg, hörte dann aber damit auf. So musste der Teufel seinen roten Kittel fast um ein Drittel des Preises beim Juden verpfänden, der damals auf dem Jahrmarkte von Sorotschinzy Branntwein ausschenkte. Er versetzte den Kittel und sagte zum Juden: ›Pass auf, Jud', wenn ein Jahr um ist, komme ich wieder, um den Kittel zu holen: heb ihn gut auf!‹ Und er verschwand, wie in die Erde gesunken. Der Jude sah sich den Kittel an: das Tuch war so fein, wie man es nicht mal in Mirgorod finden kann, und die rote Farbe leuchtete wie Feuer, so dass man sich gar nicht satt sehen konnte. Dem Juden kam es langweilig vor, auf die festgesetzte Zeit zu warten. Er kratzte sich an den Schläfenlocken und verkaufte den Kittel einem vorbeifahrenden Pan fast für ganze fünf Dukaten. An den Termin dachte der Jude nicht mehr. Aber eines Abends kam zu ihm ein Mann. ›Nun, Jud', gib mir meinen Kittel wieder!‹ Der Jude erkannte ihn anfangs nicht, und nachher, als er ihn erkannte, tat er so, als hätte er ihn nie gesehen. ›Was für einen Kittel? Ich habe gar keinen Kittel! Ich weiß nichts von deinem Kittel!‹ Jener zog ab. Aber am Abend, als der Jude seine Bude geschlossen und sein Geld in den Truhen gezählt hatte, als er sich ein Laken umwarf und anfing, auf Judenart zu Gott zu beten, hörte er plötzlich ein Geräusch ... Und er sieht: aus jedem Fenster blickt eine Schweineschnauze herein ...«

In diesem Augenblick ertönte wirklich ein unbestimmtes Geräusch, das ähnlich wie Schweinegrunzen klang; alle erbleichten ... Der Schweiß trat dem Erzähler in die Stirn.

»Was ist denn?« fragte Tscherewik erschrocken.

»Nichts!...« antwortete der Gevatter, am ganzen Körper zitternd.

»Wie?« fragte einer der Gäste.

»Hast du was gesagt? ...«

»Nein!« – »Wer hat denn gegrunzt?«

»Gott weiß, warum wir uns so aufregen! Es ist doch nichts!«

Alle fingen an, sich ängstlich umzusehen und in den Ecken herumzuscharren. Chiwrja war vor Schreck mehr tot als lebendig. »Ach, ihr Weibsbilder!« sagte sie laut, »ihr wollt noch Kosaken und Männer sein! Euch müsste man Spindeln und Flachskämme in die Hand geben! Einer hat vielleicht, Gott behüte, was verbrochen ... oder unter jemand hat vielleicht eine Bank geknarrt, und ihr seid gleich aufgefahren wie Verrückte!«

Diese Worte beschämten unsere Helden und gaben ihnen Mut. Der Gevatter trank einen Schluck aus seinem Becher und erzählte weiter: »Der Jude erstarrte vor Schreck; aber die Schweine krochen mit ihren stelzenlangen Beinen durch die Fenster herein und machten den Juden mit dreimal geflochtenen Peitschen wieder lebendig und zwangen ihn, höher als bis zu diesem Balken zu springen. Der Jude fiel in die Knie und gestand alles ... Aber den Kittel konnte niemand zurückgeben. Ein Zigeuner hatte den Pan unterwegs bestohlen und den Kittel einer Händlerin verkauft; jene brachte ihn wieder auf den Jahrmarkt von Sorotschinzy, aber seit jener Zeit wollte niemand was bei ihr kaufen. Die Händlerin wunderte sich lange und merkte endlich, dass der rote Kittel an allem schuld war; nicht umsonst hatte sie, als sie ihn anzog, gefühlt, dass sie etwas drückte. Ohne lange nachzudenken, warf sie ihn ins Feuer – aber das teuflische Gewand wollte nicht brennen!... ›Das ist ja ein Geschenk des Teufels!‹ Die Händlerin kam auf den Einfall, den Kittel einem Bauern zuzustecken, der mit Butter zum Jahrmarkt fuhr. Der Dummkopf freute sich darüber, aber seine Butter wollte ihm niemand abnehmen. ›Das war gewiss eine böse Hand, die mir den Kittel zugesteckt hat!‹ Er nahm die Axt und hieb den Kittel in Stücke; aber sieh – ein Stück kriecht zum anderen, und der Kittel ist wieder ganz! Nun bekreuzigte er sich, hieb mit der Axt zum zweiten Male drein, warf die Stücke über den ganzen Platz und fuhr heim. Seit jener Zeit geht der Teufel mit der Schweineschnauze jedes Jahr, gerade zur Zeit des Jahrmarkts, über den Platz, grunzt und sucht die Stücke seines Kittels zusammen. Man sagt, dass ihm jetzt nur noch der linke Ärmel fehle. Die Leute hüten sich seit jener Zeit vor jenem Orte, und es sind bald zehn Jahre her, dass dort kein Jahrmarkt mehr gewesen ist. Jetzt musste der Teufel den Assessor reiten, dass er den Jahr ...«

Die andere Hälfte des Wortes erstarb dem Erzähler auf den Lippen: das Fenster krachte, die Scheiben sprangen klirrend heraus, und eine schreckliche Schweinefratze guckte herein, die Augen rollend, als wollte sie fragen: »Und was treibt ihr hier, ihr guten Leute?«

## VIII

... Er zittert wie ein feiger Hase
Und zieht den Schwanz ein
wie ein Hund,
Der Tabak quillt ihm aus der Nase.
(*Kotljarewskij* »Äneis«)

Entsetzen lähmte alle, die in der Stube waren. Der Gevatter erstarrte mit offenem Munde zu Stein; seine Augen traten so weit aus den Höhlen, als ob sie schießen wollten; die gespreizten Finger ragten unbeweglich in die Luft. Der lange Held sprang in unüberwindlicher Angst zur Decke und stieß mit dem Kopf gegen den Balken; die Bretter verschoben sich, und der Popensohn stürzte mit Donnergepolter zu Boden.

»Au! Au! Au!« schrie einer verzweifelt, entsetzt auf die Bank stürzend und mit den Armen und Beinen zappelnd.

»Hilfe!« schrie ein anderer, indem er sich mit einem Schafspelz bedeckte.

Der Gevatter, den dieser zweite Schreck aus der Erstarrung gerissen hatte, versteckte sich krampfhaft unter den

Rock seiner Gattin. Der lange Held kroch in den Ofen und schlug selbst die Klappe hinter sich zu. Tscherewik sprang wie mit heißem Wasser begossen auf, stülpte sich statt einer Mütze einen Topf über den Kopf, stürzte zur Tür und rannte wie wahnsinnig durch die Straßen, ohne den Boden unter den Füßen zu fühlen; erst die Ermüdung zwang ihn, den schnellen Lauf zu verlangsamen. Sein Herz klopfte wie eine Stampfmühle; der Schweiß lief ihm in Strömen vom Gesicht. Er war schon bereit, vor Erschöpfung umzufallen, als es ihm plötzlich vorkam, als liefe ihm jemand nach ... Sein Atem stockte ...

»Der Teufel! Der Teufel!« schrie er, seine Kräfte verdreifachend, und einen Augenblick später fiel er, fast besinnungslos, zu Boden.

»Der Teufel! Der Teufel!« schrie es hinter ihm her, und er hörte noch, wie etwas mit großem Lärm gegen ihn losstürzte. Hier schwand sein Bewusstsein, und er blieb wie der schreckliche Bewohner eines engen Sarges stumm und regungslos mitten auf der Straße liegen.

## IX

Vorne geht es noch, aber hinten ist es,
bei Gott, der Teufel!
*(Aus einem Volksmärchen)*

»Hörst du, Wlas?« sagte einer aus der Schar, die im Freien übernachtete, aus dem Schlafe auffahrend. »Neben uns hat eben jemand den Teufel genannt!«

»Was geht es mich an?« brummte der Zigeuner, der neben ihm lag, und streckte sich. »Von mir aus könnte er auch dessen ganze Sippe erwähnen!«

»Er schrie aber so, als ob ihn jemand würgte!«

»Der Mensch kann sich im Schlafe alles einbilden!«

»Kannst sagen, was du willst, man muss doch nachschauen. Mach mal Feuer!«

Der andere Zigeuner stand brummend auf, beleuchtete sich zweimal mit Funken wie mit Blitzen, blies den Zunder mit dem Munde an und machte sich auf den Weg mit seiner Lampe – der gewöhnlichen kleinrussischen Lampe, die aus einem mit Hammeltalg gefüllten Topfscherben besteht – vor sich herleuchtend.

»Halt! Hier liegt etwas. Leuchte her!«

Zu ihnen gesellten sich noch einige Menschen.

»Was liegt da, Wlas?«

»Es sieht so aus, als ob es zwei Menschen wären, der eine oben, der andere unten. Wer von beiden der Teufel ist, kann ich nicht erkennen!«

»Wer liegt denn oben?«

»Ein Weib!«

»Dies ist eben der Teufel!«

Ein allgemeines Gelächter weckte fast die ganze Straße.

»Ein Weib ist auf den Mann gestiegen, das Weib wird wohl wissen, wie man reitet!« sagte einer aus der Menge.

»Schaut nur, Brüder!« sagte ein anderer, einen Scherben von dem Topfe aufhebend, von dem nur noch eine Hälfte auf dem Kopfe Tscherewiks geblieben war. »Was für eine Mütze sich der Bursch aufgesetzt hat!«

Der anwachsende Lärm und das Lachen riefen unsere Toten ins Leben zurück: es waren Ssolopij und dessen Gattin, die von der eben ausgestandenen Angst noch erfüllt, lange und entsetzt mit starren Augen auf die braunen Gesichter der Zigeuner blickten. Von dem unsicher flackernden Lichte erhellt, erschienen diese wie ein Heer von Gnomen, in der Dunkelheit der tiefsten Nacht von schweren unterirdischen Dämpfen umschwebt.

## X

Verschwinde, Blendwerk des Satans!
*(Aus einem kleinrussischen Lustspiele)*

Die Kühle des Morgens wehte über dem erwachten Sorotschinzy. Aus allen Schornsteinen stiegen Rauchwolken der aufgehenden Sonne entgegen. Der Jahrmarkt brauste. Schafe blökten, Pferde wieherten; das Schnattern der Gänse und der Händlerinnen zog über das ganze Lager, und das schreckliche Gerede vom *roten Kittel*, das dem Volke in der geheimnisvollen Stunde der Dämmerung solche Angst gemacht hatte, verschwand mit dem Anbruch des Morgens.

Gähnend und sich streckend schlummerte Tscherewik in der strohgedeckten Scheune des Gevatters, zwischen den Ochsen, Mehl- und Weizensäcken; er schien gar keinen Wunsch zu haben, sich von seinen Träumen zu trennen, als er plötzlich eine Stimme vernahm, die ihm ebenso bekannt vorkam wie die Zufluchtsstätte seiner Faulheit – der gesegnete Ofen seiner Stube oder wie die einer entfernten Verwandten gehörende Schenke, die sich keine zehn Schritt von seiner Schwelle befand.

»Steh auf, steh auf!« schrie ihm die zärtliche Gattin ins Ohr, indem sie ihn aus aller Kraft am Arm zerrte.

Tscherewik blähte, statt zu antworten, die Backen auf und fuchtelte mit den Armen, als ob er trommeln wollte.

»Verrückter!« schrie sie, dem Schwunge seiner Hand ausweichend, mit dem er sie beinahe getroffen hätte.

Tscherewik erhob sich, rieb sich die Augen und sah sich um.

»Hol' mich der Teufel, wenn mir deine Fratze nicht wie eine Trommel vorkam, auf der ich wie ein Soldat den Zapfenstreich schlagen musste, von denselben Schweinefratzen gezwungen, von denen der Gevatter erzählt hat ...«

»Hör auf, hör auf, dummes Zeug zu schwatzen! Geh, führ die Stute endlich zum Verkauf. Die Leute müssen ja wirklich über uns lachen: wir sind zum Jahrmarkt gekommen und haben noch keine Handvoll Hanf verkauft ...«

»Wie kann ich hingehen, Frau?« fiel ihr Ssolopij ins Wort. »Man wird uns jetzt nur auslachen.«

»Geh, geh! Man lacht auch ohnehin über dich!«

»Du siehst doch, dass ich mich noch nicht gewaschen habe«, fuhr Tscherewik fort, gähnend und sich den Rücken kratzend; er bemühte sich, etwas Zeit für seine Faulheit zu gewinnen.

»So ungelegen ist dir jetzt der Einfall gekommen, auf Reinlichkeit zu achten! Wann denkst du sonst daran? Da ist ein Handtuch, wisch dir deine Larve ab.«

Sie ergriff etwas, das zu einem Knäuel zusammengerollt lag und schleuderte es entsetzt von sich: es war ein Aufschlag des *roten Kittels!*

»Geh, geh an deine Sache«, wiederholte sie, sich beherrschend, als sie sah, dass ihr Gatte vor Angst kein Bein rühren konnte und mit den Zähnen klapperte.

»Das wird jetzt ein gutes Geschäft sein!« brummte er vor sich hin, indem er die Stute losband und auf den Marktplatz führte. »Nicht umsonst war es mir, als ich zu diesem verdammten Jahrmarkt fuhr, so schwer ums Herz, als hätte mir jemand eine krepierte Kuh auf den Buckel geladen; auch wollten die Ochsen unterwegs von selbst zweimal umkehren. Ich glaube gar, wir sind auch an einem Montag abgefahren. Daher kommt das ganze Übel! ... Auch dieser verdammte Teufel ist mir zu unruhig: er könnte doch wirklich den Kittel ohne einen Ärmel tragen: aber er muss den Leuten keine Ruhe gönnen. Wäre ich beispielsweise ein Teufel – Gott möge es verhüten –, würde es mir da einfallen, nachts den verdammten Fetzen nachzulaufen?« Das Philosophieren unseres Tscherewik wurde hier durch eine laute und schrille Stimme unterbrochen. Vor ihm stand ein langer Zigeuner.

»Was verkaufst du, guter Mann?«

Der Verkäufer schwieg eine Weile, maß den Zigeuner vom Kopf bis zu den Füßen und sagte dann mit ruhiger Miene, ohne stehen zu bleiben und ohne die Zügel aus der Hand zu lassen: »Du siehst doch selbst, was ich verkaufe!«

»Riemen?« fragte der Zigeuner mit einem Blick auf die Zügel in Tscherewiks Hand.

»Ja, Riemen, wenn eine Stute einem Riemen ähnlich sieht.«

»Hol's der Teufel, Landsmann, du hast sie wohl mit Stroh gefüttert!«

»Mit Stroh?«

Tscherewik wollte die Zügel anziehen, um seine Stute zu zeigen und den schamlosen Verleumder Lügen zu strafen; aber seine Hand fuhr ihm mit ungewöhnlicher Leichtigkeit ans Kinn. Er blickte hin und sah die durchschnittenen Zügel, und an die Zügel gebunden – o Grauen! seine Haare standen ihm zu Berge – ein Stück vom Ärmel des *roten Kittels!*... Er spuckte aus und lief, sich bekreuzigend und mit den Armen fuchtelnd, von dieser unerwarteten Bescherung fort und verschwand flinker als ein junger Bursche in der Menge.

## XI

Für mein Getreide krieg' ich auch
noch Prügel.
*(Sprichwort)*

»Fasst ihn! Fasst ihn!« schrien einige Burschen am schmalen Ende der Straße, und Tscherewik fühlte sich plötzlich von kräftigen Händen gepackt.

»Bindet ihn! Es ist derselbe, der dem guten Mann die Stute gestohlen hat.«

»Gott mit euch! Warum bindet ihr mich?«

»Er fragt noch! Warum hast du aber einem zugereisten Bauern, Tscherewik, die Stute gestohlen?«

»Ihr seid von Sinnen, Burschen! Wo hat man je gesehen, dass ein Mensch sich selbst bestiehlt?«

»Alte Scherze! Alte Scherze! Warum bist du dann so gerannt, als wäre dir der Satan selbst auf den Fersen?«

»Man muss wohl laufen, wenn so ein Satanskittel...«

»He, Liebster, das kannst du anderen vorlügen. Du wirst jetzt vom Assessor was Schönes erleben, damit du die Leute nicht mehr mit Teufelsgeschichten erschreckst.«

»Fasst ihn! Fasst ihn!« ertönte ein Geschrei am anderen Ende der Straße. »Da ist er, der Flüchtling!«

Unser Tscherewik erblickte seinen Gevatter im jämmerlichsten Zustande, die Hände im Rücken gebunden und von einigen Burschen geführt.

»Wunder über Wunder!« sagte einer von diesen. »Ihr hättet nur hören sollen, was dieser Spitzbube erzählt, dem man gleich auf den ersten Blick den Dieb ansieht. Als man ihn fragte, warum er wie wahnsinnig rannte, sagte er: ›Als ich die Hand in die Tasche steckte, um eine Prise zu nehmen, zog ich statt der Dose ein Stück von dem teuflischen Kittel heraus, das gleich rot aufflammte.‹ Deshalb sei er davongerannt!«

»He, he! Es sind zwei Vögel aus dem gleichen Nest! Man binde sie zusammen.«

## XII

»Was habe ich verbrochen, liebe Leute?
Was glotzt ihr so?« sprach unser Junger Mann.
»Was fasst ihr mich wie einen Schurken an?«
Und Tränen liefen über seine Wangen,
Dieweil sich Seufzer seiner Brust Entrangen.
*(Artemowskij-Gulak »Herr und Hund«)*

»Hast du vielleicht wirklich was stibitzt, Gevatter?« fragte Tscherewik, mit seinem Gevatter gebunden unter einem Strohdache liegend.

»Auch du kommst mir damit, Gevatter! Hände und Füße sollen mir verdorren, wenn ich je etwas gestohlen habe, außer den Quarkkuchen mit Sahne bei meiner Mutter, und auch das, als ich erst zehn Jahre alt war.«

»Wofür trifft uns denn diese Strafe? Dir geht es noch nicht so schlecht: dich beschuldigt man wenigstens, du hättest wen anders bestohlen; aber mich Unseligen verleumdet man, ich hätte mir selbst eine Stute stibitzt. Es ist uns wohl beiden beschieden, kein Glück im Leben zu haben, Gevatter!«

»Wehe uns armen Waisen!«

Die beiden Gevattern fingen an, laut zu schluchzen.

»Was ist mit dir los, Ssolopij?« fragte Grizko, der in diesem Augenblick eintrat. »Wer hat dich gebunden?«

»Ach, Golopupenko, Golopupenko!« schrie Ssolopij erfreut. »Gevatter, das ist der Bursch, von dem ich dir erzählte. Ist das ein tapferer Kerl! Gott soll mich hier auf der Stelle erschlagen, wenn er nicht vor meinen Augen einen Krug, fast so groß wie dein Kopf, auf einen Zug austrank und dabei mit keiner Wimper zuckte!«

»Warum hast du dann einem so vortrefflichen Burschen nicht den Gefallen getan, Gevatter?«

»Nun siehst du es«, fuhr Tscherewik fort, sich an Grizko wendend, »Gott hat mich wohl dafür gestraft, dass ich mich an dir vergangen habe. Vergib mir, guter Mann! Bei Gott, ich möchte für dich alles tun... Aber was kann ich machen? In meiner Alten sitzt der Teufel.«

»Ich trage nicht nach, Ssolopij! Wenn du willst, befreie ich dich!«

Er winkte den Burschen, und die gleichen Burschen, die Ssolopij bewacht hatten, eilten, ihn loszubinden.

»Dafür machst auch du, was sich gehört: eine Hochzeit! Und wir wollen so lustig sein, dass hinterher ein Jahr lang die Füße vom Tanzen wehtun!«

»Gut! Das ist gut!« sagte Ssolopij und schlug die Hände zusammen. »Es ist mir jetzt so froh zumute, als hätten mir die Moskowiter meine Alte entführt! Was gibt's da noch viel zu denken! Ob's recht ist oder nicht, wir feiern heute noch die Hochzeit, und die Sache hat ein Ende!«

»Pass auf, Ssolopij, in einer Stunde bin ich bei dir; jetzt aber geh heim, dort erwarten dich Leute, die dir die Stute und den Weizen abkaufen wollen!«

»Wie, ist denn die Stute wieder da?«

»Ja, sie ist wieder da!«

Tscherewik erstarrte vor Freude und blickte dem fortgehenden Grizko nach.

»Nun, Grizko, haben wir unsere Sache vielleicht schlecht gemacht?« fragte der lange Zigeuner den eilenden Burschen.

»Die Ochsen sind jetzt doch mein?«

»Sie sind dein, sie sind dein!«

## XIII

Fürchte dich nicht, Mütterchen
Zieh die roten Schuhe an.
Tritt die Feinde
Mit den Füßen,
Dass die Eisen
Laut erklirren!
Dass die Feinde
Schweigen, schweigen!
*(Hochzeitslied)*

Das hübsche Kinn auf den Ellenbogen gestützt, saß Paraska nachdenklich allein in der Stube. Viele Träume umschwebten ihren blonden Kopf. Ab und zu glitt ein leichtes Lächeln über ihre roten Lippen, und ein freudiges Gefühl hob ihre dunklen Brauen in die Höhe; manchmal aber senkte sich eine Wolke von Nachdenklichkeit auf ihre hellen braunen Augen.

»Was nun, wenn das, was er sagt, nicht in Erfüllung geht?« flüsterte sie mit einem Ausdruck des Zweifels. »Was, wenn man mich ihm nicht gibt? Wenn ... Nein, nein; es darf nicht sein! Die Stiefmutter tut alles, was ihr nur einfällt; warum soll ich nicht alles tun dürfen, was mir einfällt? Eigensinnig bin ich auch. Wie schön er doch ist! Wie wunderbar leuchten seine schwarzen Augen! Wie lieb sagt er mir: ›Parassja, mein Täubchen!‹ Wie gut steht ihm sein weißer Kittel! Wenn er auch noch einen etwas schöneren Gürtel dazu hätte! ... Ich will ihm schon einen weben, wenn wir in unsere neue Stube einziehen. Ich kann nicht ohne Freude daran denken«, fuhr sie fort, indem sie einen kleinen, mit rotem Papier umklebten Spiegel aus dem Busen zog, den sie auf dem Jahrmarkte gekauft hatte, und mit heimlicher Freude hineinschaute, »wie ich dann irgendwo ihr begegne und mich vor ihr um nichts in der Welt verbeuge, und wenn sie auch zerspringt. Nein, Stiefmutter, du hast deine Stieftochter genug geschlagen! Eher wird Sand auf dem Steine wachsen oder die Eiche sich wie eine Weide zum Wasser neigen, als dass ich mich vor dir verneige! Ja, ich habe es vergessen ... ich will doch eine Haube anprobieren, und wenn auch die der Stiefmutter, wie mag sie mir wohl stehen?«

Hier erhob sie sich mit dem Spiegelchen in der Hand, den Kopf darübergebeugt, und ging zitternd durch die Stube, als fürchtete sie, hinzufallen: sie sah vor sich statt des Fußbodens die Decke mit den darunterliegenden Brettern, von denen kürzlich der Popensohn herabgefallen war, und die Borde mit den Töpfen.

»Was ist denn mit mir, ich bin ganz wie ein Kind!« rief sie lachend: »Ich fürchte, einen Schritt zu machen!«

Und sie fing an, mit den Füßen zu stampfen, immer mutiger, schließlich sank ihre linke Hand herab und stemmte sich in die Seite, und sie begann zu tanzen, mit den Schuheisen klirrend, den Spiegel vor sich haltend und dabei ihr Lieblingslied singend:

»Liebliches Immergrün,
Neige dich tief!
Liebster, Schwarzäugiger,
Rücke zu mir!
Liebliches Immergrün,
Neige dich tiefer!
Liebster, Schwarzäugiger,
Rücke noch näher!«

Tscherewik blickte in diesem Augenblick zur Türe herein und blieb, als er seine Tochter vor dem Spiegel tanzen sah, stehen. Lange sah er zu und lachte über die seltsame Laune des Mädchens, das, ganz von ihren Gedanken hingerissen, nichts zu sehen und zu hören schien; als er aber die ihm bekannten Töne des Liedes hörte, geriet sein Blut ins Wallen: die Hände stolz in die Seiten gestemmt, trat er vor und begann, sich niederkauernd und wieder aufrichtend, zu tanzen, und vergaß alle seine Geschäfte. Das laute Lachen des Gevatters ließ alle beide zusammenfahren.

»Das ist schön, Vater und Tochter feiern hier selbst Hochzeit! Geht schneller hin: der Bräutigam ist gekommen.«

Paraska wurde bei den letzten Worten noch röter als das rote Band, das sie auf dem Kopfe hatte, und ihr sorgloser Vater erinnerte sich erst jetzt, warum er hierhergekommen war.

»Nun, Tochter, komm schneller! Chiwrja ist vor Freude darüber, dass ich die Stute verkauft habe, fortgelaufen«, sagte er, sich ängstlich umblickend, »fortgelaufen, um sich allerlei Röcke und Weiberlumpen zu kaufen, also müssen wir die Sache vor ihrer Rückkehr erledigen!«

Paraska hatte kaum die Schwelle der Stube überschritten, als sie sich schon auf den Armen des Burschen im weißen Kittel fühlte, der sie mit einer Menge Volkes draußen auf der Straße erwartete.

»Gott segne euch!« sagte Tscherewik, die Hände zusammenfaltend. »Sollen sie so leben, wie man die Kränze flicht!« [1] Hier entstand plötzlich im Volke ein Lärm.

»Ich will eher zerspringen, als dass ich das zulasse!« schrie die Lebensgefährtin Ssolopijs, die jedoch von der Menge unter Gelächter zurückgedrängt wurde.

»Wüte nicht, wüte nicht, Frau!« sagte Tscherewik kaltblütig, als er sah, dass einige kräftige Zigeuner sie an den Händen festhielten. »Was geschehen, ist geschehen; ich liebe nicht, etwas zu ändern!«

»Nein, nein! das wird nicht sein!« schrie Chiwrja, aber niemand hörte auf sie; einige Paare umringten das neue Paar und schützten es durch eine undurchdringliche tanzende Mauer.

Ein sonderbares, unsagbares Gefühl müsste sich eines jeden bemächtigen, welcher sähe, wie beim ersten Geigenstrich des Spielmanns im groben Rock mit dem langen gedrehten Schnurrbart sich alles, ob es wollte oder nicht, zu einem Ganzen vereinigte und zur Eintracht überging. Leute, über deren mürrisches Gesicht wohl noch nie ein Lächeln geglitten war, stampften mit den Füßen und zuckten mit den Schultern. Alles stürmte dahin, alles tanzte. Aber ein noch seltsameres, noch rätselhafteres Gefühl müsste sich in der Tiefe der Seele beim Anblick der alten Frauen regen, deren uralte Gesichter schon die Gleichgültigkeit des Grabes atmeten, die sich aber unter den neuen, lachenden, lebendigen Menschen drängten Die Sorglosen! Selbst ohne kindliche Freude, ohne einen Funken von Mitgefühl, nur vom Rausch allein, wie leblose Automaten, von einem Mechaniker gezwungen, Bewegungen zu machen, die an menschliche Bewegungen erinnern, bewegten sie leise ihre berauschten Köpfe und hüpften im Takt mit dem tanzenden Volke, ohne auch nur einen Blick auf das tanzende junge Paar zu werfen.

Das Lärmen, Lachen und Singen ließ sich immer leiser und leiser vernehmen. Die Fiedel erstarb, und die unklaren Tone wurden immer schwächer und verloren sich in der leeren Luft. Noch hallte irgendwo ein Stampfen, etwas, was an das Brausen eines fernen Meeres erinnerte, und bald wurde alles leer und stumm.

Entschwindet uns nicht ebenso die Freude, der schöne und unbeständige Gast, während sich noch ein einzelner Ton vergeblich bemüht, die Heiterkeit auszudrücken? In seinem eigenen Echo hört er schon Trauer und Einsamkeit, und er lauscht ihnen mit wildem Entsetzen. Verlieren sich nicht ebenso die lustigen Freunde einer stürmischen und freien Jugend einer nach dem anderen, ihren alten Genossen allein zurücklassend? So trüb ist es dem Verlassenen zumute! So schwer und traurig wird es ihm ums Herz, und nichts vermag ihm zu helfen!

# Johannisnacht

### Eine wahre Begebenheit,
### erzählt vom Küster der X-schen Kirche

Foma Grigorjewitsch hatte eine Eigentümlichkeit: er konnte es auf den Tod nicht leiden, dieselbe Geschichte zweimal zu wiederholen. Und wenn es auch manchmal jemand fertigbrachte, ihn zu bewegen, dass er eine seiner Geschichten zum zweiten Mal erzählte, so fügte er jedes Mal etwas Neues ein oder änderte die Erzählung so, dass man sie gar nicht wiedererkennen konnte. Einmal gelang es einem jener Herren – wir einfachen Leute wissen gar nicht, wie wir sie nennen sollen: Schreiber sind sie ja eigentlich nicht, eher so was wie die Makler auf unseren Jahrmärkten: sie schleppen, betteln und stehlen sich alles mögliche zusammen und machen dann daraus jeden Monat oder jede Woche ein Büchlein so dünn wie ein Abc-Buch –, es gelang also einem jener Herren, diese Geschichte von ihm herauszulocken, und Foma Grigorjewitsch hatte das ganz vergessen. Aber eines Tages kommt dieser selbe junge Herr aus Poltawa in einem erbsgrauen Rock gefahren und bringt ein kleines Büchlein mit; er schlägt es in der Mitte auf und zeigt es uns. Foma Grigorjewitsch ist schon im Begriff, sich die Brille aufzusetzen, aber es fällt ihm ein, dass er vergessen hat, sie mit Faden und Wachs festzumachen; darum gibt er das Büchlein mir. Da ich lesen gelernt habe und keine Brille brauche, so begann ich zu lesen. Ich hatte aber noch keine zwei Seiten umgeblättert, als er mich bei der Hand packte.

»Wartet! Sagt mir zuvor, was Ihr da lest?«

Ich muss gestehen, dass mich diese Frage etwas verblüffte.

»Was ich lese, Foma Grigorjewitsch? Eure eigene wahrhafte Geschichte. Eure eigenen Worte.«

»Wer hat Euch gesagt, dass das meine eigenen Worte sind?«

»Was für einen Beweis wollt Ihr denn noch? Da steht es ja ausdrücklich gedruckt: Erzählt vom Küster Soundso.«

»Spuckt dem auf den Kopf, der das gedruckt hat! Er lügt, der verdammte Moskowiter! Sind das meine Worte? Es klingt, als hätte ihm der Teufel eine Schraube im Kopfe losgemacht! Hört zu, ich will euch die Geschichte selbst erzählen.«

Wir rückten alle an den Tisch heran, und er erzählte:

»Mein Großvater (Gott hab' ihn selig! Möge er in jener Welt nichts als Weizenbrot und Mohnkuchen mit Honig zu essen bekommen!) verstand großartig zu erzählen. Wenn er erzählte, konnte man den ganzen Tag auf einem Platze sitzen und nur immer zuhören. Es ist kein Vergleich mit den heutigen Possenreißern, die so lügen und dabei noch eine solche Sprache führen, als hätte man ihnen drei Tage lang nichts zu essen gegeben; man möchte am liebsten seine Mütze nehmen und davonlaufen. Ich erinnere mich noch, als ob es heute gewesen wäre – meine selige Mutter war noch am Leben –, ich erinnere mich noch, wie sie an manchem langen Winterabend, wenn draußen der Frost krachte und das schmale Fenster unserer Wohnstube mit Schnee vermauerte, wie sie da am Spinnrocken saß, den langen Faden zog, mit dem Fuß eine Wiege schaukelte und dazu ein Lied sang, das mir noch heute in den Ohren klingt. Die Talglampe beleuchtete wie vor Schreck zitternd und flackernd die Stube. Die Spindel summte, und wir Kinder drängten uns um den Großvater zusammen, der vor Alter seit fünf Jahren nicht mehr vom Ofen heruntergekrochen war, und hörten ihm zu. Aber die wunderbaren Mären von den alten Tagen, von den Feldzügen der Saporoger Kosaken, von den Polen, von den Heldentaten eines Podkowa, eines Poltora-Koshucha oder eines Ssagaidatschnij packten uns nicht so sehr wie die Erzählungen von alten seltsamen Begebenheiten, bei denen es uns kalt überlief und unsere Haare zu Berge standen. Manchmal jagten uns diese Erzählungen solchen Schrecken ein, dass wir dann den ganzen Abend Gott weiß was für Spuk sahen. Und wenn es manchmal vorkam, dass ich nachts hinausgehen musste, so glaubte ich immer, es habe sich inzwischen ein Gast aus jener Welt in mein Bett gelegt. Der Himmel strafe mich, so dass ich nie wieder Gelegenheit habe, diese Geschichte zu erzählen, wenn ich nicht gar oft meinen eigenen Rock am Kopfende meines Bettes für einen zusammengerollten Satan hielt. Das Wichtigste an den Erzählungen meines Großvaters aber war, dass er niemals log und nur von solchen Dingen sprach, die sich wirklich zugetragen hatten.

Eine seiner wunderlichen Geschichten will ich euch jetzt wiedererzählen. Ich weiß wohl, dass es unter den Gerichtsschreibern und anderen Leuten, die weltliche Bücher lesen, gescheite gibt, die sich zwar in einem ganz gewöhnlichen Gebetbuche nicht auskennen, aber dafür um so besser zu spotten verstehen. Was man ihnen auch erzählt, sofort fangen sie zu grinsen an. Ein furchtbarer Unglaube hat sich in der Welt breit gemacht! Was soll ich noch viel darüber sprechen? Gott und die Heilige Jungfrau mögen mich verdammen, ihr werdet es mir vielleicht gar nicht glauben: aber als ich einmal die Rede auf die Hexen brachte, so fand sich wirklich ein Frechling, der nicht einmal an die Hexen glaubte! Ich lebe ja, Gott sei Dank, schon so viele Jahre auf der Welt und habe schon solche Ketzer gesehen, für die es leichter ist, in der Beichte zu lügen, als für unsereinen, eine Prise Tabak zu nehmen; und selbst diese Ketzer bekreuzigten sich, wenn sie einmal etwas von einer Hexe hörten. Ich wollte, es wäre ihnen einmal im Traum ... ich will lieber gar nicht sagen, wer ihnen im Traum erscheinen soll ... Was soll ich noch viel von solchen Leuten sprechen!

Vor mehr als hundert Jahren – so erzählte der Großvater – war unser Dorf so ganz anders, dass es niemand wiedererkennen würde! Es war nur ein Weiler, ein ganz elender Weiler! An die zehn ungetünchte und ungedeckte Bauernhäuser standen unordentlich mitten im Felde. Es gab weder einen Zaun noch einen ordentlichen Schuppen, wo man einen Wagen oder ein Stück Vieh hätte einstellen können.

Und so lebten die Reichen; und wie wir Armen lebten, das hättet ihr sehen sollen: ein Loch in der Erde – das war das ganze Haus! Nur wenn Rauch aufstieg, konnte man merken, dass da ein Christenmensch wohnte. Ihr werdet fragen, warum die Menschen so lebten? Armut war es ja eigentlich nicht, denn damals zog fast ein jeder als Kosake durch die Welt und erbeutete in fremden Ländern genug Reichtümer. Es hatte aber gar keinen Zweck, sich ein anständiges Haus zu bauen; denn es trieb sich damals allerlei Gesindel in der Gegend herum: Krimer Tataren, Polen, Litauer ... Es kam auch vor, dass eigene Landsleute in Scharen angeritten kamen und plünderten. Alles mögliche kam vor.

In diesem Weiler zeigte sich manchmal ein Mann oder, richtiger gesagt, ein Teufel in Menschengestalt. Woher er kam und wozu er kam, das wusste kein Mensch. Er vergnügte sich, soff und verschwand gleich wieder, wie wenn ihn die Erde verschlungen hätte. Und bald war er schon wieder da, wie vom Himmel gefallen, und trieb sich im Kirchdorfe umher, von dem jetzt keine Spur mehr zu sehen ist und das sich vielleicht kaum hundert Schritte von Dikanjka befand. Eine lustige Kumpanei scharte sich um ihn, man lachte und sang, warf das Geld mit vollen Händen umher und ließ den Schnaps wie Wasser fließen ... Manchmal machte er sich an die jungen Mädchen heran, schenkte ihnen so viele Bänder, Ohrringe und Halsketten, dass sie gar nicht wussten, wo sie alles hintun sollten! Die jungen Mädchen wurden freilich manchmal nachdenklich, wenn sie von ihm so beschenkt wurden: Gott allein weiß, ob die Sachen nicht doch durch unreine Hände gegangen waren. Die leibliche Tante meines Großvaters, die um jene Zeit an der heutigen Oposchnjaner Landstraße eine Schenke hielt, in der Bassawrjuk (so hieß dieser teuflische Mensch) öfters zechte, pflegte zu sagen, dass sie von ihm um nichts in der Welt ein Geschenk annehmen würde. Andererseits, wie konnte man ein Geschenk zurückweisen? Einen jeden überlief es kalt, wenn Bassawrjuk seine borstigen Brauen zusammenzog und einen so böse ansah, dass man am liebsten davonlaufen würde. Nahm man aber etwas von ihm an, so kam schon in der nächsten Nacht so ein gehörnter Kerl aus dem Sumpf zu Besuch und würgte, wenn man ein Halsband angenommen, am Halse, biß in die Finger, wenn man einen Ring, oder zerrte am Zopfe, wenn man ein Haarband bekommen hatte. Nein, auf solche Geschenke verzichtete man lieber! Das Unglück aber war, dass man sie unmöglich loswerden konnte: warf man so einen teuflischen Ring oder eine Halskette ins Wasser, so schwamm das Ding oben auf der Oberfläche und kehrte in die Hand zurück, die es fortgeworfen.

Im Dorfe war eine Kirche; ich glaube, sie war gar dem heiligen Pantelej geweiht. An der Kirche wirkte als Priester P. Afanassij, seligen Andenkens. Als er merkte, dass Bassawrjuk selbst am heiligen Ostersonntag nicht in den Gottesdienst kam, wollte er ihm Vorwürfe machen und eine Kirchenbuße auferlegen. Aber wo! Er kam kaum mit heiler Haut davon. ›Hör' einmal, Herr!‹ herrschte ihn jener an. ›Kümmere dich lieber um deine Sachen, anstatt dich in fremde zu mischen, wenn du nicht willst, dass man dir deinen Bockhals mit heißem Brei verkleistert!‹ Was konnte man mit diesem Verdammten anfangen? P. Afanassij erklärte nur, dass er einen jeden, der mit Bassawrjuk verkehrte, für einen Ungläubigen und Feind der Christenkirche und des ganzen Menschengeschlechts halten würde.

Im gleichen Dorfe lebte ein Kosak namens Korsh. Und dieser Korsh hatte einen Arbeiter, den die Leute Pjotr Besrodnyj, das ist ›Elternlos‹ nannten, wahrscheinlich darum, weil er weder seinen Vater noch seine Mutter kannte. Der Kirchenälteste sagte, dass seine Eltern im Jahre nach seiner Geburt an der Pest gestorben wären; aber die Tante meines Großvaters wollte daran nicht glauben und gab sich die größte Mühe, den armen Pjotr mit Verwandtschaft zu versehen, obwohl er diese genauso viel brauchte wie wir den vorjährigen Schnee. Die Tante pflegte zu sagen, sein Vater lebe auch jetzt noch unter den Saporoger Kosaken; er sei in türkischer Gefangenschaft gewesen, habe Gott weiß was für

Marter erlitten und sei durch irgendein Wunder entflohen. Die schwarzbrauigen Mädchen und jungen Weiber kümmerten sich wenig um seine Abstammung. Sie sagten nur, dass, wenn man ihm einen neuen Überrock mit rotem Gürtel anziehen, eine neue schwarze Lammfellmütze mit schmuckem Boden aus blauem Tuch aufsetzen, einen türkischen Säbel anschnallen und in die eine Hand eine Peitsche und in die andere eine hübsch verzierte Pfeife geben würde, er alle anderen Burschen in die Tasche stecken könnte. Leider hatte aber der arme Petrusj nur einen einzigen grauen Kittel, in dem mehr Löcher waren, als mancher Jude Dukaten in der Tasche hat. Das wäre noch nicht so schlimm; weit schlimmer war, dass der alte Korsh ein Töchterchen hatte, so hübsch, wie ihr ein ähnliches wohl noch nie gesehen habt. Die Tante meines gottseligen Großvaters berichtete – und ein Frauenzimmer, das wisst ihr doch selbst, wird eher, mit Verlaub zu sagen, den Teufel küssen als ein anderes Weibsbild eine Schönheit nennen –, sie berichtete, dass die vollen Bäckchen des Kosakenmädels so frisch und rosig waren wie die allerzartesten rosenfarbenen Mohnblüten, wenn sie, in Gottes Tau gebadet, aufleuchten, ihre Blättchen entfalten und sich der aufgegangenen Sonne zu Ehren schmücken; dass ihre Augenbrauen so schwarz wie die Schnüre waren, die die Mädchen heutzutage für ihre Kreuze und Schmuckmünzen bei den moskowitischen Hausierern kaufen, und sich gleichmäßig um ihre klaren Augen schwangen, wie um sich in ihnen zu spiegeln; dass ihr Mündchen, nach dem sich damals alle Burschen die Finger leckten, wie geschaffen dazu schien, mit Nachtigallenstimme zu singen; dass ihr Haar, so schwarz wie die Rabenflügel und so weich wie der junge Flachs (damals flochten unsere jungen Mädchen ihr Haar noch nicht zu kleinen, mit hübschen grellfarbigen Bändern durchzogenen Zöpfen), in freien Locken auf das goldgestickte Überkleid niederfiel. Ach, möge Gott mich strafen, so dass ich nie wieder in der Kirche das Halleluja singe, wenn ich sie nicht gleich auf der Stelle abküssen würde, trotz der grauen Haare, die sich schon auf meinem Schädel zeigen, und trotz meiner Alten, die mir auf dem Halse wie ein Star im Auge sitzt. Nun, wenn ein Bursch und ein Mädel nahe beieinander leben ... da wisst ihr doch selbst, was daraus werden kann. Man konnte oft in aller Herrgottsfrühe die Spuren der roten Stiefelchen mit den eisenbeschlagenen Absätzen auf der Stelle sehen, wo Pidorka mit ihrem Petrusj geschwatzt hatte. Der alte Korsh hätte wohl nichts Schlimmes geahnt; aber einmal – und das kann ja nur eine Finte des Teufels gewesen sein –, einmal fiel es dem Petrusj ein, ohne sich recht im finstern Hausflur umzusehen, das Mädel sozusagen von ganzer Seele auf die rosigen Lippen zu küssen, dass es nur so knallte, und dieser selbe Teufel – mag doch dem Hundesohn das heilige Kreuz im Traume erscheinen! – stiftete den alten Brummbären an, in diesem Augenblick die Tür zu öffnen. Korsh erstarrte zu einem Stück Holz, riss das Maul auf und hielt sich mit der Hand am Türpfosten fest. Der verdammte Kuss hatte ihn ganz betäubt. Er klang in seinen Ohren lauter als der Schlag mit dem Stößel gegen die Mauer, mit dem heutzutage der Bauer, in Ermangelung von Gewehr und Schießpulver, in der Johannisnacht die bösen Geister von seiner Stube verjagt.

Als er wieder zur Besinnung kam, nahm er seiner Vorfahren Reitpeitsche vom Nagel und wollte sie schon auf dem Rücken des armen Petrusj tanzen lassen, als plötzlich Pidorkas sechsjähriger Bruder Iwasj herbeigelaufen kam, die Beine des Vaters erschrocken umklammerte und flehte: ›Vater, Vater, schlag den Petrusj nicht!‹ Was war da zu tun? Das Herz des Vaters ist doch nicht von Stein. Er hängte die Reitpeitsche wieder an den Nagel, führte Petrusj aus der Stube hinaus und sagte ihm: ›Wenn du dich jemals wieder in meiner Stube oder auch nur draußen vor dem Fenster zeigst, so höre, Petro: bei Gott, dann ist es um deinen schwarzen Schnurrbart und deinen Kosakenschopf, den du dir zweimal um das Ohr wickeln kannst, geschehen – ich will nicht Terentij Korsh heißen, wenn dann der Schopf nicht Abschied von deinem Schädel nimmt!‹ Nachdem er dies gesagt hatte, gab er ihm einen leichten Stoß ins Genick, so dass Petrusj hinausflog. Das hatten sie also von der Küsserei! Die beiden

Täubchen hatten nun schweren Kummer. Um diese Zeit tauchte im Dorfe das Gerücht auf, dass zu Korsh öfters ein Pole ins Haus kam; ein Pole in goldstrotzendem Rock, mit langem Schnurrbart, mit Säbel und Sporen und Taschen, die so klirrten wie der Klingelbeutel, den unser Meßner Taras in der Kirche umgehen lässt. Es ist doch wirklich nicht schwer zu erraten, wozu man zu einem Vater kommt, der ein schwarzbrauiges Töchterchen hat. Eines Tages nahm Pidorka ihren Bruder Iwasj auf die Arme und sagte unter Tränen: ›Iwasj, lieber Iwasj! Lauf zu Petrusj, mein goldenes Kind, so schnell wie der Pfeil aus dem Bogen, und erzähle ihm alles: wie gern möchte ich seine braunen Augen, sein weißes Antlitz küssen, aber mein Schicksal will das nicht. Mehr als ein Handtuch habe ich mit heißen Tränen durchweicht. So schwer, so traurig ist mir ums Herz. Mein eigener Vater ist mir feind: er zwingt mich, den Polen, den ich nicht liebe, zu heiraten. Sag ihm noch, dass man auch schon die Hochzeit vorbereitet; es wird aber keine Musik auf meiner Hochzeit geben: statt der Leiern und Flöten wird der Gesang des Küsters tönen. Ich werde nicht mit meinem Bräutigam zum Tanze gehen; hinaustragen wird man mich. Dunkel, ach so dunkel wird meine Kammer sein! Aus Ahornbrettern gebaut, mit einem Kreuz statt des Schornsteins auf dem Dache!‹ Wie versteinert hörte Petro zu, als das unschuldige Kind Pidorkas Worte nachlallte. ›Und ich Unglücklicher dachte schon daran, nach der Krim oder zu den Türken zu ziehen, viel Gold zu erbeuten und mit all dem Reichtum zu dir, meine Schöne, zurückzukehren. Doch das soll nicht sein. Ein böser Blick hat uns getroffen. Auch ich werde Hochzeit haben, mein teures Fischchen, aber auf meiner Hochzeit wird nicht einmal ein Küster singen – statt des Priesters wird ein schwarzer Rabe mir zu Häupten krächzen; das weite Feld wird meine Stube sein und die graue Wolke mein Dach. Der Adler wird mir die braunen Augen aushacken, der Regen wird meine Kosakenknochen auswaschen, und der Sturm wird sie austrocknen. Was fang' ich an? Wem soll ich klagen, wen soll ich anklagen? So hat's wohl Gott gewollt! Verloren ist verloren!‹ Und mit diesen Worten ging er in die Schenke.

Die Tante meines gottseligen Großvaters war ein wenig erstaunt, als Petrusj in die Schenke kam, und dazu noch zu einer Zeit, wo ein anständiger Mensch zur Frühmesse geht; sie glotzte ihn an wie aus dem Schlafe aufgeschreckt, als er von ihr einen Krug Branntwein verlangte, so groß wie ein halber Eimer. Aber vergebens suchte der Arme sein Leid im Schnapse zu ertränken. Der Schnaps brannte ihm auf der Zunge wie Brennnesseln und schmeckte bitterer als Wermut. Er warf den Krug zu Boden. ›Traure doch nicht, Kosak!‹ dröhnte plötzlich ein Bass über seinem Kopfe. Er sah sich um: es war Bassawrjuk! Herrgott, diese Fratze! Die Haare wie Borsten, die Augen wie beim Ochsen. ›Ich weiß wohl, was dir fehlt: das da!‹ Mit teuflischem Grinsen ließ er den Lederbeutel, den er am Gürtel trug, erklirren. Petrusj fuhr zusammen. ›He, he! Wie das funkelt!‹ brüllte Bassawrjuk, indem er sich Dukaten auf die Hand schüttete. ›He, he, wie das klimpert! Und für einen ganzen Berg solcher Dinger wird man von dir nur eine einzige Tat verlangen‹ – ›Satan!‹ schrie Petrusj. ›Gib's her! Ich bin zu allem bereit!‹ Sie waren bald einig. ›Pass auf, Petrusj, du bist mir gerade zur rechten Zeit in den Weg gekommen: morgen ist der Johannistag. Nur in dieser einen Nacht im Jahre blüht das Farnkraut. Verpasse es nicht! Ich werde dich um Mitternacht im Bärengraben erwarten!‹

Ich glaube, die Hühner warten nicht so sehnsüchtig auf die Stunde, wo die Bäuerin ihnen ihr Futter ausstreut, wie Petrusj auf den Abend wartete. Jeden Augenblick sah er hin, ob die Schatten der Bäume nicht länger würden, ob die sinkende Sonne sich nicht schon rötete: und je länger er warten musste, um so ungeduldiger wurde er. Wie langsam die Zeit vergeht! Gottes Tag hat wohl irgendwo sein Ende verloren und kann es nicht wiederfinden. Nun ist die Sonne fort. Der Himmel rötet sich auf der einen Seite. Und schon wird er trüb. Im Felde wird es kälter. Es dämmert und ist schon ganz dunkel. Endlich! Als er sich auf den Weg machte und behutsam durch das Waldesdickicht in eine tiefe Schlucht, die man den Bärengraben nennt, hinabstieg, wollte ihm das Herz aus der Brust springen. Bassawrjuk erwartete ihn schon. Stockfinster war es. Hand in Hand schlichen sie durch das Moor, bei jedem Schritt stolpernd und sich in den Dornenbüschen verfangend. Endlich kamen sie auf einen freien Platz. Petro sah sich um: noch niemals war er an dieser Stelle gewesen. Auch Bassawrjuk blieb stehen.

›Siehst du, hier sind vor dir drei kleine Hügel. Allerlei Blumen werden auf ihnen erblühen, aber alle überirdischen Mächte mögen dich davor bewahren, auch nur eine von ihnen zu brechen! Doch wenn das Farnkraut erblüht, fass es und renne davon, ohne dich umzublicken, was du auch hinter dir zu sehen meinst.‹

Petro wollte noch etwas fragen ... aber der war schon verschwunden. Nun ging er zu den drei Hügeln; wo sind die Blumen? Nichts ist zu sehen. Schwarzes Steppengras überwucherte alles. Da wetterleuchtete es plötzlich, und vor ihm erschien ein ganzes Beet voll wunderbarer Blumen, wie er sie noch nie gesehen hatte; daneben waren auch die einfachen Blätter des Farnkrauts. Petro fing schon an zu zweifeln; beide Hände in die Hüften gestemmt, stand er nachdenklich vor den Blumen und fragte sich:

›Was ist denn dabei? Zehnmal am Tage sehe ich allerlei Kräuter; was ist denn das für ein Wunder? Macht sich am Ende diese Teufelsfratze über mich lustig?‹

Aber sieh: da blüht schon eine kleine rote Knospe und bewegt sich, wie wenn sie lebendig wäre. Das ist doch wirklich wunderbar! Sie bewegt sich und wird immer größer und größer und glüht rot wie eine brennende Kohle. Ein Sternchen flackert auf, es knistert leise, und die Blüte entfaltet sich vor seinen Augen wie eine Flamme und beleuchtet die anderen Blumen, die daneben stehen.

›Jetzt ist's Zeit!‹ sagte sich Petro und streckte die Hand aus. Und er sah, wie sich Hunderte zottiger Hände nach der gleichen Blume ausstreckten; und er hörte, wie hinter ihm jemand von Ort zu Ort herumlief. Er schloss die Augen, zog am Stängel, und die Blüte blieb in seiner Hand. Sofort wurde alles still. Auf einem Baumstumpfe saß plötzlich Bassawrjuk da, ganz blau angelaufen wie eine Leiche. Er rührte keinen Finger. Seine Augen starrten auf etwas, das nur er allein sehen konnte; der Mund stand halb offen, aber er sprach kein Wort. Ringsum blieb alles stumm und unbeweglich. Herrgott, wie unheimlich! ... Da erklang aber ein Pfiff, vor dem Petro das Herz stehen blieb, und es dünkte ihn, als ob das Gras rauschte und die Blumen zueinander sprächen mit Stimmchen, so dünn wie silberne Glöckchen; die Bäume dröhnten wütende Flüche ... Bassawrjuks Gesicht wurde plötzlich lebendig, und seine Augen leuchteten auf. ›Endlich ist sie zurück, die Hexe!‹ brummte er durch die Zähne. ›Pass auf, Petro, gleich wird vor dir ein schönes Weib erscheinen: tu alles, was sie dir befiehlt, sonst bist du für ewig verloren!‹ Nun zerteilte er das Dorngestrüpp mit seinem Knotenstock, und vor ihm stand plötzlich eine Hütte, wie es im Märchen heißt: ›ein Hüttchen auf Hühnerfüßchen‹. Bassawrjuk schlug mit der Faust gegen die Wand, und die ganze Hütte erbebte. Ein großer schwarzer Hund kam winselnd hervor, verwandelte sich sofort in eine Katze und sprang ihnen in die Augen. ›Nicht so wild, nicht so wild, alte Hexe!‹ sagte Bassawrjuk und fügte noch so ein Wörtlein hinzu, dass jeder anständige Mensch sich dabei die Ohren zugehalten hätte. Und siehe da: statt der Katze stand schon ein altes Weib, so runzlig wie ein gebackener Apfel, und krümmte den Rücken; die Nase und das Kinn sahen zusammen wie ein Nussknacker aus. – Eine nette Schönheit! – dachte sich Petro, und es überlief ihn kalt. Die Hexe entriss ihm die Blume, beugte sich über sie, flüsterte unverständliche Worte und besprengte sie mit irgendeinem Wasser. Funken stoben ihr aus dem Munde, Schaum trat ihr auf die Lippen. ›Wirf sie hin!‹ sagte sie, indem sie ihm die Blume zurückgab. Petro warf die Blume in die Luft und – o Wunder! sie fiel nicht gerade hin, sondern schwebte noch lange als leuchtende kleine Kugel im Dunkeln, wie ein Boot durch die Luft; dann begann sie langsam zu sinken und fiel schließlich zu Boden, so fern von ihnen, dass das leuchtende Sternchen nicht größer erschien als ein Mohnkorn. ›Hier!‹ sagte heiser die Alte; Bassawrjuk reichte ihr einen Spaten und rief: ›Grabe hier an dieser Stelle, Petro; du wirst hier so viel Gold finden, als weder du noch Korsh je im Traume gesehen habt.‹ Petro spie sich in die Hände, ergriff den Spaten, trat mit dem Fuß darauf und wendete die Erde um, einmal, noch einmal, ein drittes und viertes Mal ... er stieß auf etwas Hartes! ... Der Spaten klirrte und wollte nicht tiefer eindringen. Nun sahen seine Augen ganz deutlich eine kleine eisenbeschlagene Truhe. Er wollte mit der Hand nach ihr greifen, aber die Truhe begann immer tiefer in die Erde zu versinken; und hinter sich hörte er ein Lachen, das ganz wie das Zischen von Schlangen klang. ›Das Gold kriegst du nicht, ehe du nicht Menschenblut vergossen hast!‹ sagte die Hexe und stellte vor ihn ein etwa sechsjähriges Kind, das in ein weißes Laken eingehüllt war; sie machte ihm ein Zeichen, dass er dem Kinde den Kopf abhacken müsse. Petro erstarrte. Es ist doch wirklich keine Kleinigkeit, so mir nichts dir nichts einem Menschen den Kopf abzuhacken, und dazu noch einem unschuldigen Kinde! Voller Wut riss er das Laken vom Kopfe des Kindes, und was sah er? Vor ihm stand Iwasj! Das arme Kind hielt seine Händchen gekreuzt und sein Köpfchen gesenkt ... Wie toll sprang Petro mit dem Messer auf die Hexe und holte zu einem Schlage aus ...

›Und was versprachst du für das Mädchen? ...‹ dröhnte Bassawrjuks Stimme; im gleichen Augenblick hatte Petro das Gefühl, als ob ihn ein Schuss in den Rücken getroffen hätte. Die Hexe stampfte mit dem Fuß: eine blaue Flamme schlug aus dem Boden empor ... Die Stelle am Boden leuchtete auf und wurde durchsichtig wie Kristall, und Petro konnte alles, was in der Erde war, wie auf der flachen Hand sehen. Dukaten und Edelsteine in Kisten und Töpfen lagen haufenweise unter der Stelle, auf der sie standen. Petros Augen brannten vor Gier ... es schwindelte ihm ... Wie ein Besessener holte er mit dem Messer aus, und unschuldiges Blut spritzte ihm in die Augen ... Ein teuflisches Lachen dröhnte von allen Seiten. Fürchterliche Ungeheuer sprangen scharenweise vor ihm. Die Hexe krallte ihre Hände in die geköpfte Leiche und sog wie ein Wolf das Blut ... Alles drehte sich um Petro im Kreise herum! Er nahm seine letzten Kräfte zusammen und begann zu laufen. Alles, was er sah, war von einem roten Licht übergossen. Alle Bäume schienen in Blut getaucht, sie leuchteten und stöhnten. Das Himmelsgewölbe glühte und bebte ... Feuerflecke zuckten wie Blitze vor seinen Augen. Mit dem Aufwand seiner letzten Kräfte erreichte er seine Hütte und fiel wie ein Stein zu Boden. Und ihn überfiel ein Schlaf so fest und tief wie der Tod.

Zwei Tage und zwei Nächte schlief Petro, ohne aufzuwachen. Als er am dritten Tage erwachte, starrte er lange in die Ecken seiner Stube. Vergeblich suchte er sich auf irgend etwas zu besinnen: sein Gedächtnis war wie die Tasche eines alten Geizhalses, aus der man keinen Heller herauslocken kann. Er reckte sich und hörte plötzlich zu seinen Füßen ein Klirren. Er sah hin: zwei Säcke voll Gold lagen am Boden. Erst jetzt erinnerte er sich wie an einen Traum, dass er irgendeinen Schatz gesucht, und wie er sich allein im Walde gefürchtet hatte ... Aber um welchen Preis er den Schatz erlangt hatte, das konnte er unmöglich begreifen.

Als Korsh die Goldsäcke sah, wurde er weich wie Butter. ›Ach dieser Petrusj! Habe ich ihn denn nicht geliebt? War er mir nicht stets wie ein eigener Sohn?‹ Und der alte Brummbär begann zu lügen, dass dem Petrusj die Tränen in die Augen traten. Pidorka erzählte ihm, dass vorbeiziehende Zigeuner den Iwasj gestohlen hätten; aber Petrusj konnte sich auf das Kind gar nicht besinnen, so hatte ihn der Teufelsspuk verwirrt! Nun hatte es keinen Zweck, noch länger zu warten. Den Polen schmiss man hinaus und machte sich an die Hochzeitsfeier: man buk Berge von Kuchen, stickte zahllose Handtücher und Kopftücher, rollte ein Fass Branntwein aus dem Keller herauf, setzte das junge Paar an den Tisch, schnitt das Hochzeitsbrot auf, ließ die Leiern, Zimbeln und Flöten erschallen – und es ging los ...

In alten Zeiten wurde eine Hochzeit ganz anders gefeiert als heute. Wenn die Tante meines Großvaters von so einer Hochzeit erzählte, so wurde man vom bloßen Zuhören lustig! Wie die Mädels in schmuckem Kopfputz aus gelben, blauen und rosa Bändern, die oben von einer goldenen Tresse zusammengehalten waren, in feinen, an den Nähten mit roter Seide und von oben bis unten mit kleinen silbernen Blumen bestickten Hemden in Saffianstiefelchen auf hohen eisenbeschlagenen Absätzen so majestätisch wie die Pfauen und so laut rauschend wie der Sturmwind durch die Stube sprangen. Wie die jungen Frauen in bootförmigen Hauben aus Goldbrokat mit kleinen Ausschnitten am Nacken, aus denen die goldenen Käppchen mit den beiden Hörnchen aus feinstem schwarzem Lammfell, das eine nach vorn und das andere nach hinten, hervorguckten, in blauen Überkleidern aus bestem Seidenstoff mit roten Klappen, in würdiger Haltung, die Hände in die Hüften gestemmt, eine nach der anderen hervortraten und gemessenen Schrittes den Hoppak tanzten. Wie die Burschen in hohen Kosakenmützen, feinen Tuchröcken mit silbergestickten Gürteln, die Pfeife im Munde, wie die Teufel um das Weibsvolk scharwenzelten und schwatzten. Als der alte Korsh die Jungen sah, konnte er sich nicht länger halten und ließ seine alten Tage wieder aufleben. Mit einer Leier in der Hand, aus der Pfeife paffend und zugleich etwas singend, einen Becher auf dem Kopfe, begann der Alte beim lauten Geschrei der lustigen Gäste zu hopsen. Was die Menschen nicht alles erfinden können, wenn sie angeheitert sind! Manchmal verkleidete man sich so, dass man überhaupt keinem Menschen ähnlich sah. Mit den Maskeraden bei den heutigen Hochzeiten ist es gar nicht zu vergleichen. Was treibt man denn heute? Man verkleidet sich als Zigeunerinnen und als Moskowiter, und das ist alles. Nein, da verkleidete sich damals der eine als Jude und der andere als Teufel, erst küssten sie sich und dann packten sie einander bei den Schöpfen ... Gott sei ihnen gnädig! Man lachte so, dass man sich den Bauch halten musste. Oder man zog sich türkische und tatarische Kleider an; die Goldstickereien leuchteten wie das Feuer ... Und manchmal trieb man solche Späße, dass es nötig wäre, die Heiligenbilder aus der Stube hinauszutragen! Mit der Tante meines gottseligen Großvaters, die dieser Hochzeit beiwohnte, begab sich eine lustige Geschichte: sie hatte ein weites tatarisches Gewand an und ging mit einem Becher in der Hand von Gast zu Gast, um alle zu bewirten. Nun stiftete der Teufel einen an, sie von hinten mit Branntwein zu begießen; und ein anderer schlug in diesem Augenblick Feuer und zündete den Branntwein an ... die Flamme loderte empor ... Die arme Tante erschrak so sehr, dass sie sich vor allen Leuten die Kleider vom Leibe zu reißen begann. Da gab es einen Lärm, ein Lachen und ein Durcheinander wie bei einem Jahrmarkt. Mit einem Wort, selbst die ältesten Leute konnten sich an keine so lustige Hochzeit erinnern.

Pidorka und Petrusj lebten nun zusammen wie reiche Leute, von allem hatten sie genug, alles glänzte wie Gold ... Und doch schüttelten die Leute die Köpfe. ›Vom Teufel kommt nichts Gutes!‹ klang es wie aus einem Munde. ›Woher kann er den Reichtum haben, wenn nicht vom Versucher des rechtgläubigen Christenvolkes? Wo hat er einen solchen Haufen Gold hernehmen können? Warum ist Bassawrjuk gerade an dem Tag, als Petrusj so plötzlich reich wurde, spurlos verschwunden?‹ Man sieht ja: nicht alles, was die Leute reden, ist eitles Gerede! In der Tat: es verging kein Monat, und Petrusj war nicht wiederzuerkennen. Woher das kam und was mit ihm geschehen war, das wusste Gott allein. Er saß immer auf einem Fleck und sprach kein Wort; er dachte und spintisierte und wollte sich wohl auf etwas besinnen. Wenn es Pidorka zuweilen gelang, ihn zum Sprechen zu bringen, so vergaß er sich und heiterte sich sogar etwas auf; kaum fiel aber sein Blick auf die Goldsäcke, so schrie er gleich: ›Halt, halt, ich hab's vergessen!‹ Und er versank in Gedanken und suchte sich wieder auf etwas zu besinnen. Manchmal, wenn er lange so auf einem Fleck saß, schien es ihm, dass das Vergessene ihm gleich wieder einfallen würde ... aber gleich war alles wieder weg. Er sitzt in der Schenke; man kredenzt ihm Schnaps; der Schnaps brennt ihm auf der Zunge; der Schnaps widert ihn an; jemand geht auf ihn zu und klopft ihm auf die Schulter ... Das ist alles, worauf er sich besinnen kann; alles übrige ist wie im Nebel. Der Schweiß rinnt ihm vom Gesicht, und er setzt sich wieder ganz entkräftet auf seinen Platz.

Alles mögliche versuchte Pidorka: sie befragte Wahrsager, ließ Zinn gießen und Wasser besprechen – nichts wollte helfen. So verging der ganze Sommer. Viele Kosaken hatten schon die Heu- und die Kornernte eingebracht, und die kühneren waren schon ins Feld gezogen. Schwärme von Wildenten drängten sich noch in unseren Sümpfen, aber der Zaunkönig war schon längst verschwunden. Die Steppe war rot von Heidekraut. Getreidehaufen lagen bunt wie Kosakenmützen im Felde umher. Auf den Straßen konnte man schon mit Reisig und Brennholz beladene Wagen sehen. Die Erde war hart geworden und stellenweise gefroren. Schon fielen Schneeflocken vom Himmel herab, und die Baumäste hüllten sich in Raureif wie in Hasenfelle. Schon ging an klaren Frosttagen der rotbrüstige Gimpel wie ein eitler polnischer Edelmann über den Schneehaufen spazieren und pickte sich Körner. Kinder jagten mit Riesenstöcken hölzerne Kreisel über das Eis, während ihre Väter ruhig auf den Öfen lagen und nur ab und zu mit der brennenden Pfeife in den Zähnen vor das Haus traten, um mit einem kräftigen Worte auf den so frühzeitigen Frost zu schimpfen, oder um sich auszulüften, oder um das Korn im Flur noch einmal durchzudreschen. Und dann kam wieder die Schneeschmelze, die Zeit, ›wo der Hecht mit dem Schwänze das Eis durchschlägt‹. Petro war aber immer derselbe, war sogar noch trübsinniger geworden. Wie angekettet saß er mitten in der Stube vor den Goldsäcken, verwildert, über und über mit Haaren bewachsen, und sah gar schrecklich aus. Er dachte immer an dasselbe, wollte sich immer auf etwas besinnen und ärgerte sich und wütete, weil er es nicht konnte. Manchmal erhob er sich wie wild von seinem Platz, schwang die Arme, starrte auf einen Punkt, als ob er etwas erhaschen wollte; seine Lippen bewegten sich, als wollten sie irgendein längst vergessenes Wort aussprechen, und erstarrten gleich wieder ... Rasende Wut überfiel ihn; wie ein Besessener nagte und biss er sich die Hände und raufte sich die Haare, bis er wieder still wurde und wie ohnmächtig niederfiel; und dann begann er von neuem nachzusinnen, zu wüten und sich zu quälen ... Das war wie eine Strafe Gottes. Pidorka hatte keine Freude am Leben mehr. In der ersten Zeit fürchtete sie immer, allein mit ihm in der Stube zu bleiben; später gewöhnte sie sich an ihr Unglück. Aber die frühere Pidorka war nicht mehr wiederzuerkennen. Die Wangen waren blass, die Lippen lächelten niemals; ganz abgezehrt war sie, ausgeweint waren ihre einst so klaren Augen. Jemand, der mit ihr Mitleid hatte, gab ihr einmal den Rat, zu der Zauberin zu gehen, die im Bärengraben hauste und von der es hieß, dass sie alle Krankheiten heilen könne. Pidorka entschloss sich, dieses letzte Mittel zu versuchen; mit vielen Worten überredete sie die Alte, mit ihr mitzukommen. Es war in der Abendstunde, gerade am Vorabend der Johannisnacht. Petro lag bewusstlos auf der Bank und sah den Gast gar nicht. Aber allmählich richtete er sich auf und heftete seinen Blick auf die Zauberin. Und plötzlich erbebte er wie auf dem Blutgerüst; die Haare standen ihm zu Berge ... und er lachte so wild auf, dass Entsetzen Pidorka ins Herz schnitt. ›Nun weiß ich es! Nun weiß ich es!‹ schrie er ganz außer sich vor Freude. Er ergriff eine Axt und ließ sie aus aller Kraft auf die Alte niedersausen. Die Axt drang vier Zoll tief in die Eichentür hinein. Die Alte war verschwunden und ein Kind von sechs Jahren, in weißem Hemd, mit verhülltem Kopfe stand plötzlich mitten in der Stube ... Das Laken, in das es gehüllt war, fiel herunter. ›Iwasj!‹ schrie Pidorka und stürzte auf ihn hin. Doch das Gespenst war plötzlich vom Kopf bis zu den Füßen mit Blut bedeckt und erleuchtete die ganze Stube mit rotem Lichte ... Außer sich vor Angst lief Pidorka auf den Flur hinaus; sie besann sich aber und wollte in die Stube zurück, um den Bruder zu retten. Aber vergebens! Die Tür war so fest zugeschlagen, dass sie sie nicht mehr öffnen konnte. Die Leute liefen zusammen, begannen zu klopfen, schlugen die Tür ein – keine Seele war in der Stube! Alles war voller Rauch, und in der Mitte, wo Petrusj gestanden hatte, lag ein Häufchen Asche, von dem hie und da Rauch aufstieg. Man stürzte zu den Säcken: statt der Dukaten lagen nur Scherben darin. Mit glotzenden Augen, aufgerissenen Mäulern, so starr, dass keiner den Schnurrbart zu rühren wagte, standen die Kosaken wie angewurzelt da. Solche Angst hatte ihnen dieses Wunder eingejagt!

Was weiter geschah, weiß ich nicht mehr. Pidorka gelobte, eine Pilgerfahrt zu unternehmen; sie sammelte die Habe zusammen, die ihr vom Vater übrig geblieben war, und nach einigen Tagen war jede Spur von ihr verschwunden. Niemand wusste zu sagen, wohin sie gegangen war. Übereifrige alte Weiber erklärten bereits, sie hätte sich dorthin begeben, wohin Petrusj verschwunden war; aber ein Kosak, der aus Kijew kam, erzählte, er habe dort im Höhlenkloster eine Nonne gesehen, die zu einem Gerippe abgemagert war und immerfort betete und in der die Landsleute allen Anzeichen nach Pidorka erkannt hätten; dass noch niemand von ihr auch ein einziges Wort gehört habe; dass sie zu Fuß nach Kijew gekommen sei und für das wundertätige Bild der Mutter Gottes eine Fassung mitgebracht habe, die so dicht mit leuchtenden Edelsteinen besetzt gewesen sei, dass man die Augen schließen müsste, wenn man nur hinblickte.

Aber, mit Verlaub, damit war die Geschichte noch nicht zu Ende. Am selben Tage, als der Teufel Petrusj geholt hatte, tauchte Bassawrjuk wieder im Dorfe auf; aber jetzt mied man ihn noch mehr als früher. Nun wusste man, was er für einer war: doch niemand anders als der leibhaftige Satan, der Menschengestalt angenommen hatte, um Schätze aus der Erde zu graben; und da er mit seinen unreinen Händen keinen Schatz heben konnte, verführte er junge Burschen dazu. Im gleichen Jahre verließen alle Leute ihre Lehmhütten und zogen ins Kirchdorf; aber auch dort fanden sie keine Ruhe vor dem verdammten Bassawrjuk. Die Tante meines gottseligen Großvaters erzählte, er sei auf sie ganz besonders wütend gewesen, weil sie ihre Schenke auf der Oposchnjaner Landstraße aufgegeben hatte; er habe immer versucht, an ihr Rache zu nehmen. Einmal waren die Dorfältesten in der Schenke versammelt und unterhielten sich, wie man so sagt, nach Rang und Amt am Tisch, auf dem ein gebratener Hammel stand; es wäre wohl eine Sünde, zu sagen, dass der Hammel klein gewesen sei. Man sprach über dies und jenes, auch über allerlei Mirakel und Wunder. Und plötzlich schien es, und nicht nur einem einzelnen – das wäre ja noch nicht so wichtig –, aber allen schien es, als ob der Hammel den Kopf erhöbe, als ob seine Augen sich belebten und leuchteten und als ob ihm plötzlich ein schwarzer struppiger Schnurrbart gewachsen wäre, den er bedeutungsvoll bewegte. Im Hammelkopf erkannten alle sofort Bassawrjuks Fratze; die Tante meines Großvaters glaubte schon, er würde gleich Schnaps verlangen ... Die ehrenwerten Dorfältesten griffen nach ihren Mützen und rannten davon. Ein anderes Mal ereignete sich folgende Geschichte: Der Kirchenälteste, der die Angewohnheit hatte, ab und zu ein Zwiegespräch mit Großvaters Schnapsglas zu führen, sah einmal, als er es noch keine zweimal geleert hatte, wie das Glas sich vor ihm höchst ehrfurchtsvoll verneigte. ›Dass dich der Teufel!‹ rief er aus und begann sich zu bekreuzigen ... Auch seine Ehehälfte erlebte ein ähnliches Wunder; kaum hatte sie in einem riesigen Trog Teig zu kneten begonnen, als der Trog plötzlich in die Höhe sprang. ›Halt! Halt!‹ Aber der Trog hörte nicht auf sie: stolz und würdevoll tanzte er durch die Stube ... Lacht nur darüber! Aber unseren Großvätern war es gar nicht so lustig zumute. Obwohl P. Afanassij mit dem Weihwasserfass durchs ganze Dorf ging und den Teufel mit dem Weihwedel zu vertreiben suchte, klagte die Tante meines gottseligen Großvaters noch lange Zeit darüber, dass jemand jeden Abend aufs Dach klopfte und an den Wänden kratzte. Was soll ich noch viel erzählen! Jetzt scheint auf der Stelle, wo unser Dorf steht, alles ruhig; es ist aber noch gar nicht so lange her – mein seliger Großvater und ich haben es noch erlebt –, dass an der verfallenen Schenke, die die unsauberen Geister noch lange Zeit auf eigene Kosten auszubessern trachteten, kein Christenmensch vorbeigehen konnte. Aus dem verrußten Schornsteine stiegen dichte Rauchwolken empor, so hoch, dass einem die Mütze vom Kopfe fiel, wenn man hinauf sah, und aus dem Rauche fielen glühende Kohlen über die ganze Steppe; und der Teufel – ich sollte ihn, den Hundesohn, gar nicht nennen! – heulte so jämmerlich in seinem Loch, dass die erschrockenen Raben sich scharenweise aus dem nahen Eichenwalde erhoben und mit wildem Geschrei durch den Himmel jagten.«

# Die Mainacht oder Die Ertrunkene

## I. Ganna

Das hell klingende Lied ergoss sich wie ein Strom durch die Straßen des Kirchdorfes[R***]. Es war um die Stunde, wo die von den Mühen und Sorgen des Tages ermüdeten Burschen und Mädchen sich lärmend im Kreise versammeln, um im heiteren Glänze des Abends ihre Freude in Tönen zu ergießen, die stets auch von Trauer begleitet sind. Der verträumte Abend umfing nachdenklich den blauen Himmel und verwandelte alles in Ungewissheit und Ferne. Schon war die Dämmerung angebrochen, die Lieder wollten aber immer noch nicht verstummen. Mit der Laute in der Hand hat der junge Kosak Lewko, der Sohn des Dorfamtmannes, den Kreis der Sänger verlassen. Die Lammfellmütze auf dem Kopfe, schlendert er tänzelnd durch die Gasse und zupft mit der Hand die Saiten. Da bleibt er vor der Tür eines Häuschens stehen, das von niederen Kirschbäumen umgeben ist. Wessen Haus ist es? Und wessen Tür? Nachdem er eine Weile geschwiegen, griff er in die Saiten und stimmte das Lied an:

»Die Sonne steht niedrig,
Der Abend ist nahe,
O tritt aus dem Hause,
Geliebteste Seele!«

»Nein, sie schläft wohl fest, meine helläugige Schöne!« sagte der Kosak, als er das Lied beendet, sich dem Fenster nähernd. »Galja, Galja! Schläfst du oder willst du nicht zu mir kommen? Du fürchtest wohl, dass uns hier jemand erblickt, oder du hast vielleicht keine Lust, dein weißes Gesichtchen in die kühle Luft hinauszustecken? Fürchte nichts, es ist niemand da. Der Abend ist warm. Und wenn sich jemand zeigt, so hülle ich dich in meinen Kittel, umwickle dich mit meinem Gürtel, bedecke dich mit meinen Händen – und niemand wird uns sehen. Und wenn ein kalter Hauch kommt, so drücke ich dich an mein Herz, wärme dich mit meinen Küssen, ziehe meine Mütze über deine weißen Füßchen, mein Herz, mein Fischchen, mein Schmuck. Blick nur für ein Weilchen heraus! Streck wenigstens dein weißes Händchen durchs Fenster ... Nein, du schläfst nicht, stolzes Mädchen«, sagte er lauter und mit einer Stimme, mit der einer, der plötzliche Demütigung fürchtet, zu sprechen pflegt. »Dir beliebt es, mich zu höhnen – so lebe wohl!«

Er wandte sich ab, schob die Mütze aufs Ohr und ging stolz vom Fenster weg, leise auf der Laute klimpernd. Die hölzerne Türklinke wurde indessen umgedreht, die Tür ging knarrend auf, und ein Mädchen von siebzehn Lenzen kam, von Abenddämmerung umschleiert, scheu nach allen Seiten spähend, ohne die Klinke aus der Hand zu lassen, über die Schwelle. Im Dämmerlichte glühten so freundlich wie Sterne ihre Augen, leuchtete der rote Korallenhalsschmuck, und den Adleraugen des Burschen entging nicht einmal die Röte, die schamhaft auf ihren Wangen aufleuchtete.

»Wie ungeduldig du bist!« sagte sie ihm leise. »Gleich bist du böse! Warum hast du diese Stunde gewählt? Eine Menge Leute treibt sich auf den Straßen herum... Ich zittere am ganzen Leibe ...«

»Zittere nicht, meine rote Maßholderbeere! Schmieg dich fester an mich!« sagte der Bursche, sie umarmend, die Laute, die er an einem langen Riemen am Halse hängen hatte, von sich werfend und sich neben dem Mädchen vor die Tür setzend. »Du weißt doch, wie bitter es mir ist, dich auch nur eine Stunde nicht zu sehen.«

»Weißt du auch, was ich mir denke?« unterbrach ihn das Mädchen und richtete die Augen nachdenklich auf ihn. »Mir ist's, als ob mir jemand ins Ohr raune, dass wir uns von nun an nicht mehr so oft sehen werden. Schlecht sind die Menschen bei euch: die Mädchen blicken so neidisch, und die Burschen ... Ich merke sogar, dass meine Mutter seit einiger Zeit strenger auf mich aufpasst. Ich muss gestehen, dass es mir in der Fremde lustiger zumute war.«

Eine schmerzvolle Bewegung ging bei den letzten Worten durch ihr Gesicht.

»Zwei Monate bist du erst in der Heimat, und schon sehnst du dich von hier fort! Oder bin ich dir vielleicht zuwider?«

»Oh, du bist mir nicht zuwider!« versetzte sie lächelnd. »Ich liebe dich, du schwarzbrauiger Kosak! Ich liebe dich, weil du so schwarze Augen hast, und wenn du mich mit ihnen anblickst, so lächelt es in meiner Seele, und es wird in ihr so lustig und so wohl; ich liebe dich, weil du so freundlich den schwarzen Schnurrbart bewegst, weil du singst und die Laute spielst, wenn du durch die Straße gehst, und es ist eine Freude, dir zuzuhören.«

»Oh, meine Galja!« rief der Bursche, sie küssend und noch fester an seine Brust drückend.

»Warte, Lewko, hör auf! Sag mir zuerst, hast du schon mit deinem Vater gesprochen?«

»Was?« sagte er, wie aus dem Schlafe erwachend. »Dass ich dich heiraten will und du die Meine werden willst? Ja, ich habe mit ihm gesprochen.« Aber das Wort »gesprochen« klang so traurig aus seinem Munde.

»Und was sagte er?«

»Was soll ich mit ihm anfangen? Der alte Kerl stellte sich wie immer taub: er hörte nicht und schimpft noch auf mich, dass ich mich, Gott weiß wo, herumtreibe und mit den Burschen in den Straßen herumtolle. Gräme dich nicht, meine Galja! Ich gebe dir mein Kosakenwort, dass ich ihn noch umstimme.«

»Ja, du brauchst nur ein einziges Wort zu sagen, Lewko, und alles wird nach deinem Willen geschehen. Ich weiß es ja aus eigener Erfahrung: wie oft möchte ich mich dir widersetzen, wenn du aber auch nur ein einziges Wort sagst, so tue ich, ob ich will oder nicht, alles, was du verlangst. Schau nur, schau!« fuhr sie fort, den Kopf an seine Schulter lehnend und die Augen in die Höhe hebend, wo der grenzenlose warme Himmel der Ukraine blaute, unten von den krausen Zweigen der Kirschbäume verhängt. »Schau nur; da blicken in der

Ferne die Sternchen: eins, zwei, drei, vier, fünf ... Nicht wahr, das sind doch die Engel Gottes, die die Fensterchen ihrer lichten Stübchen im Himmel aufmachen und auf uns herabblicken? Ist es nicht so, Lewko? Sie blicken doch auf unsere Erde herab? Ach, hätten doch die Menschen Flügel wie die Vögel und könnten in die Höhe emporfliegen. Es ist schrecklich, daran zu denken! Kein einziger Eichbaum ragt bei uns in den Himmel hinauf. Und doch sagen die Leute, dass irgendwo in einem fernen Lande so ein Baum steht, dessen Gipfel im Himmel rauscht, und dass Gott auf ihm in der Nacht vor dem lichten Osterfeste zur Erde herabsteigt.«

»Nein, Galja, Gott hat eine lange Leiter, die vom Himmel zur Erde reicht. Die heiligen Erzengel stellen sie in der Nacht vor dem Ostersonntag auf, und kaum tritt Gott auf die erste Sprosse, als alle die unreinen Geister kopfüber in die Hölle stürzen, so dass am Festtage Christi kein böser Geist mehr auf Erden bleibt.«

»So leise wiegt sich das Wasser, wie ein Kind in der Wiege«, fuhr Ganna fort, auf den Teich weisend, der von mürrischen dunklen Ahornbäumen umstanden war und von Weiden, die ihre trauernden Zweige in ihn versenkt hielten, beweint wurde. Wie ein kraftloser Greis hielt er den fernen dunklen Himmel in seinen kalten Armen, überschüttete mit eisigen Küssen die feurigen Sterne, die in der warmen Nachtluft trübe leuchteten, als ahnten sie schon das baldige Erscheinen der strahlenden Königin der Nacht. Am Waldrande auf dem Berge schlummerte ein altes hölzernes Haus mit geschlossenen Fensterläden, Moos und wildes Gras überwucherten sein Dach; lockige Apfelbäume verwilderten vor seinen Fenstern; der Wald umfing es mit seinem Schatten und warf ein unheimliches Dunkel darauf; ein Nussbaumgehölz breitete sich zu seinen Füßen aus und fiel zum Teiche herab.

»Ich erinnere mich wie im Traume«, sagte Ganna, ohne die Augen von ihm zu wenden; »es ist lange, lange her, als ich noch klein war und bei meiner Mutter wohnte, erzählte man sich etwas Schreckliches über dieses Haus. Lewko, du weißt es wohl, erzähl' es mir!...«

»Denk nicht daran, meine Schöne! Was doch die Weiber und dummes Volk nicht alles erzählen können. Du kommst nur um deine Ruhe, wirst dich fürchten und nicht gut schlafen können.«

»Erzähle, erzähle, liebster schwarzbrauiger Bursche!« sagte sie, ihr Gesicht an seine Wange schmiegend und ihn umarmend. »Nein, du liebst mich nicht, du hast wohl ein anderes Mädchen! Ich werde mich nicht fürchten, ich werde die Nacht ruhig schlafen. Aber wenn du es mir nicht erzählst, werde ich nicht einschlafen können. Ich werde mich quälen und immerzu denken ... erzähle, Lewko ...«

»Die Leute haben wohl recht, wenn sie sagen, dass in den Mädchen ein Teufel sitzt, der ihre Neugier aufstachelt. Hör also zu! Vor langer Zeit, mein Herzchen, lebte in diesem Hause ein Hauptmann. Der Hauptmann hatte ein Töchterlein, ein feines Fräulein, so weiß wie Schnee, wie dein Gesicht. Des Hauptmanns Frau war schon längst tot, und der Hauptmann wollte sich eine andere Frau nehmen. ›Wirst du mich noch so liebkosen wie früher, Vater, wenn du dir eine andere Frau nimmst?‹ – ›Gewiss, Töchterchen, ich werde dich noch fester als früher an mein Herz drücken! Noch herrlichere Ohrringe und Geschmeide werde ich dir schenken!‹ Der Hauptmann brachte die junge Frau in sein neues Haus. Schön war die junge Frau. Rotwangig und weiß war sie; sie blickte aber die Stieftochter so schrecklich an, dass jene aufschrie, als sie sie sah. Den ganzen Tag sprach die strenge Stiefmutter kein Wort. Die Nacht brach an; der Hauptmann ging mit seiner jungen Frau in die Schlafkammer, und auch das weiße Fräulein schloss sich in ihrem Kämmerlein ein. Bitter war es ihr zumute, und sie fing zu weinen an. Plötzlich sieht sie, wie eine schreckliche schwarze Katze zu ihr geschlichen kommt: ihr Fell brennt und die eisernen Krallen klopfen laut auf den Dielenbrettern. In ihrer Angst springt sie auf die Bank – die Katze ihr nach; sie springt von der Bank auf das

Bett – die Katze folgt ihr auch aufs Bett, springt ihr an den Hals und fängt sie zu würgen an. Das Mädchen schreit auf, reißt die Katze von sich los und schleudert sie zu Boden – doch die schreckliche Katze schleicht schon wieder auf sie zu. Unheimlich wurde es dem Mädchen zumute. An der Wand hing ihres Vaters Säbel. Sie ergriff ihn und ließ ihn auf den Boden niedersausen – die eine Tatze mit den Eisenkrallen flog zur Seite, und die Katze verschwand winselnd in einer dunklen Ecke. Den ganzen nächsten Tag kam die junge Hauptmannsfrau nicht aus ihrer Kammer; am dritten Tage zeigte sie sich mit verbundener Hand. Da erriet das arme Fräulein, dass ihre Stiefmutter eine Hexe war und dass sie ihr eine Hand abgehauen hatte. Am vierten Tage musste das Fräulein auf Befehl des Hauptmanns wie eine Bauernmagd Wasser schleppen und die Stube kehren und durfte nicht mehr in die herrschaftlichen Stuben kommen. Schwer war es der Armen ums Herz, sie konnte aber nichts dagegen tun und musste sich dem Willen des Vaters fügen. Am fünften Tage jagte der Hauptmann seine Tochter barfuß aus dem Hause und gab ihr nicht mal ein Stück Brot auf den Weg. Nun bedeckte das Fräulein ihr weißes Gesicht mit den Händen und begann bitterlich zu weinen: ›Du hast deine leibliche Tochter zugrunde gerichtet, Vater! Die Hexe hat deine sündige Seele ins Verderben gestürzt! Gott verzeihe dir – mich Unselige will Er aber wohl nicht länger auf dieser Welt leben lassen!...‹ Und nun, siehst du ...« Lewko wandte sich zu Ganna und zeigte mit dem Finger auf das Haus. »Siehst du: dort hinter dem Hause ist die steilste Stelle! Von diesem Ufer herab stürzte sich das Fräulein ins Wasser, und von nun an war sie nicht mehr unter den Lebenden...«

»Und die Hexe?« unterbrach ihn Ganna ängstlich, die tränenfeuchten Augen auf ihn richtend.

»Die Hexe? Die alten Weiber erzählen sich, dass seit jener Zeit alle Ertrunkenen in mondhellen Nächten aus dem Flusse in den Garten des Hauptmanns kämen, um sich im Mondlichte zu wärmen, und dass des Hauptmanns Tochter ihre Anführerin sei. Eines Nachts sah sie ihre Stiefmutter am Ufer des Teiches stehen; sie fiel über sie her und schleppte sie mit Geschrei ins Wasser. Die Hexe ersann aber auch hier Rettung: sie verwandelte sich unter dem Wasser in eine Ertrunkene und entkam so der Peitsche aus grünem Schilf, mit der die Ertrunkenen sie züchtigen wollten. Wer wird aber den Weibern glauben! Sie erzählen auch noch, dass das Fräulein allnächtlich alle Ertrunkenen um sich versammelt und ihnen einer nach der anderen ins Gesicht blickt, um unter ihnen die Hexe wiederzufinden; bis jetzt hat sie sie aber noch nicht wiedergefunden. Und wenn ihr einer von den lebenden Menschen in die Hände kommt, so zwingt sie auch ihn, die Hexe zu suchen, und droht, ihn zu ertränken, wenn er es nicht tut. So erzählen sich die alten Leute, Galja!... Der jetzige Besitzer will an dieser Stelle eine Schnapsbrennerei bauen und hat schon sogar einen Schnapsbrenner hergeschickt... Ich höre aber Stimmen. Das sind die Unsrigen, die vom Singen zurückkommen. Leb wohl, Galja! Schlafe ruhig und denke nicht an diese Weibermärchen.«

Mit diesen Worten umarmte er sie noch fester, küsste sie und ging davon.

»Leb wohl, Lewko!« sagte Ganna, den Blick nachdenklich auf den dunklen Wald gerichtet.

Ein riesenhafter feuerroter Mond begann um diese Zeit aus der Erde zu steigen. Die eine Hälfte steckte noch unter der Erde, aber die ganze Welt war schon von einem seltsamen feierlichen Lichte erfüllt. Funken glühten im Teiche auf. Der Schatten der Bäume trennte sich sichtbar vom dunklen Laub.

»Leb wohl, Ganna!« erklang es hinter ihr, und sie fühlte einen Kuss auf der Wange.

»Du bist also zurückgekehrt!« sagte sie, sich umsehend. Sie erblickte aber einen fremden Burschen und wandte sich von ihm weg.

»Leb wohl, Ganna!« ertönte es wieder, und wieder küsste sie jemand auf die Wange.

»Da hat der Teufel schon wieder einen anderen hergebracht!« versetzte sie voller Zorn.

»Leb wohl, liebe Ganna!«

»Da ist ja auch schon der Dritte!«

»Leb wohl, leb wohl, leb wohl, Ganna!«

Und die Küsse regneten von allen Seiten auf sie herab.

»Da ist ja eine ganze Bande!« schrie Ganna, sich von einer ganzen Schar von Burschen losreißend, die sie um die Wette umarmten. »Wie, wird ihnen nur das ewige Küssen nicht zu dumm? Bei Gott, bald wird man sich nicht mehr auf der Straße zeigen dürfen!« Gleich nach diesen Worten fiel die Tür zu, und man hörte noch, wie der eiserne Riegel vorgeschoben wurde.

## II. Der Amtmann

Kennt ihr die ukrainische Nacht? Oh, ihr kennt die ukrainische Nacht nicht! Betrachtet sie nur recht genau: mitten vom Himmel blickt der Mond herab; das unermessliche Himmelsgewölbe dehnt sich und wird noch unermesslicher; es glüht und atmet; die ganze Erde ruht in silbernem Lichte; die wunderbare Luft ist kühl und schwül zugleich, von Wollust erfüllt, von einem Ozean von Wohlgerüchen durchströmt. Göttliche Nacht! Unbeweglich und begeistert stehen die Wälder, von Dunkel erfüllt, ungeheure Schatten vor sich werfend. Still und regungslos ruhen die Teiche; ihre kalten dunklen Gewässer sind von düstern, dunkelgrünen Mauern der Gärten eingefasst. Das jungfräuliche Dickicht der Faulbeer- und Kirschbäume hat die Wurzeln scheu in die Kühle der Quellen versenkt und raschelt ab und zu gleichsam zürnend mit den Blättern, wenn der herrliche Nachtwind, schnell heranschleichend, sie küsst. Die ganze Landschaft schläft. Doch oben atmet alles, alles ist wunderbar, alles feierlich. Die Menschenseele aber dehnt sich ins Unermessliche, und Scharen silberner Visionen erstehen schlank in ihrer Tiefe. Göttliche Nacht! Bezaubernde Nacht! Und plötzlich ist alles lebendig geworden: die Wälder, die Teiche, die Steppen. Man hört das majestätische Schmettern der ukrainischen Nachtigall, und selbst der Mond in der Mitte des Himmels scheint ihr zu lauschen ... Wie verzaubert schlummert auf seiner Anhöhe das Dorf. Noch weißer, noch schöner leuchten im Mondenscheine die Haufen der Häuschen; noch blendender heben sich in der Finsternis ihre niederen Mauern ab. Die Lieder sind verstummt. Alles ist still. Die frommen Leute schlafen schon. Nur hie und da leuchtet ein schmales Fensterchen. Vor den Schwellen einzelner Häuser sitzt noch eine verspätete Familie beim Nachtmahl.

»Der Hoppak wird aber ganz anders getanzt! Jetzt verstehe ich, warum aus dem Tanz nichts wird. Was erzählt also der Gevatter? ... Vorwärts: Hopp trala! Hopp trala! Hopp, hopp, hopp!« Dieses Selbstgespräch führte ein etwas angeheiterter Bauer mittleren Alters, durch die Straße tanzend. »Bei Gott, der Hoppak wird ganz anders getanzt. Was soll ich lügen? Bei Gott, ganz anders! Nun: Hopp trala! Hopp trala! Hopp, hopp, hopp!«

»Ganz närrisch ist der Mensch geworden! Wenn's noch ein junger Bursche wäre, aber so ein alter Saubär tanzt den Kindern zum Spott nachts auf der Straße!« rief im Vorübergehen eine ältere Frau mit einem Bündel Stroh in der Hand. »Geh nach Hause! Es ist schon längst Zeit, schlafen zu gehen!«

»Ich geh' schon!« sagte der Bauer, stehen bleibend. »Ich geh' schon. Auf den Amtmann pfeife ich. Was bildet er sich nur ein? Dass ihn der Teufel! Er glaubt wohl, dass er, wenn er Amtmann ist, auch das Recht hat, die Leute bei Frost mit kaltem Wasser zu begießen und hochnäsig zu tun! Und wenn er auch Amtmann ist, so bin ich mein eigener Amtmann. Gott strafe mich, ich bin wahrlich mein eigener Amtmann. So ist es, und nicht anders ...«, fuhr er fort, auf das erste beste Haus zugehend. Er blieb vor dem Fenster stehen und versuchte, mit den Fingern über die Fensterscheibe gleitend, die hölzerne Klinke zu finden. »Weib, mach auf! Weib, mach schneller auf, wenn man's dir sagt! Der Kosak will zu Bett!«

»Wo willst du hin, Kalennik? Bist an ein fremdes Haus geraten!« schrien lachend hinter ihm die Mädchen, die vom lustigen Sang heimgingen. »Sollen wir dir dein Haus zeigen?«

»Zeigt es mir, meine lieben Fräulein!«

»Fräulein? Habt ihr's gehört?« rief eines der Mädchen aus. »Wie höflich Kalennik heute ist! Dafür müssen wir ihm sein Haus zeigen ... Aber nein, zuerst musst du uns etwas vortanzen!«

»Vortanzen? ... Was doch diese Mädchen für Einfälle haben!« sagte Kalennik gedehnt, lachend und mit dem Finger drohend. Er stolperte, da seine Beine unmöglich auf einem Fleck stehen konnten. »Erlaubt ihr, dass ich euch küsse! Alle will ich küssen, alle der Reihe nach!...«

Und er lief ihnen im Zickzack nach. Die Mädchen erhoben ein Geschrei und rannten wild durcheinander; als sie aber sahen, dass Kalennik nicht allzu schnell laufen konnte, fassten sie Mut und liefen auf die andere Seite der Straße hinüber.

»Da ist dein Haus;« schrien sie ihm zu und zeigten auf ein Haus, das größer als die anderen war und dem Amtmann gehörte.

Kalennik begab sich gehorsam auf jene Seite, von neuem auf den Amtmann schimpfend.

Wer ist aber der Amtmann, über den so unehrerbietig gesprochen wird? Oh, dieser Amtmann ist die wichtigste Person im Dorfe! Bis Kalennik sein Ziel erreicht hat, werden wir sicher Zeit haben, einiges über ihn zu erzählen. Alle Leute im Dorfe greifen nach den Mützen, wenn sie ihn sehen, und die jüngsten Mädchen sagen ihm guten Tag. Wer von den Burschen hätte nicht Lust, Amtmann zu sein? Der Amtmann hat freien Zutritt zu allen Schnupftabakdosen, und der stärkste Bauer steht respektvoll ohne Mütze da, solange die dicken und groben Finger des Amtmannes in der Tabakdose herumwühlen. In der Bauernversammlung und in der Gemeinde hat der Amtmann immer die Oberhand, obwohl seine Macht sich nur auf einige Stimmen beschränkt; er kann, wenn's ihm passt, jeden hinausschicken, die Straße zu ebnen und auszubessern oder Gräben anzulegen. Der Amtmann ist mürrisch, blickt immer streng drein und macht nicht viel Worte. Vor vielen Jahren, als die große Zarin Katharina, seligen Angedenkens, in die Krim reiste, war er auserwählt, sie bei dieser Reise zu begleiten; ganze zwei Tage bekleidete er dieses Amt und hatte sogar die Ehre, auf dem Bock neben dem Kutscher der Zarin zu sitzen. Seit jener Zeit hat er die Angewohnheit, den Kopf nachdenklich und würdevoll zu senken, den langen, nach unten gedrehten Schnurrbart zu streichen und strenge Falkenblicke um sich zu werfen. Seit jener Zeit pflegt der Amtmann, ganz gleich, mit welchen Worten man sich an ihn wendet, die Rede immer darauf zu bringen, dass er die Zarin gefahren und auf dem Bocke ihrer Kutsche gesessen habe. Der Amtmann pflegt sich manchmal taub zu stellen, besonders wenn er Dinge zu hören bekommt, die ihm nicht angenehm sind. Der Amtmann hält nicht viel von Staat: immer trägt er einen Kittel aus schwarzem, hausgewebtem Tuch und einen bunten wollenen Gürtel, und niemand hat ihn je in einer anderen Kleidung gesehen, höchstens noch in der Zeit, als die Zarin in die Krim reiste: denn damals trug er einen blauen Kosakenrock. An diese Zeit kann sich aber wohl kaum jemand im ganzen Dorfe erinnern; und den blauen Rock bewahrt er unter Schloss in seinem Kasten. Der Amtmann ist Witwer; in seinem Hause wohnt aber seine Schwägerin, die ihm Mittag- und Abendbrot kocht, die Bänke scheuert, die Wände weißt, Flachs zu seinen Hemden spinnt und die ganze Wirtschaft versieht. Im Dorfe erzählt man sich, sie sei gar keine richtige Schwägerin; wir haben aber schon gesehen, dass der Amtmann viele Feinde hat, die gern üble Gerüchte über ihn verbreiten. Dieses Gerede kam vielleicht auch daher, dass die Schwägerin es nicht gern sah, wenn der Amtmann aufs Feld ging, wo Schnitterinnen arbeiteten, oder einen Kosaken besuchte, der ein junges Töchterchen hatte. Der Amtmann ist einäugig; sein einziges Auge ist aber ein wahrer Schelm und kann schon aus der Ferne ein hübsches Bauernmädel erkennen. Bevor er es aber auf ein hübsches Gesichtchen richtet, sieht er sich erst ordentlich um, ob die Schwägerin nicht aufpasst. Nun haben wir fast alles Nötige vom Amtmann erzählt; der betrunkene Kosak Kalennik hat aber noch nicht einmal die Hälfte des Weges zurückgelegt und traktiert den Amtmann noch lange mit den ausgesuchtesten Worten, die ihm auf seine träge lallende Zunge kommen.

### III. Ein unerwarteter Nebenbuhler Eine Verschwörung

»Nein, nein, Burschen, ich will nicht! Was ist das für eine Bummelei? Wie, wird euch das ewige Herumtollen nicht zu dumm? Man hält uns auch schon ohnehin für Gott weiß was für wilde Kerle. Geht lieber schlafen!« So sprach Lewko zu seinen ausgelassenen Freunden, die ihn zu neuen Streichen ermunterten. »Lebt wohl, Brüder! Gute Nacht!« Und er ging mit schnellen Schritten davon.

»Ob meine helläugige Ganna schläft?« fragte er sich, auf das uns wohlbekannte Haus unter den Kirschbäumen zugehend. In der Stille hörte er ein leises Gespräch. Lewko blieb stehen. Zwischen den Bäumen schimmerte ein weißes Hemd... – Was soll das bedeuten? – fragte er sich, näher heranschleichend und sich hinter einem Baume versteckend. Er sah vor sich ein mondlichtübergossenes Mädchengesicht. Es war Ganna! Wer ist aber der große Mann, der mit dem Rücken zu ihm steht? Vergeblich sah er hin: der Schatten hüllte den Fremden vom Kopf bis zu den Füßen ein. Nur von vorn war er etwas beleuchtet; wenn aber Lewko auch nur den kleinsten Schritt wagte, setzte er sich der Unannehmlichkeit aus, entdeckt zu werden. Er lehnte sich still an den Baum und entschloss sich, ruhig auf einem Fleck zu stehen. Das Mädchen hatte eben ganz deutlich seinen Namen genannt.

»Lewko? Lewko ist ja noch ein grüner Junge!« sagte mit heiserer gedämpfter Stimme der große Mann. »Wenn ich ihn einmal bei dir treffe, raufe ich ihm den Schopf aus ...«

»Ich möchte doch gern wissen, welcher Schelm da prahlt, dass er mir den Schopf ausraufen wird!« sagte Lewko leise vor sich hin und reckte den Hals, um ja kein Wort zu verlieren. Doch der Unbekannte sprach weiter so leise, dass man kein Wort verstehen konnte.

»Wie, schämst du dich nicht?« sagte Ganna, als jener mit seiner Rede fertig war. »Du lügst, du betrügst mich; du liebst mich nicht, ich werde dir niemals glauben, dass du mich je geliebt hast!«

»Ich weiß,« fuhr der große Mann fort, »Lewko hat dir viel Unsinn vorgeredet und den Kopf verdreht« (hier kam es dem Burschen vor, als ob die Stimme des Fremden ihm nicht ganz unbekannt wäre und als ob er sie schon einmal gehört hätte); »ich werd' es aber dem Lewko schon zeigen!« fuhr der Unbekannte im gleichen Tonfall fort. »Er glaubt wohl, dass ich seine Streiche nicht sehe. Er wird schon meine Fäuste kennenlernen, der Hundesohn!«

Bei diesem Worte konnte Lewko seinen Zorn nicht länger bemeistern. Er kam drei Schritte näher und holte mit aller Kraft zu einer Ohrfeige aus, die den Unbekannten, trotz seiner offensichtlichen Kraft, umgeworfen hätte; aber in diesem Augenblick fiel das Licht auf das Gesicht des Unbekannten, und Lewko erstarrte, als er seinen Vater vor sich stehen sah. Er äußerte sein Staunen nur durch ein unwillkürliches Kopfschütteln und ein leises Pfeifen durch die Zähne. In der Nähe raschelte etwas; Ganna flog schnell ins Haus und schlug die Tür hinter sich zu.

»Leb wohl, Ganna!« rief in diesem Augenblick einer der Burschen, leise heranschleichend und den Kopf des vermeintlichen Mädchens mit den Armen umschlingend; er prallte aber entsetzt zurück, als er auf einen struppigen Schnurrbart stieß.

»Leb wohl, Schöne!« rief ein anderer; dieser flog Hals über Kopf zur Seite, von einem heftigen Stoß mit dem Kopfe getroffen.

»Leb wohl, leb wohl, Ganna!« riefen mehrere Burschen, sich ihm an den Hals hängend.

»Versinkt in die Erde, verdammte Bengel!« schrie der Amtmann, um sich schlagend und mit den Füßen stampfend. »Was bin ich für eine Ganna? Schert euch mitsamt euren Vätern auf den Galgen, ihr Teufelssöhne! Was klebt ihr an mir wie die Fliegen am Honig?! Ich werd' euch die Ganna zeigen! ...«

»Der Amtmann! Der Amtmann! Es ist der Amtmann!« schrien die Burschen und stoben nach allen Seiten auseinander.

»So, so, Vater!« sagte Lewko, als er von seinem Erstaunen wieder zur Besinnung gekommen war, dem sich schimpfend zurückziehenden Amtmann nachblickend. »Solche Streiche machst du also? Das ist gut! Und ich habe immer gestaunt und mich gefragt, was das zu bedeuten hat, dass du dich immer taub stellst, wenn ich mit dir von der Sache zu sprechen anfange. Warte nur, du alter Knasterbart, ich will dir schon zeigen, was das heißt, sich vor den Fenstern junger Mädchen herumzutreiben und den anderen die Bräute abspenstig zu machen! Heda, Burschen, hierher!« schrie er und winkte den Burschen, die sich wieder versammelten, mit der Hand. »Kommt her! Ich riet euch eben, schlafen zu gehen; jetzt habe ich mich eines anderen besonnen und bin bereit, die ganze Nacht mit euch zu bummeln.«

»Das ist vernünftig!« sagte ein breitschultriger und stämmiger Bursche, der als erster Bummler und Herumtreiber im Dorfe galt. »Es ist mir so öde zumute, wenn ich nicht Gelegenheit habe, ordentlich zu bummeln und Streiche anzustellen. Dann ist es mir, als ob mir etwas fehle. Als ob ich meine Mütze oder Pfeife verloren hätte; mit einem Worte, als ob ich gar kein richtiger Kosak wäre.«

»Seid ihr bereit, den Amtmann heute ordentlich rasend zu machen?«

»Den Amtmann?«

»Ja, den Amtmann. Was bildet er sich ein?! Er kommandiert hier so, als ob er ein Hetman wäre. Es genügt ihm wohl nicht, dass er uns wie seine Knechte behandelt, er macht sich auch noch an unsere Mädchen heran. Ich glaube, dass es im ganzen Dorfe nicht ein hübsches Mädchen gibt, dem der Amtmann nicht nachstellte.«

»Ja, so ist es, so ist es!« riefen die Burschen wie aus einem Munde.

»Was sind wir denn für Knechte, Kinder? Sind wir nicht vom gleichen Stamme wie er? Wir sind ja, Gott sei Dank, freie Kosaken! Burschen, zeigen wir ihm, dass wir freie Kosaken sind!«

»Ja, wollen wir es ihm zeigen!« schrien die Burschen. »Und wenn wir schon einmal den Amtmann vornehmen, so dürfen wir den Schreiber nicht vergessen!«

»Gewiss, wir vergessen auch den Schreiber nicht! Gerade habe ich mir ein hübsches Liedchen auf den Amtmann erdacht. Kommt, ich will es euch beibringen«, fuhr Lewko fort, mit der Hand auf die Saiten der Laute schlagend. »Und dann noch etwas: ihr müsst euch alle umkleiden, was für Gewänder ihr gerade erwischt!«

»Auf, ihr Kosakenseelen!« rief der stämmige Bursche, die Beine zusammenschlagend und in die Hände klatschend. »Ist das herrlich! Schön ist die Freiheit! Wenn ich zu tollen anfange, so ist es mir, als ob die alten Tage wiederkehrten. So schön und frei ist mir ums Herz, und die Seele ist wie im Paradiese ... Hallo, Burschen, auf!...«

Die Schar raste lärmend durch die Straßen. Die frommen alten Frauen erwachten, schlugen die Fenster auf, bekreuzigten sich mit schläfrigen Händen und sprachen: »So, jetzt beginnen die Burschen zu tollen!«

## IV. Die Burschen tollen

Nur in einem Hause am Ende der Straße brannte noch Licht. Das war die Behausung des Amtmannes. Der Amtmann war mit seinem Nachtmahl schon längst fertig und wäre zweifellos auch schon schlafen gegangen, aber er hatte den Schnapsbrenner zu Gast. Diesen hatte der Gutsbesitzer, der im freien Kosakenlande ein kleines Grundstück besaß, hergeschickt, um eine Brennerei einzurichten. Der Gast saß auf dem Ehrenplatze unter den Heiligenbildern. Es war ein kleines, dickes Männchen mit kleinen, immer lachenden Äuglein, in denen die ganze Freude zu lesen war, mit der er seine kurze Pfeife rauchte, wobei er jeden Augenblick ausspuckte und den sich zu Asche verwandelnden Tabak mit dem Finger niederdrückte. Die Rauchwolken breiteten sich schnell über ihn aus und hüllten ihn in blaugrauen Nebel. Man hatte den Eindruck, als ob der dicke Schornstein irgendeiner Schnapsbrennerei, dem es zu dumm geworden, ewig auf dem Dache zu stehen, sich einmal entschlossen hätte, einen Spaziergang zu machen, und nun manierlich am Tische des Amtmannes sitze. Unter seiner Nase sträubte sich ein kurzer, dichter Schnurrbart; durch die vom Tabakrauch geschwängerte Atmosphäre war er so undeutlich zu sehen, dass man ihn für eine Maus halten könnte, die der Schnapsbrenner, das Monopol des Speicherkaters verletzend, gefangen habe und im Munde halte. Der Amtmann saß als Hausherr im bloßen Hemd und in einer weiten Leinwandhose. Sein Adlerauge blinzelte und erlosch allmählich wie die Abendsonne. Am Ende des Tisches saß, die Pfeife im Munde, einer der Dorfpolizisten, der zum Kommando des Amtmanns gehörte; aus Respekt vor dem Hausherrn hatte er seinen Kittel an.

»Habt Ihr die Absicht«, wandte sich der Amtmann an den Schnapsbrenner, gähnend und seinen Mund bekreuzigend, »Eure Brennerei bald aufzubauen?«

»Wenn Gott uns hilft, so werden wir vielleicht schon diesen Herbst zu brennen anfangen. Ich möchte wetten, dass der Herr Amtmann schon zum Feste Maria Geburt mit seinen Füßen deutsche Brezeln schreiben wird.«

Als der Schnapsbrenner diese Worte gesprochen hatte, verschwanden seine Äuglein ganz; an ihrer Stelle zogen sich Strahlen bis zu den Ohren hin; der ganze Körper erbebte vor Lachen, und die lustigen Lippen ließen für einen Augenblick die rauchende Pfeife los.

»Das gebe Gott!« sagte der Amtmann, indem sein Gesicht etwas wie ein Lächeln ausdrückte. »Es gibt jetzt, Gott sei Dank, schon einige Schnapsbrennereien. Aber in der guten alten Zeit, als ich die Zarin auf der Perejeslawschen Landstraße begleitete und der selige Besborodko...«

»Von was für Zeiten sprichst du, Gevatter! Von Krementschug bis Romny gab es damals kaum zwei Brennereien. Heute aber... Hast du gehört, was die verdammten Deutschen erfunden haben? Man sagt, sie werden den Schnaps bald nicht mehr mit Holz, wie alle ordentlichen Christen, sondern mit irgendeinem teuflischen Dampf brennen.« Bei diesen Worten blickte der Schnapsbrenner nachdenklich auf seine Hände, die er auf dem Tische gespreizt hielt. »Wie sie das mit Dampf machen wollen, das weiß ich bei Gott nicht!«

»Was für Dummköpfe sind doch die Deutschen, Gott verzeih' es mir!« sagte der Amtmann. »Ich würde diese Hundesöhne mit Stöcken verprügeln! Wer hat es je gehört, dass man mit Dampf irgend etwas kochen kann? Wenn es so wäre, könnte man ja keinen Löffel Kohlsuppe an den Mund führen, ohne sich die Lippen zu versengen, wie man ein Ferkel anzusengen pflegt...«

»Wirst du nun die ganze Zeit hier bei uns ohne deine Frau leben, Gevatter?« mischte sich die Schwägerin ins Gespräch ein, die mit gekreuzten Beinen auf der Ofenbank hockte.

»Was brauche ich sie? Wenn es noch was Rechtes wäre...«

»Ist sie denn nicht hübsch?« fragte der Amtmann, sein Auge auf ihn richtend.

»Ach was, hübsch! Sie ist so alt wie der Teufel, und ihre Fratze ist voller Runzeln wie ein leerer Beutel.« Die gedrungene Gestalt des Schnapsbrenners erbebte vor lautem Lachen.

In diesem Augenblick begann jemand draußen hinter der Tür zu scharren; die Tür ging auf, und ein Bauer trat, ohne die Mütze abzunehmen, über die Schwelle. Mitten in der Stube blieb er nachdenklich stehen, riss den Mund auf und starrte auf die Decke. Es war unser Freund Kalenik.

»Nun bin ich nach Hause gekommen!« sagte er, sich auf eine Bank neben der Tür setzend und den Anwesenden nicht die geringste Beachtung schenkend. »Wie der Satan doch diesen Weg in die Länge gezogen hat! Man geht und geht und sieht gar kein Ende! Mir ist's, als ob mir jemand die Beine wund geschlagen hätte. Weib, gib einmal den Schafspelz her, damit ich ihn mir unter die Beine lege! Zu dir auf den Ofen komm' ich nicht, bei Gott nicht, meine Beine tun mir zu sehr weh! Gib doch den Schafspelz her, er liegt dort neben dem Heiligenbilde. Pass nur auf, dass du dabei den Topf mit dem geriebenen Tabak nicht umwirfst. Oder nein, rühr ihn lieber gar nicht an! Vielleicht bist du heute betrunken ... Lass, ich hol' ihn mir selbst.« Kalenik wollte aufstehen, aber eine unwiderstehliche Kraft hielt ihn auf der Bank fest.

»Das seh' ich gern«, sagte der Amtmann, »wenn einer in eine fremde Stube kommt und wie bei sich zu Hause kommandiert! Schmeißt den Kerl hinaus!...«

»Lass ihn doch ausruhen, Gevatter!« sagte der Schnapsbrenner, die Hand des Amtmanns ergreifend. »Er ist ein nützlicher Mensch: wenn es mehr solche Leute gäbe, würde unsere Brennerei blühen...«

Es war aber nicht Gutmütigkeit, die ihn zu diesen Worten bewegte. Der Schnapsbrenner war abergläubisch und meinte, dass es genüge, einen Menschen, der sich eben auf eine Bank gesetzt hat, zu verjagen, um allerlei Unglück heraufzubeschwören.

»Ich glaube, ich werde alt!« brummte Kalennik und streckte sich auf der Bank aus. »Wenn ich wenigstens betrunken wäre; aber ich bin gar nicht betrunken, bei Gott, ich bin nicht betrunken! Was soll ich lügen? Ich bin bereit, es auch dem Amtmann selbst zu sagen. Was ist mir der Amtmann? Verrecken soll er, der Hundesohn! Ich spucke auf ihn! Mag ihn, den einäugigen Teufel, ein Wagen überfahren! Bei solchem Frost begießt er Menschen mit Wasser...«

»Da schau! Ein Schwein kommt in die Stube und legt die Pfoten gleich auf den Tisch«, sagte der Amtmann, sich zornig von seinem Platze erhebend; in diesem Augenblick flog aber ein gewichtiger Stein durchs Fenster, zertrümmerte die Scheibe und fiel ihm vor die Füße. Der Amtmann blieb stehen ... »Wenn ich nur wüsste«, sagte er, den Stein aufhebend, »welcher Galgenstrick den Stein hereingeworfen hat, so würde ich ihn schon lehren, Steine zuwerfen! Was sind das für Streiche!« fuhr er fort, den Stein, den er noch immer in der Hand hielt, mit brennenden Blicken betrachtend. »Ersticken soll er an diesem Stein...«

»Halt, halt! Behüt dich Gott, Gevatter!« fiel ihm der Schnapsbrenner ganz bleich in die Rede. »Gott behüte dich in dieser und in jener Welt davor, einen Menschen mit solchen Flüchen zu segnen!«

»Was bist du für ein Fürsprech? Soll er nur verrecken!«

»Schweig, Gevatter! Du weißt wohl nicht, was meiner seligen Schwiegermutter zugestoßen ist?«

»Deiner Schwiegermutter?« »Ja, meiner Schwiegermutter. Eines Abends, es mag eine Weile früher gewesen sein als heute, setzten sie sich zum Abendessen: die selige Schwiegermutter, der selige Schwiegervater, außerdem der Knecht, die Magd und an die fünf Stück Kinder. Die Schwiegermutter tat einige Knödel aus dem großen Kessel in die Schüssel, damit sie etwas abkühlten. Nach der Arbeit waren nämlich alle hungrig und wollten nicht warten, bis die Knödel kalt werden. Sie spießten sie auf lange Holzstäbchen auf und begannen zu essen. Plötzlich erscheint irgendein Mann in der Stube, Gott allein weiß, wer er ist, und bittet, an der Mahlzeit teilnehmen zu dürfen. Wie soll man einem hungrigen Mann nicht zu essen geben? Man gab auch ihm einen Holzstab. Der Gast begann aber die Knödel so schnell zu vertilgen wie eine Kuh Heu. Ehe jeder andere einen Knödel gegessen und das Stäbchen wieder in die Schüssel gesteckt hatte, um sich einen zweiten zu holen, war ihr Boden schon so glatt wie der Dreschboden im Herrenhause. Die Schwiegermutter tat neue Knödel in die Schüssel: sie glaubte, der Gast hätte sich satt gegessen und werde etwas genügsamer sein. Fällt ihm aber gar nicht ein: er greift noch eifriger zu und leert auch die zweite Schüssel! – Krepieren sollst du an den Knödeln! – sagte sich die hungrige Schwiegermutter. In diesem Augenblick blieb ihm aber ein Knödel im Halse stecken, und er fiel um. Alle stürzten zu ihm hin – seine Seele hatte aber schon den Leib verlassen, er war erstickt!«

»Ganz recht ist's ihm geschehen, dem verfluchten Fresser!« sagte der Amtmann.

»Ja, das sollte man meinen, es kam aber ganz anders: seit jener Zeit ließ er der Schwiegermutter keine Ruhe. Sobald die Nacht anbricht, schleppt sich auch schon der Tote herbei. Der Verdammte setzt sich rittlings auf den Schornstein und hält einen Knödel zwischen den Zähnen. Bei Tage ist alles ruhig und von ihm nichts zu hören und zu sehen; kaum fängt es aber zu dämmern an, so sieht man den Hundesohn schon oben auf dem Schornstein sitzen ...«

»Mit einem Knödel zwischen den Zähnen?«

»Mit einem Knödel zwischen den Zähnen!«

»Es ist wunderlich, Gevatter! Auch ich habe etwas Ähnliches von meiner Seligen gehört...«

Der Amtmann kam nicht weiter. Vor dem Fenster ertönte ein Lärm und das Stampfen von Tanzenden. Zuerst klirrten leise die Saiten einer Laute, und dann gesellte sich eine Stimme dazu. Die Saiten tönten immer lauter; mehrere Stimmen fielen ein, und wie ein Sturmwind brauste das Lied:

»Burschen, habt ihr's schon gehört?
Sind wir dumme grüne Jungen?
Unsres Amtmanns Schädel ist
Wie ein trocknes Fass gesprungen.
Böttcher, musst ihm auf den Kopf
Einen Eisenreifen jagen;
Dass der Reifen fester sitzt,
Musst du ihn mit Stöcken schlagen.
Ist einäugig, alt und grau,
Aber lüstern wie ein Affe:
Jedem Mädchen steigt er nach
Wie ein dummer junger Laffe.
Amtmann, lass die Mädchen sein:
Stehst mit einem Fuß im Grabe!
Sonst rauft man dir aus dem Schopf
Und verhaut dich, alter Knabe!«

»Es ist ein hübsches Lied, Gevatter!« sagte der Schnapsbrenner, den Kopf etwas auf die Seite geneigt und sich an den Amtmann wendend, der vor Erstaunen über diese Frechheit ganz starr geworden war. »Ein hübsches Lied! Es ist nur schade, dass darin so respektwidrig vom Amtmann gesprochen wird...«

Er spreizte seine Hände wieder auf dem Tische aus und machte sich bereit, mit süßer Rührung in den Augen, noch weiter zuzuhören; vor dem Fenster tönte Lachen und der Ruf: »Noch einmal! Noch einmal!« Ein scharfblickendes Auge hätte aber sofort bemerkt, dass es nicht Erstaunen war, was den Amtmann erstarren machte. So lässt ein alter geübter Kater eine unerfahrene Maus manchmal um seinen

Schwanz herumlaufen und legt sich dabei schnell einen Plan zurecht, wie ihr der Weg abzuschneiden sei. Das einzige Auge des Amtmanns war noch auf das Fenster gerichtet, aber seine Hand hatte schon dem Polizisten ein Zeichen gegeben und die Holzklinke der Tür ergriffen, als sich plötzlich auf der Straße lautes Geschrei erhob. Der Schnapsbrenner, der sich, neben seinen anderen Vorzügen, auch durch Neugierde auszeichnete, stopfte sich schnell etwas Tabak in die Pfeife und lief auf die Straße hinaus; die mutwilligen Burschen waren aber schon nach allen Seiten auseinandergestoben.

»Nein, du entwischst mir nicht!« schrie der Amtmann, der einen Menschen in einem schwarzen, mit dem Fell nach außen gewendeten Schafspelz gepackt hatte. Der Schnapsbrenner benutzte den Augenblick und lief herbei, um dem Unfugstifter ins Gesicht zu blicken; voller Angst taumelte er aber zurück, als er einen langen Bart und eine schrecklich angemalte Fratze sah. »Nein, du entwischst mir nicht!« schrie der Amtmann, seinen Gefangenen in den Hausflur schleppend; dieser leistete aber nicht den geringsten Widerstand und folgte so ruhig dem Amtmann, als ginge er in seine eigene Stube. »Karpo, schließ die Kammer auf!« wandte sich der Amtmann zum Polizisten. »Wir wollen ihn in die dunkle Kammer sperren! Dann wollen wir den Schreiber wecken, die anderen Polizisten versammeln, alle diese Taugenichtse einfangen und heute noch das Urteil fällen!«

Der Polizist ließ das kleine Vorhängeschloss in dem Flur erklirren und sperrte die Kammer auf. In diesem Augenblick machte sich der Gefangene die Dunkelheit zunutze und riss sich plötzlich mit unerwarteter Kraft aus den Händen des Polizisten los.

»Wo willst du hin?« brüllte der Amtmann, ihn noch fester am Kragen packend. – »Lass los, das bin ich!« ertönte eine hohe Stimme.

»Das wird dir nichts nützen! Das wird dir nichts nützen, Bruder! Du kannst von mir aus wie ein Teufel und nicht nur wie ein Weib winseln – mich führst du nicht an!« Und mit diesen Worten stieß er ihn in die dunkle Kammer mit solcher Kraft, dass der arme Gefangene stöhnend zu Boden fiel. Der Amtmann selbst begab sich aber in Begleitung des Polizisten ins Haus des Schreibers; ihnen folgte, wie ein Dampfschiff qualmend, der Schnapsbrenner.

Nachdenklich gingen alle drei mit gesenkten Köpfen; als sie aber in eine dunkle Nebengasse einbogen, schrien sie entsetzt auf, da jeder von ihnen einen heftigen Schlag auf die Stirn bekommen hatte; der gleiche Schrei tönte ihnen als Antwort entgegen. Der Amtmann kniff sein Auge zusammen und sah vor sich zu seinem Erstaunen den Schreiber mit zwei Polizisten.

»Ich geh' eben zu dir, Herr Schreiber!« »Und ich geh' zu deiner Gnaden, Herr Amtmann!«

»Seltsame Dinge geschehen hier, Herr Schreiber!« »Ja, seltsame Dinge, Herr Amtmann!« »Was ist denn los?« »Die Burschen toben, treiben sich in Haufen auf den Straßen herum und machen Unfug! Deine Gnaden benennen sie mit solchen Worten, dass ich mich schäme, sie wiederzugeben. Selbst ein betrunkener Moskowiter würde sich scheuen, solche Worte mit seiner gotteslästerlichen Zunge nachzusprechen.«

(Der hagere Schreiber, der eine Pluderhose aus hausgewebter Leinwand und eine hefefarbige Weste trug, reckte bei jedem dieser Worte den Hals und brachte ihn dann schnell wieder in die gewöhnliche Stellung.) »Kaum war ich ein wenig eingeschlummert, als die verfluchten Taugenichtse mich mit ihrem Geklapper und ihren schamlosen Liedern weckten! Ich wollte ihnen einen ordentlichen Denkzettel geben; bis ich mir aber meine Weste anzog, liefen sie schon nach allen Seiten auseinander. Der Haupträdelsführer entging uns jedoch nicht. Jetzt singt er seine Lieder in der Stube, wo man bei uns die Zuchthäusler zu halten pflegt. Meine Seele brennt darauf, zu erfahren, wer dieser Vogel sei, aber seine Fratze ist mit Ruß geschwärzt wie bei einem Teufel, der für die Sünder Nägel schmiedet.«

»Wie ist er gekleidet, Herr Schreiber?« »Einen schwarzen Schafspelz hat der Hundesohn an, Herr Amtmann, mit dem Fell nach außen gekehrt!«

»Lügst du auch nicht, Herr Schreiber? Wie, wenn dieser Taugenichts jetzt bei mir in *meiner* Kammer sitzt?« »Nein, Herr Amtmann! Du selbst, nimm es mir nicht übel, sündigst gegen die Wahrheit.«

»Gebt Licht her! Wollen wir ihn uns anschauen.«

Man brachte Licht, machte die Tür auf, und der Amtmann schrie vor Verwunderung auf, als er seine Schwägerin vor sich erblickte.

»Sag einmal, bitte«, sagte sie, auf ihn zugehend, »hast du nicht den letzten Rest deines Verstandes verloren? War in deinem einäugigen Schädel auch nur ein Tröpfchen Hirn, als du mich in die dunkle Kammer stießest? Es ist noch ein Glück, dass ich mir nicht den Kopf am eisernen Haken zerschlug. Hab' ich dir denn nicht zugeschrien, dass ich es bin? Hast mich, verfluchter Bär, mit deinen eisernen Tatzen gepackt und hineingestoßen! Mögen dich auf jener Welt ebenso die Teufel stoßen! ...«

Die letzten Worte sprach sie schon auf der Straße, wohin sie sich in irgendeiner persönlichen Angelegenheit begeben hatte.

»Ja, jetzt sehe ich, dass du es bist!« sagte der Amtmann, der nun wieder zu sich gekommen war.

»Was sagst du nun, Herr Schreiber, ist dieser verdammte Tunichtgut kein Schelm?«

»Er ist wohl ein Schelm, Herr Amtmann!« »Ist es nicht Zeit, alle diese Taugenichtse einmal vorzunehmen und zu zwingen, etwas Vernünftiges zu tun?«

»Es ist längst Zeit, Herr Amtmann!«

»Diese Narren haben sich ... Der Teufel! Eben kam es mir vor, als hörte ich meine Schwägerin auf der Straße schreien ... Diese Narren haben sich eingebildet, dass ich ihresgleichen sei! Sie denken sich, ich sei wie sie ein einfacher Kosak!« Der Amtmann hüstelte, zog seine Stirn kraus und blickte auf, woraus man schließen konnte, dass er die Rede auf sehr wichtige Dinge bringen wollte. »Im Jahre eintausend ... in diesen verdammten Jahreszahlen kenne ich mich nie aus! Also im Jahre soundsoviel erging an den damaligen Kommissär Ljedastschij der Befehl, unter allen Kosaken den gescheitesten auszuwählen ... Oh!« (Der Amtmann sprach dieses ›Oh‹ mit erhobenem Finger.) »Den allergescheitesten, um die Zarin zu begleiten. Damals war ich ...«

»Was soll man darüber noch viel reden! Jedermann weiß es schon, Herr Amtmann! Alle wissen, wie du dir die zarische Gnade verdient hast. Gestehe aber jetzt, dass ich recht habe: du hast ein wenig gelogen, als du sagtest, dass du den Taugenichts in dem mit dem Fell nach außen gewendeten Schafspelz erwischt hast!«

»Was aber jenen Teufel in dem nach außen gewendeten Schafspelz betrifft, so soll man ihn als warnendes Beispiel für die anderen in Ketten schlagen und exemplarisch bestrafen! Damit die Leute wissen, was die Obrigkeit bedeutet! Von wem ist denn der Amtmann eingesetzt, wenn nicht vom Zaren? Nachher kommen auch die anderen Burschen dran: ich habe noch nicht vergessen, wie diese Lausejungen in meinen Gemüsegarten eine Herde Schweine getrieben haben, die mir den ganzen Kohl und alle Gurken auffraßen! Ich habe noch nicht vergessen, wie diese Teufelssöhne sich weigerten, mein Korn zu dreschen! Ich habe noch nicht vergessen ... Sie können aber von mir aus in die Erde versinken, ich muss vorerst erfahren, wer dieser Schelm im schwarzen Schafspelz ist.«

»Der wird wohl ein flinker Vogel sein!« versetzte der Schnapsbrenner, dessen Backen während des ganzen Gesprächs sich ununterbrochen wie ein Belagerungsgeschütz mit Rauch luden, und dessen Lippen, nachdem sie die kurze Pfeife losgelassen, eine ganze Rauchfontäne von sich gaben. »Es wäre gut, einen solchen Menschen für jeden Fall in der Brennerei zu haben; noch besser wäre es, ihn wie einen Kronleuchter auf den höchsten Wipfel einer Eiche aufzuhängen.«

Dieser Witz kam dem Schnapsbrenner selbst gar nicht übel vor, und er belohnte sich selbst, ohne erst den Beifall der anderen abzuwarten, mit einem heiseren Lachen.

Indessen näherten sie sich einem niederen, halb in die Erde eingesunkenen Häuschen. Die Neugierde unserer Freunde hatte sich gesteigert, und sie drängten sich vor die Tür. Der Schreiber holte einen Schlüssel aus der Tasche, und das Vorhängeschloss erklirrte; der Schlüssel war aber von seinem Kasten. Die Ungeduld war noch größer geworden. Er steckte die Hand in die Tasche, wühlte lange herum, fand aber zuerst nichts als allerlei Überreste.

»Hier!« sagte er endlich, sich vorbeugend und den Schlüssel aus der Tiefe der geräumigen Tasche hervorholend, mit der seine Pluderhose ausgestattet war.

Bei diesem Worte verschmolzen die Herzen unserer Helden gleichsam zu einem einzigen Herzen, und dieses Riesenherz klopfte so laut, dass selbst das Klirren des Schlosses dieses Pochen nicht zu übertönen vermochte. Die Tür ging auf und ... und der Amtmann wurde blass wie Leinwand; den Schnapsbrenner überlief es kalt, und seine Haare standen zu Berge, als wollten sie in den Himmel fliegen; das Gesicht des Schreibers zeigte höchstes Entsetzen; die Polizisten wuchsen an die Erde fest und waren nicht imstande, ihre Mäuler, die sie wie auf Verabredung aufgerissen hatten, zu schließen: vor ihnen stand die Schwägerin.

Obwohl sie nicht weniger erstaunt war, kam sie doch einigermaßen zu sich und machte Anstalten, sich ihnen zu nähern.

»Halt!« schrie der Amtmann mit wilder Stimme auf und schlug die Tür sofort wieder zu. »Meine Herren, es ist der

Satan!« fuhr er fort. »Feuer! Schafft schnell Feuer her! Ich will das ärarische Gebäude nicht schonen! Zündet anzündet an, damit vom Teufel nicht einmal die Knochen auf der Erde zurückbleiben!«

Die Schwägerin schrie entsetzt auf, als sie hinter der Tür das schreckliche Urteil hörte.

»Was fällt euch ein, Brüder!« sagte der Schnapsbrenner. »Ihr habt doch Gott sei Dank schon graues Haar auf den Köpfen, seid aber immer noch nicht vernünftig geworden: mit einfachem Feuer ist so eine Hexe nicht umzubringen! Einem Werwolf kann man nur mit dem Feuer aus einer Pfeife beikommen. Wartet, ich will es gleich machen!«

Nachdem er das gesagt hatte, schüttete er die glühende Asche aus der Pfeife auf eine Handvoll Stroh und begann zu blasen. Die arme Schwägerin hatte vor Verzweiflung Mut bekommen und fing an, die Leute anzuflehen und ihnen ihren Vorsatz auszureden.

»Wartet, Brüder! Warum wollt ihr so mir nichts dir nichts eine Sünde auf eure Seele laden? Vielleicht ist es auch nicht der Satan!« sagte der Schreiber. »Wenn es, ich meine das Wesen, das dort sitzt, sich entschließt, das Zeichen des Kreuzes zu machen, so ist es ein sicherer Beweis dafür, dass es nicht der Teufel ist.«

Dieser Vorschlag wurde von allen Seiten gebilligt.

»Pass auf, Satan!« fuhr der Schreiber fort, die Lippen an eine Ritze der Tür drückend. »Wenn du dich nicht vom Fleck rührst, machen wir die Tür auf.«

Die Tür wurde aufgemacht.

»Bekreuzige dich!« sagte der Amtmann, nach allen Seiten blickend, wie wenn er für den Fall eines Rückzuges einen möglichst gefahrlosen Platz suche.

Die Schwägerin bekreuzigte sich.

»Der Teufel! Das ist ja wirklich die Schwägerin!«

»Welche höllische Macht hat dich in dieses Loch gestoßen, Gevatterin?«

Die Schwägerin berichtete schluchzend, wie die Burschen sie auf der Straße gepackt und trotz ihres Widerstandes durch das breite Fenster der Stube hineingeworfen und das Fenster mit dem Laden verschlossen hatten. Der Schreiber warf einen Blick auf das Fenster; die Angeln des breiten Ladens waren heruntergerissen, und er war oben nur von einem Holzbalken festgehalten.

»Gut so, einäugiger Satan!« schrie sie auf, auf den Amtmann zugehend, der vor ihr zurückwich und sie noch immer mit seinem Auge anstarrte. »Ich kenne deine Absicht: du freutest dich schon über die Gelegenheit, mich aufzufressen, damit du dann ungehindert den Mädchen nachstellen kannst und damit niemand mehr sieht, wie sich so ein Greis zum Narren macht. Du glaubst wohl, ich weiß nicht, worüber du heute Abend mit der Ganna gesprochen hast? Oh, ich weiß alles! Mich kann man nicht so leicht anführen, am allerwenigsten ein so blöder Kopf wie du. Ich war langmütig genug, aber wenn meine Geduld einmal reißt, sollst du es mir nicht übel nehmen...«

Nachdem sie das gesagt hatte, zeigte sie ihm die Faust und entfernte sich schnell, den Amtmann in seiner Erstarrung zurücklassend.

– Nein, da hat sich wirklich der Satan hineingemischt! – dachte sich jener, sich kräftig den Kopf kratzend.

»Erwischt!« riefen die Polizisten, die in diesem Augenblick herbeikamen.

»Wen habt ihr erwischt?« fragte der Amtmann.

»Den Teufel im umgewendeten Schafspelz.«

»Gebt ihn her!« schrie der Amtmann, den Gefangenen an den Händen packend. »Ihr seid von Sinnen: das ist ja der besoffene Kalennik!«

»Der Teufel! Wir hatten ihn ja schon fest in der Hand, Herr Amtmann!« antworteten die Polizisten. »In der Gasse umringten uns die verdammten Burschen, fingen zu tanzen an, uns zu zupfen, die Zungen auszustrecken und ihn uns aus den Händen zu reißen ... Dass euch der Teufel! ... Gott allein weiß, wie wir statt seiner diesen Vogel da erwischt haben!«

»Kraft meiner Gewalt und der Gewalt der ganzen Dorfgemeinde erlasse ich den Befehl«, sagte der Amtmann, »jenen Räuber augenblicklich einzufangen! In gleicher Weise alle diejenigen, die ihr auf den Straßen ergreift, zu mir zu bringen, damit ich sie aburteile! ...«

»Erbarme dich, Herr Amtmann!« riefen einige von den Polizisten, sich vor ihm bis zur Erde verneigend. »Hättest du doch diese Fratzen selbst gesehen! Gott strafe uns, aber solange wir auf der Welt und getauft sind, haben wir solche abscheuliche Fratzen noch nicht gesehen! Wie leicht kann da ein Unglück passieren, Herr Amtmann! Sie können ja einen anständigen Menschen so erschrecken, dass einen hinterher keine weise Frau mehr kurieren kann.«

»Ich will euch den Schreck zeigen! Ihr wollt mir nicht gehorchen? Ihr steckt wohl mit den anderen unter einer Decke, Rebellen! Was fällt euch ein? Ihr begünstigt den ganzen Unfug! ... Ihr ... Ich werde es dem Kommissär melden! Sofort, hört ihr? – Augenblicklich! Lauft schnell hin, fliegt wie die Vögel! Ich will euch ... Ihr sollt mir ...«

Alle liefen auseinander.

### V. Die Ertrunkene

Ohne sich irgendwelche Sorgen zu machen, ohne sich um die abgesandten Verfolger zu kümmern, näherte sich indessen der Urheber dieses ganzen Wirrwarrs dem alten Hause und dem Teiche. Ich glaube, ich brauche nicht zu sagen, dass es Lewko war. Sein schwarzer Schafspelz stand vorn offen; er hielt die Mütze in der Hand; der Schweiß rann von seiner Stirn in Strömen. Majestätisch und düster hob sich das Ahorngehölz vom mondhellen Himmel ab. Der regungslose Teich wehte den müden Wanderer mit Kühle an und lockte ihn, an seinen Ufern auszuruhen. Alles war still; nur im tiefen Waldesdickicht schallte das Schmettern einer Nachtigall. Unüberwindliche Schläfrigkeit drückte dem Burschen die Augenlider zu; die müden Glieder wollten erstarren und Vergessen finden; der Kopf sank auf die Brust herab ... »Nein, so schlafe ich hier noch ein!« sagte er, aufstehend und sich die Augen reibend. Er sah sich um: die Nacht vor ihm schien noch leuchtender. Ein seltsames, bezauberndes Leuchten gesellte sich zu dem Glanz des Mondes. Noch nie hatte er dergleichen gesehen. Ein silberner Nebel senkte sich auf das ganze Land. Der Duft der blühenden Apfelbäume und Nachtblumen ergoss sich über die ganze Erde. Erstaunt blickte er auf den unbeweglichen Wasserspiegel des Teiches: das alte Herrenhaus zeichnete sich darin gestürzt, aber klar und seltsam majestätisch ab. Statt der düsteren Fensterläden sah er lustig erleuchtete Glasfenster und Glastüren. Durch die Scheiben schimmerte Vergoldung. Und da kam es ihm vor, als ginge eines der Fenster auf. Mit angehaltenem Atem, ohne mit einem Muskel zu zucken und ohne den Blick vom Teiche zu wenden, glaubte er in die Tiefe des Wassers versetzt zu sein und seltsame Dinge zu sehen: zuerst erscheint im Fenster ein weißer Ellenbogen, dann stützt sich ein liebliches Köpfchen mit glänzenden Augen, die durch die dunkelblonden Haarfluten hindurch leuchten, auf diesen Ellenbogen; und er sieht, wie das Köpfchen leise nickt und lächelt ... Sein Herz fing plötzlich zu klopfen an ... Das Wasser kräuselte sich, und das Fenster wurde wieder geschlossen. Still ging er vom Teiche fort und sah das Haus an: die düstern Fensterläden standen offen, die Scheiben glänzten im Mondlichte. – So wenig ist dem Gerede der Menschen zu trauen – dachte er sich. – Das Haus ist ja nagelneu, die Farben sind frisch, als ob man sie heute erst hingeschmiert hätte. Hier wohnt ja jemand! – Schweigend kam er näher, im Hause blieb aber alles still. Laut und wohltönend klangen die herrlichen Lieder der Nachtigallen, und wenn sie in Ermattung und Wonne zu ersterben schienen, hörte man das Rascheln und Zirpen der Grillen und das Schnarren eines Sumpfvogels, der

mit seinem nassen Schnabel auf den grenzenlosen Wasserspiegel hieb. Lewko spürte in seinem Herzen eine süße Stille und Weite. Er stimmte die Laute, schlug die Saiten und sang:
»O du heiterer Mond,
Rote Abendglut,
Leuchtet in das Haus,
Wo mein Mädchen ruht!«

Das Fenster ging leise auf, und dasselbe Köpfchen, dessen Spiegelbild er im Teiche gesehen hatte, blickte heraus und lauschte andächtig dem Gesang. Die langen Wimpern beschatteten die Augen. Das Gesicht war ganz bleich wie Leinwand, wie Mondschein; doch wie herrlich, wie wunderschön! Sie lachte auf ... Lewko fuhr zusammen.

»Sing mir irgendein Lied, junger Kosak!« sagte sie leise, den Kopf auf die Seite neigend und die dichten Wimpern herablassend.

»Welches Lied soll ich dir singen, mein schönes Fräulein?«

Stille Tränen rollten über ihr blasses Gesicht.

»Bursche«, sagte sie, und etwas unsagbar Rührendes klang aus ihren Worten, »Bursche, finde mir meine Stiefmutter! Ich werde nicht geizen. Ich will dich belohnen. Ich werde dich reich und prächtig beschenken! Ich habe seidengestickte Gewänder, Korallen und Geschmeide. Ich werde dir einen mit Perlen bestickten Gürtel schenken. Ich habe auch Gold ... Bursche, finde mir meine Stiefmutter! Sie ist eine furchtbare Hexe: ich hatte vor ihr keine Ruhe auf dieser Welt. Sie peinigte mich und ließ mich arbeiten wie eine gemeine Bauernmagd. Blick mir nur ins Gesicht: sie hat mit ihren unsauberen Zauberkünsten jedes Rot von meinen Wangen vertrieben. Blick nur meinen weißen Hals an: sie lassen sich nicht abwaschen, sie lassen sich niemals abwaschen, diese blauen Flecke, die von ihren eisernen Krallen kommen! Blicke meine weißen Füße an: sie sind viel gegangen, doch nicht auf Teppichen, sondern über glühenden Sand, über feuchte Erde und stechende Dornen! Und meine Augen, sieh nur meine Augen an, sie sind vor Tränen erblindet ... Finde sie mir, finde sie mir, Bursche, finde mir meine Stiefmutter! ...«

Ihre Stimme, die immer lauter klang, stockte plötzlich. Tränenströme rollten über ihr blasses Gesicht. Ein seltsam schweres Gefühl, voller Mitleid und Trauer, presste dem Burschen das Herz zusammen.

»Ich bin für dich zu allem bereit, mein Fräulein«, sagte er in höchster Erregung, »aber wie und wo soll ich sie finden?«

»Sieh nur, sieh!« sagte sie schnell. »Sie ist hier. Sie spielt und tanzt auf dem Ufer mit meinen Mädchen den Reigen und wärmt sich im Mondlichte. Sie ist aber listig und schlau. Sie hat die Gestalt einer Ertrunkenen angenommen; ich weiß aber, ich fühle es, dass sie hier ist. Schwer und schwül ist es mir in ihrer Nähe. Weil sie hier ist, kann ich nicht mehr so leicht und frei wie ein Fisch schwimmen. Ich ertrinke und sinke zu Boden wie ein Stein. Finde sie mir, Bursche!«

Lewko blickte aufs Ufer: im feinen silbernen Nebel schimmerten Mädchen, so leicht wie Schatten, in weißen Hemden, so weiß wie die maiblumengeschmückte Wiese; goldene Ketten und Dukaten funkelten an ihren Hälsen; sie waren aber bleich; ihre Leiber waren wie aus durchscheinenden Wolken gewoben und leuchteten durchsichtig im silbernen Mondlichte. Der Reigen kam immer näher, und er konnte schon die Stimmen erkennen.

»Lasst uns das Rabenspiel spielen, lasst uns das Rabenspiel spielen!« Die Stimmen klangen wie das Rauschen des Schilfes am Ufer, wenn es in der stillen Dämmerstunde von den lustigen Lippen des Windes berührt wird.

»Wer soll aber der Rabe sein?«

Ein Los wurde geworfen, und eines der Mädchen trat aus dem Reigen hervor. Lewko betrachtete sie, ihr Gesicht und ihr Kleid war ganz wie bei den anderen, man sah aber, dass sie ungern diese Rolle spielte. Die übrigen Mädchen stellten sich in einer langen Reihe auf und flohen vor den Angriffen des bösen Feindes.

»Nein, ich will nicht Rabe sein!« sagte das Mädchen mit ermatteter Stimme. »Ich bringe es nicht übers Herz, der armen Mutter die Küchlein zu nehmen!«

– Du bist nicht die Hexe! – sagte sich Lewko.

»Wer wird nun der Rabe sein?«

Die Mädchen wollten schon wieder losen.

»Ich werde Rabe sein!« meldete sich eine aus ihrer Mitte.

Lewko betrachtete aufmerksam ihr Gesicht. Schnell und kühn setzte sie den übrigen nach und wandte sich nach allen Seiten, um ihr Opfer zu erjagen. Da merkte Lewko, dass ihr Leib nicht so leuchtend war wie bei den anderen: ein schwarzer Kern war in der Helle zu sehen. Plötzlich erklang ein Schrei: der Rabe stürzte sich auf eines der Mädchen und packte es, und Lewko glaubte an ihren Händen Krallen und auf ihrem Gesicht eine boshafte Freude zu sehen.

»Die Hexe!« sagte er, auf sie mit dem Finger zeigend und sich nach dem Hause umwendend.

Das Fräulein lachte auf, und die Mädchen führten ihre Genossin, die den Raben gespielt hatte, schreiend fort.

»Womit soll ich dich belohnen, Bursche? Ich weiß, dass du kein Gold brauchst. Du liebst die Ganna; aber dein strenger Vater will es nicht haben, dass du sie heiratest. Nun wird er dich nicht mehr hindern können: nimm diesen Zettel und bring ihn ihm ...«

Das Fräulein streckte ihm ihr weißes Händchen hin, und ihr Gesicht erstrahlte in wunderbarem Lichte ... Mit unsagbarem Zittern und Herzklopfen griff er nach dem Zettel und ... erwachte.

### VI. Das Erwachen

»War es denn nur ein Traum?« fragte sich Lewko, sich von dem Hügel erhebend. »Es war ja so lebendig wie im

Wachen! ... Seltsam, seltsam!« wiederholte er, sich umsehend. Der Mond, der gerade über seinem Kopfe stand, wies auf Mitternacht; rings war es still; vom Teiche kam ein kühler Hauch gezogen; über ihm erhob sich das alte traurige Haus mit den geschlossenen Fensterläden; Moos und Unkraut bezeugten, dass die Menschen es längst verlassen hatten. Er öffnete seine Hand, die er im Schlafe geballt hatte, und schrie vor Bestürzung auf, als er in ihr den Zettel gewahrte. »Ach, wenn ich doch lesen könnte!« sagte er sich, den Zettel hin und her wendend. In diesem Augenblick ertönte hinter seinem Rücken Lärm.

»Fürchtet euch nicht, greift zu! Was habt ihr Angst? Wir sind ja unser zehn! Ich möchte wetten, dass es ein Mensch und kein Teufel ist!« So rief der Amtmann seinen Begleitern zu, und Lewko fühlte sich plötzlich von mehreren Händen gepackt, von denen einige vor Angst zitterten. »Wirf mal endlich deine schreckliche Larve ab, Freund! Es ist genug, die Leute zu foppen!« sagte der Amtmann, ihn am Kragen packend. Plötzlich erstarrte er und glotzte mit seinem einzigen Auge. »Lewko! mein Sohn!« schrie er zurückweichend und die Hände sinken lassend. »Du bist es also, du Hundesohn! Du Teufelsbrut! Ich aber zerbreche mir den Kopf, welch ein Schelm, welch ein Teufel diesen Unfug treibt. Und nun stellt es sich heraus, dass du es bist, der wie ein Räuber die Straßen unsicher macht und Spottlieder verfasst ungekochter Haferbrei soll deinem Vater in der Kehle stecken bleiben! ... So, so, Lewko! Was soll das heißen? Dir juckt wohl der Rücken? Bindet ihn!«

»Wart einmal, Vater, ich muss dir diesen Zettel übergeben«, sagte Lewko.

»Ich hab' jetzt keine Zeit für Zettel, mein Liebster! Bindet ihn!«

»Wart einmal, Herr Amtmann!« sagte der Schreiber, den Zettel entfaltend. »Es ist die Handschrift des Kommissärs.«

»Des Kommissärs?« wiederholten die Polizisten mechanisch.

– Des Kommissärs? Merkwürdig! Das ist noch unverständlicher! – dachte sich Lewko.

»Lies doch, lies«, sagte der Amtmann. »Was schreibt denn der Kommissär?«

»Lasst uns hören, was der Kommissär schreibt!« sagte der Schnapsbrenner, Feuer anschlagend, um seine Pfeife in Brand zu stecken.

Der Schreiber räusperte sich und begann zu lesen:

»›Befehl an den Amtmann Jewtuch Makogonenko. Es ist uns zu Ohren gekommen, dass du, alter Narr, statt die Steuerrückstände einzutreiben und Ordnung im Dorfe zu schaffen, ganz närrisch geworden bist und allerlei üble Dinge anstellst...‹«

»Bei Gott«, unterbrach der Amtmann den Schreiber, »kein Wort kann ich davon verstehen!«

Der Schreiber begann von neuem:

»›Befehl an den Amtmann Jewtuch Makogonenko. Es ist uns zu Ohren gekommen, dass du, alter Narr ...‹«

»Halt, halt, es ist nicht nötig!« schrie der Amtmann. »Ich höre zwar kein Wort, aber ich weiß, dass es noch nicht die Hauptsache ist. Lies weiter!«

»›Aus diesem Grunde befehle ich dir, deinen Sohn Lewko Makogonenko unverzüglich mit der Kosakentochter Ganna Petrytschenko aus dem gleichen Dorfe zu verheiraten; ferner die Brücken auf der Landstraße auszubessern und ohne mein Wissen keine Gutspferde den jungen Herren vom Gericht zu geben, und wenn sie auch direkt aus dem Amte kommen. Wenn ich aber bei meiner Ankunft vorliegenden Befehl nicht ausgeführt finde, so wirst du dich dafür zu verantworten haben. Kommissär und Oberleutnant a. D. Kosjma Derkatsch-Drischpanowskij.‹«

»So!« versetzte der Amtmann, der mit offenem Munde dastand. »Hört ihr es, habt ihr es gehört? Der Amtmann ist für alles verantwortlich, und darum müsst ihr ihm gehorchen! Unbedingt gehorchen! Sonst dürft ihr es mir nicht übel nehmen ... Und dich«, fuhr er fort, sich an Lewko wendend, »dich muss ich laut Befehl des Kommissärs verheiraten – obwohl es mich wundernimmt, wie er dies erfahren hat; zuvor wirst du aber meine Peitsche kosten! Kennst du die Peitsche, die bei mir an der Wand neben dem Heiligenbilde hängt? Ich will sie morgen instand setzen... Wo hast du den Zettel her?«

Lewko war trotz des Erstaunens über die unerwartete Wendung seiner Affäre vernünftig genug, sich eine Antwort zurechtzulegen und die Wahrheit über die Herkunft des Zettels zu verschweigen. »Gestern Abend«, sagte er, »ging ich in die Stadt und begegnete dem Kommissär, der gerade in seinen Wagen stieg. Als er hörte, dass ich aus diesem Dorfe bin, gab er mir den Zettel und beauftragte mich, dir mündlich auszurichten, Vater, dass er auf dem Rückwege uns besuchen und bei uns zu Mittag essen wird.«

»Hat er das gesagt?«

»Ja, das hat er gesagt.«

»Habt ihr's gehört?« sagte der Amtmann, sich mit wichtiger Gebärde an sein Gefolge wendend. »Der Kommissär wird in eigener Person zu uns, das heißt zu mir, zum Mittagessen kommen. Ja!« Der Amtmann hob bei diesem Worte einen Finger in die Höhe und neigte den Kopf zur Seite, als lausche er auf etwas. »Der Kommissär, hört ihr es, der Kommissär wird bei mir zu Mittag essen! Wie glaubst du, Herr Schreiber, und du, Gevatter, ist das nicht eine große Ehre? Wie?«

»Soweit ich mich erinnere«, sagte der Schreiber, »hat noch kein einziger Amtmann einen Kommissär bei sich zum Mittagessen gehabt.«

»Es gibt eben Amtmänner und Amtmänner!« sagte der Amtmann mit selbstzufriedener Miene. Sein Mund verzog sich, und aus seinen Lippen ertönte etwas wie ein schweres heiseres Lachen, das eher an das Dröhnen eines fernen Donners erinnerte. »Wie glaubst du, Herr Schreiber, sollte man nicht dem vornehmen Gast zu Ehren den Befehl geben, dass jedes Haus wenigstens ein Küken, meinetwegen auch noch etwas Leinwand und sonst noch was beistellt? ... Wie?«

»Gewiss sollte man es, Herr Amtmann!«

»Und wann machen wir Hochzeit, Vater?« fragte Lewko.

»Hochzeit? Ich will dir die Hochzeit zeigen!... Aber dem hohen Gast zuliebe ... soll euch der Pope morgen trauen. Hol' euch der Teufel: Soll nur der Kommissär sehen, wie prompt seine Befehle ausgeführt werden. Aber jetzt, Kinder, geht zu Bett! Marsch nach Hause! ... Der heutige Fall erinnerte mich an die Zeit, wo ich ...« Der Amtmann nahm bei diesen Worten die bekannte wichtige Miene an.

»Jetzt fängt der Amtmann gleich wieder zu erzählen an, wie er die Zarin begleitet hat!« sagte Lewko und eilte freudig mit raschen Schritten dem bekannten Hause unter den niedrigen Kirschbäumen zu. – Gott schenke dir ewige Seligkeit, gutes, schönes Fräulein! – dachte er bei sich. – Möge es dir vergönnt sein, in jener Welt ewig unter den heiligen Engeln zu lächeln! Keinem Menschen erzähle ich von dem Wunder, das mir in dieser Nacht geschehen ist; nur dir allein, Ganna, werd' ich es anvertrauen: du allein wirst mir glauben und mit mir für die Seele der unglücklichen Ertrunkenen beten! – Mit diesen Worten näherte er sich dem Hause. Das Fenster stand offen. Die Mondstrahlen fielen auf Ganna, die vor dem Fenster schlief. Ihr Kopf ruhte auf dem Arm. Die Wangen glühten sanft. Die Lippen bewegten sich und nannten kaum hörbar seinen Namen.

»Schlaf, meine Schöne! Träume vom Schönsten, was es auf der Erde gibt; aber auch der schönste Traum wird nicht schöner als unser Erwachen sein!« Er bekreuzigte sie, schloss das Fenster und ging leise fort. Nach einer Weile schlief schon das ganze Dorf. Nur der Mond allein schwebte strahlend und wunderbar durch die unermesslichen Räume des herrlichen ukrainischen Himmels. Ebenso majestätisch atmete die Höhe, und die Nacht, die göttliche Nacht, verglühte in feierlicher Pracht. Ebenso herrlich lag die Erde in wunderbarem Silberglanze; aber niemand berauschte sich an diesem Anblick. Alles lag im Schlafe. Das Schweigen wurde nur ab und zu durch das Gebell der Hunde unterbrochen, und lange noch trieb sich der betrunkene Kalennik durch die schlafenden Straßen herum, immer noch auf der Suche nach seinem Hause.

## Der verlorene Brief

### Eine wahre Begebenheit,
### erzählt vom Küster der X-schen Kirche

Ihr wollt also, dass ich euch noch mehr von meinem Großvater erzähle? Gern, warum soll ich euch nicht mit einer Geschichte erfreuen? Ach, ihr alten Zeiten! Welch eine Freude, welch eine Lust dringt ins Herz, wenn man hört, was vor langer, langer Zeit, deren Jahr und Monat niemand angeben kann, in der Welt geschah! Wenn aber irgendein Verwandter, ein Großvater oder Urgroßvater in die Geschichte verwickelt ist, so ist es aus: mag mir der Lobgesang auf die heilige Märtyrerin Warwara in der Kehle stecken bleiben, wenn es mir nicht so vorkommt, als handle die Geschichte von mir, als wäre ich in die Seele des Urgroßvaters hineingekrochen, oder als ob die Seele des Urgroßvaters in mir spukte ... Das Ärgste sind aber für mich unsere Mädels und jungen Weiber; kaum komme ich ihnen vor die Augen, als sie schon gleich anfangen: »Foma Grigorjewitsch, Foma Grigorjewitsch! Bitte, ein recht gruseliges Märchen! Bitte, bitte! ...«

Taratata, taratata, und es geht los ... Ich erzähle ihnen gern so ein Märchen, aber man sehe mal, was nachher mit ihnen im Bette los ist. Ich weiß ja, dass eine jede unter ihrer Decke zittert, wie wenn sie den Schüttelfrost hätte, und sich mit dem Kopf unter den Pelz verkriechen möchte. Wenn nur eine Ratte an einem Topf scharrt oder sie selbst mit dem Fuße einen Schürhaken streift – gleich fällt ihr, Gott bewahre, das Herz in die Fersen. Am anderen Tage aber bestürmt sie einen wieder, als ob nichts geschehen wäre: man soll ihr ein gruseliges Märchen erzählen, und basta. Was soll ich euch nun erzählen? Manchmal fällt mir auch nichts ein ... Gut, ich erzähle euch, wie die Hexen mit meinem seligen Großvater Schafskopf gespielt haben. Aber ich bitte euch im voraus, meine Herrschaften, bringt mich nicht aus dem Konzept, sonst gibt es einen Brei, dass man sich schämen muss, ihn in den Mund zu nehmen. Mein seliger Großvater, muss ich sagen, gehörte seinerzeit durchaus nicht zu den gewöhnlichen Kosaken. Er verstand zu lesen, verstand auch kunstgerecht zu schreiben. An Feiertagen konnte er den Apostel so herunterleiern, dass sich jetzt auch mancher Popensohn vor ihm verstecken könnte. Nun, ihr wisst ja selbst, wie es damals war, wenn man die Schriftkundigen von ganz Baturin versammeln wollte, so brauchte man nicht mal die Mützen hinzuhalten, man könnte sie alle in die hohle Hand einsammeln. Darum ist es auch kein Wunder, dass jeder, der dem Großvater begegnete, sich vor ihm tief verneigte.

Einmal fiel es dem hochwohlgeborenen Herrn Hetman ein, in irgendeiner Sache einen Brief an die Zarin zu schicken. Der damalige Heeresschreiber – hol' ihn der Teufel, ich kann mich auf seinen Namen nicht besinnen ... Wiskrjak? Nein, nicht Wiskrjak; Motusotschka? Nein, nicht Motusotschka; Golopuzek? Nein, nicht Golopuzek ... ich weiß nur, dass es ein schwieriger Name war, der so komisch anfing – er ließ also den Großvater zu sich kommen und sagte ihm, dass der Hetman selbst ihn als einen Boten mit dem Brief zur Zarin schicken wolle. Mein Großvater machte keine großen Vorbereitungen: er nähte den Brief in seine Mütze ein, schmatzte seine Frau und seine zwei Ferkel, wie er sie selbst nannte, ab, von denen der eine vielleicht mein Vater war, und wirbelte solchen Staub auf, als ob fünfzehn Burschen mitten auf der Straße Fangball spielten. Am anderen Tage, als der Hahn noch nicht zum vierten Male gekräht hatte, war mein Großvater schon in Konotop. Dort war gerade Jahrmarkt: auf den Straßen trieb sich so viel Volk herum, dass es vor den Augen flimmerte. Da es aber noch sehr früh war, schlief noch alles auf der Erde hingestreckt. Neben einer Kuh lag ein besoffener Bursche mit einer Nase so rot wie ein Gimpel; etwas weiter schnarchte sitzend eine Händlerin mit Feuersteinen, Waschblau, Schrot und Brezeln; unter einem Wagen lag ein Zigeuner; auf einem Wagen mit Fischen – ein Fuhrmann; mitten auf der Straße lag mit gespreizten Beinen ein bärtiger Moskowiter mit Gürteln und Fausthandschuhen ... mit einem Worte, jegliches Gesindel, wie man es auf jedem

Jahrmarkt trifft. Der Großvater machte halt, um sich alles genau anzusehen. In den Buden wurde es indes allmählich lebendig: die Jüdinnen klapperten mit ihren Flaschen, hie und da stieg Rauch in Ringen empor, und der Geruch von heißen Puffern zog über das ganze Lager. Dem Großvater fiel es plötzlich ein, dass er weder ein Feuerzeug noch Tabak vorrätig hatte; so fing er an, sich auf dem Jahrmarkte herumzutreiben. Er war noch keine zwanzig Schritte weit gegangen, als ihm ein Saporoger entgegenkam. Ein Bummler, das sieht man ihm schon am Gesicht an! Feuerrote Pluderhosen, ein blauer Rock, ein grellfarbiger Gürtel, ein Säbel an der Hüfte und eine Pfeife an einer Messingkette, die bis zu den Fersen herunterhängt – mit einem Worte ein richtiger Saporoger! Ach, ist das ein Völkchen! Der richtet sich auf, streicht sich den kühnen Schnurrbart, lässt die Hufeisen erklirren, und es geht los! Und wie: die Füße tanzen wie die Spindel in Weiberhänden; wie ein Wirbelwind saust seine Hand durch alle Saiten der Leier, und gleich stemmt er sie in die Hüften, kauert nieder und richtet sich wieder auf, und wirbelt im Tanze, und sein Lied fließt dahin – seine Seele frohlockt! ... Nein, diese Zeit ist vorbei, man bekommt keinen Saporoger mehr zu sehen! Ja. So trafen sie sich, ein Wort gab das andere, und die Bekanntschaft war schnell gemacht. Sie redeten und redeten, und mein Großvater hatte seine Reise schon ganz vergessen. Es ging ein Saufen los wie auf einer Hochzeit vor den großen Fasten. Aber sie bekamen es schließlich satt, Töpfe entzweizuschlagen und Geld unter das Volk zu werfen, auch kann man doch nicht ewig auf dem Jahrmarkte bleiben! So verabredeten die neuen Freunde, sich nicht mehr zu trennen und die Reise gemeinsam fortzusetzen. Es war schon längst gegen Abend, als sie in die freie Steppe hinausritten. Die Sonne hatte sich schon zur Ruhe begeben; hie und da glühten noch statt ihrer rötliche Streifen; die Wiesen leuchteten bunt wie die Feiertagsröcke schwarzbrauiger junger Weiber. Unser Saporoger kam furchtbar ins Schwatzen. Mein Großvater und noch ein lustiger Patron, der sich zu ihnen gesellt hatte, glaubten schon, dass er vom Teufel besessen sei. Wo nahm er bloß all das Zeug her, alle die wunderlichen Geschichten und Schnurren, dass mein Großvater sich die Seiten halten musste und ihm vor Lachen beinahe der Bauch zersprang?! Aber in der Steppe wurde es immer finsterer, und auch die Rede des Burschen wurde immer unzusammenhängender. Endlich verstummte unser Erzähler ganz und begann beim geringsten Geräusch zu zittern.

»He, he, Landsmann! Du scheinst mir wirklich die Eulen zu zählen. Sehnst du dich gar nicht nach deinem Hause und nach dem Ofen?«

»Vor euch will ich nichts verheimlichen«, sagte er, plötzlich stehen bleibend und sie unverwandt anstarrend. »Wisst ihr denn auch, dass ich meine Seele schon längst dem Bösen verschrieben habe?«

»Als ob es ein Wunder wäre! Wer hat nicht schon mit dem Bösen zu tun gehabt? In solchen Fällen muss man auch bummeln, dass es nur so kracht!«

»Ach, Burschen, ich möchte schon bummeln, aber heute Nacht läuft der Termin ab! Brüder«, sagte er und packte ihre Hände, »gebt mich nicht preis! Durchwacht diese eine Nacht! Mein Lebtag werde ich euch den Freundschaftsdienst nicht vergessen!«

Warum soll man einem Menschen in solcher Not nicht helfen? Mein Großvater sagte ihm geradeheraus, er würde sich eher seinen Kosakenschopf abscheren lassen, als dulden, dass der Teufel mit seiner Hundeschnauze eine Christenseele beschnüffelt.

Unsere Kosaken wären vielleicht noch weiter geritten, aber der Himmel verdunkelte sich plötzlich so, als wäre er mit einem schwarzen Tuche bedeckt, und auf der Steppe wurde es ebenso finster wie unter einem Schafspelze. In der Ferne blinkte ein Lichtschein, und die Pferde, die die nahe Krippe witterten, eilten vorwärts, die Ohren spitzend und die Augen in die Finsternis bohrend. Der Lichtschein schien ihnen entgegenzueilen, und vor den Kosaken tauchte eine

Schenke auf, die so schief stand wie ein Weib auf dem Heimwege von einer lustigen Taufe. Um jene Zeit waren die Schenken ganz anders als jetzt. Man hatte nicht nur keinen Platz, um seine Glieder im Tanze zu recken, man konnte sich nicht mal hinlegen, wenn man einen Rausch hatte und die Füße wunderliche Kringel auf dem Boden beschrieben. Der ganze Hof war mit Frachtwagen vollgepfropft, unter den Dachvorsprüngen, in den Krippen, im Flur schnarchten die Menschen wie die Kater, die einen zusammengekrümmt, die anderen ausgestreckt. Der Schenkwirt saß allein vor einem Lichte und schnitt Kerben in einen Stock, welche besagten, wie viel Quart und halbe Quart die Fuhrleute gesoffen hatten. Mein Großvater ließ sich ein Drittel Eimer Schnaps für alle drei geben und ging in die Scheune. Alle drei legten sich nebeneinander hin. Er hatte sich noch nicht mal umgedreht, als er sah, dass seine Landsleute schon schliefen. Mein Großvater weckte den dritten Kosaken, der sich zu ihnen gesellt hatte, und erinnerte ihn an das Versprechen, das sie dem Kameraden gegeben hatten. Jener richtete sich halb auf, rieb sich die Augen und schlief wieder ein. Es war nichts zu machen, mein Großvater musste nun allein wachen. Um den Schlaf irgendwie zu verscheuchen, sah er sich alle Wagen an, ging zu den Pferden, steckte sich seine Pfeife an, kam zurück und setzte sich neben die Seinen. Alles war still, nicht mal eine Fliege hörte man summen. Plötzlich war es ihm, als wenn hinter dem nächsten Wagen etwas Graues die Hörner zeige ... Da begannen aber seine Augen zuzufallen, so dass er sie mit den Fäusten reiben und mit dem noch übrig gebliebenen Schnaps waschen musste. Sobald sie etwas klarer wurden, verschwand alles wieder. Schließlich zeigte sich nach einer Weile das Ungeheuer wieder hinter dem Wagen... Mein Großvater riss die Augen auf, so weit er konnte; aber die verdammte Schläfrigkeit hüllte alles vor ihm in einen Nebel; seine Arme erstarrten, der Kopf sank auf die Brust, und ihn übermannte ein so fester Schlaf, dass er wie tot umfiel. Lange schlief der Großvater; erst als die Sonne ihm ordentlich auf den rasierten Scheitel brannte, sprang er auf die Beine.

Nachdem er sich zweimal gestreckt und sich den Rücken gekratzt hatte, merkte er, dass schon nicht mehr so viele Wagen dastanden wie gestern. Die Fuhrleute waren wohl vor Tagesanbruch weggefahren. Er schaut nach den Seinen: der Kosak schläft, der Saporoger ist aber weg. Er fängt zu fragen an, aber niemand weiß was; nur sein Kittel liegt noch auf dem Platz. Meinen Großvater packte die Angst, und er wurde nachdenklich. Er sah nach den Pferden – keines war mehr da, weder das seine noch das des Saporogers! Was mochte das bedeuten? Wenn den Saporoger der Teufel geholt hat, wer hat dann die Pferde genommen? Nachdem er sich das alles überlegt hatte, kam er zum Schluss, dass der Teufel wohl zu Fuß gekommen sei, da es aber zur Hölle gar nicht so nahe wäre, so hätte er auch sein Pferd gestohlen. Es tat ihm sehr weh, dass er sein Kosakenwort nicht gehalten hatte.

– Nichts zu machen –, sagte er sich, – ich geh' zu Fuß weiter: vielleicht treffe ich unterwegs einen Pferdehändler, der vom Jahrmarkt fährt, dann kaufe ich mir ein Pferd. – Wie er aber nach seiner Mütze greift, so ist auch die Mütze weg. Der selige Großvater schlug die Hände über dem Kopfe zusammen, denn es fiel ihm ein, dass er gestern mit dem Saporoger die Mütze vertauscht hatte. Wer kann sie gestohlen haben, wenn nicht der Teufel! Einen schönen Lohn kriegt er vom Hetman! Schön hat er den Brief an die Zarin besorgt! Nun fing mein Großvater an, den Teufel mit solchen Namen zu traktieren, dass der in seiner Hölle wohl mehr als einmal niesen musste. Aber das Schimpfen nützt wenig; und soviel sich der Großvater auch den Nacken kratzte, er konnte sich nichts ausdenken. Was war da zu machen? Nun wandte er sich an fremden Verstand: er versammelte alle guten Leute, alle Fuhrleute und Durchreisenden, die in der Schenke waren, und erzählte ihnen, was für ein Unglück ihm zugestoßen sei. Die Fuhrleute dachten lange nach, das Kinn auf die Peitschenstiele gestützt, schüttelten die Köpfe und sagten, sie hätten noch nie in der Christenwelt von so einem Wunder gehört, dass ein Brief des Hetmans vom Teufel gestohlen worden sei. Andere fügten noch hinzu, dass wenn der Teufel oder ein Moskowiter etwas gestohlen habe, man jede Hoffnung aufgeben müsse. Nur der Schenkwirt allein saß schweigend in seiner Ecke. Mein Großvater machte sich an ihn heran. Wenn ein Mensch schweigt, so weiß er wohl viel. Der Schenkwirt war aber gar nicht gesprächig, und hätte der Großvater nicht fünf Gulden aus der Tasche geholt, so hätte er von ihm nichts herausbekommen.

»Ich will dich lehren, wie du deinen Brief finden kannst«, sagte er, indem er meinen Großvater auf die Seite führte. Dem Großvater fiel ein Stein vom Herzen. »Ich sehe es dir an den Augen an, dass du ein Kosak bist und kein Weib. Also pass auf! Nicht weit von der Schenke führt ein Weg nach rechts in den Wald. Sobald es im Felde dämmert, mache dich bereit. Im Walde leben Zigeuner, und sie kommen in solchen finsteren Nächten, wo nur die Hexen auf ihren Schürhaken herumreiten, aus ihren Löchern gekrochen, um Eisen zu schmieden. Was sie aber in Wirklichkeit treiben, brauchst du nicht zu wissen. Du wirst im Walde hämmern hören, du sollst aber nicht dahin gehen, wo gehämmert wird; du wirst vor dir einen schmalen Pfad sehen, der an einem angebrannten Baumstamm vorbeiführt: diesen Pfad sollst du einschlagen und immer weitergehen ... Dornen werden dich stechen, dichtes Haselgebüsch wird dir den Weg versperren, du aber geh immer weiter. Erst wenn du an einen Bach gekommen bist, darfst du stehen bleiben. Dort wirst du das erblicken, was du brauchst. Vergiss auch nicht, dir das in die Taschen zu stopfen, wofür die Taschen gemacht sind ... Du verstehst wohl: es ist etwas, was die Teufel und die Menschen gern mögen.« Nach diesen Worten ging der Schenkwirt in seine Kammer und wollte kein Wort mehr sagen.

Man kann von meinem seligen Großvater nicht behaupten, dass er zu den Ängstlichen gehörte; wenn er einem Wolf beggnete, so packte er ihn einfach am Schwanz; wenn er mit den Fäusten durch einen Haufen Kosaken ging, so fielen diese wie die Birnen zu Boden. Und doch überlief es ihn kalt, als er in der finsteren Nacht in den Wald kam. Kein Sternchen am Himmel. Finster und dumpf wie in einem Weinkeller; er hörte nur, wie hoch oben über seinem Kopfe ein kalter Wind durch die Baumwipfel fuhr und wie die Bäume gleich berauschten Kosakenköpfen wackelten und ihre Blätter trunkene Worte flüsterten. Plötzlich wehte es ihm so kalt entgegen, dass er schon an seinen Schafspelz dachte, und da war es ihm auch, als fingen hundert Hämmer zu klopfen an, so dass es ihm im Kopfe widerhallte. Der ganze Wald wurde für einen Augenblick wie von einem Wetterleuchten erhellt. Mein Großvater erblickte gleich einen Pfad, der sich zwischen niedrigem Gebüsch schlängelte. Da ist auch schon der angebrannte Baumstamm, da sind die Dornenbüsche! Alles war genau so, wie man es ihm gesagt hatte; nein, der Schenkwirt hatte ihn nicht betrogen. Es war aber doch kein Vergnügen, sich durch die stechenden Sträucher durchzuarbeiten; noch nie im Leben hatte er gesehen, dass die verfluchten Dornen und Äste so schmerzhaft stechen können. Allmählich kam er auf einen freien Platz heraus und merkte, dass die Bäume immer weiter voneinander abstanden und so dick waren, wie er sie auch jenseits Polens nicht gesehen hatte. Zwischen den Bäumen schimmerte auch ein Bach, schwarz wie brünierter Stahl. Lange stand der Großvater am Ufer und blickte nach allen Seiten. Am anderen Ufer brennt ein Feuer; bald scheint es verlöschen zu wollen und bald spiegelt es sich wider im Bache, der so aufzuckt wie ein polnischer Schlachtschitz in Kosakentatzen. Da ist auch eine Brücke. »Nun über diese Brücke kann höchstens ein Teufelswagen fahren.« Der Großvater trat aber tapfer auf die Brücke und war schneller, als mancher braucht, um die Schnupftabakdose aus der Tasche zu holen und eine Prise zu nehmen, schon am anderen Ufer. Jetzt erst sah er hier Leute am Feuer sitzen, und diese hatten solche Fratzen, dass er zu einer anderen Zeit Gott weiß was gegeben hätte, um der Bekanntschaft mit ihnen zu entgehen. Aber jetzt musste er wohl oder übel ihre Bekanntschaft machen. Mein Großvater verbeugte sich tief und sagte: »Gott helfe euch, ihr guten Leute!« Aber auch nicht einer nickte mit dem Kopfe: sie sitzen da und schweigen und werfen etwas ins Feuer. Er sah einen freien Platz und setzte sich ohne Förmlichkeiten zu ihnen. Die Fratzen sagen kein Wort, auch der Großvater sagt kein Wort. Lange saßen sie schweigend da. Das wurde dem Großvater langweilig; er holte aus der Tasche seine Pfeife und sah sich um, aber keiner blickte ihn an. »Euer Gnaden, seid so gut, wie sage ich es Euch ...« (mein Großvater hatte viel unter Menschen gelebt und verstand es, höflich zu sprechen, so dass er sich vielleicht auch vor dem Zaren nicht blamiert hätte), »so dass ich beispielsweise weder mich selbst vergesse noch Euch zu nahe trete: eine Pfeife habe ich wohl, aber nichts, um sie anzustecken.« Auf diese Rede sagte niemand ein Wort; nur eine von den Fratzen hielt dem Großvater ein brennendes Scheit gerade vors Gesicht, so dass, hätte er sich nicht gebückt, er wohl dem einen Auge für immer hätte Ade sagen müssen. Als er schließlich sah, dass die Zeit unnütz verging, entschloss er sich, ganz gleich, ob die unsaubere Brut ihm zuhören würde oder nicht die ganze Geschichte zu erzählen. Sie sperrten die Mäuler auf, spitzten die Ohren und streckten die Pfoten aus. Der Großvater merkte, was sie wollten, nahm das ganze Geld, das er bei sich hatte, zusammen und warf es ihnen wie Hunden vor. Kaum hatte er das Geld hingeworfen, als alles vor ihm durcheinandergeriet; die Erde erzitterte, und er – er konnte selbst nicht erklären, wie – in die Hölle geraten war. »Du meine Güte!« schrie der Großvater auf, als er sich ordentlich umsah. Was für Ungeheuer! Was für Fratzen! Eine solche Menge von Hexen wie Schnee vor Weihnachten; aufgeputzt und angemalt wie die Fräulein auf dem Jahrmarkte. Und alle, so viel ihrer da waren, tanzten irgendeinen teuflischen Tanz. Was für ein Staub wirbelte da empor, mein Gott! Jeder Christenmensch müsste beim bloßen Anblick zittern, wie hoch diese Teufelsbrut hopste. Großvater musste aber trotz seiner Angst lachen, als er sah, wie die Teufel mit Hundeschnauzen auf dünnen Beinchen schweifwedelnd um die Hexen herumscharwenzelten wie die Burschen um hübsche junge Mädchen, und die Musikanten auf ihren eigenen Backen wie auf

Pauken mit den Fäusten trommelten und mit den Nasen wie auf Waldhörnern trompeteten. Als sie den Großvater erblickten, stürzte sich die ganze Horde über ihn: Schweineschnauzen, Hundeschnauzen, Bockschnauzen, Gänseschnauzen, Pferdeschnauzen – alle reckten sich, als wollten sie ihn küssen. Der Großvater spuckte vor Ekel aus! Schließlich packten sie ihn und setzten ihn an einen Tisch, der vielleicht so lang war wie die Straße von Konotop nach Baturin. »Nun, das ist nicht so schlimm«, sagte sich der Großvater, als er auf dem Tische Schweinefleisch, Würste, Kraut mit klein geschnittenen Zwiebeln und viele andere Leckerbissen sah. »Das Teufelsgesindel scheint die Fasten nicht zu halten!« Mein Großvater, müsst ihr wissen, ließ sich nie eine Gelegenheit entgehen, einen guten Bissen zu sich zu nehmen. Der Selige hatte stets guten Appetit, und darum rückte er, ohne viel zu reden, eine Schüssel mit klein geschnittenem Speck und einen Schinken zu sich heran, ergriff eine Gabel, nicht viel kleiner als die Gabel, mit der der Bauer Heu auflädt, nahm mit ihr ein ordentliches Stück, hielt eine Scheibe Brot darunter und beförderte es ... in ein fremdes Maul, das dicht neben seinen eigenen Ohren auftauchte, und er hörte sogar, wie das Maul kaute und mit den Zähnen klapperte, so dass man es am ganzen Tisch hörte. Der Großvater sagte nichts, nahm ein anderes Stück und glaubte es schon mit den Lippen zu berühren, es kam aber wieder in eine fremde Kehle. Auch das dritte Mal erwischte er nichts. Der Großvater wurde wütend; er vergaß seine Angst und in wessen Händen er sich befand, und fiel über die Hexen her: »Ihr wollt euch vielleicht über mich lustig machen, ihr Herodesbrut! Wenn ihr mir nicht sofort meine Kosakenmütze herausgebt, so will ich katholisch sein, wenn ich euch nicht eure Schweineschnauzen in den Nacken drehe!« Noch hatte er die letzten Worte nicht gesprochen, als alle die Ungeheuer die Zähne fletschten und ein solches Gelächter anstimmten, dass es dem Großvater ganz kalt ums Herz wurde.

»Gut!« kreischte eine der Hexen, die der Großvater für die Oberhexe hielt, weil ihre Fratze noch hübscher war als die der anderen. »Wir wollen dir die Mütze herausgeben, aber nicht eher, als bis du mit uns dreimal Schafskopf gespielt hast.«

Was war da zu machen? Ein Kosak soll sich mit Weibern hinsetzen, um Schafskopf zu spielen! Der Großvater weigerte sich lange, setzte sich aber schließlich doch hin. Man brachte Karten, so fettig wie die Karten, die bei uns die Popentöchter schlagen, um aus ihnen etwas über ihre künftigen Bräutigame zu erfahren.

»Hör also!« bellte die Hexe wieder: »Wenn du auch nur einmal gewinnst, so ist die Mütze dein; wenn du aber alle dreimal Schafskopf bleibst, so nimm es nicht übel: dann wirst du nicht nur deine Mütze, sondern vielleicht auch die Welt nicht mehr wiedersehen!«

»Gib die Karten, Hexe! Komme, was kommen mag.«

Die Karten werden verteilt. Der Großvater nimmt die seinen in die Hand: so ein Schund, dass er sie gar nicht anschauen möchte; wenn auch nur zum Spaß ein einziger Trumpf dabei wäre! Eine Zehn ist die höchste Karte, und kein einziges Paar dabei; die Hexe spielt aber immer Fünfer aus. So musste der Großvater Schafskopf bleiben! Kaum war der Großvater Schafskopf geworden, als die Schnauzen von allen Seiten zu wiehern, zu bellen und zu grunzen anfingen: »Schafskopf, Schafskopf, Schafskopf!«

»Platzen sollt ihr, ihr Teufelsbrut!« schrie der Großvater, indem er sich die Ohren mit den Fingern zustopfte. – Na, – denkt er sich –, die Hexe wird wohl beim Mischen geschwindelt haben, diesmal will ich selbst die Karten geben. – Er verteilte die Karten, gab den Trumpf an und blickte in sein Spiel: die Karten sind gut, auch Trümpfe sind dabei. Anfangs ging die Sache nicht schlecht; aber die Hexe spielte eine Fünf mit allen vier Königen aus! Der Großvater hatte aber lauter Trümpfe. Ohne lange zu überlegen, stach er alle Könige mit den Trümpfen!

»He, he, das ist nicht Kosakenart! Womit stichst du, Landsmann?«

»Was heißt, womit? Mit den Trümpfen!«

»Bei euch sind es vielleicht Trümpfe, bei uns sind es keine.«

Er schaut hin: es ist in der Tat nur eine einfache Farbe. Was für Zauber! So musste er auch zum zweiten Mal Schafskopf bleiben, und die Teufelsbrut schrie wieder aus vollem Halse: »Schafskopf! Schafskopf!« dass der ganze Tisch wackelte und die Karten sprangen. Der Großvater kam ins Feuer und verteilte die Karten zum letzten Mal. Alles geht wieder gut. Die Hexe spielt wieder einen Fünfer aus; der Großvater deckt ihn und kauft sich eine ganze Handvoll Trümpfe dazu.

»Trumpf!« schrie er und haute die Karte so auf den Tisch, dass sie sich bog; die Hexe deckte ihn aber, ohne ein Wort zu sagen, mit einer gewöhnlichen Acht. »Womit stichst du denn, alter Teufel?« Die Hexe hob die Karte auf, und unter ihr lag eine einfache Sechs. »Ist das ein Teufelsschwindel!« sagt der Großvater und schlägt aus Leibeskraft mit der Faust auf den Tisch. Zum Glück hat die Hexe schlechte Karten, der Großvater hat aber wie zum Fleiß Paare. Er fängt an, zuzukaufen, aber er bekommt solchen Schund, dass er die Hände sinken lässt. Es gibt nichts mehr zukaufen. Nun spielt er, ohne zu schauen, eine einfache Sechs aus; die Hexe deckt sie. »Da schau! Was ist das? Da scheint etwas nicht zu stimmen!« Nun tat der Großvater die Karten heimlich unter den Tisch und schlug ein Kreuz über sie; auf einmal hat er ein Trumpfass, einen Trumpfkönig und einen Trumpfbuben, und statt der Sechs hat er eine Dame ausgespielt. »Was war ich doch für ein Narr! Trumpfkönig! Was, kannst du ihn stechen? Was, du Katzenbrut? Willst du vielleicht ein As? As! Bube! ...« Ein Donner dröhnte durch die ganze Hölle; die Hexe bekam Krämpfe, und plötzlich flog die Mütze dem Großvater gerade ins Gesicht. »Nein, das ist mir zu wenig!« schrie der Großvater, nachdem er sich die Mütze aufgesetzt hatte, neuen Mut fassend: »Wenn mein tapferes Pferd nicht auf der Stelle vor mir erscheint, so soll mich hier an diesem unreinen Ort der Donner treffen, wenn ich nicht über euch alle das heilige Kreuz schlage!« Schon hob er die Hand, als vor ihm plötzlich Pferdegebeine klapperten.

»Da hast du dein Pferd!«

Der Ärmste weinte wie ein törichtes Kind, als er die Gebeine sah. »Gebt mir doch irgendein Pferd, damit ich aus eurem Nest herauskomme!« Der Teufel knallte mit der Peitsche, ein Pferd fuhr wie eine Flamme vor ihm auf, und der Großvater flog wie ein Vogel empor.

Aber es wurde ihm unheimlich zumute, als das Pferd, ohne auf seine Schreie und auf die Zügel zu achten, über Gräben und Abgründe dahinsprengte. Er kam bei diesem Ritt an solche Orte, dass einen das Zittern überkam, wenn er davon erzählte. Er blickt vor sich hinab und erschrickt noch mehr: ein Abgrund mit steilem Rand! Das Teufelsvieh macht sich aber nichts draus und springt einfach über den Abgrund. Der Großvater versucht sich festzuhalten, aber es gelingt ihm nicht. Über Baumstrünke und Erdbuckel flog er Hals über Kopf in den Abgrund und schlug sich unten am Boden so fest an, dass es ihm vorkam, als gebe er den Geist auf. Jedenfalls wusste er nicht mehr, was mit ihm in dieser Zeit geschah; und als er ein wenig zu sich kam und sich umsah, da war es schon ganz hell geworden. Er unterschied eine ihm bekannte Gegend, und er lag auf dem Dache seines eigenen Hauses.

Der Großvater bekreuzigte sich, als er heruntergeklettert war. So ein Teufelsspuk! Was für Wunder ein Mensch erleben kann! Er sieht seine Hände an, die Hände sind voll Blut; er blickt in das Wasserfass – auch sein Gesicht ist voll Blut. Er wäscht sich ordentlich, um die Kinder nicht zu erschrecken, und tritt leise in die Stube; die Kinder kommen ihm rücklings entgegen und sagen: »Schau, schau, die Mutter springt wie verrückt!« Und in der Tat: sein Weib schläft vor dem Flachskamm, hält die Spindel in der Hand und springt im Schlafe auf der Bank auf und nieder. Der Großvater nahm sie still bei der Hand und weckte sie, »Guten Tag, Frau! Bist du ganz wohl?« Jene glotzte ihn lange an; endlich erkannte sie den Großvater und erzählte ihm, es hätte ihr geträumt, der Ofen sei in der Stube herumgefahren und habe mit der Schaufel alle Töpfe und Schüsseln hinausgejagt ... und weiß der Teufel was noch alles. »Nun«, sagte der Großvater, »du hast es geträumt, ich aber sah den Teufelsspuk im Wachen. Ich sehe, wir müssen unser Haus mit Weihwasser besprengen. Jetzt darf ich aber nicht länger säumen.« Nachdem er dies gesagt und ein wenig ausgeruht hatte, holte er das Pferd aus dem Stall und machte nicht eher halt, weder bei Tag noch bei Nacht, als bis er sein Ziel erreicht und den Brief der Zarin selbst eingehändigt hatte. Dort sah der Großvater solche Wunderdinge, dass er noch lange davon erzählen konnte: wie man ihn in einen Palast führte, der so hoch war, dass man zehn Häuser übereinanderstellen könnte, und das hätte noch nicht gereicht; wie er erst in ein Zimmer hineinblickte – niemand drin; in ein anderes – niemand drin; in ein drittes niemand drin; selbst im vierten war niemand drin; erst im fünften Zimmer sitzt sie selbst mit goldener Krone, in einem nagelneuen grauen Kittel und roten Stiefeln und isst goldene Klöße; wie sie ihm die ganze Mütze mit blauen Scheinen vollstopfen ließ; wie ... er konnte sich an alles gar nicht mehr erinnern! An seine Plage mit den Teufeln dachte der Großvater nicht mehr, und wenn ihn manchmal jemand daran erinnerte, so schwieg er, als ginge es ihn nichts an, und es kostete große Mühe, ihn zu bewegen, alles zu erzählen. Und wohl zur Strafe dafür, dass er sich damals nicht beeilt hatte, das Haus mit Weihwasser zu besprengen, geschah mit seiner Frau jedes Jahr um dieselbe Zeit das Wunder, dass sie immerzu tanzen musste. Was sie auch anfangen mochte, die Füße zuckten ganz von selbst, und etwas stieß sie, einen richtigen Tanz aufzuführen.

## Die Nacht vor Weihnachten

Der letzte Tag vor Weihnachten war zu Ende. Eine klare Winternacht brach an; die Sterne erstrahlten am Himmel; der Mond erhob sich majestätisch, um den guten Menschen und der ganzen Welt zu leuchten, damit jeder recht lustig die Koljadalieder[1] singe und den Heiland preise.

Der Frost hatte seit dem Morgen zugenommen; dafür war es aber so still, dass man das Knirschen des gefrorenen Schnees unter den Stiefeln eine halbe Werst weit hören konnte. Noch war keine einzige Gesellschaft von Burschen unter den Fenstern erschienen; nur der Mond allein blickte verstohlen in die Stuben, als wolle er die sich putzenden Mädchen rufen, damit sie schneller auf den knirschenden Schnee hinauslaufen. Da stieg aus dem Schornstein eines Hauses eine dichte Rauchwolke empor, und zugleich mit dem Rauch fuhr eine Hexe auf einem Besenstiel in die Höhe.

Wäre um diese Zeit der Assessor von Sorotschinzy mit einer Troika von Bürgerpferden, in seiner mit Lammfell besetzten, nach Muster der Ulanenmützen gearbeiteten Mütze, in seinem blauen, mit schwarzem Schaffell gefütterten Pelz, mit seiner teuflisch geflochtenen Peitsche, mit der er seinen Kutscher anzutreiben pflegte, vorübergefahren, so hätte er sie ganz gewiss bemerkt, denn dem Assessor von Sorotschinzy kann keine Hexe in der Welt entgehen. Er weiß ganz genau, wie viele Ferkel das Schwein einer jeden Frau wirft, wie viel Leinwand sie in der Truhe liegen hat und welche Kleidungs- oder Wirtschaftsgegenstände der brave Mann am Sonntag in der Schenke versetzt. Aber der Assessor von Sorotschinzy kam nicht vorbei; was gehen ihn auch fremde Angelegenheiten an: er hat ja seinen eigenen Bezirk. Die Hexe stieg indessen so hoch hinauf, dass sie nur noch als ein kleiner schwarzer Fleck zu sehen war. Wo sich aber dieser Fleck nur zeigte, dort verschwand ein Stern nach dem anderen. Die Hexe hatte bald ihrer einen ganzen Ärmel voll. Drei oder vier funkelten noch am Himmel. Plötzlich zeigte sich an der entgegengesetzten Seite ein anderes Fleckchen; es wurde größer, nahm an Breite zu und war bald kein bloßer Fleck mehr. Ein Kurzsichtiger hätte sogar die Räder vom Kommissärswagen statt einer Brille auf die Nase setzen können, aber auch dann würde er nicht erkennen, was das war. Von vorn besehen, sah es ganz wie ein Deutsche[2] aus: eine schmale Schnauze, die sich fortwährend bewegte und alles beschnüffelte, worauf sie stieß, lief wie bei unseren Schweinen in ein rundes Fünfkopekenstück aus; die Beine waren so dünn, dass der Amtmann von Jareskow sie schon beim ersten Sprunge im Kosakentanz gebrochen haben würde, wenn er sie hätte. Von rückwärts sah es dafür ganz wie der Gouvernementsanwalt in Uniform aus, denn es hatte hinten einen spitzen und langen Schwanz hängen, wie ihn ein moderner Uniformfrack hat; nur an dem Bocksbart unter der Schnauze, an den kleinen Hörnchen auf dem Kopfe und daran, dass es nicht weißer war als ein Schornsteinfeger, könnte man erkennen, dass es weder ein Deutscher noch der Gouvernementsanwalt, sondern einfach der Teufel war, dem nur diese letzte Nacht blieb, in der er sich auf der Welt herumtreiben und die guten Menschen zur Sünde verführen durfte. Morgen schon musste er beim ersten Glockenschlage der Frühmesse mit eingezogenem Schwanz schleunigst in sein Loch fahren.

Der Teufel schlich sich indessen leise an den Mond heran und streckte schon die Hand aus, um ihn zu packen, zog sie aber gleich wieder zurück, als ob er sich verbrannt hätte, sog an den Fingern und zappelte mit einem Bein. Dann lief er an den Mond von einer anderen Seite heran, sprang aber wieder weg und zog die Hand zurück. Trotz dieser Misserfolge ließ der schlaue Teufel von seinen Streichen nicht ab. Er lief wieder an den Mond heran, packte ihn mit beiden Händen zugleich und warf ihn, wie ein Bauer, der Feuer für seine Pfeife mit bloßen Händen holt, Grimassen schneidend und fortwährend blasend, aus der einen Hand in die andere; schließlich steckte er ihn schnell in die Tasche und rannte weiter, als wäre nichts geschehen.

In Dikanjka merkte niemand, dass der Teufel den Mond gestohlen hatte. Allerdings hatte der Gemeindeschreiber, als er auf allen vieren aus der Schenke kam, gesehen, dass der Mond am Himmel plötzlich tanzte, was er auch unter Schwüren dem ganzen Dorfe versicherte; aber die Bürger schüttelten die Köpfe und lachten ihn sogar aus. Was mochte aber den Teufel zu so einer gesetzwidrigen Tat bewogen haben? Das hatte folgenden Grund: er wusste, dass der reiche Kosak Tschub vom Küster zu Kutja[3] eingeladen war, welchem Schmause außerdem der Amtmann, ein mit dem Küster verwandter bischöflicher Chorsänger, der einen blauen Rock trug und eine tiefere Stimme hatte als der tiefste Bass, der Kosak Swerbygus und noch manche andere Gäste beiwohnen sollten; außer der Kutja würde es auch noch einen süßen Fruchtschnaps, einen Safranschnaps und viele andere Speisen geben. Indessen sollte die Tochter Tschubs, das schönste Mädel im ganzen Dorfe, zu Hause bleiben, und zu dieser Tochter würde sicher der Schmied kommen, ein kräftiger Bursche, der dem Teufel noch unangenehmer war als die Predigten des P. Kondrat. Der Schmied befasste sich in seiner freien Zeit mit Malen und galt als der beste Maler in der ganzen Gegend. Selbst der Hauptmann L-ko, der damals noch lebte, ließ ihn einmal eigens nach Poltawa kommen, um einen Bretterzaun an seinem Hause anzustreichen. Alle Schüsseln, aus denen die Kosaken von Dikanjka ihre Rübensuppe aßen, waren von diesem Schmied bemalt. Der Schmied war ein gottesfürchtiger Mann und malte oft Heiligenbilder; auch jetzt noch kann man in der Kirche von T. seinen Evangelisten Lucas sehen. Doch der Triumph seiner Kunst war das von ihm an der Wand der rechten Vorhalle der Kirche gemalte Bild, auf dem er den heiligen Petrus dargestellt hatte, wie er am Tage des Jüngsten Gerichts, mit den Schlüsseln in der Hand, den bösen Geist aus der Hölle vertreibt; der erschrockene Teufel wirft sich, sein Ende ahnend, hin und her, während ihn die bis dahin eingekerkerten Sünder mit Peitschen, Holzscheiten und allem, was ihnen in die Hände fällt, schlagen und hinausjagen. Als der Maler an diesem Bilde arbeitete und es auf einem großen Brette malte, hatte sich der Teufel alle Mühe gegeben, ihn zu stören: er stieß ihn unsichtbar an der Hand und holte aus der höllischen Esse Asche und streute sie aufs Bild; das Bild wurde aber trotz alledem vollendet, das Brett in die Kirche gebracht und an der Wand der Vorhalle befestigt, und der Teufel hatte seitdem geschworen, sich am Schmied zu rächen.

Nur eine Nacht noch durfte er sich auf Gottes Welt herumtreiben; aber auch in dieser Nacht suchte er ein Mittel, um seinen Zorn an dem Schmied auszulassen. Zu diesem Zweck entschloss er sich, den Mond zu stehlen, wobei er seine Hoffnung darauf setzte, dass der alte Tschub faul und schwerfällig war und dass er gar nicht nahe vom Küster wohnte; der Weg führte hinter dem Dorfe an den Mühlen und am Friedhof vorbei und machte einen Bogen um einen Graben. In einer Mondnacht hätte sich Tschub vielleicht noch vom Fruchtschnaps und vom Safranschnaps verlocken lassen können, aber bei dieser Finsternis würde es wohl kaum jemand gelingen, ihn von seinem Ofen herunterzuschleppen und aus dem Hause zu bringen. Der Schmied, der mit ihm seit längerer Zeit verfeindet war, würde es trotz seiner Kraft nicht wagen, in Tschubs Anwesenheit das Töchterchen aufzusuchen.

Als der Teufel also den Mond in die Tasche gesteckt hatte, wurde es in der ganzen Welt plötzlich so finster, dass nicht jeder den Weg zur Schenke, geschweige denn zum Küster gefunden hätte. Die Hexe, die sich plötzlich im Dunkeln sah, schrie auf. Der Teufel tänzelte auf sie zu, fasste sie unterm Arm und begann ihr dasselbe ins Ohr zu flüstern, was man den Weibern gewöhnlich zuzuflüstern pflegt. Wunderlich ist es in unserer Welt eingerichtet! Alles, was da lebt, ist bemüht, einander alles abzugucken und sich gegenseitig nachzuäffen. Einst pflegten in Mirgorod nur der Richter und der Stadthauptmann im Winter mit Tuch überzogene Pelze zu tragen, während die niedere Beamtenschaft ungedeckte Nacktpelze trug; jetzt haben sich sogar der Assessor und der Unterrendant neue Pelze aus bestem Lammfell mit Tuchüberzug geleistet. Der Kanzlist und der Gemeindeschreiber hatten sich vor zwei Jahren blauen Baumwollstoff zu sechzig Kopeken den Arschin gekauft. Der Kirchendiener hat sich für den Sommer eine Pluderhose aus Nanking und eine Weste aus gestreiftem Kammgarn machen lassen. Mit einem Worte, alles will nach was aussehen! Wann werden die Menschen einmal aufhören, den Nichtigkeiten dieser Welt nachzugehen! Ich wette, es wird vielen merkwürdig vorkommen, dass der Teufel die gleichen Wege geht. Das Ärgerlichste aber ist, dass er sich wohl für einen schönen Mann hält, während man sich schämen muss, seine Fratze auch nur anzusehen. Er hat eine hundsgemeine Fratze, wie Foma Grigorjewitsch zu sagen pflegt, und doch versucht auch er, einer Hexe den Hof zu machen! Aber am Himmel und unter dem Himmel war es so finster geworden, dass man gar nichts sehen konnte, was zwischen den beiden sich weiter abspielte.

»Du bist also noch nicht beim Küster in seinem neuen Hause gewesen, Gevatter?« fragte der Kosak Tschub, aus seinem Hause tretend, einen langen Bauern in kurzem Schafspelz und mit einem dichten Bart, der davon zeugte, dass ihn das gebrochene Sensenstück, mit dem sich die Bauern in Ermangelung eines Rasiermessers zu rasieren pflegen, seit mehr als zwei Wochen nicht berührt hatte. »Dort wird es einen schönen Schmaus geben!« fuhr Tschub schmunzelnd fort. »Dass wir nur nicht zu spät kommen!«

Bei diesen Worten rückte Tschub den Gürtel zurecht, der seinen Pelz fest umspannte, drückte sich die Mütze tiefer ins Gesicht, nahm die Peitsche, den Schrecken und die Furcht aller zudringlichen Hunde, blickte aber nach oben und hielt inne ... »Zum Teufel! Schau! ... Schau, Panas! ...«

»Was?« fragte der Gevatter und hob ebenfalls seinen Kopf.

»Du fragst noch? Der Mond ist weg!«

»Verdammt! Der Mond ist wirklich weg.«

»Das ist es eben, dass er weg ist!« sagte Tschub etwas ärgerlich über die unerschütterliche Gleichgültigkeit des Gevatters. »Du kümmerst dich wohl nicht darum.«

»Was soll ich denn machen?«

»Musste sich da ein Teufel einmischen der Hund soll nicht erleben, am Morgen ein Glas Schnaps zu trinken! ... Es ist wie ein Spott! ... Als ich noch in der Stube saß, sah ich eigens zum Fenster hinaus: eine wunderbare Nacht! Ganz hell war es, der Schnee glänzte im Mondlichte, und alles war so klar zu sehen wie bei Tage. Kaum bin ich aber aus der Stube getreten, so ist es so finster geworden, dass man die Hand vor den Augen nicht sieht!« – Mag er sich alle Zähne an einem harten Buchweizenkuchen ausbrechen! –

Tschub brummte und fluchte noch lange, überlegte sich aber zugleich, wozu er sich entschließen solle. Gar zu gern hätte er beim Küster über allerlei Unsinn geschwatzt; der Amtmann, der zugereiste Bass und der Teerbrenner Mikita, der alle zwei Wochen zum Markt nach Poltawa fuhr und solche Witze zu machen pflegte, dass die Bürger sich den Bauch vor Lachen hielten, waren schon sicher da. Tschub sah schon in Gedanken den süßen Fruchtschnaps auf dem Tische stehen. Das alles war allerdings verlockend; aber die Dunkelheit der Nacht weckte in ihm die Faulheit, die alle Kosaken so lieben. Wie schön wäre es jetzt, mit eingezogenen Beinen auf dem Ofen zu liegen, ruhig die Pfeife zu rauchen und im süßen Schlummer die Lieder lustiger Burschen und Mädchen zuhören, die sich in Scharen vor den Fenstern drängen! Er hätte sich ohne Zweifel für das letztere entschieden, wenn er allein gewesen wäre; aber zu zweit war es nicht so langweilig und schrecklich, durch die finstere Nacht zu gehen; auch wollte er nicht vor den anderen faul und feige erscheinen. Als er mit dem Schimpfen fertig war, wandte er sich wieder an den Gevatter.

»Der Mond ist also weg, Gevatter?«

»Er ist weg.«

»Wirklich seltsam! Gib mir mal eine Prise! Du hast einen feinen Tabak, Gevatter! Wo hast du ihn her?«

»Was, zum Teufel, fein?!« erwiderte der Gevatter und klappte die aus Birkenrinde angefertigte und mit einem Stichmuster verzierte Dose zu. »Nicht mal eine alte Henne würde von diesem Tabak niesen!«

»Ich kann mich noch erinnern«, fuhr Tschub in demselben Tone fort, »der selige Schenkwirt Susulja hat mir einmal einen Tabak aus Njeschin mitgebracht. Ach, war das ein Tabak! Ein guter Tabak war das! Was fangen wir nun an, Gevatter? Es ist ja dunkel.«

»Bleiben wir vielleicht zu Hause?« sagte der Gevatter, nach der Türklinke greifend.

Hätte der Gevatter das nicht gesagt, so würde sich Tschub wohl entschlossen haben, zu Hause zu bleiben; jetzt aber stieß ihn etwas, dem Gevatter zu widersprechen. »Nein, Gevatter, wollen wir gehen! Es ist nicht anders möglich, wir müssen gehen!«

Als er das gesagt hatte, ärgerte er sich schon gleich über seine Worte. Es war ihm sehr unangenehm, sich in einer solchen Nacht hinzuschleppen, aber ihn tröstete der Gedanke, dass er es selbst so gewollt hatte und anders handelte, als man ihm geraten hatte.

Der Gevatter zeigte als ein Mann, dem es ganz gleich war, ob er zu Hause saß oder sich draußen herumtrieb, nicht den leisesten Verdruss; ersah sich um, kratzte sich mit dem Peitschenstiel die Achseln, und die beiden Gevattern machten sich auf den Weg.

Nun wollen wir sehen, was die schöne Tochter allein treibt. Oksana war noch nicht siebzehn Jahre alt, als schon beinahe in der ganzen Welt, wie diesseits von Dikanjka, so auch jenseits von Dikanjka, die Leute von nichts anderem sprachen als von ihr. Die Burschen erklärten einstimmig, dass es ein schöneres Mädel im ganzen Dorfe niemals gegeben habe und auch niemals geben werde. Oksana wusste und hörte alles, was über sie gesprochen wurde, und war so launisch, wie es einem schönen Mädchen geziemt. Hätte sie nicht den Rock und die Jacke einer Bäuerin, sondern irgendein städtisches Morgenkleid getragen, so würde bei ihr wohl keine einzige Zofe aushalten können. Die Burschen liefen ihr scharenweise nach; sie verloren aber die Geduld, verließen einer nach dem anderen die eigensinnige Schöne und wandten sich anderen, weniger launischen Mädchen zu. Nur der Schmied allein war eigensinnig und gab seine Bemühungen nicht auf, obwohl sie ihn nicht besser als die anderen behandelte. Als der Vater gegangen war, putzte und zierte sich Oksana noch lange vor dem kleinen Spiegel im Zinnrahmen und konnte sich gar nicht genug bewundern.

»Warum ist es den Leuten bloß eingefallen, zu verbreiten, dass ich hübsch sei?« sagte sie gleichsam zerstreut, nur um über irgendwas mit sich selber zu plaudern. »Die Leute lügen, ich bin gar nicht hübsch.«

Aber das frische, lebhafte, kindlich jugendliche Gesicht mit den glänzenden schwarzen Augen und dem unsagbar angenehmen Lächeln, das die Seele versengte, bewies ihr plötzlich das Gegenteil.

»Sind denn meine schwarzen Brauen und Augen«, fuhr die Schöne fort, ohne den Spiegel fortzulassen, »wirklich so schön, dass es nicht ihresgleichen auf der Welt geben soll? Was ist denn an dieser Stumpfnase so hübsch? Was an den Wangen, an den Lippen? Sind denn meine schwarzen Zöpfe wirklich so schön? Ach, man könnte vor ihnen am Abend erschrecken: sie winden sich wie lange Schlangen um meinen Kopf. Jetzt sehe ich, dass ich gar nicht hübsch bin!« Sie rückte den Spiegel etwas von sich fort und rief: »Nein, ich bin schön! Ach, wie schön! Wunderbar! Welch eine Freude bringe ich dem, dessen Frau ich werde! Wie wird mich mein Mann bewundern! Er wird vor Freude ganz außer sich sein! Er wird mich zu Tode küssen.«

»Ein wunderliches Mädel!« flüsterte der Schmied, der leise eingetreten war. »Sie ist so gar nicht eitel! Eine ganze Stunde steht sie vor dem Spiegel, kann sich gar nicht sattsehen und rühmt sich dabei ganz laut!«

»Ja, ihr Burschen, passe ich denn zu euch? Schaut mich nur an«, fuhr die hübsche Kokette fort. »Wie schwebend ist mein Gang. Mein Hemd ist mit roter Seide gestickt. Und was für Bänder habe ich auf dem Kopfe! Euer Lebtag werdet ihr keine so schönen Tressen sehen. Das alles hat mir mein Vater gekauft, damit mich der schönste Bursche der Welt heiratet.« Sie lächelte, drehte sich um und erblickte den Schmied...

Sie schrie auf und blieb mit strenger Miene vor ihm stehen.

Der Schmied ließ seine Hände sinken.

Es lässt sich schwer sagen, was das braune Gesicht des herrlichen Mädchens ausdrückte: es war Strenge darin, und durch die Strenge hindurch ließ sich auch ein eigentümlicher Hohn über den verblüfften Schmied erkennen; auch hatte der Verdruss ihr Gesicht mit kaum wahrnehmbarer Röte gefärbt, und alles zusammen war so unbeschreiblich schön, dass man sie eine Million mal küssen könnte: das wäre das beste, was man hätte tun können.

»Warum bist du hergekommen?« begann Oksana. »Möchtest du denn, dass ich dich mit der Schaufel hinausjage? Ihr versteht es alle gut, euch an uns heranzumachen. Ihr wittert es gleich, wenn die Väter nicht zu Hause sind. Oh, ich kenne euch! Ist mein Koffer fertig?«

»Er wird fertig, mein Herzchen, nach den Feiertagen wird er fertig. Wenn du nur wüsstest, wie viel ich an ihm herumgearbeitet habe: zwei Nächte habe ich meine Schmiede nicht verlassen. Dafür hat auch keine Popentochter so einen Koffer. Zu den Beschlägen nahm ich ein Eisen, wie ich es nicht mal zum Wagen des Hauptmanns genommen habe, als ich bei ihm in Poltawa arbeitete. Und wie schön er bemalt sein wird! Du kannst mit deinen weißen Füßchen die ganze

Gegend durchlaufen und wirst keinen ähnlichen Koffer finden! Über den ganzen Grund werden rote und blaue Blumen verstreut sein. Es wird leuchten wie Feuer. Sei mir also nicht böse! Lass mich wenigstens mit dir sprechen, dich wenigstens anschauen!«

»Wer verbietet dir das? Sprich und schau!«

Sie setzte sich auf die Bank, blickte wieder in den Spiegel und begann ihre Zöpfe auf dem Kopfe zu ordnen. Sie blickte auf ihren Hals, auf das neue, mit Seide gestickte Hemd, und ein leises Gefühl von Selbstzufriedenheit spiegelte sich auf ihren Lippen, auf den frischen Wangen und leuchtete aus ihren Augen.

»Erlaube mir, dass ich mich neben dich setze!« sagte der Schmied.

»Setz dich«, versetzte Oksana, den gleichen Ausdruck auf den Lippen und in den selbstzufriedenen Augen bewahrend.

»Wunderbare, herrliche Oksana, erlaube, dass ich dich küsse!« sagte der Schmied ermutigt und drückte sie an sich, mit der Absicht, einen Kuss zu erwischen. Aber Oksana zog ihre Wangen, die sich schon in nächster Nähe der Lippen des Schmiedes befanden, zurück und stieß ihn von sich. »Was möchtest du noch? Wenn er Honig hat, muss er auch gleich einen Löffel haben! Geh weg, deine Hände sind härter als Eisen. Auch du selbst riechst nach Rauch. Ich glaube, du hast mich ganz mit Ruß beschmiert.«

Sie nahm wieder den Spiegel vor und begann sich von neuem zu putzen.

– Sie liebt mich nicht! – dachte der Schmied bei sich und ließ den Kopf sinken. – Für sie ist alles eine Spielerei, ich stehe aber vor ihr wie ein Narr und kann von ihr kein Auge wenden! Ein wunderliches Mädel! Was gäbe ich nicht alles darum, zu erfahren, was sie im Herzen hat und wen sie liebt. Aber nein, sie kümmert sich um niemand. Sie bewundert nur sich selbst; sie quält mich Armen, und ich kann vor Trauer die Welt nicht sehen. Ich liebe sie aber so, wie noch kein Mensch auf der Welt geliebt hat oder lieben wird. –

»Ist es wahr, dass deine Mutter eine Hexe ist?« fragte Oksana und lachte. Der Schmied fühlte, wie in seinem Innern alles zu lachen anfing. Dieses Lachen hallte plötzlich in seinem Herzen und in den leise erzitternden Adern wider; gleich darauf spürte er aber wieder Ärger, dass es nicht in seiner Gewalt war, dieses so hübsch lachende Gesicht zu küssen.

»Was geht mich meine Mutter an? Du bist mir Mutter und Vater und alles, was mir auf der Welt teuer ist. Wenn mich der Zar zu sich riefe und mir sagte: ›Schmied Wakula, bitte mich um alles, was es in meinem Zarenreiche Schönes gibt, ich will dir alles geben. Ich werde dir eine goldene Schmiede bauen lassen, und du wirst mit silbernen Hämmern schmieden.‹ – ›Ich will nicht‹, würde ich dem Zaren sagen, ›ich will weder Edelsteine, noch eine goldene Schmiede, noch dein ganzes Zarenreich. Gib mir lieber meine Oksana!‹«

»Siehst du, was du für einer bist: Aber mein Vater ist auch nicht so dumm. Paß auf, er wird noch deine Mutter heiraten!« sagte Oksana mit schelmischem Lächeln. »Aber warum kommen die Mädchen nicht ... Was soll das bedeuten? Es ist schon längst Zeit, vor den Fenstern Weihnachtslieder zu singen, mir wird es langweilig!«

»Denk nicht an sie, meine Schöne!«

»Warum nicht gar! Mit ihnen werden wohl auch die Burschen mitkommen. Da wird es einen Ball geben. Ich stelle mir vor, was für spaßige Geschichten sie erzählen werden!«

»Es ist dir also lustig mit ihnen?«

»Jedenfalls lustiger als mit dir. Ah! Jemand klopft; es sind sicher die Mädchen mit den Burschen.«


– Was soll ich noch länger warten? – sagte der Schmied zu sich selbst. – Sie macht sich über mich lustig. Ich bin ihr ebensoviel wert wie ein verrostetes Hufeisen. Wenn dem aber wirklich so ist, so soll wenigstens kein anderer über mich lachen. Wenn ich nur sicher merke, dass ihr ein anderer besser gefällt als ich, so will ich es ihm schon austreiben ...

Ein Klopfen an der Tür und ein scharf in der kalten Luft klingender Ruf »Mach auf!« unterbrachen seine Gedanken.

»Wart, ich mache selbst auf«, sagte der Schmied und trat in den Flur mit der Absicht, dem ersten besten, der ihm vor die Augen kam, die Rippen einzuschlagen.

Der Frost nahm zu, und oben in der Höhe wurde es so kalt, dass der Teufel von einem Huf auf den anderen sprang und sich in die Faust blies, um seine erfrorenen Hände ein wenig zu erwärmen. Es ist auch kein Wunder, wenn es einen fror, der sich Tag für Tag in der Hölle herumtrieb, wo es bekanntlich nicht so kalt ist wie bei uns im Winter, und wo er mit einer weißen Mütze auf dem Kopfe wie ein Koch vor dem Herde stand und die Sünder mit solchem Vergnügen briet, wie ein Weib zu Weihnachten eine Wurst brät.

Die Hexe spürte auch den Frost, obwohl sie warm gekleidet war; darum hob sie die Arme in die Höhe, schob ein Bein zurück, nahm die Haltung eines auf Schlittschuhen dahinsausenden Menschen ein und fuhr, ohne ein Glied zu rühren, durch die Luft, wie einen steilen Eisberg hinunterfahrend, in einen Schornstein.

Der Teufel folgte ihr auf die gleiche Weise. Da aber dieses Vieh flinker ist als mancher Geck in Strümpfen, so ist es kein Wunder, dass er gleich an der Mündung des Schornsteins seiner Geliebten an den Hals fuhr; so befanden sich die beiden auf einmal in einem geräumigen Ofen zwischen den Töpfen.

Die heimgekehrte Reiterin machte leise das Ofentürchen auf, um zu sehen, ob ihr Sohn Wakula keine Gäste in die Stube geladen hätte; als sie aber sah, dass niemand da war außer einigen Säcken, die mitten in der Stube lagen, kam sie aus dem Ofen gekrochen, warf den warmen Pelz ab, zupfte ihre Kleider zurecht, und niemand hätte ihr ansehen können, dass sie vor einer Minute auf einem Besen geritten war.

Die Mutter des Schmiedes Wakula war nicht mehr als vierzig Jahre alt. Sie war weder schön noch häßlich. Es ist auch schwer, in diesem Alter schön zu sein. Doch verstand sie es, die gesetztesten Kosaken (die sich, nebenbei bemerkt, wenig um die Schönheit kümmerten) so an sich zu fesseln, dass selbst der Amtmann, der Küster Ossip Nikiforowitsch (natürlich wenn die Küsterin nicht zu Hause war), der Kosak Kornij Tschub und der Kosak Kaßjan Swerbygus sie aufzusuchen pflegten. Zu ihrer Ehre muss gesagt werden, dass sie mit ihnen vorzüglich umzugehen verstand: keinem von ihnen kam es in den Sinn, dass er einen Nebenbuhler habe. Ging ein frommer Bauer oder ein Edelmann, wie die Kosaken sich selbst nennen, in seinem Mantel mit der Kapuze am Sonntag zur Kirche, oder, bei schlechtem Wetter, in die Schenke, wie sollte er da nicht bei Ssolocha einkehren, um ein paar fette Quarkkuchen mit Sahne zu essen und ein wenig mit der gesprächigen und gefälligen Hausfrau in der warmen Stube zu schwatzen? Der Edelmann machte zu diesem Zweck einen großen Umweg, ehe er die Schenke erreichte, und das nannte er »unterwegs einkehren«. Und wenn Ssolocha mal an einem Feiertag in ihrem grellen Rock und Nankingjacke und dem blauen, mit goldenen Streifen benähten Überrock in die Kirche kam und sich direkt neben dem rechten Chor aufstellte, so musste der Küster unbedingt hüsteln und unwillkürlich nach jener Seite hinüberblinzeln; der Amtmann strich sich den Schnurrbart, wickelte sich seinen Kosakenzopf ums Ohr und sagte zu dem neben ihm stehenden Nachbarn: »Ach, ist das ein feines Frauenzimmer! Ein Teufelsweib!« Ssolocha grüßte jeden Menschen, und jeder glaubte, sie grüße ihn allein.

Aber jeder, der Lust hat, sich in fremde Angelegenheiten zu mischen, könnte sofort merken, dass Ssolocha den Kosaken Tschub am freundlichsten behandelte. Tschub war Witwer. Vor seinem Hause standen immer acht Schober Getreide. Zwei Paar kräftige Ochsen streckten ihre Köpfe aus dem Flechtwerk des Stalles auf die Straße hinaus und brüllten, sooft sie die Gevatterin – die Kuh, oder den Gevatter – den dicken Stier, kommen sahen. Ein bärtiger Ziegenbock stieg sogar aufs Dach hinauf und meckerte mit einer so schrillen Stimme wie der Stadthauptmann, um die im Hofe herumspazierenden Truthennen zu necken, und kehrte den Rücken, wenn er seine Feinde, die Jungen, erblickte, die sich über seinen Bart lustig machten. In den Truhen Tschubs gab es viel Leinwand, teure Kaftans und altertümliche Röcke mit goldenen Tressen: seine verstorbene Frau hielt viel auf Putz. In seinem Gemüsegarten wurden außer Mohn, Kohl und Sonnenblumen alljährlich auch zwei Beete Tabak gesät. Ssolocha hielt es für gar nicht so ohne, dies alles mit ihrer eigenen Wirtschaft zu vereinigen und malte sich schon im voraus aus, welche Ordnung in der Wirtschaft herrschen würde, wenn sie in ihre Hände käme; darum verdoppelte sie ihr Wohlwollen gegen den alten Tschub. Damit aber ihr Sohn Wakula sich nicht an Tschubs Tochter heranmache, alles einheimse und ihr die Möglichkeit nehme, sich in etwas einzumischen, griff sie nach dem üblichen Mittel aller vierzigjährigen Weiber: sie bemühte sich, den Schmied mit Tschub so oft als möglich zu entzweien. Vielleicht waren diese schlauen Ränke und ihre Gewandtheit schuld daran, dass die alten Weiber manchmal, besonders wenn sie bei einer lustigen Versammlung etwas zu viel getrunken hatten, davon redeten, Ssolocha sei wahrlich eine Hexe; der Bursche Kisjakolupenko habe bei ihr hinten einen Schwanz von der Größe einer Weiberspindel gesehen; erst am letzten Donnerstag sei sie in Gestalt einer schwarzen Katze über die Straße gelaufen; zu der Popenfrau sei aber einmal eine Sau gekommen, die wie ein Hahn gekräht, den Hut des P. Kondrat aufgesetzt habe und wieder weggelaufen sei...

Einmal traf es sich, dass, als die alten Weiber darüber redeten, ein gewisser Kuhhirt Tymisch Korostjawyj herbeikam. Er unterließ es nicht, zu erzählen, wie er im Sommer, kurz vor den Petrifasten, sich im Stalle schlafen gelegt und ein Bündel Stroh unter den Kopf gelegt habe und wie er mit eigenen Augen gesehen hätte, dass die Hexe mit aufgelöstem Zopf, in bloßem Hemd angefangen habe, die Kühe zu melken; er hätte sich gar nicht rühren können, so behext sei er gewesen; auch hätte sie ihm die Lippen mit etwas so Abscheulichem beschmiert, dass er nachher den ganzen Tag spucken musste. Das alles war jedoch zweifelhaft, da doch nur der Assessor von Ssorotschinzy allein eine Hexe zu sehen vermag. Darum wehrten sich alle angesehenen Kosaken gegen dieses Gerücht. »Sie lügen, die Hundeweiber!« war ihre gewöhnliche Antwort.

Als Ssolocha aus dem Ofen gekrochen war und ihre Kleider zurechtgezupft hatte, fing sie als gute Hausfrau an, die Stube aufzuräumen und alles auf seinen Platz zu stellen; aber die Säcke rührte sie nicht an: »Wakula hat sie gebracht; soll er sie auch selbst hinaustragen!« Der Teufel hatte sich indessen, als er in den Schornstein hineinflog, zufällig umgeschaut und Tschub Arm in Arm mit dem Gevatter schon recht weit vom Hause erblickt. Er fuhr sofort aus dem Ofen, lief ihnen über den Weg und begann die Haufen des gefrorenen Schnees auf allen Seiten aufzuwühlen. Es erhob sich ein Schneegestöber. Die ganze Luft wurde weiß. Der Schnee wirbelte so, dass man ein weißes Netz zu sehen glaubte, und drohte die Augen, Münder und Ohren der Fußgänger zuzukleben. Der Teufel flog wieder in den Schornstein hinein, fest davon überzeugt, dass Tschub mit dem Gevatter heimkehren, den Schmied bei sich antreffen und ihn sicherlich so traktieren würde, dass er lange Zeit nicht mehr imstande sein werde, einen Pinsel in die Hand zu nehmen und verletzende Karikaturen zu malen.

Und in der Tat, kaum hatte sich das Schneegestöber erhoben und der Wind angefangen, ihn in die Augen zu stechen, äußerte Tschub schon Reue; er zog sich die Kapuze tiefer über die Ohren und fluchte auf sich selbst, den Gevatter und den Teufel. Sein Ärger war übrigens geheuchelt. Tschub war über den Schneesturm sehr froh. Bis zum Hause des Küsters hatten sie etwa achtmal so weit zu gehen, als sie schon zurückgelegt hatten. Die Wanderer kehrten um. Der Wind blies ihnen jetzt in den Nacken, aber durch das Schneegestöber war nichts zu sehen.

»Halt, Gevatter! Ich glaube, wir sind auf einem falschen Wege«, sagte Tschub, nachdem sie eine kurze Strecke gegangen waren. »Ich sehe kein einziges Haus. Ach, dieser Schneesturm! Bieg doch etwas seitwärts ab, Gevatter, vielleicht findest du einen Weg; ich will indessen hier suchen. Was für ein Teufel treibt uns auch bei solchem Unwetter aus dem Hause! Vergiß nicht, zu schreien, wenn du den Weg gefunden hast. Ach, was für einen Haufen von Schnee hat mir der Satan in die Augen gejagt!«

Vom Wege war aber nichts zu sehen. Der Gevatter, der seitwärts abgebogen war, irrte in seinen langen Stiefeln hin und her und stieß schließlich auf die Schenke. Dieser Fund hatte ihn dermaßen erfreut, dass er alles vergaß, den Schnee von sich abschüttelte und in den Flur trat, ohne sich im geringsten um den auf der Straße zurückgebliebenen Gevatter zu kümmern. Tschub kam es indessen vor, dass er den Weg gefunden habe. Er blieb stehen und schrie aus vollem Halse; als er aber sah, dass der Gevatter nicht kam, entschloß er sich, allein weiterzugehen. Als er eine kurze Strecke gegangen war, erblickte er sein eigenes Haus. Ganze Berge von Schnee lagen vor dem Hause und auf dem Dache. Er schlug die von Kälte erstarrten Hände gegeneinander und fing dann an, an die Tür zu klopfen und seiner Tochter gebieterisch zuzurufen, dass sie aufmachen solle.

»Was suchst du hier?« schrie ihn streng der Schmied an, der aus dem Hause trat.

Als Tschub die Stimme des Schmiedes erkannte, trat er einige Schritte zurück. – Nein, das ist nicht mein Haus –, sagte er sich, – in mein Haus wird sich der Schmied nicht verirren. Und wenn ich es genau anschaue, so ist es auch nicht das Haus des Schmiedes. Wessen Haus mag es wohl sein? Jetzt weiß ich es, wie hab' ich es nur nicht gleich erkannt?! Das ist das Haus des lahmen Ljewtschenko, der sich neulich ein junges Weib genommen hat. Nur sein Haus sieht dem meinigen ähnlich. Darum kam es mir eben so merkwürdig vor, dass ich so schnell heimgekommen war. Aber Ljewtschenko sitzt beim Küster, das weiß ich bestimmt. Was hat dann hier der Schmied zu suchen? ... He, he, he! Er besucht seine junge Frau. So ist es! Schön! Jetzt weiß ich alles. –

»Wer bist du und was treibst du dich an den Türen herum?« sagte der Schmied noch strenger und kam noch näher.

– Nein, ich will ihm nicht sagen, wer ich bin –, dachte sich Tschub. – Der Verdammte könnte mich noch prügeln! – Er verstellte seine Stimme und antwortete: »Das bin ich, guter Mann! Ich bin gekommen, um euch zum Vergnügen einige Koljadalieder vor den Fenstern zu singen.«

»Scher dich zum Teufel mit deinen Koljadaliedern!« schrie Wakula wütend. »Was stehst du noch da? Hörst du! Scher dich auf der Stelle!«

Tschub hatte auch selbst diese vernünftige Absicht gefaßt, aber es ärgerte ihn, dass er dem Befehle des Schmiedes gehorchen musste. Es war, als ob ihn ein böser Geist reize und nötige, dem Schmied zu widersprechen. »Warum schreist du so!« sagte er mit der gleichen Stimme. »Ich will Koljadalieder singen und basta!«

»Aha, ich sehe, mit Worten kann ich dich nicht zur Vernunft bringen!« Gleich nach diesen Worten fühlte Tschub einen recht schmerzvollen Schlag auf der Schulter.

»Ich glaube gar, du fängst zu hauen an!« sagte er, ein wenig zurückweichend.

»Geh, geh!« schrie der Schmied und versetzte Tschub einen zweiten Schlag.

»Was hast du nur!« rief Tschub mit einer Stimme, welche Schmerz, Ärger und Furcht ausdrückte. »Wie ich sehe, haust du wirklich, und zwar so, dass es weh tut!«

»Geh, geh!« schrie der Schmied und schlug die Tür zu.

»Seh' ihn nur einer an, wie tapfer er ist!« sagte Tschub, als er allein auf der Straße geblieben war. »Versuch's nur, komm mal näher! Was bist du für einer! Vielleicht ein großes Tier? Du glaubst wohl, dass ich keinen Richter finde? Nein, mein Lieber, ich gehe, ich gehe direkt zum Kommissär. Du sollst was erleben! Ich gebe nichts drauf, dass du Schmied und Maler bist. Aber ich möchte mir mal meinen Rücken und meine Schultern ansehen: ich glaube, es werden blaue Flecke da sein. Wahrscheinlich hat er mich ordentlich verprügelt, der Teufelssohn. Schade, dass es so kalt ist und ich den Pelz nicht gern ausziehen möchte. Warte nur, du Satansschmied, der Teufel wird schon dich und deine Schmiede kaputt schlagen, du wirst mir schon tanzen! So ein verfluchter Galgenstrick! Doch halt, er ist jetzt nicht zu Hause. Ssolocha sitzt wohl allein da. Hm! ... Das ist ja gar nicht so weit – warum soll ich nicht einkehren? ... Es ist jetzt so eine Zeit, dass uns wohl niemand erwischen wird. Vielleicht gelingt es mir auch, mit ihr ... Wie tüchtig er mich verprügelt hat, der verdammte Schmied!«

Tschub kratzte sich den Rücken und ging in die entgegengesetzte Richtung. Das Vergnügen, das ihn bei Ssolocha erwartete, linderte ein wenig seinen Schmerz und machte ihn sogar gegen den Frost unempfindlich, der auf allen Straßen knirschte und nicht mal vom Heulen des Schneesturms übertönt wurde. Auf seinem Gesicht, dessen Bart und Schnurrbart vom Schneesturme schneller eingeseift worden waren, als es jeder Barbier fertigbringt, der sein Opfer tyrannisch an der Nase packt, zeigte sich ab und zu eine sauersüße Miene. Wenn der Schnee nicht so vor den Augen herumwirbelte, hätte man noch lange sehen können, wie Tschub immer wieder stehenblieb, sich den Rücken kratzte, dabei sagte: »Er hat mich ordentlich verprügelt, der verdammte Schmied!« und seinen Weg fortsetzte.

Als der flinke Stutzer mit dem Schwanz und dem Ziegenbart aus dem Schornstein flog und wieder in den Schornstein fuhr, blieb seine Tasche, die an seiner Seite hing und in die er den gestohlenen Mond gesteckt hatte, zufällig im Ofen hängen und ging auf, und der Mond benutzte die Gelegenheit und flog aus dem Schornsteine Ssolochas in den Himmel hinauf. Alles wurde sofort hell. Der Schneesturm war sofort vergessen. Der Schnee funkelte als ein großes silbernes Feld, von Kristallsternen übersät. Der Frost schien nachgelassen zu haben. Scharen von Burschen und Mädchen mit Säcken in der Hand zeigten sich auf den Straßen. Die Lieder erklangen, und es gab fast kein Haus, vor dem sich nicht die Sänger drängten.

Wunderbar leuchtet der Mond! Es ist schwer zu beschreiben, wie schön es ist, sich in einer solchen Nacht unter den Scharen der lachenden und singenden Mädchen und Burschen zu tummeln, die zu allen Spaßen und Streichen zu haben sind, die eine so lustig lachende Nacht nur eingeben kann. Unter dem dicken Pelz ist es warm; vor Frost glühen die Wangen noch lebhafter, und der Teufel selbst scheint die Jugend zu tollen Streichen anzustiften.

Scharen von Mädchen mit Säcken brachen in Tschubs Haus ein und umringten Oksana. Das Schreien, Lachen und Schwatzen betäubte den Schmied. Alle beeilten sich, der Schönen etwas Neues zu erzählen, luden ihre Säcke aus und prahlten mit den Kuchen, Würsten und Krapfen, die sie für ihren Gesang schon bekommen hatten. Oksana schien sehr vergnügt und froh, schwatzte bald mit der einen, bald mit der anderen und lachte ohne Ende.

Mit Neid und Ärger sah der Schmied diese Heiterkeit und verfluchte diesmal die Koljadalieder, obwohl er auf sie sonst ganz versessen war.

»Ach, Odarka!« sagte die lustige Schöne, sich zu einem der Mädchen wendend, »du hast ja neue Schuhe. Ach, wie schön die sind! Mit Gold verziert! Du hast es gut, Odarka, du hast einen Menschen, der dir alles kauft, aber ich habe niemand, der mir so hübsche Schuhe schenkt.«

»Gräm dich nicht, meine herrliche Oksana!« fiel ihr der Schmied ins Wort. »Ich will dir solche Schuhe verschaffen, wie sie nicht jedes Edelfräulein trägt.«

»Du?« sagte Oksana und streifte ihn mit einem schnellen und hochmütigen Blick. »Ich will mal schauen, wo du mir solche Schuhe verschaffst, die ich anziehen könnte. Höchstens bringst du mir die Schuhe, die die Zarin trägt.«

»Seht einmal, was sie für Schuhe möchte!« schrie lachend die ganze Mädchenschar.

»Ja!« fuhr die Schöne stolz fort. »Ihr sollt alle meine Zeugen sein: wenn der Schmied Wakula mir die Schuhe bringt, die die Zarin trägt, so gebe ich mein Wort darauf, dass ich sofort seine Frau werde.«

Die Mädchen führten die launische Schöne mit sich fort.

»Lach nur! Lach!« sagte der Schmied, gleich nach ihnen aus der Stube tretend. »Ich lache auch selbst über mich! Ich zerbreche mir den Kopf, wo ich nur meinen Verstand habe. Sie liebt mich nicht, soll sie nur gehen! Als ob es in der ganzen Welt nur die eine Oksana gäbe. Gott sei Dank, es gibt auch noch andere hübsche Mädchen im Dorfe. Was ist auch diese Oksana? Aus ihr wird niemals eine gute Hausfrau werden: sie versteht sich nur auf Putz. Nein, es ist genug! Es ist Zeit, diese Kindereien aufzugeben.«

Aber gerade in demselben Augenblick, als der Schmied sich vornahm, fest zu sein, führte ihm irgendein böser Geist Oksanas lachendes Bild vor Augen, wie sie höhnisch sagte: »Schmied, hol mir die Schuhe der Zarin, dann werde ich deine Frau!« Alles geriet in ihm in Aufruhr, und er dachte nur noch an Oksana.

Die Scharen der Singenden, die Burschen und Mädchen getrennt, liefen aus der einen Straße in die andere. Der Schmied schritt aber dahin, ohne etwas zu sehen und ohne an der Lustbarkeit teilzunehmen, die er einst mehr als alle anderen geliebt hatte.

Der Teufel war indessen bei Ssolocha im Ernst zärtlich geworden: er küsste ihr die Hand mit denselben Grimassen, mit denen der Assessor der Popentochter die Hand küsst, drückte seine Hand aufs Herz, stöhnte und sagte geradeheraus, wenn sie nicht seine Leidenschaft befriedigen und ihn, wie es üblich ist, belohnen würde, er zu allem fähig wäre: er würde ins Wasser gehen und seine Seele direkt in die Hölle schicken. Ssolocha war nicht so grausam; außerdem steckte sie ja bekanntlich mit dem Teufel unter einer Decke. Sie liebte es wirklich, die Scharen der ihr nachlaufenden Verehrer zu sehen, und war selten ohne Gesellschaft. Diesen Abend glaubte sie aber allein verbringen zu müssen, da alle angesehenen Bürger beim Küster zur Kutja eingeladen waren. Aber es kam anders: kaum hatte der Teufel seine Forderung ausgesprochen, als sich plötzlich das Klopfen und die Stimme des dicken Amtmanns vernehmen ließen. Ssolocha lief zur Tür, um ihn hereinzulassen, und der flinke Teufel kroch in einen der Säcke.

Nachdem der Amtmann den Schnee von seiner Kapuze abgeschüttelt und ein Glas Schnaps, das ihm Ssolocha reichte, ausgetrunken hatte, erzählte er, er sei nicht zum Küster gegangen, weil sich ein Schneesturm erhoben habe; da er aber in ihrem Hause Licht gesehen habe, sei er bei ihr eingekehrt, um den Abend mit ihr zu verbringen.

Der Amtmann hatte kaum Zeit gehabt, dies zu sagen, als vor der Tür das Klopfen und die Stimme des Küsters erklangen. »Versteck mich irgendwo«, flüsterte der Amtmann, »ich habe jetzt keine Lust, mit dem Küster zusammenzutreffen.«

Ssolocha dachte lange nach, wo sie einen so beleibten Gast verstecken könnte; endlich wählte sie den größten Kohlensack, schüttete die Kohlen in einen Zuber, und der dicke

Amtmann kroch mit Schnurrbart, Kopf und Kapuze in den Sack.

Der Küster kam ächzend und die Hände reibend in die Stube und berichtete, dass zu ihm niemand gekommen sei und dass er herzlich froh sei über diese Gelegenheit, sich bei ihr ein wenig zu »vergnügen«. Selbst der Schneesturm hätte ihn davon nicht abhalten können. Nun kam er näher auf sie zu, hüstelte, lächelte, berührte mit seinen langen Fingern ihren bloßen vollen Arm und fragte mit einer Miene, in der zugleich Schlauheit und Selbstzufriedenheit lagen: »Was habt Ihr da, herrliche Ssolocha?« Und als er das sagte, sprang er etwas zurück. »Was wird es denn sein? Ein Arm, Ossip Nikiforowitsch!« antwortete Ssolocha.

»Hm! Ein Arm! He, he, he!« sagte der mit diesem Anfang herzlich zufriedene Küster und ging einmal durch die Stube.

»Und was habt Ihr hier, teuerste Ssolocha?« fragte er mit der gleichen Miene, wieder an sie herantretend, leicht ihren Hals berührend und wieder zurückspringend.

»Als ob Ihr es nicht seht, Ossip Nikiforowitsch!« antwortete Ssolocha. »Es ist ein Hals, und am Halse ein Halsband!«

»Hm! Am Halse ein Halsband! He, he, he!« Der Küster ging wieder durch die Stube und rieb sich die Hände.

»Und was habt Ihr hier, unvergleichliche Ssolocha? ...«

Es ist unbekannt, was der lüsterne Küster jetzt mit seinen langen Fingern berührt hätte, wenn sich nicht in diesem Augenblick das Klopfen und die Stimme des Kosaken Tschub hätten vernehmen lassen.

»Ach Gott, ein Fremder!« rief der Küster erschrocken.

»Wenn man eine Person meines Standes hier antrifft, was dann? ... Das wird auch Pater Kondrat zu Ohren kommen ...«

Aber die Befürchtungen des Küsters waren anderer Natur: er fürchtete mehr, seine Ehehälfte könnte das erfahren, die mit ihrer starken Hand seinen dicken Zopf schon ohnehin zu einem ganz dünnen gemacht hatte. »Um Gottes willen, tugendhafte Ssolocha!« sprach er, am ganzen Leibe zitternd: »Eure Güte, wie es im Evangelium Lucä steht, Kapitel dreiz ... dreiz ... Man klopft, bei Gott, man klopft! Ach, versteck mich doch irgendwo!«

Ssolocha schüttete die Kohlen aus einem andern Sack in den Zuber, und der nicht allzu umfangreiche Küster kroch hinein und setzte sich ganz auf den Boden, so dass man auf ihn noch einen halben Sack Kohlen hätte schütten können.

»Guten Tag, Ssolocha!« sagte Tschub, in die Stube tretend. »Du hast mich vielleicht nicht erwartet? Du hast mich doch wirklich nicht erwartet? Vielleicht habe ich gestört? ...« fuhr Tschub fort und zeigte eine lustige und vielsagende Miene, an der man erkennen konnte, dass sein schwerfälliger Kopf sich bemühte und anschickte, einen recht spitzen und schlauen Witz loszulassen. »Vielleicht hast du dich hier schon mit jemand vergnügt? ... Vielleicht hast du schon jemand versteckt, wie?« Entzückt über diese Bemerkung, lachte Tschub auf, innerlich darüber triumphierend, dass er allein die Gunst Ssolochas genieße. »Nun, Ssolocha, gib mir jetzt einen Schnaps. Ich glaube, mir ist die Kehle von dem verfluchten Frost eingefroren. Musste auch Gott zu Weihnachten eine solche Nacht schicken! Wie der Schneesturm ausbrach... Ssolocha ... Die Hände sind mir ganz erstarrt: ich bringe den Pelz gar nicht auf! Wie der Schneesturm ausbrach...«

»Mach auf!« ertönte von der Straße her eine Stimme, von einem Schlag gegen die Tür begleitet.

»Jemand klopft!«sagte Tschub und hielt plötzlich inne.

»Mach auf!« schrie die Stimme noch lauter.

»Das ist der Schmied!« sagte Tschub, nach seiner Kapuze greifend. »Hörst du, Ssolocha: versteck mich, wo du willst; ich will um nichts in der Welt dieser verfluchten Missgeburt vor die Augen kommen, sollen diesem Teufelssohn unter den Augen Blasen wachsen, eine jede so groß wie ein Heuschober!«

Ssolocha, die gleichfalls erschrocken war, rannte wie verrückt umher und machte in ihrer Zerstreutheit Tschub ein Zeichen, er solle in den gleichen Sack hineinkriechen, in dem schon der Küster saß. Der arme Küster konnte nicht einmal durch Husten oder Ächzen seinen Schmerz zeigen, als sich der schwere Mann ihm fast auf den Kopf setzte und ihm seine hartgefrorenen Stiefel gegen die beiden Schläfen presste.

Der Schmied trat ein und fiel fast, ohne ein Wort zu sagen und ohne die Mütze abzunehmen, auf eine Bank nieder. Man konnte ihm ansehen, dass er sehr schlechter Laune war.

Während Ssolocha die Tür hinter ihm schloss, klopfte schon wieder jemand. Das war der Kosak Swerbygus. Diesen könnte sie unmöglich in einem Sack verstecken, denn einen solchen Sack gibt es gar nicht. Er war dicker als selbst der Amtmann und länger als Tschubs Gevatter. Darum führte ihn Ssolocha in den Gemüsegarten, um dort von ihm alles zu hören, was er ihr sagen wollte.

Der Schmied blickte zerstreut in alle Ecken seiner Stube und horchte von Zeit zu Zeit auf die Koljadalieder, die über das ganze Dorf klangen; schließlich heftete er seinen Blick auf die Säcke.

»Warum liegen diese Säcke hier? Es ist längst Zeit, sie wegzuräumen. Wegen dieser dummen Liebe bin ich ganz närrisch geworden. Morgen ist Feiertag, und in der Stube liegt noch allerlei Kehricht herum. Ich will sie in die Schmiede tragen!«

Der Schmied hockte sich neben den großen Säcken hin, band sie fest zu und wollte sie auf seine Schultern heben. Aber seine Gedanken weilten offenbar ganz wo anders; sonst hätte er hören müssen, wie Tschub zischte, als er mit dem

Strick, mit dem er den Sack zuband, auch sein Haar einklemmte, und wie der dicke Amtmann ziemlich laut aufschluckte.

– Will mir denn diese nichtsnutzige Oksana gar nicht aus dem Kopf? – sagte der Schmied zu sich selbst. – Ich will an sie gar nicht denken, und doch denke ich wie zum Trotz nur an sie. Warum kommt mir dieser Gedanke gegen meinen Willen immer wieder in den Sinn? Verdammt! Die Säcke scheinen schwerer geworden zu sein. Es liegt sicher auch etwas anderes drin außer der Kohle. Ein Narr bin ich! Ich habe ja ganz vergessen, dass mir jetzt alles schwerer vorkommt. Einst konnte ich mit einer Hand ein kupfernes Fünfkopekenstück oder ein Hufeisen zusammenbiegen und wieder geradebiegen, und jetzt kann ich nicht mehr einige Kohlensäcke heben. Bald wird mich noch der Wind umwerfen ... Nein! – rief er, nach kurzem Besinnen, neuen Mut fassend. – Bin ich denn ein Weib! Ich werde niemand erlauben, über mich zu lachen! Und wenn es auch zehn solche Säcke sind, ich hebe alle auf! – Und er lud sich rüstig alle Säcke, die auch zwei starke Männer nicht hätten tragen können, auf die Schultern. – Ich nehme auch diesen mit –, fuhr er fort, den kleinsten Sack hebend, auf dessen Boden zusammengerollt der Teufel lag. – Ich glaube, ich habe darin mein Werkzeug liegen. – Mit diesen Worten verließ er die Stube, das Liedchen vor sich hinpfeifend:

»Lasst euch nicht mit Weibern ein ...«

Immer lauter und lauter klangen auf den Straßen die Lieder, das Lachen und Schreien. Die sich drängenden Scharen vergrößerten sich durch den Zufluss von Leuten aus den Nachbardörfern. Die Burschen tollten und tobten nach Herzenslust. Bald erklang zwischen den Koljadaliedern ein lustiges Lied, das einer der jungen Kosaken auf der Stelle verfasst hatte; bald brüllte jemand in der Menge statt eines Koljadaliedes das Silvesterlied:

»Will mein Glück versuchen:
Gebt mir einen Kuchen,
Auch ein Häuflein Brei,
Eine Wurst, ein Ei!«

Lautes Lachen belohnte den Spaßvogel. Die kleinen Fenster gingen in die Höhe, und alte Frauen (die allein mit den gesetzten Vätern zu Hause geblieben waren) streckten ihre dürren Hände mit einer Wurst oder einem Stück Kuchen aus dem Fenster. Die Burschen und die Mädchen hielten um die Wette ihre Säcke unter und fingen die Beute auf. An einer Stelle hatten die Burschen einen ganzen Haufen von Mädchen umringt: da gab es Lärm und Geschrei; der eine warf einen Schneeball, der andere raubte einen mit allerlei Sachen angefüllten Sack. An einer anderen Stelle lauerten die Mädchen einem Burschen auf, stellten ihm ein Bein, und er flog mit dem Sack zu Boden. Es sah so aus, als ob sie die ganze Nacht sich so vergnügen wollten. Und die Nacht war wie zum Fleiß so hell und mild! Und das Mondlicht schien im Glänze des Schnees noch weißer!

Der Schmied blieb mit seinen Säcken stehen. Er glaubte im Haufen der Mädchen die Stimme und das feine Lachen Oksanas zu hören. Ein Zittern lief ihm durch alle Adern; er warf die Säcke zu Boden, so dass der Küster, der sich auf dem Boden des einen befand, vor Schmerz aufstöhnte und der Amtmann aus vollem Halse aufschluckte, und ging mit dem kleinen Sacke über der Schulter dem Haufen der Burschen nach, die einem Haufen von Mädchen folgten, unter denen er die Stimme Oksanas gehört zu haben glaubte.

– Ja, sie ist es! Sie steht wie eine Zarin da und lässt ihre schwarzen Augen funkeln. Der hübsche Bursche erzählt ihr etwas; es ist wohl etwas Lustiges, denn sie lacht. Aber sie lacht ja immer. – Der Schmied drängte sich unwillkürlich, ohne es selbst zu merken, durch die Menge und stand neben ihr.

»Ach, Wakula, du bist hier? Guten Abend!« sagte die Schöne mit dem Lächeln, das Wakula fast verrückt machte.

»Nun, hast du mit deinem Singen viel verdient? Gott, was für ein kleiner Sack! Und hast du mir die Schuhe, die die Zarin trägt, verschafft? Bringe mir die Schuhe, und ich heirate dich! ...« Sie lachte und lief mit dem Haufen der Mädchen davon.

Wie angewurzelt stand der Schmied auf einem Fleck. – Nein, ich kann nicht mehr, es geht über meine Kraft ... –, sagte er endlich. – Mein Gott, warum ist sie so teuflisch schön? Ihr Blick, ihre Rede, alles versengt mich durch und durch ... Nein, ich kann mich nicht mehr beherrschen. Es ist Zeit, allem ein Ende zu machen. Mag meine Seele zugrunde gehen! Ich geh' und ertränke mich im Eisloch, und niemand sieht mich mehr! –

Er ging mit festen Schritten voraus, holte die Mädchenschar ein, erreichte Oksana und sagte mit fester Stimme: »Leb wohl, Oksana! Such dir einen Bräutigam, wie du ihn willst, halte zum Narren, wen du willst, mich aber wirst du auf dieser Welt nicht mehr erblicken.«

Die Schöne schien erstaunt, sie wollte etwas sagen, aber der Schmied winkte mit der Hand ab und lief davon.

»Wo willst du hin, Wakula?« schrien die Burschen, als sie den Schmied so laufen sahen.

»Lebt wohl, Brüder!« rief ihnen der Schmied zu. »Wenn Gott will, sehen wir uns in jener Welt wieder; auf dieser Welt werden wir uns nicht mehr gemeinsam vergnügen! Lebt wohl! Behaltet mich in gutem Andenken! Sagt dem Pater Kondrat, er möge eine Messe für meine sündige Seele lesen. Die Kerzen vor den Bildern des Wundertäters und der Mutter Gottes habe ich Sünder nicht bemalt: so verstrickt war ich in irdische Dinge. Meine ganze Habe, die sich in meiner Truhe findet, gehört der Kirche. Lebt wohl!«

Nach diesen Worten lief der Schmied mit dem Sack auf dem Buckel weiter.

»Er ist verrückt!« sagten die Burschen.

»Eine verlorene Seele!« murmelte fromm eine vorübergehende Alte. »Ich will mal gleich hingehen und den Leuten erzählen, wie der Schmied sich erhängt hat!«

Nachdem Wakula durch einige Straßen gelaufen war, blieb er endlich stehen, um Atem zu holen. – Wo laufe ich denn wirklich hin? – fragte er sich. – Als wenn schon alles verloren wäre. Ich will noch ein Mittel versuchen und zum dicken Saporoger Pazjuk gehen. Man sagt, dass er alle Teufel in der Welt kennt und alles machen kann, was er will. Ich geh' zu ihm hin, meine Seele geht doch sowieso zugrunde. –

Der Teufel, der lange unbeweglich im Sack gelegen hatte, begann bei diesen Worten vor Freude zu tanzen; aber der Schmied glaubte, dass er den Sack irgendwie selbst mit der Hand gestoßen hatte, schlug mit seiner kräftigen Faust darauf, schüttelte ihn auf den Schultern und ging zum dicken Pazjuk.

Dieser dicke Pazjuk war einst wirklich Saporoger gewesen; niemand wusste, ob man ihn aus der Ssjetsch[4] vertrieben hatte oder ob er von selbst weggelaufen war. Er lebte schon seit langem, seit zehn, vielleicht auch seit fünfzehn Jahren in Dikanjka; anfangs lebte er wie ein echter Saporoger: er arbeitete nicht, schlief drei Viertel des Tages, aß wie sechs Erntearbeiter und trank auf einen Zug einen ganzen Eimer; das alles fand in ihm auch Platz, denn Pazjuk war zwar klein von Wuchs, aber von einem sehr beträchtlichen Umfang. Auch trug er so weite Pluderhosen, dass seine Beine, so große Schritte er auch machen mochte, überhaupt nicht zu sehen waren und man den Eindruck hatte, als ob ein Branntweinfass auf der Straße daher rolle. Vielleicht hieß er nur deswegen der Dicke. Es waren kaum einige Wochen nach seiner Ankunft im Dorfe vergangen, als schon alle wussten, dass er ein Hexenmeister sei. Wenn jemand an etwas erkrankte, so ließ er gleich den Pazjuk kommen; Pazjuk brauchte nur einige Worte zu flüstern, und die Krankheit war wie weggeblasen. Es kam vor, dass einem hungrigen Edelmann eine Fischgräte im Halse stecken blieb; Pazjuk verstand ihm so geschickt mit der Faust auf den Rücken zu klopfen, dass die Gräte sofort den vorgeschriebenen Weg einschlug, ohne der adligen Kehle irgendeinen Schaden zuzufügen. In der letzten Zeit sah man ihn selten. Der Grund davon war vielleicht seine Faulheit, vielleicht auch der Umstand, dass es ihm von Jahr zu Jahr schwerer fiel, durch die Türen zu kommen. Nun mussten die Bürger, die von ihm etwas wollten, sich selbst zu ihm bemühen.

Der Schmied öffnete nicht ohne Furcht die Tür und sah Pazjuk nach türkischer Sitte mit untergeschlagenen Beinen auf dem Boden vor einem kleinen Fasse kauern, auf dem eine Schüssel mit Klößen stand. Diese Schüssel stand wie mit Absicht in der Höhe seines Mundes. Ohne einen Finger zu rühren, hielt er den Kopf über die Schüssel geneigt, schlürfte die Brühe und packte ab und zu mit den Zähnen einen Kloß.

– Nein –, dachte sich Wakula, – dieser ist noch fauler als Tschub: jener isst wenigstens mit einem Löffel, aber dieser will nicht mal eine Hand heben! –

Pazjuk war wohl von seinen Klößen ganz in Anspruch genommen und schien das Eintreten des Schmiedes gar nicht bemerkt zu haben, welcher sich vor ihm schon an der Schwelle tief verbeugte.

»Ich komme zu deiner Gnaden, Pazjuk!« sagte Wakula und verbeugte sich wieder.

Der dicke Pazjuk hob den Kopf und fing wieder an, die Klöße zu verschlingen.

»Die Leute sagen, nimm es nicht übel ...«, sagte der Schmied, sich zusammennehmend. »Ich sage das, nicht um dich irgendwie zu beleidigen – die Leute sagen, du seist ein bisschen verwandt mit dem Teufel.«

Als Wakula diese Worte gesprochen hatte, erschrak er gleich, weil er dachte, er hätte es zu geradeheraus gesagt und die derben Worte nicht genügend gemildert; er erwartete, dass Pazjuk nun das Fässchen mit der Schüssel packen und ihm an den Kopf werfen würde; darum neigte er sich ein wenig auf die Seite und hielt sich die Hand vor, damit ihm die heiße Brühe nicht das Gesicht bespritze.

Aber Pazjuk sah ihn an und fuhr fort, die Klöße zu verschlingen.

Der Schmied fühlte sich ermutigt und entschloss sich, fortzufahren. »Ich komme zu dir, Pazjuk. Gott gebe dir alles Gute und auch Brot in Proportion!« (Der Schmied verstand manchmal auch ein neumodisches Wörtchen zu gebrauchen; dies hatte er sich in Poltawa angewöhnt, als er dem Hauptmann den Bretterzaun anstrich.) »Ich Sünder muss zugrunde gehen! Nichts in der Welt kann mir helfen! Komme, was kommen mag. Nun muss ich den Teufel selbst um Hilfe bitten, Pazjuk«, sagte der Schmied, als er Pazjuks beharrliches Schweigen sah, »was soll ich machen?«

»Wenn du den Teufel brauchst, so geh zum Teufel!« antwortete Pazjuk, ohne ihn anzublicken und fortwährend seine Klöße verschlingend.

»Darum komme ich ja auch zu dir«, antwortete der Schmied mit einer Verbeugung. »Ich glaube, außer dir weiß niemand den Weg zu ihm.«

Pazjuk sagte kein Wort und verschlang die letzten Klöße.

»Erweise mir die Gnade, guter Mensch, schlag es mir nicht ab!« drang der Schmied in ihn. »Wenn du Schweinefleisch brauchst, oder Würste, oder Buchweizenmehl, oder sagen wir mal Leinwand, Hirse oder dergleichen ... wie es unter guten Menschen üblich ist ... so werde ich nicht geizen. Sag mir wenigstens, beispielsweise, wie man den Weg zu ihm findet?«

»Der braucht nicht weit zu gehen, der den Teufel auf dem Buckel hat«, sagte Pazjuk gleichgültig, ohne seine Stellung zu ändern.

Wakula starrte ihn an, als stünde auf seiner Stirn die Erklärung dieser Worte geschrieben. – Was sagt er? – fragte stumm seine Miene, während sein halbgeöffneter Mund bereit war, das erste Wort wie einen Kloß zu verschlingen.

Aber Pazjuk schwieg.

Da merkte Wakula, dass vor Pazjuk nun weder Klöße standen noch ein Fass; dafür befanden sich auf dem Boden vor ihm zwei Holzschüsseln: die eine mit Quarkkuchen, die andere mit Sahne gefüllt. Seine Gedanken und Augen richteten sich unwillkürlich auf diese Speisen: – Wir wollen mal sehen –, sagte er zu sich selbst, – wie Pazjuk die Quarkkuchen essen wird. Er wird sich wohl nicht bücken wollen, um sie wie die Klöße zu essen; auch ist es nicht so einfach: man muss ja erst den Quarkkuchen in die Sahne tunken. –

Kaum hatte er sich das gedacht, als Pazjuk den Mund öffnete, die Quarkkuchen ansah und den Mund noch weiter aufsperrte. Ein Quarkkuchen sprang aus der Schüssel, fiel klatschend in die Sahne, drehte sich auf die andere Seite um, hüpfte in die Höhe und flog ihm in den Mund. Pazjuk verzehrte ihn und machte wieder den Mund auf; ein zweiter Quarkkuchen wanderte ihm auf die gleiche Weise in den Mund. Ihm selbst blieb nur die Mühe, zu kauen und zu schlucken.

– Welch ein Wunder! – dachte der Schmied und riss vor Erstaunen weit den Mund auf; im gleichen Augenblick merkte er, dass auch ihm ein Quarkkuchen in den Mund hereinspringen wollte und seine Lippen schon mit Sahne beschmiert hatte. Der Schmied stieß den Quarkkuchen von sich, wischte sich den Mund ab und vertiefte sich in Gedanken darüber, was für Wunder es doch in der Welt gäbe und was für Kunststücke der Teufel dem Menschen beibringen könne; dabei dachte er sich wieder, dass Pazjuk allein ihm helfen könne.

– Ich will mich vor ihm noch einmal verbeugen... soll er es mir ordentlich erklären ... Aber, verflucht! Heute ist ja Fasttag, und er isst Quarkkuchen! Was bin ich doch wirklich für ein Narr: ich stehe da und nehme die Sünde in mich auf!

Zurück! ... – Und der fromme Schmied lief Hals über Kopf aus dem Hause.

Aber der Teufel, der im Sacke saß und sich schon im voraus freute, konnte es nicht verschmerzen, dass ihm eine so treffliche Beute entgehen sollte. Kaum hatte der Schmied den Sack heruntergelassen, als er heraussprang und sich ihm rittlings auf den Nacken setzte.

Den Schmied überlief es kalt; er erschrak, erbleichte und wusste nicht, was er tun sollte; er wollte schon ein Kreuz schlagen ... Aber der Teufel beugte seine Hundeschnauze rasch zu seinem rechten Ohr und sagte: »Das bin ich, dein Freund; für meinen Freund und Kameraden will ich alles tun! Ich gebe dir Geld, so viel du willst!« piepste er ihm ins linke Ohr. »Oksana wird heute noch unser sein«, flüsterte er ihm wieder ins rechte Ohr.

Der Schmied stand nachdenklich da.

»Gut«, sagte er schließlich. »Um diesen Preis bin ich bereit, dir zu gehören!«

Der Teufel schlug die Hände über dem Kopfe zusammen und fing vor Freude an, auf dem Nacken des Schmiedes zu galoppieren. – Jetzt bist du hereingefallen, Schmied! – dachte er sich. – Jetzt will ich mich an dir für alle deine Malereien und Lügen, die du den Teufeln andichtest, rächen! Was werden meine Kameraden sagen, wenn sie erfahren, dass der frömmste Mann des Dorfes in meinen Händen ist! –

Hier lachte der Teufel vor Freude beim Gedanken, wie er in der Hölle das ganze geschwänzte Geschlecht necken würde, wie sich der lahme Teufel, der unter ihnen als der erfindungsreichste galt, ärgern würde.

»Nun, Wakula!« piepste der Teufel, immer noch auf dem Nacken des Schmiedes hockend, als fürchte er, dass jener ihm entwischen könne. »Du weißt, dass ohne einen Vertrag nichts gemacht wird.«

»Ich bin bereit!« sagte der Schmied. »Ich habe gehört, dass man bei euch die Verträge mit Blut unterschreibt; wart, ich will mal einen Nagel aus der Tasche holen!« Er langte mit der Hand nach hinten und packte den Teufel am Schwanze.

»Du Spaßvogel!« schrie der Teufel lachend. »Lass los, genug gescherzt!«

»Wart einmal, Liebster!« rief der Schmied. »Und wie gefällt dir so was?« Bei diesem Worte schlug er ein Kreuz, und der Teufel wurde so sanft wie ein Lamm. »Wart«, sagte er, indem er ihn am Schwänze zu Boden zerrte, »ich werde dich lehren, ehrliche Leute und brave Christen zur Sünde zu verleiten!«

Der Schmied setzte sich auf ihn rittlings und hob die Hand, um wieder ein Kreuz zu schlagen.

»Hab Erbarmen, Wakula!« stöhnte der Teufel jämmerlich. »Ich tue alles, was du willst. Lass nur meine Seele frei, damit ich Buße tue. Lege nicht das furchtbare Zeichen des Kreuzes auf mich!«

»Jetzt singst du schon ganz anders, verfluchter Deutscher! Nun weiß ich, was ich zu tun habe. Trage mich sofort auf deinem Rücken! Hörst du? Fliege wie ein Vogel!«

»Wohin?« fragte der Teufel traurig.

»Nach Petersburg, geradeswegs zu der Zarin!« Und der Schmied erstarrte vor Schreck, als er sich in die Luft emporgehoben fühlte.

Lange stand Oksana da und dachte über die seltsamen Worte des Schmieds nach. In ihrem Innern raunte ihr schon etwas zu, dass sie ihn grausam behandelt habe. – Was, wenn er sich wirklich zu etwas Schrecklichem entschließt? Das ist doch sehr leicht möglich! Vielleicht wird er sich aus Kummer in eine andere verlieben und sie aus Ärger für die Schönste im Dorfe erklären? – Aber nein, er liebt mich doch. Ich bin doch so schön! Er wird mir keine andere vorziehen; er scherzt nur und verstellt sich. Es werden keine zehn Minuten vergehen, und er kommt sicher wieder, um mich zu sehen. Ich bin in der Tat streng. Ich muss ihm einmal erlauben, mir gleichsam gegen meinen Willen einen Kuss zu rauben. Wie wird er sich da freuen! – Und die wetterwendische Schöne scherzte schon wieder mit ihren Freundinnen.

»Wartet mal«, rief die eine von ihnen, »der Schmied hat seine Säcke liegen gelassen; seht nur, was es für merkwürdige Sachen sind! Er hat wohl für sein Singen ganz andere Gaben bekommen als wir; ich glaube, in jedem steckt ein ganzes Viertel von einem Hammel und dazu noch Würste und Brote ohne Zahl. Herrlich! Man kann die ganzen Feiertage schlemmen.«

»Sind das die Säcke des Schmieds?« fiel ihr Oksana ins Wort. »Wollen wir sie schnell zu mir in die Stube schleppen und nachschauen, was alles drin liegt.« Alle billigten lachend diesen Vorschlag.

»Wir können sie aber nicht aufheben!« schrie die ganze Schar plötzlich, indem sie sich bemühte, die Säcke von der Stelle zu rücken.

»Wartet einmal«, sagte Oksana, »wir wollen einen Schlitten holen und sie auf dem Schlitten zu mir schleppen.«

Und die ganze Schar machte sich auf, um einen Schlitten zu holen.

Den Gefangenen wurde es indessen recht langweilig, in den Säcken zu sitzen, obwohl der Küster in den seinigen mit dem Finger ein recht großes Loch gebohrt hatte. Wenn keine Leute dabei gewesen wären, so hätte er vielleicht ein Mittel gefunden, sich aus dem Sacke zu befreien; aber aus dem Sacke in Gegenwart aller herauszukriechen und sich lächerlich zu machen ... das hielt ihn zurück; er entschloss sich, zu warten, und ächzte nur leise unter den unhöflichen Stiefeln Tschubs. Tschub selbst dürstete nicht weniger nach Freiheit, da er unter sich etwas liegen fühlte, worauf es furchtbar unbequem zu sitzen war. Als er aber den Entschluss seiner Tochter hörte, beruhigte er sich und wollte nicht mehr herauskriechen, da er sich sagte, dass er bis zu seinem Hause noch mindestens hundert Schritte und vielleicht auch zweihundert zu gehen hätte; wäre er aber jetzt herausgekrochen, so müsste er sich erst schütteln, den Pelz zuknöpfen und den Gürtel zuziehen – welche Arbeit! Außerdem war auch seine Mütze bei Ssolocha geblieben. Sollten ihn schon lieber die Mädchen mit dem Schlitten nach Hause fahren.

Es kam aber ganz anders, als Tschub erwartet hatte. Während die Mädchen nach dem Schlitten liefen, kam der hagere Gevatter verstört und schlechter Laune aus der Schenke. Die Schenkwirtin hatte sich nicht entschließen wollen, ihm etwas auf Pump zu geben. Er wollte schon in der Schenke warten, ob nicht ein frommer Edelmann kommen und ihn freihalten würde; aber alle Edelleute waren wie zum Trotz zu Hause geblieben und aßen als ehrliche Christen ihre Kutja im Familienkreise. Indem der Gevatter nun über die allgemeine Sittenverderbnis und das hölzerne Herz der Jüdin, die den Schnaps ausschenkte, nachdachte, stieß er auf die Säcke und blieb erstaunt stehen. »Schau, was für Säcke jemand auf der Straße liegen gelassen hat«, sagte er, sich nach allen Seiten umsehend. »Es ist wohl auch Schweinefleisch drin. Wer war so glücklich, eine solche Menge von Sachen für seinen Gesang zu bekommen!? Was für Riesensäcke! Wenn ich annehme, dass sie bloß mit Buchweizenbroten und Weizenfladen gefüllt sind, so wäre das schon gut; und selbst einfaches Brot wäre gar nicht übel: die Jüdin gibt für jedes Brot ein Achtel Schnaps. Ich will sie schnell wegschleppen, dass es nur niemand sieht.«

Mit diesen Worten lud er sich den Sack mit Tschub und dem Küster auf den Buckel, fühlte aber, dass er zu schwer war.

»Nein, allein kann ich ihn nicht tragen«, sagte er. »Da kommt aber wie gerufen der Weber Schapowalenko. Guten Abend, Ostap!«

»Guten Abend«, sagte der Weber und blieb stehen.

»Wohin gehst du?«

»Ich gehe bloß, wohin mich die Füße tragen.«

»Hilf mir mal, guter Mann, die Säcke tragen! Jemand hat sie mit den Gaben, die er für sein Singen bekam, auf der Straße liegen gelassen. Das Gut wollen wir unter uns teilen.«

»Säcke? Was ist in den Säcken: Weißbrot oder Schwarzbrot?«

»Ich glaube, es ist von allem da.«

Sie rissen schnell zwei Stangen aus dem Zaun, legten einen Sack darauf und trugen ihn auf den Schultern fort.

»Wohin tragen wir ihn? In die Schenke?« fragte der Weber unterwegs.

»Ich habe es mir auch gedacht, ihn in die Schenke zu tragen, aber die verdammte Jüdin wird's ja nicht glauben, sie wird sich denken, dass wir ihn irgendwo gestohlen haben; außerdem komme ich ja eben aus der Schenke. Wir wollen ihn in mein Haus tragen. Dort wird uns niemand stören: mein Weib ist nicht daheim.«

»Ist sie wirklich nicht daheim?« fragte der vorsichtige Weber.

»Ich bin ja, Gott sei Dank, noch nicht ganz verrückt«, antwortete der Gevatter. »Auch der Teufel würde mich nicht dorthin bringen, wo sie jetzt ist. Ich glaube, sie wird sich mit den Weibern bis morgen früh herumtreiben.«

»Wer ist da?« rief die Frau des Gevatters, als sie den Lärm im Flur hörte, den die beiden Freunde mit ihrem Sack machten, und öffnete die Tür.

Der Gevatter erstarrte.

»Da haben wir es!« sagte der Weber und ließ die Hände sinken.

Die Frau des Gevatters war ein Juwel, wie man es nicht oft auf der Welt findet. Ebenso wie ihr Mann, war sie fast niemals zu Hause und trieb sich fast den ganzen Tag bei allerhand Basen und reichen alten Weibern herum, denen sie schmeichelte und bei denen sie mit großem Appetit aß; mit ihrem Mann prügelte sie sich nur am frühen Morgen, da sie ihn nur um diese Zeit manchmal zu sehen bekam. Ihr Haus war doppelt so alt als die Pluderhose des Gemeindeschreibers. Das Dach war an manchen Stellen ganz von Stroh entblößt. Vom Zaune waren nur noch Überreste zu sehen, weil kein Mensch, der sein Haus verließ, einen Stock zur Abwehr der Hunde mitzunehmen pflegte, in der Hoffnung, am Gemüsegarten des Gevatters vorbeizugehen und eine beliebige Stange aus dem Zaune herausreißen zu können. Der Ofen wurde oft drei Tage nicht geheizt. Alles, was die zärtliche Gattin bei den guten Leuten erbettelte, pflegte sie möglichst gut vor ihrem Mann zu verbergen und nahm ihm auch oft seine Beute ab, wenn er noch nicht Zeit gehabt hatte, sie in der Schenke zu vertrinken. Der Gevatter gab ihr trotz seiner ständigen Gleichgültigkeit nicht gern nach und verließ daher das Haus fast immer mit einigen Beulen unter den Augen, während seine bessere Hälfte sich ächzend zu ihren alten Weibern begab, um über die Rauflust ihres Mannes und die Misshandlungen, die sie erlitten, zu berichten.

Man kann sich nun leicht vorstellen, wie verblüfft der Weber und der Gevatter durch ihr unerwartetes Auftreten waren. Sie ließen den Sack auf den Boden nieder, stellten sich vor ihn hin und deckten ihn mit ihren Rockschößen zu; aber es war schon zu spät, die Frau des Gevatters konnte mit ihren alten Augen zwar nur schlecht sehen, bemerkte aber den Sack doch. »Das ist schön!« sagte sie mit einer Miene, in der etwas wie die Freude eines Habichts lag. »Das ist schön, dass ihr euch so viel zusammengesungen habt! So machen es die guten Leute immer; aber ich glaube, ihr habt es irgendwo stibitzt. Zeigt mir sofort, hört ihr, zeigt mir sofort euren Sack!«

»Der kahle Teufel wird dir was zeigen, aber nicht wir«, sagte der Gevatter und nahm eine stolze Haltung an.

»Was geht es dich an?« sagte der Weber. »Wir haben es zusammengesungen, und nicht du.«

»Nein, du wirst es mir zeigen, du nichtsnutziger Trunkenbold!« schrie das Weib, indem sie dem langen Gevatter einen Schlag unters Kinn versetzte und sich an den Sack heranmachte.

Aber der Gevatter und der Weber verteidigten den Sack tapfer und zwangen sie zum Rückzug. Sie hatten aber kaum Zeit, sich zu besinnen, als die Gevatterin mit dem Schürhaken in der Hand in den Flur herauslief. Sie schlug ihrem Mann mit dem Schürhaken flink auf die Hände, dem Weber auf den Rücken und stand schon neben dem Sack.

»Warum haben wir sie herangelassen?« sagte der Weber, als er wieder zu sich gekommen war.

»Ja, warum haben wir sie herangelassen? Sag, warum hast *du* sie herangelassen?« fragte der Gevatter kaltblütig.

»Euer Schürhaken ist wohl aus Eisen!« sagte der Weber nach kurzem Schweigen, sich den Rücken kratzend. »Meine Frau hat im vorigen Jahr auf dem Jahrmarkte einen Schürhaken gekauft, hat einen Viertelrubel dafür bezahlt: der ist nicht so übel ... tut gar nicht weh ...«

Die triumphierende Hausfrau stellte indessen das Talglämpchen auf den Boden, band den Sack auf und blickte hinein. Aber ihre alten Augen, mit denen sie den Sack so gut erspäht hatte, täuschten sie diesmal. »He, da liegt ja ein ganzer Eber!« rief sie, vor Freude in die Hände klatschend.

»Ein Eber! Hörst du: ein ganzer Eber!« sprach der Weber und stieß den Gevatter in die Seite. »Du allein bist schuld!«

»Was ist da zu machen!« sagte der Gevatter achselzuckend.

»Was da zu machen ist? Warum stehen wir so da? Nehmen wir ihr den Sack weg! Pack an!«

»Geh weg, geh weg! Der Eber gehört uns!« schrie der Weber, vorrückend.

»Geh, geh, du Teufelsweib! Es ist nicht dein Gut!« schrie der Gevatter, sich ihr nähernd.

Die Gattin griff wieder zum Schürhaken. Aber Tschub kam in diesem Augenblick aus dem Sacke gekrochen, pflanzte sich mitten im Flur hin und reckte sich, wie ein Mensch, der soeben aus einem langen Schlaf erwacht ist.

Die Frau des Gevatters schrie auf, schlug sich mit den Händen auf die Hüften, und alle sperrten unwillkürlich die Mäuler auf.

»Warum sagt das dumme Weib, es sei ein Eber! Es ist doch gar kein Eber!« meinte der Gevatter, die Augen aufreißend.

»Sieh nur, was für ein Mensch in den Sack geraten ist!« sagte der Weber, vor Angst zurückweichend. »Du kannst sagen, was du willst, aber hier ist sicher der Teufel im Spiele. Der kann ja nicht mal durch ein Fenster kriechen!«

»Das ist ja mein Gevatter!« rief der Gevatter, ihn erkennend.

»Und was glaubtest du?« fragte Tschub mit einem Lächeln. »Was, habe ich euch nicht einen feinen Streich gespielt? Ihr wolltet mich schon wie Schweinefleisch aufessen? Wartet, ich will euch noch eine Freude machen: im Sacke liegt noch etwas, wenn auch kein Eber, so doch sicher ein Ferkel oder sonst was Lebendiges. Unter mir hat sich fortwährend etwas bewegt.«

Der Weber und der Gevatter stürzten sich über den Sack, die Hausfrau klammerte sich an ihn an der anderen Seite, und die Schlägerei wäre wohl wieder losgegangen, wenn nicht der Küster, welcher jetzt einsah, dass er sich nirgends mehr verstecken konnte, von selbst aus dem Sack herausgekommen wäre.

Die Frau des Gevatters erstarrte vor Schreck und ließ den Fuß los, an dem sie den Küster aus dem Sacke herauszerren wollte.

»Da ist noch einer!« rief der Weber erschrocken. »Der Teufel weiß, wie es jetzt in der Welt zugeht ... Der Kopf dreht sich einem im Kreise ... Man wirft jetzt weder Würste noch Brote, sondern Menschen in die Säcke!«

»Das ist ja der Küster!« sagte Tschub, der mehr erstaunt war als die anderen.

»Da haben wir's! Ei, diese Ssolocha! Einen Menschen in einen Sack zu tun... Darum sah ich auch bei ihr die Stube voller Säcke ... Jetzt weiß ich alles: sie hatte in jedem Sack zwei Menschen sitzen. Und ich glaubte, dass sie mir allein ... So ein Weib ist also diese Ssolocha!«

Die Mädchen waren etwas erstaunt, als sie den einen Sack nicht mehr vorfanden.

»Nichts zu machen, wir müssen mit diesem einen fürliebnehmen«, stammelte Oksana.

Alle packten den Sack und luden ihn auf den Schlitten.

Der Amtmann entschloss sich, zu schweigen, denn er sagte sich, dass, wenn er schrie, man solle den Sack aufbinden und ihn herauslassen, die dummen Mädchen auseinanderlaufen würden: sie würden glauben, dass im Sacke der Teufel sitze; so würde er vielleicht bis morgen auf der Straße bleiben müssen.

Die Mädchen fassten sich indessen bei den Händen und sausten wie der Wind mit dem Schlitten über den knirschenden Schnee. Viele von ihnen setzten sich zum Spaß auf den Schlitten, manche stiegen sogar auf den Amtmann. Der Amtmann entschloss sich, alles zu ertragen. Endlich waren sie am Ziel, machten die Türen im Flur und in der Stube weit auf und schleppten den Sack mit Gelächter hinein.

»Wir wollen mal sehen, was drin ist«, riefen sie alle und begannen, den Sack eilig aufzubinden.

Da wurde aber das Schlucken, das den Amtmann während seines ganzen Aufenthalts im Sacke gequält hatte, so unerträglich, dass er aus vollem Halse zu schlucken und zu husten begann.

»Ach, da sitzt ja wer!« schrien alle und rannten erschrocken zur Tür.

»Zum Teufel! Wohin rennt ihr denn wie Verrückte?« fragte Tschub, in die Tür tretend.

»Ach, Vater!« sagte Oksana, »im Sacke sitzt wer!«

»Im Sacke? Wo habt ihr diesen Sack her?«

»Der Schmied hat ihn mitten auf der Straße liegen gelassen«, antworteten alle zugleich.

– Ja, so ist es: hab' ich's nicht gesagt? dachte Tschub bei sich... »Was seid ihr so erschrocken? Schauen wir mal nach. – Nun, guter Mann, nimm mir's nicht übel, dass ich dich nicht bei deinem Namen und Vaternamen rufe, komm mal aus dem Sack.«

Der Amtmann kroch heraus.

»Ach!« schrien die Mädchen.

– Auch der Amtmann war also in einem Sack –, sagte sich Tschub erstaunt und maß ihn vom Kopfe bis zu den Füßen.

»So, so!... He!...« Mehr konnte er nicht sagen.

Der Amtmann war selbst nicht weniger verlegen und wusste nicht was zu sagen.

»Es ist wohl recht kalt draußen?« fragte er, sich an Tschub wendend.

»Ein schönes Frostwetter«, antwortete Tschub. »Erlaube mir die Frage: Womit schmierst du dir die Stiefel: mit Schmalz oder mit Teer?« Er wollte gar nicht das sagen; er wollte eigentlich fragen: »Wie kommst du in diesen Sack, Amtmann?«, aber er konnte selbst nicht begreifen, warum er etwas ganz anderes gesagt hatte.

»Mit Teer ist es besser«, antwortete der Amtmann. »Nun leb wohl, Tschub!« Er zog sich die Kapuze über den Kopf und verließ die Stube.

»Warum habe ich ihn so dumm gefragt, womit er seine Stiefel schmiert?« sagte Tschub mit einem Blick auf die Tür, durch die der Amtmann gegangen war. »Ei, diese Ssolocha! So einen Menschen in einen Sack zu stecken!... Dieses Teufelsweib! Und ich Dummkopf... Wo ist er aber, der verfluchte Sack?«

»Ich habe ihn in die Ecke geworfen, es ist nichts mehr drin«, antwortete Oksana.

»Ich kenne diese Scherze, nichts drin! Gebt ihn mir mal her, da sitzt noch einer drin! Schüttelt ihn ordentlich... Was, nichts drin? Das verdammte Weibsbild! Und wenn man sie anschaut, ist sie wie eine Heilige, als hätte sie nie was anderes als Fastenspeisen im Munde gehabt! ...«

Aber lassen wir Tschub in Musse seinem Ärger Luft machen und wenden wir uns wieder dem Schmied zu, denn die Uhr geht schon sicher auf neun.

Anfangs war es Wakula ganz unheimlich zumute, besonders als er von der Erde in eine solche Höhe stieg, dass er unten nichts mehr unterscheiden konnte und er wie eine Fliege dicht unter dem Monde vorbeiflog, so dass er, wenn er sich nicht etwas gebückt hätte, ihn mit seiner Mütze gestreift haben würde. Aber etwas später fasste er Mut und fing sogar an, sich über den Teufel lustig zu machen. Es amüsierte ihn außerordentlich, wie der Teufel, sooft er sein Kreuz aus Zypressenholz vom Halse nahm und ihm hinhielt, nieste und hustete. Er hob absichtlich die Hand, um sich den Kopf zu kratzen, aber der Teufel glaubte, dass er ihn bekreuzigen wolle, und flog noch rascher. In der Höhe war alles hell. Die von einem leichten silbernen Nebel erfüllte Luft war durchsichtig. Alles war deutlich zu sehen, und man konnte sogar erkennen, wie ein Hexenmeister, im Topfe sitzend, wie ein Wirbelwind an ihnen vorbeiflog; wie die Sterne, sich zu einem Haufen drängend, Blindekuh spielten; wie etwas abseits eine ganze Schar von Geistern schwärmte; wie ein im Mondscheine tanzender Teufel die Mütze zog, als er den dahersprengenden Schmied erblickte; wie ein Besen, auf dem wohl eine Hexe soeben irgendwohin geritten war, allein heim flog ... Noch viele andere üble Dinge sahen sie unterwegs. Beim Anblick des Schmieds machte alles für einen

Augenblick halt, flog dann weiter und setzte sein Tun fort; der Schmied flog immer weiter, und plötzlich erstrahlte unter ihm in einem Feuermeer Petersburg. (Es gab da gerade aus irgendeinem Grunde eine Festbeleuchtung.) Der Teufel verwandelte sich, als er den Schlagbaum passiert hatte, in ein Pferd, und der Schmied sah sich auf einmal auf einem guten Renner mitten auf der Straße.

Mein Gott! Ein Lärm, ein Dröhnen, ein Leuchten; zu beiden Seiten ragten vierstöckige Mauern; das Stampfen der Hufe und das Dröhnen der Räder hallte an vier Seiten wider; die Häuser schienen auf Schritt und Tritt zu wachsen und aus der Erde emporzusteigen; die Brücken zitterten; die Kutschen flogen; die Kutscher und die Vorreiter schrien; der Schnee knirschte unter den Tausenden der von allen Seiten fliegenden Schlitten; die Fußgänger drängten sich längs der mit Lämpchen übersäten Häuser, und ihre riesigen Schatten huschten über die Mauern und erreichten mit den Köpfen die Schornsteine und die Dächer.

Der Schmied sah sich erstaunt nach allen Seiten um. Es war ihm, als hätten alle diese Häuser auf ihn ihre zahllosen Feueraugen gerichtet und schauten ihn an. Er sah so viel Herren in mit Tuch gedeckten Pelzen, dass er gar nicht mehr wusste, vor wem er die Mütze ziehen sollte. – Mein Gott, wie viel Herrschaften es hier gibt! – dachte sich der Schmied. – Ich glaube, jeder, der hier in einem Pelze über die Straße geht, ist ein Assessor! Und die, die in diesen herrlichen Wagen mit den Glasscheiben herumfahren, sind, wenn nicht Stadthauptleute, so doch sicher Kommissäre und vielleicht noch mehr. – Seine Gedanken wurden durch eine Frage des Teufels unterbrochen: »Soll ich direkt zur Zarin laufen?« – Nein, ich fürchte mich –, dachte sich der Schmied. »Hier sind irgendwo, ich weiß nicht wo, die Saporoger abgestiegen, die im Herbst durch Dikanjka kamen. Sie fuhren aus der Ssjetsch mit Papieren zu der Zarin; mit ihnen sollte ich mich eigentlich beraten. He, Satan! Kriech mir mal in die Tasche und führe mich zu den Saporogern!«

Der Teufel magerte in einem Augenblick ab und wurde so klein, dass er dem Schmied ohne Mühe in die Tasche kriechen konnte. Und ehe sich Wakula umsah, stand er schon vor einem großen Hause, stieg die Treppe hinauf, öffnete eine Tür und taumelte ein wenig zurück, als er vor sich ein prächtig geschmücktes Zimmer erblickte; aber er fasste Mut, als er die gleichen Saporoger erkannte, die durch Dikanjka gekommen waren und jetzt mit ihren geteerten Stiefeln auf seidenen Sofas saßen und den stärksten Tabak rauchten, den man Stengeltabak nennt.

»Grüß Gott, meine Herren! Helf euch Gott, so sehen wir uns wieder!« sagte der Schmied, näher herantretend und sich bis zur Erde verbeugend.

»Was ist das für ein Mann?« fragte einer, der dicht vor dem Schmied saß, einen anderen, der etwas weiter saß.

»Habt ihr mich denn nicht erkannt?« sagte der Schmied. »Ich bin es, der Schmied Wakula! Als ihr im Herbst durch Dikanjka kamt, wart ihr, Gott gebe euch jegliche Gesundheit und ein langes Leben, fast zwei Tage bei mir zu Gast. Ich habe euch damals das vordere Rad eures Wagens mit einem neuen Reifen beschlagen!«

»Aha!« sagte der gleiche Saporoger. »Es ist derselbe Schmied, der so fein malt. Guten Abend, Landsmann! Was hat dich Gott hergebracht?«

»Nun, ich wollte mir anschauen... man sagt...«

»Nun, Landsmann«, sagte der Saporoger, eine stolze Miene annehmend; er wollte zeigen, dass er auch Russisch[5] zu sprechen verstand. »Eine große Stadt, nicht wahr?«

Der Schmied wollte sich nicht blamieren und als Neuling erscheinen; außerdem verstand auch er, wie wir es schon oben sahen, gebildet zu sprechen. »Eine respektable Gouvernementsstadt!« antwortete er gleichgültig. »Das muss ich sagen: die Häuser sind mächtig, und bedeutende Gemälde hängen darin. Viele Häuser sind mit Lettern aus Blattgold außerordentlich fein bemalt. Das muss man zugeben, eine wunderbare Proportion!«

Als die Saporoger hörten, wie frei sich der Schmied ausdrückte, gewannen sie von ihm einen für ihn sehr günstigen Eindruck. »Später wollen wir mit dir mehr reden, Landsmann. Jetzt müssen wir aber gleich zur Zarin.«

»Zur Zarin? Seid doch so freundlich, meine Herren, nehmt mich mit!«

»Dich?« sagte der Saporoger mit einer Miene, mit der ein Erzieher zu seinem vierjährigen Zögling spricht, wenn ihn dieser bittet, ihn auf ein echtes, großes Pferd zu setzen. »Was willst du dort? Nein, es geht nicht.« Dabei nahm er eine wichtige Miene an. »Wir werden mit der Zarin von unseren Angelegenheiten reden, Bruder.«

»Nehmt mich mit!« beharrte der Schmied. »Bitte sie!« flüsterte er dem Teufel zu, indem er mit der Faust auf die Tasche schlug.

Kaum hatte er das getan, als ein anderer Saporoger sagte: »Nehmen wir ihn doch mit, Brüder!«

»Gut, nehmen wir ihn mit!« sagten die anderen.

»Zieh die gleichen Kleider an, wie wir sie tragen.«

Der Schmied beeilte sich, einen grünen Kaftan anzuziehen, als die Tür plötzlich aufging und ein Mann mit Tressen meldete, dass es Zeit sei, zu fahren.

Es kam dem Schmied so wunderlich vor, als er in einer riesigen Kutsche dahinfuhr, die sich auf den Federn wiegte, als zu beiden Seiten die vierstöckigen Häuser zurückliefen und das Pflaster dröhnend wie von selbst unter die Hufe der Pferde zu rollen schien.

– Mein Gott, welch ein Licht! –, dachte der Schmied. – Bei uns ist es nicht mal am Tage so hell. –

Die Kutschen hielten vor dem Schlosse. Die Saporoger stiegen aus, traten in einen prächtigen Flur und gingen eine glänzend erleuchtete Treppe hinauf. »Was ist das für eine

Treppe!« flüsterte der Schmied vor sich hin. »Es ist wirklich schade, sie mit Füßen zu treten. Diese Verzierungen! Man sagt, dass die Märchen lügen! Zum Teufel, sie lügen gar nicht! Mein Gott! Dieses Geländer! Was für eine Arbeit! Das Eisen allein hat wohl an die fünfzig Rubel gekostet!«

Die Saporoger stiegen die Treppe hinauf und durchschritten den ersten Saal. Scheu folgte ihnen der Schmied, der bei jedem Schritt fürchtete, auf dem Parkett auszugleiten. Sie durchschritten drei Säle, und der Schmied kam noch immer nicht aus dem Staunen heraus. Als sie in den vierten Saal kamen, ging er unwillkürlich auf ein Bild zu, das an der Wand hing. Es war die Heilige Jungfrau mit dem Kinde auf dem Arm.

»Was für ein Bild! Was für eine herrliche Malerei!« sagte er. »Man glaubt, sie wolle sprechen! Sie lebt förmlich! Und das Heilige Kind! Es faltet die Händchen und lächelt, das Arme! Und die Farben! Mein Gott, diese Farben! Ich meine, man hat hier auch nicht für eine Kopeke Ocker gebraucht, es ist lauter Karmin und Kupfergrün. Und das Blau leuchtet einfach! Eine herrliche Arbeit. Der Grund ist wohl mit dem teuersten Bleiweiß angelegt. Wie wunderbar diese Malerei auch ist, aber dieser Messinggriff«, fuhr er fort, an die Tür tretend und das Schloss betastend, »dieser Messinggriff ist noch mehr der Bewunderung wert. Diese saubere Arbeit! Ich denke, das haben alles deutsche Schmiede für viel Geld gemacht...«

Vielleicht hätte der Schmied noch viele Betrachtungen angestellt, wenn ihn nicht ein betresster Lakai an den Arm gestoßen und ermahnt hätte, dass er nicht hinter den anderen zurückbleiben solle.

Die Saporoger durchschritten noch zwei Säle und blieben stehen. Hier wurden sie angewiesen, zu warten. Im Saale drängten sich mehrere Generäle in goldgestickten Uniformen. Die Saporoger verbeugten sich nach allen Seiten und stellten sich in einer Gruppe auf.

Eine Weile später trat in den Saal, von einem ganzen Gefolge begleitet, ein ziemlich stämmiger Mann von majestätischem Wuchs, in Hetmanuniform und in gelben Stiefeln. Seine Haare waren zerzaust, das eine Auge schielte etwas, das Gesicht drückte Hochmut und Erhabenheit aus, und alle Bewegungen zeugten von der Gewohnheit, zu befehlen. Alle Generäle, die bis dahin recht stolz in ihren goldenen Uniformen herumgegangen waren, gerieten in Unruhe und begannen unter tiefen Verbeugungen jedes seiner Worte, selbst seine leiseste Bewegung gleichsam aufzufangen. Aber der Hetman schenkte dem allen gar keine Beachtung, nickte kaum mit dem Kopfe und ging auf die Saporoger zu.

Die Saporoger verneigten sich vor ihm bis zur Erde.

»Seid ihr alle hier?« fragte er gedehnt und ein wenig durch die Nase.

»Ja, alle, Väterchen!« antworteten die Saporoger und verbeugten sich wieder.

»Vergesst nicht, so zu reden, wie ich es euch gelehrt habe!«

»Nein, Väterchen, wir vergessen es nicht.«

»Ist das der Zar?« fragte der Schmied einen der Saporoger.

»Ach was, Zar! Es ist Potjomkin«, antwortete jener.

Im Nebenzimmer ließen sich Stimmen vernehmen, und der Schmied wusste nicht, wohin er seine Augen wenden sollte: eine solche Menge von Damen in Atlaskleidern mit langen Schleppen und von Höflingen in goldgestickten Röcken mit Zöpfen im Nacken trat in den Saal. Er sah nur ein Leuchten und weiter nichts.

Die Saporoger fielen plötzlich sämtlich zu Boden und schrien wie aus einem Munde: »Gnade, Mutter, Gnade!« Der Schmied, der nichts mehr sah, streckte sich gleich den anderen eifrig auf dem Boden aus.

»Steht auf!« erklang über ihnen eine gebieterische, aber zugleich angenehme Stimme. Einige Höflinge taten sehr geschäftig und stießen die Saporoger an.

»Wir stehen nicht auf, Mutter! – Wir stehen nicht auf! Wir sterben lieber, aber wir stehen nicht auf!« riefen die Saporoger.

Potjomkin biss sich auf die Lippen. Schließlich trat er selbst zu ihnen und flüsterte dem einen Saporoger gebieterisch etwas zu. Die Saporoger erhoben sich.

Nun wagte es auch der Schmied, den Kopf zu heben, und er erblickte eine nicht sehr große, sogar etwas beleibte Frau mit gepudertem Haar, blauen Augen und mit jener majestätisch lächelnden Miene, die es so gut verstand, sich alles Untertan zu machen, und die nur einer Herrscherin angehören konnte.

»Seine Durchlaucht hat mir versprochen, mich heute mit einem meiner Völker bekannt zu machen, das ich bisher noch nicht gesehen habe«, sagte die Dame mit den blauen Augen, indem sie die Saporoger neugierig musterte. »Seid ihr hier gut untergebracht?« fuhr sie fort und trat näher.

»Danke, Mutter! Der Proviant ist gut, obwohl die Hammel hier lange nicht so sind wie bei uns daheim – weshalb sollten wir nicht irgendwie leben können? ...«

Potjomkin verzog das Gesicht, als er merkte, dass die Saporoger etwas ganz anderes sagten, als was er sie gelehrt hatte ...

Einer der Saporoger trat nun mit stolzer Miene vor: »Wir bitten dich, Mutter! Womit hat dich dein treues Volk erzürnt? Haben wir es denn mit den heidnischen Tataren gehalten? Haben wir je Hand in Hand mit den Türken gehandelt? Haben wir dir mit einer Tat oder mit einem Gedanken die Treue gebrochen? Warum diese Ungnade? Erst hörten wir, dass du überall Festungen gegen uns bauen lässt; dann hörten wir, dass du aus uns Karabinerschützen machen lassen willst; jetzt hören wir von neuen Strafen. Was hat das

Heer der Saporoger verbrochen? Vielleicht, dass es deine Armee über den Perekop geführt und deinen Generälen geholfen hat, die Tataren der Krim niederzumetzeln? ...«

Potjomkin schwieg und putzte mit einem kleinen Bürstchen lässig die Brillanten, mit denen seine Finger besät waren.

»Was wollt ihr also?« fragte Katharina besorgt.

Die Saporoger sahen einander bedeutungsvoll an.

– Jetzt ist's Zeit! Die Zarin fragt, was wir wollen! – sagte der Schmied zu sich selbst und stürzte plötzlich zu ihren Füßen nieder.

»Eure zarische Majestät, lasst mich nicht strafen, erweist mir Eure Gnade! Woraus, nehmt es mir nicht übel, sind die Schuhe gemacht, die Eure zarische Gnaden an den Füßen haben? Ich glaube, kein Schuster in keinem Lande der Welt versteht solche Schuhe zu machen. Mein Gott, wenn meine Frau solche Schuhe anziehen könnte!«

Die Kaiserin lachte. Auch die Höflinge fingen zu lachen an. Potjomkin blickte finster drein und lächelte zugleich. Die Saporoger begannen den Schmied an den Arm zu stoßen, denn sie glaubten, er sei verrückt geworden.

»Steh auf!« sagte die Kaiserin freundlich. »Wenn du durchaus solche Schuhe haben willst, so ist das leicht gemacht. Bringt ihm sofort die kostbarsten mit Gold bestickten Schuhe! Diese Einfalt gefällt mir wirklich! Da habt Ihr«, fuhr die Kaiserin fort, indem sie einen Herrn mit einem vollen, aber etwas bleichen Gesicht anblickte, der etwas abseits von den anderen stand und dessen bescheidener Rock mit den großen Perlmutterknöpfen zeigte, dass er nicht zu den Höflingen gehörte, »da habt Ihr ein Eurer geistreichen Feder würdiges Thema!«

»Eure kaiserliche Majestät sind zu gnädig. Dazu bedarf es wenigstens eines Lafontaine!« antwortete der Mann mit den Perlmutterknöpfen mit einer Verbeugung.

»Auf Ehre, ich muss sagen, dass ich von Eurem ›Brigadier‹ noch immer hingerissen bin. Ihr lest wunderbar vor! Aber ich hörte«, wandte sich die Kaiserin an die Saporoger, »dass man bei euch in der Ssjetsch niemals heiratet.«

»Was sagst du bloß, Mutter! Du weißt doch selbst, dass kein Mann ohne Frau auskommen kann«, antwortete derselbe Saporoger, der früher mit dem Schmied gesprochen hatte, und der Schmied wunderte sich, als er hörte, wie dieser selbe Mann, der so gut gebildet zu sprechen verstand, mit der Zarin wie absichtlich in der gröbsten Bauernsprache redete. – Schlaue Leute! –, dachte er sich, – das tut er sicher nicht ohne Absicht. –

»Wir sind keine Mönche«, fuhr der Saporoger fort, »sondern sündige Menschen. Wie die ganze ehrliche Christenwelt sind wir auf Fleischspeisen versessen. Es sind nicht wenige unter uns, die Frauen haben, nur leben sie nicht mit ihren Frauen in der Ssjetsch. Manche haben ihre Frauen in Polen; andere haben ihre Frauen in der Ukraine; und andere haben ihre Frauen in der Türkei.«

In diesem Augenblick brachte man dem Schmied die Schuhe.

»Mein Gott, was für ein Schmuckstück!« rief er freudig und ergriff die Schuhe. »Eure zarische Majestät! Wenn Ihr solche Schuhe anhabt und wenn Ihr mit ihnen, Euer Wohlgeboren, aufs Eis geht, wie müssen dann die Füßchen selbst sein? Ich meine, die sind mindestens aus reinstem Zucker.«

Die Kaiserin, die wirklich die schlanksten und reizendsten Füßchen hatte, musste lächeln, als sie dieses Kompliment aus dem Munde eines einfältigen Schmiedes hörte, welcher trotz seines braunen Gesichts in seiner Saporogerkleidung als schöner Mann gelten konnte.

Erfreut durch diese wohlwollende Aufmerksamkeit, wollte der Schmied die Zarin schon ordentlich über alles ausfragen: ob es wahr sei, dass die Zaren nichts als Honig und Speck äßen, und dergleichen mehr; da er aber fühlte, dass die Saporoger ihn in die Seiten stießen, entschloss er sich, zu schweigen. Als die Kaiserin sich an die älteren Leute wandte und sie auszufragen begann, wie sie in der Ssjetsch lebten und was für Sitten sie da hätten, trat der Schmied zurück, beugte sich zu seiner Tasche, sagte leise: »Trage mich sofort von hier weg!« und befand sich plötzlich hinter dem Schlagbaum.

»Ertrunken! Bei Gott, ertrunken! Ich will nicht mehr vom Fleck kommen, wenn er nicht ertrunken ist!« stammelte die dicke Webersfrau, in einem Haufen der Weiber von Dikanjka mitten auf der Straße stehend.

»Bin ich denn eine Lügnerin? Habe ich jemand eine Kuh gestohlen? Habe ich jemand mit dem bösen Blick behext, dass man mir nicht glauben will?« schrie ein Weib in einem Kosakenkittel, mit einer violetten Nase, mit den Armen fuchtelnd. »Ich will nie wieder Wasser trinken wollen, wenn die alte Perepertschicha nicht mit eigenen Augen gesehen hat, wie der Schmied sich erhängt hat!«

»Der Schmied hat sich erhängt? Eine schöne Geschichte!« sagte der Amtmann, der gerade von Tschub kam. Er blieb stehen und drängte sich an die sprechenden Weiber näher heran.

»Sag lieber, du willst keinen Schnaps mehr trinken, du alte Säuferin!« antwortete die Webersfrau. »Man muss schon so verrückt sein wie du, um sich erhängen zu können! Er hat sich ertränkt! Er ist im Eisloch ertrunken! Das weiß ich so sicher, wie dass du soeben in der Schenke gewesen bist.«

»Schamlose! Was sie mir vorzuwerfen hat!« antwortete zornig das Weib mit der violetten Nase. »Hättest du doch lieber geschwiegen, du Nichtsnutzige! Weiß ich denn nicht, dass zu dir jeden Abend der Küster kommt?«

Die Webersfrau fuhr auf.

»Was, Küster? Zu wem kommt der Küster? Was lügst du?«

»Der Küster?« kreischte die Küsterin, die sich in ihrem mit blauem Nanking bezogenen Hasenpelz unter die Schreienden drängte. »Ich werde euch den Küster zeigen! Wer sprach eben vom Küster?«

»Zu dieser da kommt der Küster auf Besuch!« sagte das Weib mit der violetten Nase, auf die Webersfrau zeigend.

»Du bist es also, Hündin!« sagte die Küsterin, indem sie auf die Webersfrau losging. »Du bist also die Hexe, die ihn benebelt und mit ihren Teufelskräutern behext, dass er zu ihr kommt?«

»Lass mich in Ruhe, du Satan!« sagte die Webersfrau zurückweichend.

»Du verdammte Hexe, du sollst deine Kinder nicht wiedersehen! Nichtsnutzige! Pfui!« Und die Küsterin spuckte der Webersfrau gerade in die Augen. Die Webersfrau wollt es ihr mit dem gleichen vergelten, spuckte aber statt dessen auf den rasierten Kopf des Amtmanns, der, um alles besser zu hören, ganz dicht an die Streitenden getreten war.

»Gemeines Frauenzimmer!« rief der Amtmann, indem er sich das Gesicht mit dem Rockschöße abwischte und die Peitsche erhob. Diese Bewegung zwang alle, unter Fluchen nach allen Seiten auseinanderzugehen. »Diese Gemeinheit!« wiederholte der Amtmann, sich noch immer das Gesicht abwischend. »Der Schmied hat sich also ertränkt! Mein Gott! Was für ein guter Maler ist er aber gewesen! Was für feste Messer, Sicheln und Pflugscharen verstand er zu schmieden! Was für eine Kraft steckte in ihm! Ja«, fuhr er nachdenklich fort, »solche Menschen haben wir nicht viel im Dorf. Darum fiel es mir noch im Sacke auf, dass der Ärmste so übel gelaunt war. Da haben wir den Schmied! Eben lebte er noch, und nun ist er nicht mehr! Ich wollte gerade meine scheckige Stute beschlagen lassen! ...« Von solchen christlichen Gedanken erfüllt, ging der Amtmann langsam heim.

Oksana verlor die Fassung, als diese Gerüchte sie erreichten. Sie traute zwar wenig den Augen der Perepertschicha und dem Gerede der Weiber: sie wusste, dass der Schmied gottesfürchtig genug war, um nicht seine Seele ins Verderben zu stürzen. Was aber, wenn er wirklich mit der Absicht weggegangen war, nie wieder ins Dorf zurückzukehren? So einen prächtigen Burschen wie diesen Schmied findet man aber auch an einem anderen Orte nicht wieder. Er hat sie doch so geliebt! Er hat länger als alle ihre Launen ertragen ... Die Schöne wälzte sich die ganze Nacht unter ihrer Decke von der rechten Seite auf die linke und von der linken auf die rechte und konnte nicht einschlafen. Bald lag sie in bezaubernder Nacktheit, die das Dunkel der Nacht auch vor ihr selbst verhüllte, und schimpfte fast laut über sich selbst; bald wurde sie still und entschloss sich, an nichts mehr zu denken, und dachte dennoch. Sie glühte und war am Morgen schon bis über die Ohren in den Schmied verliebt.

Tschub äußerte weder Freude noch Trauer über das Schicksal des Schmiedes. Seine Gedanken waren nur mit dem einen beschäftigt: er konnte unmöglich die Treulosigkeit der Ssolocha vergessen und fuhr, so verschlafen er auch war, fort, laut auf sie zu schimpfen.

Der Morgen brach an. Die Kirche war schon vor Tagesanbruch voller Menschen. Die älteren Frauen in weißen Kopftüchern und weißen Tuchkitteln bekreuzigten sich andächtig an der Kirchtür. Die Edelfrauen in grünen und gelben Jacken, einige sogar in blauen Überkleidern, mit goldenen Streifen auf dem Rücken, standen vor ihnen. Die Mädchen, die auf den Köpfen ganze Kaufläden von Bändern und am Halse eine Menge von Perlenbändern, Kreuzen und Dukaten trugen, bemühten sich, so nahe als möglich an die Heiligenwand zu kommen. Ganz vorn standen aber die Edelleute und die einfachen Bauern mit Schnurrbärten, Schöpfen, dicken Hälsen und frischrasiertem Kinn, fast alle in Mänteln, unter denen weiße und bei manchen auch blaue Kittel hervorguckten. Auf allen Gesichtern, wohin man auch blickte, spiegelte sich die Feiertagsstimmung. Der Amtmann leckte sich schon die Lippen beim Gedanken an die Wurst, die er nach Beendigung des Fasttages essen würde; die Mädchen dachten daran, wie sie mit den Burschen auf dem Eise laufen würden; die alten Frauen flüsterten die Gebete andächtiger als je. Man hörte in der ganzen Kirche, wie der Kosak Swerbygus sich mit der Stirn bis zum Boden verbeugte. Nur Oksana allein stand wie geistesabwesend da: sie betete und betete auch nicht. In ihrem Herzen drängten sich viele verschiedene Gefühle, eines ärgerlicher und trauriger als das andere, so dass ihr Gesicht nur eine starke Erregung ausdrückte; in ihren Augen zitterten Tränen. Die Mädchen konnten den Grund nicht verstehen und ahnten nicht mal, dass der Schmied schuld daran war. Aber Oksana war nicht die einzige, die an den Schmied dachte. Alle Leute merkten, dass der Feiertag kein richtiger Feiertag war, dass gleichsam etwas fehlte. Zum Unglück war der Küster infolge seiner Reise im Sack heiser geworden und sang kaum hörbar mit zitternder Stimme; der zugereiste Sänger hatte zwar eine prächtige Bassstimme, aber es wäre doch unvergleichlich besser, wenn auch der Schmied dabei gewesen wäre, der, sooft man das »Vaterunser« oder »Und die Cherubime« sang, auf den Chor zu steigen und die Weise anzustimmen pflegte, die man in Poltawa singt. Außerdem war er der einzige, der das Amt eines Kirchenvorstands versah. Die Frühmesse war schon zu Ende, nach der Frühmesse kam das Hochamt ... Wo war nun in der Tat der Schmied hingeraten?

Der Teufel flog während des Restes der Nacht mit dem Schmied auf dem Rücken noch schneller zurück, und Wakula befand sich im Nu neben seinem Hause. In diesem Augenblick krähte ein Hahn.

»Wohin?« schrie der Schmied, den Teufel, der davonlaufen wollte, am Schwanze packend. »Wart mal, Freund, das ist noch nicht alles, ich hab' mich bei dir noch nicht bedankt.«

Und er ergriff einen ordentlichen Stecken, versetzte ihm drei Hiebe, und der arme Teufel lief so schnell davon wie ein

Bauer, dem der Assessor ordentlich eingeheizt hat. So war der Feind des Menschengeschlechts, statt andere Menschen zu foppen, zu verführen und zu narren, selbst genarrt worden.

Nun trat Wakula in den Flur, vergrub sich ins Heu und schlief bis zum Mittag durch. Als er erwachte und sah, dass die Sonne schon hoch am Himmel stand, erschrak er.

»Ich habe ja die Frühmesse und das Hochamt verschlafen!«

Und der gottesfürchtige Schmied versank in Trauer, da er sich sagte, Gott habe wohl zur Strafe für seinen sündigen Vorsatz, seine Seele zu verderben, den Schlaf über ihn geschickt, der ihn davon abhielt, an diesem hohen Feiertage zur Kirche zu gehen. Aber er beruhigte sich bald, indem er sich vornahm, in der folgenden Woche die Sünde dem Popen zu beichten und von diesem Tage an ein ganzes Jahr lang täglich fünfzig Kniefälle zu machen. Er blickte in die Stube hinein, es war aber niemand da: Ssolocha war wohl noch nicht heimgekommen.

Behutsam holte er aus dem Busen die Schuhe und wunderte sich wieder über die kostbare Arbeit und das wunderbare Erlebnis der letzten Nacht; er wusch sich, kleidete sich, so gut er konnte, an, zog die Kleider an, die er von den Saporogern bekommen hatte, holte aus der Truhe eine neue Lammfellmütze mit blauem Tuch, die er noch niemals aufgesetzt hatte, seit er sie in Poltawa gekauft; holte auch einen neuen Gürtel in allen Farben; tat das alles zusammen mit einer Kosakenpeitsche in ein Tuch und ging geradeswegs zu Tschub.

Jener sperrte die Augen auf, als der Schmied zu ihm kam, und wusste nicht, worüber er mehr staunen sollte: darüber, dass der Schmied von den Toten auferstanden war, dass er es gewagt hatte, zu ihm zu kommen, oder dass er sich wie ein Saporoger aufgeputzt hatte. Noch mehr staunte er aber, als Wakula das Tuch aufband, vor ihn eine nagelneue Mütze und einen Gürtel, wie man ihn im Dorfe noch niemals gesehen hatte, auf den Tisch legte, ihm zu Füßen fiel und mit flehender Stimme sagte: »Hab Erbarmen, Väterchen! Zürne nicht! Hier hast du eine Peitsche: schlage, so viel deine Seele verlangt. Ich liefere mich dir selbst aus und bekenne alles; schlag zu, aber zürne nicht. Du und mein verstorbener Vater wart ja einst wie zwei Brüder, ihr habt zusammen gegessen und getrunken.«

Tschub sah nicht ohne heimliche Freude, wie der Schmied, der sich sonst um keinen Menschen im Dorfe kümmerte, der mit der Hand Hufeisen und Fünfkopekenstücke wie Buchweizenfladen zusammendrückte, wie dieser selbe Schmied zu seinen Füßen lag. Um seine Würde zu wahren, nahm Tschub die Peitsche und schlug ihn dreimal auf den Rücken. »Nun, das genügt, steh auf! Hör stets auf alte Leute! Wir wollen alles vergessen, was zwischen uns war. Nun, sag jetzt, was du willst!«

»Gib mir Oksana zur Frau, Väterchen!«

Tschub dachte eine Weile nach und betrachtete die Mütze und den Gürtel: die Mütze war wunderbar, der Gürtel stand ihr nicht nach; er dachte an die treulose Ssolocha und sagte entschlossen: »Gut! Schicke deine Brautwerber her!«

»Ach!« schrie Oksana auf, über die Schwelle tretend und den Schmied erblickend, und richtete auf ihn erstaunt und freudig ihre Blicke.

»Schau nur, was ich dir für Schuhe mitgebracht habe!« sagte Wakula. »Es sind dieselben, die die Zarin trägt.«

»Nein, nein! Ich brauche keine Schuhe!« sagte sie, mit den Händen fuchtelnd und ihn unverwandt anblickend. »Ich will auch ohne die Schuhe ...« Sie kam nicht weiter und errötete.

Der Schmied trat näher heran und ergriff ihre Hand; die Schöne schlug sogar die Augen nieder. Noch nie war sie so wunderbar schön gewesen. Der entzückte Schmied küsste sie still, ihr Gesicht erglühte in einem noch tieferen Rot, und sie wurde noch schöner.

Der Bischof, seligen Angedenkens, kam einmal durch Dikanjka, lobte die schöne Lage und hielt, als er durch die Straße fuhr, vor einem neuen Hause.

»Wem gehört dieses bemalte Haus?« fragte Seine Eminenz die hübsche Frau, die mit einem Kinde auf dem Arme vor der Tür stand.

»Dem Schmied Wakula!« antwortete ihm mit einer Verbeugung Oksana, denn sie war es.

»So schön! Eine schöne Arbeit!« sagte Seine Eminenz, die Türen und Fenster betrachtend. Die Fenster waren aber ringsherum mit roter Farbe gestrichen, und auf den Türen waren überall reitende Kosaken mit Pfeifen in den Zähnen dargestellt.

Noch mehr lobte aber Seine Eminenz Wakula, als sie erfuhr, dass er die Kirchenbuße eingehalten und die ganze linke Chorseite in der Kirche unentgeltlich mit grüner Farbe und roten Blumen bemalt hatte. Das ist aber noch nicht alles. An die Wand neben dem Kircheneingang malte Wakula den Teufel in der Hölle, einen so abscheulichen Teufel, dass alle, die vorbeigingen, ausspuckten; und die Weiber trugen ihre Kinder, wenn sie auf dem Arme zu weinen anfingen, an dieses Bild und sprachen: »Schau, was für ein Scheusal da hingemalt ist!« Und das Kind hielt seine Tränen zurück, schielte nach dem Bilde und schmiegte sich an die Brust seiner Mutter.

Fußnoten:

[1] So heißen die Lieder, die bei uns am Vorabend des Weihnachtsfestes vor den Fenstern gesungen werden. Den Singenden pflegt die Hausfrau, oder der Hausherr, oder wer gerade zu Hause geblieben ist, eine Wurst, ein Brot oder eine Kupfermünze, je nach seinem Vermögen, zuzuwerfen. Man sagt, dass es einmal einen Götzen Koljada gegeben habe, den die Menschen für einen Gott hielten, und dass die Koljadalieder aus jener Zeit herrühren. Wer kann das wissen? Wir,

einfache Leute, sind nicht berufen, darüber zu urteilen. Im vorigen Jahre hat P. Ossip die Koljadalieder zu verbieten versucht, weil das Volk auf diese Weise dem Satan diene. Aber in diesen Liedern kommt, die Wahrheit zu sagen, kein Wort von Koljada vor. Man besingt meistens die Geburt Christi und wünscht zum Schluss dem Hausherrn, der Hausfrau, den Kindern und dem ganzen Hause Gesundheit. Anmerkung des Bienenzüchters

[2] Einen Deutschen (Njemez) nennt man bei uns einen jeden, der aus einem fremden Lande stammt; einen Franzosen, einen Kaiserlichen, einen Schweden alle nennt man Deutsche. Anmerkung Gogols

[3] Kutja – eine mit Honig zubereitete Reisspeise – wird am heiligen Abend gegessen. Anmerkung des Übersetzers

[4] Ssjetsch – autonome Niederlassung der Saporoger Kosaken am Dnjepr. Anmerkung des Übersetzers

[5] Sonst sprechen sie alle Ukrainisch (Kleinrussisch). Anmerkung des Übersetzers

## Schreckliche Rache

### I

Es braust, es dröhnt durch Kiews Vorstadt; der Kosakenhauptmann Gorobetz feiert die Hochzeit seines Sohnes. Viele Leute sind zum Hauptmann zu Gast gekommen. In alten Zeiten liebte man, gut zu essen; noch mehr liebte man, gut zu trinken; und vor allem liebte man, lustig zu sein. Auf seinem braunen Pferde kam der Saporoger Kosak Mikitka; vom ausgelassenen Zechgelage auf dem Pereschljai-Felde kam er geritten, wo er sieben Tage und sieben Nächte des polnischen Königs Schlachta mit Rotwein traktiert hatte. Es kam auch der Blutsfreund und Kampfgenosse des Hauptmanns, Danilo Burulbasch, vom anderen Ufer des Dnjepr gefahren, wo zwischen zwei Bergen sein Gut lag; sein junges Weib Katerina und seinen einjährigen Sohn brachte er mit. Die Gäste staunten über das weiße Antlitz der Pani Katerina, über ihre Brauen, so schwarz wie deutscher Samt, über das schmucke Gewand und den Rock aus schwerer blauer Seide und über ihre silberbeschlagenen Stiefel; aber noch mehr staunten sie, dass ihr alter Vater nicht mitgekommen war. Nur ein einziges Jahr hatte der in der Heimat hinter dem Dnjepr gelebt und einundzwanzig Jahre war er verschollen gewesen; erst dann war er zu seiner Tochter zurückgekehrt, als sie schon verheiratet war und einen Sohn geboren hatte. Viel Wunderliches hätte er wohl berichten können. Einer, der so lange in fremden Landen geweilt, kann ja manches erzählen; dort ist ja alles anders als bei uns: die Menschen sind anders, und es gibt auch keine Christenkirchen dort ... Doch er war nicht mitgekommen.

Den Gästen wurde süßer Schnaps mit Rosinen und Pflaumen kredenzt und auf einer großen Schüssel das Hochzeitsbrot aufgetragen. Die Spielleute legten für eine Weile ihre Zimbeln, Geigen und Pauken weg und griffen nach der unteren Kruste des Brotes, in die Geld eingebacken war. Die jungen Mädchen und Frauen wischten sich indes mit gestickten Tüchern die Gesichter ab und traten wieder aus ihren Reihen hervor, während die Burschen, die Hände in die Hüften gestemmt und stolze Blicke um sich werfend, gerade im Begriff waren, ihnen entgegenzutanzen – als der alte Hauptmann zwei Heiligenbilder brachte, um das junge Ehepaar mit ihnen zu segnen. Diese Bilder hatte ihm der ehrwürdige Einsiedler, der greise Warfolomej, gegeben. Sie waren weder reich geziert, noch funkelten sie von Silber oder Gold; aber keine höllische Macht hatte über den Gewalt, der sie in seinem Hause bewahrte. Der Hauptmann erhob die Bilder und wollte gerade ein kurzes Gebet sprechen, als plötzlich die Kinder, die auf dem Hofe spielten, aufschrien und dann auch die übrigen Leute, die sich im Hofe drängten, erschrocken zurückwichen, voller Angst auf einen Kosaken in ihrer Mitte weisend. Niemand wusste, wer er war. Er hatte schon gar feurig den Kosakentanz getanzt und die Leute, die sich um ihn drängten, durch einige Worte zum Lachen gebracht. Als aber der Hauptmann die Heiligenbilder emporhob, veränderte sich plötzlich das Gesicht des Kosaken: die Nase wurde lang und neigte sich auf die Seite, die vorher braunen Augen wurden grün, die Lippen blau, das Kinn erzitterte und wurde spitz wie ein Speer, aus dem Munde zeigte sich ein Hauer, hinter dem Kopf wuchs ein Buckel, und der Kosak verwandelte sich in einen Greis.

»Er ist es! Er ist es!« schrien die Leute, sich eng aneinander drängend.

»Der Zauberer zeigt sich wieder!« riefen die Mütter, rasch ihre Kinder bei den Händen packend.

Würdevoll trat der Hauptmann vor und sagte mit lauter Stimme, die Heiligenbilder dem Fremden entgegenhaltend: »Verschwinde, Abbild des Satans! Für dich ist kein Platz hier!«

Der seltsame Greis zischte, knirschte wie ein Wolf mit den Zähnen und verschwand.

Wie das Meer im Sturme, erbrauste es in der Menge; man lärmte, man schrie, man sprach durcheinander.

»Was ist das für ein Zauberer?« fragten die Jungen und Unerfahrenen.

»Unheil droht!« sprachen die Alten und schüttelten die Köpfe. Und überall auf dem weiten Gehöfte des Hauptmanns sammelten sich die Leute zu Haufen und lauschten den Geschichten von dem wunderlichen Zauberer. Aber fast jeder erzählte anderes, und niemand wusste etwas Sicheres zu sagen.

Ein Fass Met wurde auf den Hof gerollt und mancher Eimer griechischen Weines daneben gestellt. Und wieder wurden alle lustig. Die Spielleute schmetterten, die jungen Mädchen und Frauen und die wackeren Kosaken in bunten Röcken flogen im Tanze dahin. Selbst die neunzigjährigen und hundertjährigen Greise, die auch schon etwas bezecht waren, rührten die Beine im Tanze und ließen ihre alten Jahre, die sie nicht umsonst verlebt hatten, wieder aufleben. Man zechte bis spät in die Nacht hinein, und man zechte so, wie man es heute nicht mehr tut. Endlich brachen die Gäste auf; aber nur wenige von ihnen gingen nach Hause: viele blieben beim Hauptmann über Nacht; und noch viel mehr Kosaken schliefen ungebeten unter den Bänken, auf dem Fußboden, neben den Pferden und vor den Ställen ein: wo ein berauschter Kosakenkopf gerade hinfiel, da blieb er schon liegen und schnarchte über ganz Kiew.

## II

Still leuchtet es über die ganze Welt: der Mond zeigt sich hinter dem Berge. Wie mit einem Tuch aus Damast, wie mit einem schneeweißen Schleier verhüllt er das gebirgige Ufer des Dnjepr, und die Schatten ziehen sich in das Dickicht der Fichten zurück.

Inmitten des Dnjepr schwimmt ein eichener Einbaum. Zwei Burschen sitzen vorn, die schwarzen Kosakenmützen schief auf die Seite gerückt, und unter ihren Rudern sprüht der Wasserstaub empor, wie unter dem Feuerstahl die Funken.

Warum singen die Kosaken nicht? Warum sprechen sie nicht davon, dass die römischen Pfaffen die Ukraine durchziehen und das Kosakenvolk in Katholiken umtaufen? Davon, wie sie am Salzsee zwei Tage lang gegen die Tatarenhorde kämpften? Wie sollen sie auch singen und von den kühnen Taten sprechen! Ihr Pan Danilo ist ja in Gedanken versunken, und der Ärmel seines karmesinroten Kaftans hängt aus dem Boote hinaus und badet im Flusse; ihre Herrin Pani Katerina wiegt leise ihr Kind und wendet keinen Blick von ihrem Manne, während ihr von keiner Leinwand geschütztes Festgewand vom Wasserstaub wie von grauer Asche überschüttet wird.

Schön ist der Blick von der Mitte des Dnjepr auf die hohen Berge, auf die weiten Wiesen, auf die grünen Wälder! Diese Berge sind gar keine Berge; sie haben keine Sohlen, oben wie unten ragen spitze Gipfel, und über ihnen und unter ihnen wölbt sich der hohe Himmel. Auch die Wälder auf den Anhöhen sind gar keine Wälder: es sind Haare, die auf dem struppigen Kopfe des Waldgreises gewachsen sind. Seinen Bart umspült das Wasser, und unter dem Barte und über den Haaren wölbt sich der hohe Himmel. Auch die Wiesen sind keine Wiesen: ein grüner Gürtel ist es, der den runden Himmel in der Mitte umgürtet; und in der oberen und in der unteren Hälfte wandelt der Mond.

Aber Pan Danilo blickt nicht auf die Ufer, er blickt nur auf sein junges Weib. »Mein junges Weib, meine goldene Katerina, warum bist du in Gram versunken?«

»Ich bin nicht in Gram versunken, mein Pan Danilo! Mich haben die seltsamen Mären vom Zauberer erschreckt. Man erzählt sich, er sei schon so auf die Welt gekommen: schon als Kind wäre er so schrecklich gewesen, dass keines von den anderen Kindern mit ihm spielen wollte. Höre nur, mein Pan Danilo, wie schrecklich das ist, was man von ihm sagt: es scheint ihm immer, dass alle Leute ihn verhöhnen. Wenn er am finstern Abend einen Menschen trifft, so dünkt es ihn gleich, dass jener den Mund auf tut und grinst. Und diesen Menschen findet man am nächsten Tage als Leiche. Mir war so sonderbar, so grauenvoll zumute, als ich diese Mären hörte!« So sprach Katerina. Und sie holte ihr Tuch hervor und wischte damit dem Kinde, das in ihren Armen schlief, das Gesicht ab. Auf dem Tuche waren mit roter Seide Blätter und Beeren gestickt: ihre eigene Arbeit war's.

Pan Danilo versetzte kein Wort. Er blickte ab und zu ins Dunkel hinüber, wo in der Ferne, hinter dem Walde, ein schwarzer Erdwall zu sehen war, und hinter dem Walde ein altes Schloss ragte. Über seinen Brauen erschienen plötzlich drei tiefe Furchen; mit der linken Hand strich er sich über den kühnen Schnurrbart. »Nicht das ist schrecklich, dass er ein Zauberer ist«, sprach er, »aber schrecklich ist es, dass er ein schlimmer Gast ist. Was fiel ihm ein, sich hierherzuschleppen? Ich hörte, die Polen wollen hier eine Festung errichten, um uns den Weg zu den Saporogern abzuschneiden. Mag es nur wahr sein ... Ich werde sein Teufelsnest zerstören, sobald ich auch nur ein Wort davon höre, dass er die Feinde bei sich versteckt hält. Ich werde den alten Hexenmeister verbrennen, dass selbst die Raben nichts mehr zu picken haben werden. Ich denke mir auch, dass er nicht wenig Gold und anderes Gut bei sich hat. Hier wohnt dieser Satan! Wenn er Gold hat ... Wir werden gleich Kreuze sehen: das ist ein Friedhof! Hier modern seine unsauberen Ahnen. Man sagt, sie alle seien immer bereit gewesen, sich mitsamt ihren Seelen und ihren zerfetzten Kaftans für einen Groschen dem Teufel zu verkaufen. Wenn er aber in Wahrheit Gold besitzt, so will ich nicht lange zögern: nicht immer kann man es im Kriege erbeuten...«

»Ich weiß, was du im Sinne hast: nichts Gutes verheißt mir die Begegnung mit ihm. Du atmest so schwer, du blickst so streng, so finster sträuben sich die Brauen über deinen Augen! ...«

»Schweig, Weib!« sagte Danilo erbost. »Wer sich an euch bindet, der wird selbst zum Weibe. Bursche, gib mir Feuer für die Pfeife!« Er wandte sich zu einem der Ruderer um; dieser klopfte die glimmende Asche aus seiner Pfeife und begann sie in die Pfeife seines Herrn zu stopfen. »Sie schreckt mich mit dem Zauberer!« fuhr Pan Danilo fort. »Der Kosak fürchtet, Gott sei Dank, weder die Teufel noch die römischen Pfaffen. Das wäre gut, wenn wir auf unsere Weiber hörten. Nicht wahr, Burschen? Unser Weib ist die Pfeife und der scharfe Säbel!«

Katerina schwieg und blickte auf das schlafende Wasser hinab, das der Nachtwind furchte, und der ganze Dnjepr schimmerte silbergrau wie ein Wolfsfell im Mondlicht.

Der Einbaum wendete um und hielt sich am waldigen Ufer. Bald wurde hier ein Friedhof sichtbar: morsche Kreuze drängten sich aneinander. Kein Wacholder blühte zwischen ihnen, kein Gras grünte unter ihnen; nur der Mond bestrahlte sie von der Himmelshöhe.

»Hört ihr die Schreie, Burschen? Jemand ruft uns zu Hilfe!« rief Pan Danilo seinen Ruderern zu.

»Wir hören die Schreie, von dieser Seite scheinen sie zu kommen«, sagten die Burschen zugleich und wiesen nach dem Friedhof.

Es war aber schon wieder alles still. Der Kahn wendete wieder um und folgte dem vorspringenden Ufer. Plötzlich ließen die Ruderer ihre Ruder sinken und starrten auf das Ufer hinüber. Auch Pan Danilo war wie erstarrt. Angst und kalter Schauer drangen in die Adern der Kosaken.

Auf einem der Gräber wankte das Kreuz, und leise erhob sich daraus ein vertrockneter Leichnam. Der Bart reichte ihm bis zum Gürtel; lange Krallen waren ´ an den Fingern, viel länger als die Finger selbst. Langsam erhob er die Arme. Sein Gesicht erbebte und verzerrte sich. Schreckliche Qualen schien er zu leiden. »Schwül ist mir! Schwül!« stöhnte er mit wilder, unmenschlicher Stimme. Die Stimme schnitt einem ins Herz wie ein Messer. Und plötzlich versank der Leichnam wieder. Ein anderes Kreuz wankte, und wieder kam ein Leichnam hervor, noch schrecklicher und noch riesenhafter;

er war ganz mit Haaren bewachsen, sein Bart reichte bis an die Knie, und die knöchernen Krallen waren noch länger als beim ersten. Noch wilder rief er: »Mir ist so schwül!« und versank in die Erde. Nun wankte ein drittes Kreuz, und ein dritter Leichnam stand auf. Es schien, als ob nur die Knochen allein sich über die Erde erhoben hätten. Der Bart reichte bis an die Sohlen; die Finger mit den langen Krallen bohrten sich in die Erde. Schrecklich warf er die Arme empor, als ob er nach dem Monde greifen wolle, und schrie so auf, als ob ihm jemand seine gelben Knochen zersäge ...

Das Kind, das in Katerinas Armen schlief, erwachte mit einem Schrei; die Pani selbst schrie auf; die Ruderer ließen die Mützen in den Dnjepr fallen; auch der Pan fuhr zusammen.

Und plötzlich war alles verschwunden, als wäre es nie gewesen; doch die Burschen griffen noch lange nicht zu ihren Rudern. Voller Sorge blickte Burulbasch auf seine junge Frau, die erschrocken das schreiende Kind wiegte; er drückte sie an sein Herz und küsste sie auf die Stirn. »Fürchte nichts, Katerina! Schau: es ist ja nichts!« sagte er, nach allen Seiten weisend. »Der Zauberer will den Menschen nur Angst machen, damit niemand wagt, seinem unsauberen Nest nahe zu kommen. Doch nur die Weiber allein kann er damit erschrecken! Gib mir den Sohn in den Arm!«

Mit diesen Worten nahm Pan Danilo seinen Sohn, hob ihn in die Höhe und hielt ihn ganz nahe vor seinen Lippen. »Nun, Iwan, fürchtest du dich vor Zauberern? – Sag: Nein, Vater, ich bin ja ein Kosak! – Genug, lass das Weinen! Wir kommen bald nach Hause! Und wenn wir zu Hause sind, wird dir Mutter Brei geben, wird dich in die Wiege legen und dir das Lied singen:

›Lulli, lulli, lulli!
Lulli, Söhnchen, lulli!
Wachse auf zu muntern Spielen,
Wachse auf zu stolzen Zielen,

Ruhm und Zierde der Gemeinde
Und ein Schrecken für die Feinde!‹

Höre, Katerina! Ich glaube, dein Vater will nicht in Frieden mit uns leben. So finster, so verdrießlich kam er hier an, als sei er uns böse ... Wenn er mit uns nicht zufrieden ist, was brauchte er herzukommen? Er weigerte sich, auf unsere Kosakenfreiheit zu trinken! Auch unser Kind wollte er nicht auf die Arme nehmen! Anfangs wollte ich ihm alles sagen, was ich auf dem Herzen habe, aber ich konnte nicht sprechen und brachte kein Wort über die Lippen. Nein, er hat kein richtiges Kosakenherz! Wenn sich zwei Kosakenherzen begegnen, so springen sie aus der Brust einander zu! Nun, meine lieben Burschen, sind wir bald am Ufer? Ich will euch neue Mützen schenken. Du, Stetzko, kriegst eine samtene mit Gold. Ich habe sie mal einem Tataren zugleich mit dem Kopfe abgenommen; seine ganze Rüstung fiel mir zu, nur seine Seele allein ließ ich frei. Legt an! Nun sind wir daheim, und du weinst noch immer, Iwan! Nimm ihn, Katerina!«

Alle stiegen ans Land. Hinter dem Berge zeigte sich ein Strohdach: das war Pan Danilos Ahnensitz. Hinter dem Hause ragte noch ein anderer Berg, und dann kam gleich das freie Feld: hundert Werst konnte man da gehen, ohne auf einen einzigen Kosaken zu stoßen.

## III

Das Gut Pan Danilos liegt zwischen zwei Bergen in einem engen Tale, das zum Dnjepr hinunterführt. Nicht groß ist das Haus: wie die Hütte des einfachen Kosaken sieht es von außen aus und hat bloß eine Stube; es ist aber genug Raum darin für ihn, für sein Weib, für die alte Magd und für die zehn ausgewählten Burschen. An den Wänden entlang ziehen sich oben eichene Borde hin. Viele Schüsseln und Kochtöpfe stehen darauf, auch silberne Becher und goldene Pokale, sowohl geschenkte wie auch im Kriege erbeutete. Unter den Borden hängen an den Wänden kostbare Musketen, Säbel, Gewehre und Lanzen; willig und gegen Willen sind sie aus den Händen der Tataren, Polen und Türken in die Hände Pan Danilos gekommen; darum ist auch manche Scharte an ihnen zu sehen. Wenn er sie anschaut, kann er sich aller seiner Gefechte erinnern. Unten an den Wänden entlang laufen glattgehobelte eichene Bänke; vor der Ofenbank hängt an Stricken, die durch einen Ring an der Decke gezogen sind, die Wiege. In der ganzen Stube ist der Fußboden glatt gestampft und mit Lehm bestrichen. Auf den Bänken schläft Pan Danilo mit seiner Frau, auf der Ofenbank die alte Magd; in der Wiege spielt und schläft das kleine Kind; auf dem Fußboden nächtigen die Burschen. Der Kosak schläft am liebsten auf der bloßen Erde unter freiem Himmel; er braucht weder Kissen noch Federbett: er bettet sich frisches Heu unter den Kopf und streckt sich im Grase aus. Er liebt es, wenn er nachts erwacht, den hohen gestirnten Himmel zu sehen und vor der nächtlichen Kühle, die seine Kosakenknochen erfrischt, zu erschauern; er dehnt und reckt sich, murmelt etwas im Schlafe, steckt sich seine Pfeife an und wickelt sich fester in seinen warmen Pelz.

Es war nicht mehr früh, als Burulbasch nach dem gestrigen Trinkgelage erwachte; als er aufgestanden war, setzte er sich auf die Bank in die Ecke und begann einen türkischen Säbel, den er vor kurzem eingetauscht hatte, zu schleifen; Pani Katerina stickte indessen ein seidenes Tuch mit goldenen Fäden.

Plötzlich trat Katerinas Vater in die Stube. Verdrießlich und finster, mit einer ausländischen Pfeife zwischen den Zähnen ging er auf seine Tochter zu und begann sie streng auszufragen, warum sie gestern so spät nach Hause gekommen sei.

»Darüber sollst du, Schwäher, mich und nicht sie befragen! Nicht die Frau, der Mann hat Antwort zu stehen! So ist es einmal Sitte bei uns, nimm es mir nicht übel!« antwortete Danilo, immer noch seinen Säbel schleifend. »Vielleicht sind in manchen heidnischen Ländern andere Sitten – das weiß ich nicht.«

Das mürrische Gesicht des Schwähers färbte sich rot, und seine Augen funkelten wild. »Wer soll denn sonst auf die Tochter aufpassen, wenn nicht der Vater?« murmelte er vor sich hin. »Dich frage ich jetzt: wo hast du dich so spät bei Nacht herumgetrieben?«

»Das ist etwas anderes, teurer Schwäher! Darauf will ich dir sagen, dass ich schon lange nicht mehr in dem Alter bin, wo man von Weibern in Windeln gewickelt wird. Ich verstehe im Sattel zu sitzen, auch mit dem scharfen Säbel umzugehen, und noch manches andere verstehe ich ... Ich verstehe es auch, niemandem darüber, was ich tue, Rechenschaft zu geben.«

»Ich sehe, Danilo, ich weiß es, du suchst Hader! Wer heimlich tut, der hat gewiss böse Absichten.«

»Du kannst dir denken, was dir gefällt«, erwiderte Danilo. »Auch ich habe meine Gedanken. Ich war noch, Gott sei Dank, an keiner unehrlichen Tat beteiligt; immer stand ich für unseren rechten Glauben und für die Heimat ein; nicht so wie manche Landstreicher, die sich Gott weiß wo herumtreiben, während die rechtgläubigen Christenmenschen ihr Blut verspritzen, und die später herkommen, um das Korn zu ernten, das sie gar nicht gesät haben. Sie sind sogar schlechter als die Unierten: niemals blicken sie in die Kirche Gottes hinein. Solche Leute sollte man doch ordentlich ins Gebet nehmen und befragen, wo sie sich herumgetrieben haben.«

»He, Kosak! Weißt du ... Ich schieße schlecht; bloß auf hundert Klafter trifft meine Kugel das Herz; ich fechte nicht viel besser: ich haue den Menschen in Stücke, die viel, viel kleiner sind als die Körner, aus denen man Brei kocht.«

»Ich bin bereit«, sagte Pan Danilo und schwang seinen Säbel kühn durch die Luft, als hätte er schon früher gewusst, wozu er ihn geschliffen.

»Danilo!« schrie Katerina auf, ihn bei der Hand packend und sich an ihn hängend. »Bedenke doch, du Wahnsinniger, gegen wen du die Hand erhebst! Vater, dein Haar ist schneeweiß, und doch erhitzt du dich wie ein dummes Kind!«

»Weib!« rief Pan Danilo drohend. »Du weißt, ich mag das nicht leiden; kümmere dich um deine Weibergeschäfte!«

Furchtbar klirrten die Säbel. Eisen schlug gegen Eisen, die Funken sprühten über den Kosakenköpfen wie Staub. Weinend lief Katerina in die Kammer, warf sich aufs Bett und hielt sich die Ohren zu, um das Säbelgeklirr nicht zu hören. Die Kosaken fochten aber nicht so schlapp, dass man das Waffengeklirr auf diese Weise ersticken könnte. Katerinas Herz wollte in Stücke springen; sie hörte in ihrem ganzen Körper die Säbelhiebe.

»Nein, ich halte es nicht aus, ich halte es nicht aus ... Vielleicht springt schon ein Blutquell aus dem weißen Leibe; vielleicht ist schon mein Liebster ohnmächtig, und ich liege noch hier!« Ganz bleich und schwer atmend ging sie wieder in die Stube.

Gleichmäßig und furchtbar fochten die Kosaken; keiner von ihnen konnte den anderen bezwingen. Bald dringt Katerinas Vater vor, und Pan Danilo weicht zurück; bald dringt Pan Danilo vor, und der finstere Vater muss zurückweichen, und sie stehen beide wieder gleich. Es kocht. Sie holen aus ... Hui, wie die Säbel klirren ... Zerbrochen fliegen die beiden Klingen auf die Seite.

»Gott, ich danke dir!« sagte Katerina und schrie gleich wieder auf: sie sah, dass die Kosaken nach den Musketen griffen. Sie richteten die Feuersteine und spannten die Hähne.

Pan Danilo schoss und traf nicht. Jetzt zielte der Vater ... Er war alt und sah nicht so scharf wie ein Junger, und doch zitterte seine Hand nicht. Der Schuss krachte ... Pan Danilo wankte, hellrotes Blut färbte den linken Ärmel seines Kaftans.

»Nein«, rief er aus. »So billig verkaufe ich mein Leben nicht. Der rechte Arm und nicht der linke ist der Herr. Ich habe an der Wand eine türkische Pistole hängen: noch nie im Leben ist sie mir untreu gewesen. Komm von der Wand herab, alter Kamerad! Erweise dem Freund einen Dienst!« Danilo streckt die Hand nach der Pistole aus.

»Danilo!« rief Katerina verzweifelt aus. Sie ergriff seinen Arm und warf sich ihm zu Füßen. »Nicht für mich fleh' ich dich an. Meinem Schicksal entrinne ich nicht: unwürdig ist das Weib, das den Tod des Mannes überlebt; der Dnjepr, der kühle Dnjepr wird mein Grab sein ... Aber schau deinen Sohn an, Danilo! Schau deinen Sohn an! Wer wird das arme Kind in seinen warmen Arm nehmen? Wer wird es liebkosen? Wer wird es lehren, auf einem rabenschwarzen Rosse dahinzufliegen, für Freiheit und Glauben zu kämpfen, zu trinken und zu zechen wie ein wahrer Kosak? Geh zugrunde, mein Sohn, verdirb! Dein Vater will nichts von dir wissen! Schau, wie er sein Gesicht von dir wendet. Ja, jetzt kenne ich dich! Du bist ein Tier und kein Mensch. Du hast ein Wolfsherz und den Sinn der listigen Schlange! Ich dachte, dass du ein Tröpflein Erbarmen hast, dass in deinem steinernen Leibe ein Funke menschlichen Gefühls glimmt! Wie wahnsinnig habe ich mich getäuscht! Das wird dir nur Freude bringen. Deine Knochen werden im Grabe vor Freude tanzen, wenn die verruchten Polen deinen Sohn ins Feuer werfen, wenn dein Sohn unter dem Messer oder in siedendem Wasser liegt und schreit. Ja, ich kenne dich! Dann wirst du froh sein, aus dem Grabe aufzustehen und mit der Mütze das Feuer anzufachen, das unter ihm lodert!«

»Halt, Katerina! Komm her, teurer Iwan, lass dich küssen! Nein, mein Kind, niemand soll dir ein Haar krümmen. Du wirst zum Ruhme deiner Heimat aufwachsen; wie der Sturmwind wirst du an der Spitze deiner Kosaken dahinfegen, mit einer Samtmütze auf dem Kopfe, mit einem scharfen Säbel in der Hand. Vater, gib mir die Hand! Wollen wir, was gewesen, vergessen! Wenn ich vor dir etwas verbrochen habe, so will ich meine Schuld bekennen. Aber warum gibst du mir nicht die Hand?«

So sprach Danilo zu Katerinas Vater, der immer noch auf einem Fleck stand und dessen Gesicht weder Zorn noch Versöhnung zeigte.

»Vater!« rief Katerina. Sie umarmte und küsste ihn. »Vater, sei nicht unerbittlich, verzeihe Danilo, er wird dir keinen Kummer mehr bereiten!«

»Nur dir zu Gefallen, Tochter, vergebe ich ihm!« erwiderte er mit seltsam funkelnden Augen und küsste sie.

Katerina fuhr leicht zusammen: so seltsam kamen ihr sein Kuss und das Funkeln seiner Augen vor. Sie lehnte sich gegen den Tisch, auf dem ihr Gemahl seinen verwundeten Arm verband. Danilo sagte sich aber, dass er schlecht und nicht nach Kosakenart gehandelt habe, als er um Vergebung gebeten, ohne sich einer Schuld bewusst zu sein.

## IV

Ein neuer Tag brach an, doch ein Tag ohne Sonne: der Himmel war trüb, und ein feiner Regen ging auf die Felder, Wiesen, Wälder und den breiten Dnjepr nieder. Pani Katerina erwachte, aber nicht freudig war ihr Erwachen: ihre Augen waren verweint, und es war ihr so traurig und unruhig zumute. »Mein Mann, mein lieber Mann! Einen wunderlichen Traum habe ich gehabt!«

»Was für einen Traum, meine liebe Pani Katerina?«

»Der Traum war so wunderlich und dabei so lebhaft, als ob ich wachte. Mir träumte, mein eigener Vater sei jenes Ungeheuer, das wir beim Hauptmann gesehen haben. Aber ich bitte dich, trau dem Traume nicht: man träumt doch allerhand Unsinn! Mir träumte, ich stand vor ihm, zitterte vor Entsetzen, und bei jedem Worte aus seinem Munde stöhnte mir jede Ader im Leibe. Wenn du nur gehört hättest, was er sprach...«

»Was sprach er denn, meine goldene Katerina?«

»Er sprach: ›Schau mich an, Katerina, ich bin doch schön! Mit Unrecht sagen die Leute, ich sei hässlich. Ich werde dir ein gar trefflicher Mann sein. Schau nur, wie meine Augen blicken!‹ Mit diesen Worten richtete er seinen flammenden Blick auf mich, ich schrie auf und erwachte.«

»Ja, Träume sagen manches Wahre. Weißt du übrigens, dass es hinter dem Berge nicht mehr so ruhig ist? Ich glaube gar, die Polen haben sich wieder gezeigt. Gorobetz ließ mir ansagen, ich solle wachsam sein. Er macht sich unnütze Sorgen: ich schlafe auch ohnehin nicht. Meine Burschen haben in dieser Nacht zwölf Schanzen errichtet. Wir wollen die Herren von der Reichsversammlung mit Pflaumen aus Blei empfangen, und die königliche Schlachta soll unter unseren Peitschen tanzen.«

»Weiß mein Vater davon?«

»Er sitzt mir auf dem Halse, dein Vater! Ich kann ihn bis zur Stunde nicht ergründen. Er hat wohl nicht wenig Sünden in den fremden Ländern begangen. Wahrlich, was mag das für einen Grund haben: er lebt hier schon einen Monat und war noch nie lustig, wie es einem Kosaken ziemt! Er weigerte sich, Met zu trinken! Hörst du, Katerina, er wollte nicht den Met trinken, den ich den Brester Juden abgenommen habe! He, Bursche!« rief Pan Danilo. »Lauf, mein Junge, in den Keller und bring mir vom jüdischen Met! Nicht mal Schnaps will er trinken! Verflucht! Mir scheint, Pani Katerina, dass er an unseren Heiland nicht glaubt. He? Wie gefällt dir das?«

»Gott weiß, was du sprichst!«

»Es ist doch wirklich seltsam, Pani!« fuhr Danilo fort, den tönernen Krug aus der Hand des Kosaken nehmend. »Selbst die Katholiken trinken Schnaps; nur die Türken trinken keinen. Was, Stetzko, hast du im Keller einen ordentlichen Schluck Met genommen?«

»Ich habe nur einen Tropfen gekostet, Pan!«

»Du lügst, Hundesohn! Ich sehe ja, wie die Fliegen über deinen Schnurrbart hergefallen sind! Deinen Augen sehe ich an, dass du einen halben Eimer ausgesoffen hast. Ach, diese Kosaken! Was das für ein tolles Volk ist! Alles gibt er dem

Freunde her, aber den Schnaps trinkt er immer ganz allein aus. Ich war ja schon lange nicht mehr berauscht, Pani Katerina. Nicht wahr?«

»Das nennst du lange! Und am vorigen ...«

»Fürchte nicht, fürchte nicht, ich trinke nicht mehr als diesen einen Krug. Da kommt ja schon der türkische Abt!« sagte er durch die Zähne, als er den Schwäher erblickte, der sich bückte, um durch die Tür zu kommen.

»Was soll das heißen, meine Tochter?!« sagte der Alte, indem er sich die Mütze vom Kopfe nahm und seinen Gürtel, an dem ein Säbel mit seltsamen Steinen hing, zurechtrückte. »Die Sonne steht schon hoch, und noch ist dein Mittagessen nicht fertig.«

»Das Mittagessen ist fertig, Pan Vater, gleich werden wir es auftragen. Hol die Schüssel mit den Klößen aus dem Ofen!« sagte Pani Katerina zu der alten Magd, die das Holzgeschirr abwischte. »Wart, ich hol' sie lieber selbst. Ruf du die Burschen.«

Alle setzten sich im Kreise auf den Boden: der Vater der Wand mit den Heiligenbildern gegenüber, Pan Danilo ihm zur Linken, Pani Katerina ihm zur Rechten; dann folgten die zehn der allertreuesten Burschen in blauen und gelben Kaftans.

»Ich mag diese Klöße nicht!« sagte der Vater, nachdem er ein wenig gegessen und dann den Löffel weggelegt hatte. »Sie haben gar keinen Geschmack!«

– Ich weiß, dass dir Judennudeln besser schmecken –, dachte Danilo bei sich. »Warum sagst du, Schwäher,« fuhr er laut fort, »dass die Klöße keinen Geschmack haben? Sind sie denn schlecht zubereitet? Meine Katerina macht solche Klöße, wie sie selbst der Hetman selten zu essen bekommt. Man soll doch Klöße nicht verschmähen: es ist eine christliche Speise! Alle Heiligen und alle gottgefälligen Leute haben stets Klöße gegessen.«

Der Vater versetzte kein Wort; auch Pan Danilo verstummte.

Nach den Klößen wurde ein gebratener Eber mit Kraut und Pflaumen aufgetragen. »Ich mag kein Schweinefleisch!« sagte Katerinas Vater, indem er das Kraut allein aus der Schüssel herausholte.

»Wie kann man kein Schweinefleisch mögen?« sagte Danilo. »Nur die Türken und Juden essen kein Schweinefleisch.«

Noch finsterer blickte der Vater.

Er nahm sich nur etwas vom Mehlbrei mit Milch und trank statt des Schnapses von einem schwarzen Wasser, das er in einer Flasche am Busen trug.

Nach dem Essen legte sich Danilo hin und schnarchte bis zum Abend. Als er erwachte, setzte er sich an den Tisch und schrieb Botschaften an das Kosakenheer; Pani Katerina saß indes auf der Ofenbank und schaukelte mit dem Fuße die Wiege. So sitzt Pan Danilo da, blickt mit dem linken Auge auf das Papier und mit dem rechten nach dem Fenster. Er sieht draußen die Berge und den Dnjepr schimmern; hinter dem Dnjepr blauen die Wälder; über den Wäldern strahlt der heitere Abendhimmel in mildem Glanz. Pan Danilo ergötzt sich aber weder am fernen Himmel noch am blauen Walde: er blickt auf die vorspringende Landzunge, auf der das alte Schloss dunkel in die Luft ragt. Es ist ihm, als ob im Schlosse ein schmales Fensterchen aufleuchte. Aber alles ist still; es ist ihm wohl nur so vorgekommen. Man hört nur unten dumpf den Dnjepr rauschen und die Schläge der plötzlich erwachten Wellen an drei Seiten hintereinander widerhallen. Der Strom ist nicht in Aufruhr; er brummt nur und murrt wie ein mürrischer Greis; nichts will ihm gefallen, alles hat sich hier so verändert; still kämpft er gegen die Berge, Wälder und Wiesen auf seinen Ufern und trägt seine Klagen gegen sie ins Schwarze Meer.

Da erscheint plötzlich mitten im Dnjepr ein schwarzes Boot, und im Schlosse leuchtet es wieder auf. Danilo tut einen leisen Pfiff, und auf den Pfiff kommt der treue Bursche gelaufen. »Nimm, Stetzko, rasch einen scharfen Säbel und eine Büchse und folge mir!«

»Du gehst fort?« fragte Pani Katerina.

»Ich gehe, Frau. Ich muss nachsehen, ob alles in Ordnung ist.«

»Ich fürchte mich, allein zu bleiben. Mich überkommt der Schlaf; wie, wenn ich heute wieder denselben Traum habe? Ich weiß sogar nicht sicher, ob es nur Traum war – so lebendig sah ich alles!«

»Die Alte bleibt bei dir; und im Hausflur und im Hofe schlafen die Kosaken.«

»Die Alte ist schon eingeschlafen, und den Kosaken vertraue ich nicht sehr. Höre, mein Pan Danilo, schließe mich in der Kammer ein und nimm den Schlüssel zu dir. Dann werde ich mich nicht so sehr fürchten; die Kosaken sollen aber vor der Tür schlafen.«

»Es sei, wie du sagst!« erwiderte Danilo, indem er den Staub von der Büchse wischte und Pulver auf die Pfanne schüttete.

Der treue Stetzko stand schon in seiner ganzen Kosakenrüstung fertig da. Danilo setzte die Lammfellmütze auf, schloss das Fenster, verriegelte die Tür, drehte den Schlüssel um und ging zwischen den schlafenden Kosaken leise hinaus, den Bergen zu.

Der Himmel hatte sich fast völlig aufgeheitert. Ein frischer Wind wehte kaum wahrnehmbar vom Dnjepr herüber. Nur das Stöhnen der Möwe störte allein die Grabesstille. Doch plötzlich vernahm man ein Rascheln ... Burulbasch versteckte sich mit seinem treuen Diener leise hinter den Dornenbüschen, die einen Verhau verdeckten. Jemand, in rotem Kaftan, mit zwei Pistolen im Gürtel und einem Säbel an der Seite, kam vom Berge herab. – »Es ist der Schwäher!«

sagte Pan Danilo, aus dem Busch hervorlugend. »Wohin und wozu mag er wohl um diese Stunde gehen? Sei auf der Hut, Stetzko, pass gut auf, welchen Weg der Herr Vater nehmen wird.« Der Mann im roten Rock kam zum Ufer herab und ging auf die Landzunge zu. »Ach so, da geht er also hin!« sagte Pan Danilo. »Was meinst du, Stetzko, geht er nicht geradeswegs zum Neste des Zauberers?«

»Ja, gewiss an keinen anderen Ort, Pan Danilo! Sonst würden wir ihn auf jener Seite wieder herauskommen sehen; er ist aber dicht vor dem Schlosse verschwunden.«

»Wart, wir wollen von hier herauskriechen und dann seinen Spuren nachgehen. Es muss wohl etwas dahinterstecken. Nein, Katerina, ich hab's dir doch gleich gesagt, dass dein Vater kein guter Mensch ist; sein ganzes Gebaren ist nicht wie das eines rechtgläubigen Christen.«

Schon stehen Pan Danilo und sein treuer Bursche auf der Landzunge. Und schon sind sie wieder verschwunden: der dichte Wald, der das Schloss umgibt, hält sie verborgen. Schwach schimmert ein Fenster im Obergeschoss; unten stehen die Kosaken und überlegen, wie sie eindringen können: sie sehen weder Tor noch Tür; der Zugang ist wohl vom Hofe aus, aber wie kommt man in den Hof? Sie hören von ferne Ketten rasseln und Hunde umherlaufen.

»Was überlege ich noch lange?« sagte Pan Danilo, als er eine hohe Eiche vor dem Fenster erblickte. »Bleib hier, mein Junge! Ich will auf die Eiche steigen: von ihrem Wipfel werde ich ins Fenster schauen können.«

Er nahm seinen Gürtel ab, legte auch den Säbel weg, damit er nicht klirre, und stieg an den Ästen hinauf. Das Fenster war noch immer erleuchtet. Er setzte sich auf einen Ast dicht vor das Fenster, hielt sich mit einer Hand am Baumstamme fest und blickte hinein: im Zimmer brannte kein Licht, und doch war es darin hell. An den Wänden waren seltsame Zeichen gemalt; auch Waffen hingen an den Wänden, lauter wunderliche Waffen, wie sie weder Türken noch Krimer Tataren, weder Polen noch rechtgläubige Christen, noch die tapferen Schweden tragen. Unter der Decke flatterten Fledermäuse hin und her, und ihre Schatten huschten über die Wände, die Türen und die Dielenbretter. Nun ging, ohne zu knarren, die Tür auf. Ein Mann in rotem Rock kam herein und trat vor den Tisch, der mit einem weißen Tuche bedeckt war. »Er ist's, der Schwäher!« Pan Danilo kletterte etwas tiefer hinunter und schmiegte sich noch fester an den Baumstamm.

Der Schwäher hatte aber nicht Zeit, darauf zu achten, ob jemand zum Fenster hineinblickte oder nicht. Finster und schlechter Laune trat er herein und riss das Tuch vom Tische: plötzlich war das ganze Zimmer von einem stillen, durchsichtigen, blauen Lichte durchflutet; die Wellen des blassgoldenen Lichtes, das den Raum vorher erfüllt hatte, vermischten sich aber nicht mit diesem neuen bläulichen Lichte: sie fluteten wie in einem blauen Meere und verästelten sich wie die Adern im Marmor. Der Alte stellte auf den Tisch einen Topf und begann Kräuter hineinzuwerfen.

Pan Danilo blickte aufmerksamer hin und sah plötzlich den roten Rock nicht mehr; der Mann hatte jetzt weite Pluderhosen an, wie sie die Türken tragen; im Gürtel steckten Pistolen; auf dem Kopfe hatte er eine wunderliche Mütze, die mit seltsamen Zeichen bemalt war: es waren aber weder russische noch polnische Schriftzeichen. Er blickte ihm ins Gesicht – auch das Gesicht war verändert: die Nase war länger geworden und hing über die Lippen herab; der Mund dehnte sich in einem Augenblick bis an die Ohren; aus dem Munde guckte ein Hauer hervor und neigte sich zur Seite; vor ihm stand derselbe Zauberer, den er auf der Hochzeit beim Hauptmann gesehen hatte.

– Wahr ist dein Traum, Katerina! sagte sich Burulbasch.

Der Zauberer beginnt um den Tisch herumzugehen; die Zeichen an den Wänden verändern sich in einem fort, und die Fledermäuse huschen noch wilder und schneller auf und ab, hin und her. Das bläuliche Licht wird immer schwächer und ist beinahe ganz erloschen. Und die Stube ist jetzt von einem schwachen rosigen Schimmer erleuchtet. Das wunderbare Licht ergießt sich mit einem leisen Klingen über alle Winkel; plötzlich ist es verschwunden, und in der Stube ist es stockfinster. Man hört nur ein Rauschen, wie wenn der Wind in stiller Abendstunde singend über dem Wasserspiegel kreist und die silbernen Weiden tiefer ans Wasser drückt. Und Pan Danilo scheint es, als ob im Zimmer der Mond strahle und die Sterne flimmern; als ob ein dunkelblauer Himmel darin aufleuchte und ein kühler nächtlicher Hauch sein Gesicht berühre. Und dann scheint es Pan Danilo (nun zupfte er sich am Schnurrbart, um nachzuprüfen, ob es nicht ein Traum sei), als sähe er in der Stube keinen Himmel mehr, sondern sein eigenes Schlafgemach: er sieht seine eigenen tatarischen und türkischen Säbel hängen; an den Wänden entlang ziehen sich Borde mit Geschirr und Hausgerät; auf dem Tische stehen Brot und Salz; auch die Wiege hängt von der Decke herab ... doch statt der Heiligenbilder starren ihn entsetzliche Fratzen an; und auf der Ofenbank ... aber jetzt senkt sich ein Nebel über das Bild, und in der Stube wird es wieder finster. Und dann füllt sich der ganze Raum wieder mit wunderbarem Klingen und mit rosigem Lichte, und wieder steht der Zauberer in seinem seltsamen Turban mitten in der Stube. Das Klingen wird immer lauter und tiefer; das rosige Licht greller, und etwas Weißes, das einer Wolke gleicht, schwebt mitten in der Stube, und es scheint Pan Danilo, als sei die Wolke gar keine Wolke, als stünde eine Frau da; woraus ist sie aber gebildet? Ist sie nicht aus Luft gewebt? Warum steht sie so da, ohne die Erde zu berühren und ohne sich auf etwas zu stützen, während das rosige Licht und die Zeichen an der Wand durch sie hindurchschimmern? Da bewegt sie den durchsichtigen Kopf: still leuchten ihre blassblauen Augen; die Locken fließen ihr wie ein hellgrauer Nebel über die Schultern; die Lippen sind blassrot und gemahnen an die erste kaum sichtbare Morgenröte, die sich über den durchsichtigen weißen Morgenhimmel ergießt; die dunkeln Brauen sind kaum zu erkennen ... Ach! Das ist ja Katerina! Und Danilo fühlte, wie seine Glieder erstarrten; er wollte etwas sagen, aber die Lippen bewegten sich lautlos.

Regungslos stand der Zauberer auf einem Fleck. »Wo bist du gewesen?« fragte er, und die Gestalt, die vor ihm stand, erbebte.

»Oh, warum hast du mich gerufen?« stöhnte sie leise. »Mir war so froh zumute. Ich war an der Stätte, wo ich zur Welt gekommen war und wo ich fünfzehn Jahre gelebt hatte. Oh, wie herrlich war's da! Wie grün und duftig ist die Wiese, auf der ich als Kind gespielt habe! Auch die Feldblumen sind noch dieselben, auch unser Haus und Gemüsegarten! Wie herzlich umarmte mich meine gute Mutter! Wie liebevoll sah sie mich an! Sie herzte mich, sie küsste mich auf den Mund und auf die Wangen, sie kämmte meine blonden Locken mit einem dichten Kamm ... Vater!« Sie richtete ihre blassen Augen auf den Zauberer.

»Vater, warum hast du meine Mutter ermordet?«

Der Zauberer drohte wütend mit dem Finger. »Bat ich dich denn, davon zu sprechen?« Die durchsichtige Schöne erbebte. »Wo ist jetzt deine Pani?«

»Meine Pani Katerina ist eben eingeschlafen, und ich flatterte freudig empor und flog davon. Schon lange wollte ich meine Mutter sehen. Ich war plötzlich wieder fünfzehn Jahre alt und so leicht wie ein Vöglein. Warum hast du mich gerufen?«

»Weißt du noch, was ich dir gestern gesagt habe?« fragte der Zauberer so leise, dass Pan Danilo es kaum hören konnte.

»Ich weiß es noch. Aber was gäbe ich wohl darum, um es wieder zu vergessen. Die arme Katerina! Sie weiß vieles von dem nicht, was ihre Seele weiß.«

– Das ist Katerinas Seele! – sagte sich Pan Danilo; aber er wagte noch immer nicht, sich zu rühren.

»Tu Buße, Vater! Ist es dir denn nicht entsetzlich, dass nach jedem deiner Morde die Toten aus den Gräbern steigen?«

»Du kommst schon wieder mit diesen Dingen!« unterbrach sie der Zauberer zornig. »Ich werde meinen Willen durchsetzen, ich werde dich zwingen, das zu tun, was ich von dir verlange. Katerina wird mich lieben! ...«

»Du bist ein Ungeheuer und nicht mein Vater!« stöhnte sie. »Nein, du wirst deinen Willen nicht durchsetzen! Mit deinen höllischen Zauberkünsten kannst du freilich meine Seele heraufbeschwören, um sie zu quälen; aber nur Gott allein kann sie zwingen, ihm zu Willen zu sein. Nein, solange ich in ihrem Leibe bin, wird sich Katerina niemals zu einer so verruchten Tat entschließen. Vater! Die Stunde des Gerichts ist nahe! Und wenn du auch nicht mein Vater wärest, niemals würdest du mich zwingen können, meinem lieben, treuen Mann untreu zu werden. Und selbst wenn mir mein Mann nicht so lieb und treu wäre, würde ich ihn niemals betrügen: Gott liebt die meineidigen und treulosen Seelen nicht.«

Da richtete sie ihre blassen Augen auf das Fenster, hinter dem Pan Danilo saß, und starrte unverwandt hinaus ...

»Wo schaust du hin? Wen siehst du dort?« schrie der Zauberer.

Das Luftgespenst Katerinas erbebte. Pan Danilo war aber schon längst wieder auf der Erde und schlich mit seinem treuen Stetzko in seine Berge. – Furchtbar, furchtbar! – sagte er zu sich selbst, und eine ungewohnte Angst erfüllte sein Kosakenherz. Bald war er wieder auf seinem Hofe, wo die Kosaken noch fest schliefen, außer einem einzigen, der die Pfeife rauchend Wache hielt. Der Himmel war ganz mit Sternen besät.

## V

»Wie gut tatest du, dass du mich wecktest!« sprach Katerina, indem sie sich mit dem gestickten Ärmel ihres Hemdes die Augen rieb und den vor ihr stehenden Mann vom Scheitel bis zu den Füßen betrachtete. »Welch einen schrecklichen Traum habe ich wieder gehabt! Wie schwer atmet meine Brust! Ach! ... Es war mir, als müsste ich sterben ...«

»Was war das für ein Traum? Vielleicht dieser?« Und Burulbasch erzählte seiner Frau alles, was er gesehen.

»Wie hast du das erfahren, mein Gemahl?« fragte Katerina erstaunt. »Aber nein, vieles von dem, was du erzählst, ist mir unbekannt. Nein, mir träumte gar nicht, mein Vater habe meine Mutter ermordet; auch von den Toten träumte mir nicht. Nein, Danilo, du erzählst es nicht richtig. Ach, so schrecklich ist mein Vater!«

»Es ist auch kein Wunder, dass du im Traume vieles nicht gesehen hast. Du weißt auch nicht den zehnten Teil von dem, was deine Seele weiß. Weißt du denn, dass dein Vater der Antichrist ist? Erst im vorigen Jahre, als ich im Bunde mit den Polen gegen die Krimer Tataren ins Feld zog (damals hielt ich es noch mit diesem treulosen Volke), sagte mir der Abt des Bruderklosters (und der ist ein heiliger Mann, Weib!), der Antichrist habe die Gewalt, die Seele jedes Menschen zu sich zu beschwören; denn wenn der Mensch einschläft, schwebt seine Seele in Freiheit und flattert mit den Erzengeln um Gottes Thronsaal herum. Das Gesicht deines Vaters gefiel mir schon auf den ersten Blick nicht. Hätte ich gewusst, dass du einen solchen Vater hast, so hätte ich dich nicht geheiratet. Ich hätte dich verlassen und auf meine Seele nicht die Sünde geladen, mit der Brut des Antichrist verschwägert zu sein.«

»Danilo!« sagte Katerina. Sie bedeckte ihr Gesicht mit den Händen und schluchzte. »Habe ich denn etwas gegen dich verbrochen? Habe ich dich je verraten, geliebter Mann? Womit habe ich deinen Zorn auf mich gezogen? Habe ich dir nicht treu gedient? Habe ich denn je ein Wort gesagt, wenn du angezecht von einem Trinkgelage heimkamst? Gebar ich dir nicht den schwarzbrauigen Sohn? ...«

»Weine nicht, Katerina; jetzt kenne ich dein Herz und werde dich um nichts in der Welt verlassen. Alle Sünden sind bei deinem Vater.«

»Nein, nenne ihn nicht meinen Vater! Gott sei mein Zeuge, ich sage mich von ihm los, ich sage mich von meinem Vater los! Er ist gottlos, und er ist der Antichrist! Mag er zugrunde gehen, mag er ertrinken – nie werde ich ihm die Hand zur Rettung reichen; mag er an einem schleichenden Gift verdorren, nie werde ich ihn mit Wasser laben. Du bist mir der Vater!«

## VI

Im tiefen Verliese Pan Danilos sitzt hinter drei Schlössern, in eiserne Ketten geschmiedet, der Zauberer; fern über dem Dnjepr steht seine teuflische Burg in Flammen, und blutrote Wellen branden und lecken an den uralten Mauern. Nicht wegen Zauberei, nicht wegen seiner gottlosen Taten sitzt der Zauberer im tiefen Verlies; dafür hat er sich vor Gott allein zu verantworten. Wegen heimlichen Verrats sitzt er dort, wegen seiner Verschwörung mit den Feinden des rechtgläubigen Russenlandes, das ukrainische Volk an die römischen Ketzer zu verschachern und alle Christenkirchen zu verbrennen. Finster ist der alte Hexenmeister; ein Gedanke, so schwarz wie die Nacht, hat sich in seinem Kopf festgesetzt; nur noch einen Tag hat er zu leben, und morgen muss er der Welt Ade sagen: morgen erwartet ihn der Tod. Aber es ist kein leichter Tod, der ihn erwartet: es wäre noch eine Gnade, wenn man ihn bei lebendigem Leibe in einem Kessel kochen oder von ihm seine sündige Haut schinden würde. Finster lässt der Hexenmeister seinen Kopf sinken. Vielleicht tut er schon Buße vor seiner Todesstunde; seine Sünden sind aber nicht so, dass Gott ihm vergeben könnte. Hoch oben über seinem Kopfe ist ein schmales, mit Eisenstäben vergittertes Fenster. Mit den Ketten rasselnd, erhebt er sich zum Fenster, um zu schauen, ob seine Tochter nicht vorbeikäme. Sie trägt ja keinen Groll nach und ist mild wie eine Taube: vielleicht hat sie Erbarmen mit dem Vater? ... Aber niemand lässt sich blicken. Unten zieht die Straße vorbei; aber auch auf der Straße ist niemand zu sehen. Noch tiefer unten braust der Dnjepr; er kümmert sich aber um niemand: er tobt, und traurig lauscht der Gefangene dem dumpfen Tosen.

Da zeigt sich jemand auf der Straße – es ist ein Kosak! Schwer seufzt der Gefangene auf. Und wieder ist alles leer. Doch da nähert sich jemand den Mauern ... ein grünes Überkleid flattert im Winde ... ein goldener Kopfputz in Gestalt eines Schiffchens glänzt in der Sonne ... Sie ist es! Er drängt sich noch näher zum Fenster. Da ist sie schon ganz nahe ...

»Katerina! Tochter! Erbarme dich, reich mir Almosen!...«

Sie bleibt stumm, sie will nicht hören, sie richtet keinen Blick auf den Kerker; schon ist sie vorübergegangen und verschwunden. So öde und leer ist die Welt, traurig braust der Dnjepr; Trauer erfüllt jedes Herz; kennt aber auch der Zauberer diese Trauer?

Der Tag neigt sich dem Abende zu. Schon sinkt die Sonne; schon ist sie verschwunden. Es ist Abend; kühl wird es, irgendwo brüllt ein Ochse; von irgendwo schallen gedämpfte Töne; Menschen gehen vergnügt plaudernd von ihrer Arbeit heim. Über den Dnjepr gleitet ein Kahn ... Wer kümmert sich um den Gefangenen? Am Himmel leuchtet die silberne Sichel auf; da kommt wieder jemand über die Straße, aus der anderen Richtung; schwer ist es im Dunkeln, etwas zu erkennen; es ist Katerina, die heimkehrt.

»Tochter! Um Christi willen! Selbst das grausame Wolfsjunge zerfleischt seine Mutter nicht – Tochter, sieh deinen Vater doch nur an!«

Sie hört nicht und geht weiter.

»Tochter, um deiner unglücklichen Mutter willen! ...«

Sie bleibt stehen.

»Komm, mein letztes Wort zu vernehmen!«

»Warum rufst du mich, du Gottloser? Nenne mich nicht deine Tochter. Zwischen uns ist keine Verwandtschaft. Was willst du von mir um meiner unglücklichen Mutter willen?«

»Katerina! Mein Ende ist nahe; ich weiß, dein Mann will mich an den Schweif einer Stute binden und von ihr übers Feld schleifen lassen; vielleicht erfindet er eine noch grausamere Strafe ...«

»Gibt's denn in der Welt eine Strafe, die deinen Sünden gleichkäme? Erwarte den Tod; niemand wird für dich ein Wort einlegen.«

»Katerina! Nicht der Tod ist's, was mich schreckt; mich schrecken die ewigen Martern im Jenseits. Du bist unschuldig, Katerina: deine Seele wird im Paradiese in der Nähe Gottes schweben; aber die Seele deines gottlosen Vaters wird im ewigen Feuer brennen, und niemals wird dieses Feuer verlöschen; immer höher und mächtiger wird es lodern; niemand wird einen Tautropfen fallen lassen, kein Windhauch wird mir Kühlung bringen ...«

»Es ist nicht in meiner Gewalt, diese Strafe zu lindern«, sagte Katerina und wandte sich ab.

»Katerina! Warte, nur noch ein Wort: du kannst meine Seele retten. Du weißt noch nicht, wie gütig und barmherzig Gott ist. Hast du noch nichts vom Apostel Paulus gehört, der ein großer Sünder gewesen und dann Buße tat und ein Heiliger wurde?«

»Was kann ich aber tun, um deine Seele zu retten?« sagte Katerina. »Wie kann ich, ein schwaches Weib, daran auch nur denken?«

»Wenn es mir nur gelänge, von hier herauszukommen, so würde ich alles aufgeben. Ich werde Buße tun, in einer Höhle wohnen, ein härenes Hemd tragen und Tag und Nacht zu Gott beten. Nicht nur keine Fleischspeisen, auch keine Fischspeisen werde ich in den Mund nehmen! Kein Gewand werd' ich mir unter meinen Leib betten, wenn ich schlafe!

Und immer werde ich beten! Und wenn Gottes Barmherzigkeit auch nicht den hundertsten Teil meiner Sünden von mir nimmt, so werde ich mich bis an den Hals in die Erde vergraben oder in ein Steingewölbe einmauern; weder Speise noch Trank werde ich zu mir nehmen, bis ich sterbe; und ich werde meine ganze Habe den Mönchen geben, damit sie vierzig Tage und vierzig Nächte für mich Totenmessen lesen.«

Katerina wurde nachdenklich. »Wenn ich dir auch aufsperre, so kann ich dir deine Ketten doch nicht sprengen.«

»Ich fürchte die Ketten nicht«, sagte er. »Du glaubst, dass sie mich an Händen und Füßen gefesselt hätten? Nein, ich habe ihre Augen mit Blindheit geschlagen und ihnen statt meiner Arme ein dürres Holz entgegengehalten. Schau her: ich trage keine einzige Fessel mehr!« Mit diesen Worten trat er in die Mitte des Verlieses. »Ich würde auch diese Mauern nicht fürchten und durch sie hindurchkommen; dein Mann weiß aber selbst nicht, was das für Mauern sind: ein heiliger Einsiedler hat sie errichtet, und keine höllische Macht kann den Gefangenen von hier befreien, ohne das Schloss mit demselben Schlüssel aufzuschließen, mit dem der Heilige seine Zelle zu verschließen pflegte. Eine ebensolche Zelle will ich, der ungeheuerlichste aller Sünder, mir erbauen, wenn ich von hier herauskomme.«

»Höre: ich will dich herauslassen. Wenn du mich aber betrügst und, statt Buße zutun, wieder des Teufels Bruder wirst?« sprach Katerina, vor der Tür stehen bleibend.

»Nein, Katerina, ich habe nicht mehr lange zu leben; auch ohne die Todesstrafe ist mein Ende nahe. Glaubst du denn, dass ich mich gutwillig den ewigen Höllenqualen überliefern will?«

Die Schlösser rasselten. »Leb wohl! Der barmherzige Gott schütze dich, mein Kind!« sagte der Zauberer und küsste sie.

»Rühr mich nicht an, ungeheuerlicher Sünder! Geh schneller fort! ...« sagte Katerina.

Er war aber schon verschwunden.

»Ich habe ihn herausgelassen«, sagte sie erschrocken, mit wilden Blicken die Mauern betrachtend. »Was werde ich meinem Manne sagen können? Ich bin verloren. Es bleibt mir nichts übrig, als mich lebendig ins Grab zu legen!« Sie fiel schluchzend auf den Klotz nieder, auf dem der Gefangene gesessen hatte. »Ich habe eine Seele gerettet«, sagte sie leise. »Ich habe ein gottgefälliges Werk getan; aber mein Mann ... zum ersten Male habe ich ihn betrogen. Oh, wie schrecklich, wie schwer wird es mir sein, ihm die Unwahrheit zu sagen! Da kommt jemand her! Er ist es, Danilo!« rief sie verzweifelt aus und fiel ohnmächtig zu Boden.

## VII

»Ich bin's, Töchterchen! Ich bin's, Herzchen!« hörte Katerina, als sie wieder zu sich kam. Ihre alte Magd stand über sie gebeugt und flüsterte ihr etwas zu; sie hatte ihre dürre Hand ausgestreckt und bespritzte Katerina mit kaltem Wasser.

»Wo bin ich?« fragte Katerina, indem sie sich erhob und um sich blickte. »Vor mir rauscht der Dnjepr, hinter mir ragen die Berge ... Wohin hast du mich gebracht, Alte?«

»Ich habe dich nirgends hingebracht, ich habe dich herausgeführt; ich habe dich auf meinen Armen aus dem dumpfen Verlies herausgetragen. Ich habe die Tür mit dem Schlüssel zugeschlossen, damit dich Pan Danilo nicht bestraft.«

»Wo ist denn der Schlüssel?« fragte Katerina und blickte auf ihren Gürtel. »Ich sehe ihn nicht.«

»Dein Mann hat ihn abgebunden, um nach dem Zauberer zu sehen, Kind.«

»Um nach dem Zauberer zu sehen? ... Alte, ich bin verloren!« rief Katerina aus.

»Gott mag uns davor behüten, mein Kind! Wenn du schweigst, meine liebe Pani, wird es niemand erfahren!«

»Er ist entflohen, der verdammte Antichrist! Hast du es gehört, Katerina? Er ist entflohen!« rief Pan Danilo, der jetzt zu seiner Frau herantrat. Seine Augen sprühten Funken; der Säbel klirrte an seiner Seite. Totenblass wurde die Frau.

»Hat ihn jemand herausgelassen, mein lieber Mann?« fragte sie zitternd.

»Freilich hat ihn jemand herausgelassen: der Teufel hat das getan. Schau nur her: statt seiner liegt ein Stück Holz in den Fesseln. Warum hat es nur Gott so eingerichtet, dass der Teufel keine Angst vor Kosakentatzen hat! Wenn es einem von meinen Kosaken eingefallen wäre, es zu tun, wenn ich das nur erführe ... ich wüsste gar nicht, welch grausame Strafe ich für ihn erfinden sollte!«

»Und wenn ich es wäre? ...« fragte Katerina unwillkürlich und hielt erschrocken inne.

»Wenn dir das einfiele, so wärest du mein Weib nicht mehr. Ich würde dich in einen Sack einnähen und in die Mitte des Dnjepr versenken lassen! ...«

Katerina stockte der Atem, und es war ihr, als lösten sich ihr die Haare vom Kopfe.

## VIII

In einer Schenke an der Grenzstraße haben sich die Polen versammelt und zechen schon seit zwei Tagen. Viel Gesindel sitzt da beisammen.

Sie haben wohl irgendeinen Überfall vor: manche von ihnen haben Musketen bei sich; man hört Sporen klirren und Säbel rasseln.

Die Herren sind lustig und prahlen mit Taten, die sie niemals vollbracht haben; sie höhnen den rechten Glauben und nennen das Volk der Ukrainer ihre leibeigenen Sklaven; sie drehen sich stolz die Schnurrbärte, werfen die Köpfe in den Nacken und rekeln sich auf den Bänken. Auch ein Priester ist dabei; ihr Priester ist aber vom gleichen Schlage wie sie selbst. Er sieht aber auch gar nicht wie ein christlicher Priester aus: er zecht und vergnügt sich mit ihnen und führt mit seiner zuchtlosen Zunge schamlose Reden. Auch die Diener stehen ihnen in nichts nach: sie haben die Ärmel ihrer zerfetzten Röcke zurückgeworfen und stolzieren einher, als wären sie was Rechtes. Sie spielen Karten und hauen einander mit den Kartenblättern auf die Nasen; sie haben auch fremde Weiber bei sich; man schreit, man rauft!... Die Herren sind ganz toll vor Vergnügen und treiben allerlei Spaß: sie packen den Juden am Barte und malen ihm auf seine unsaubere Stirne das Zeichen des Kreuzes; sie geben blinde Schüsse auf die Weiber ab und tanzen mit ihrem ruchlosen Priester den Krakowiak. Solch Ärgernis hat's in russischen Landen selbst in den Tagen der Tataren nicht gegeben; Gott hat wohl dem Lande für seine vielen Sünden diese Schmach als Strafe gesandt! Und mitten in diesem Sodom hört man die polnischen Herren vom Gute des Pan Danilo hinter dem Dnjepr, auch von seinem schönen Weibe sprechen... Es ist wohl nichts Gutes, was die Bande im Schilde führt!

## IX

Pan Danilo sitzt in seiner Kammer, die Ellenbogen auf den Tisch gestützt, und sinnt. Pani Katerina sitzt auf der Ofenbank und singt ein Lied. »Mir ist so traurig ums Herz, mein Weib!« sagt Pan Danilo. »Der Kopf tut mir weh, und auch das Herz tut mir weh. Es ist mir so schwer zumute. Mein Tod schleicht wohl ganz in der Nähe umher.«

»Oh, mein geliebter Mann! Schmiege dich mit deinem Haupte an meine Brust!« – Warum hegst du so finstere Gedanken? – dachte sich Katerina, aber sie wagte es nicht auszusprechen. Es war ihr so bitter, sich mit dem schuldbeladenen Haupte von ihrem Manne herzen zu lassen.

»Höre, mein Weib!« sagte Danilo. »Verlass meinen Sohn nicht, wenn ich nicht mehr bin. Gott wird dir wie in dieser so in jener Welt jedes Glück versagen, wenn du ihn verlässt. Gar schwer wird es meinen Gebeinen fallen, in der feuchten Erde zu modern, und noch schwerer wird es meine Seele bedrücken!«

»Was sprichst du, mein lieber Mann? Hast du nicht immer selbst über uns schwache Weiber gespottet? Und jetzt redest du selbst wie ein schwaches Weib. Du musst noch lange leben.«

»Nein, Katerina, die Seele ahnt den nahen Tod. So bange ist es jetzt auf Erden; schlimme Zeiten brechen an. Ach, ich gedenke noch der Jahre, die niemals wiederkehren! Er war noch am Leben, der alte Konaschewitsch! Mir ist's, als ob die Kosakenregimenter jetzt vor meinen Augen vorbeizögen! Eine goldene Zeit war's, Katerina! Der alte Hetman saß auf seinem Rappen; der Feldherrnstab funkelte in seiner Hand; rings um ihn ragten die Feldzeichen; zu beiden Seiten wogte das rote Meer der Saporoger. Der Hetman begann zu sprechen, und das ganze Heer erstarrte wie angewurzelt. Der Alte weinte, als er der alten Taten und Schlachten gedachte. Ach, wenn du wüsstest, Katerina, wie blutig wir damals gegen die Türken kämpften! Auf meinem Kopfe kannst du auch jetzt noch eine Schramme sehen. Vier Flintenkugeln sind an vier Stellen durch meinen Leib geflogen, und keine der vier Wunden ist ganz verheilt. Und wie viel Gold haben wir damals erbeutet! Die Kosaken schöpften die Edelsteine mit den Mützen. Und welche Pferde, wenn du nur wüsstest, Katerina, welche Pferde wir ihnen damals weggetrieben haben! Ach, solche Kämpfe sind mir nicht mehr beschieden! Ich bin ja noch nicht alt, und mein Leib ist noch rüstig; und doch fällt mir das Kosakenschwert aus der Hand, ich lebe ohne Taten und weiß selbst nicht, wozu ich lebe. Es gibt keine Ordnung mehr in der Ukraine: die Obersten und Hauptleute beißen sich wie die Hunde: es gibt kein Oberhaupt, das über allen stünde. Unser Adel hat polnische Sitten angenommen und hat von den Polen Tücke gelernt... Er hat seine Seele verschachert, indem er die unierte Kirche anerkannte. Die Juden bedrücken das arme Volk. Oh, vergangene Zeiten!

Wohin seid ihr verschwunden, meine Jahre? Geh mal in den Keller, Bursche, und bring mir einen Krug Met! Ich will auf unser früheres Leben und die vergangenen Zeiten trinken!«

»Womit werden wir die Gäste empfangen, Pan? Von der Wiesenseite her kommen die Polen!« sagte Stetzko, in die Stube tretend.

»Ich weiß, wozu sie kommen!« versetzte Danilo, sich von seinem Platze erhebend. »Sattelt die Pferde, meine treuen Diener! Nehmt die Waffen! Zieht die Säbel! Vergesst auch die blauen Graupen nicht: mit Ehren wollen wir die Gäste empfangen!«

Die Kosaken hatten noch nicht Zeit gehabt, auf die Pferde zu springen und die Musketen zu laden, als die Polen schon den Berg übersäten, wie das Laub, das im Herbste vom Baume fällt.

»Hehe, da ist gar mancher dabei, mit dem wir ein Wörtchen sprechen können!« sagte Danilo, die dicken polnischen Herren, die sich würdevoll auf ihren goldgeschirrten Pferden wiegten, betrachtend. »Wir werden also doch noch einmal den Tanz erleben! Vergnüge dich zum letzten Male, Kosakenseele! Freut euch, Burschen, unser Festtag ist angebrochen!«

Und über die Berge ging der Tanz los, das Festmahl begann. Es schwirren die Schwerter, es fliegen die Kugeln, die Pferde wiehern und stampfen. Das Geschrei verwirrt die Köpfe, der Rauch blendet die Augen. Alle sind durcheinander gekommen; aber der Kosak fühlt, wo Freund und wo Feind ist; die Kugel pfeift – und schon stürzt ein kühner Reiter vom Pferde; der Säbel saust – und schon rollt ein Kopf, unzusammenhängende Worte lallend, über den Boden.

Aber mitten in der Menge ist der rote Boden von Pan Danilos Kosakenmütze zu sehen; der goldene Gürtel auf seinem blauen Kaftan fällt immer in die Augen; wie der Wirbelwind weht die Mähne seines Rappen. Wie ein Vogel flattert er bald hierher, bald dorthin; er schreit und schwingt seinen Damaszener Säbel und holt bald nach rechts, bald nach links aus. Hau zu, Kosak! Erfreue dein mutiges Herz! Schau nicht auf das goldene Zaumzeug und auf die kostbaren Kaftans: tritt Gold und Edelsteine mit Füßen! Stich zu, Kosak! Vergnüge dich, Kosak! Doch blicke zurück: die ruchlosen Polen zünden schon die Häuser an und treiben das erschrockene Vieh fort. Wie der Wirbelwind wendet Pan Danilo sein Roß um, und seine Mütze mit dem roten Boden leuchtet schon neben den Häusern, und immer kleiner wird der Haufen um ihn.

Eine Stunde, und zwei Stunden kämpfen schon die Polen und die Kosaken; immer weniger werden ihrer auf beiden Seiten; doch Pan Danilo ist noch nicht ermattet: er wirft mit seiner langen Lanze die Reiter von den Pferden, er trampelt mit seinem tapfern Roß das Fußvolk nieder. Schon ist der Hof halb gesäubert, schon fliehen die Polen; schon zerren die Kosaken die goldgestickten Röcke und Rüstungen von den Gefallenen; Pan Danilo will schon zur Verfolgung aufbrechen; er blickt sich um, um die Seinen zu sammeln... Da entbrennt er in wilder Wut; er erblickt Katerinas Vater. Der steht auf dem Berge und zielt auf ihn mit der Muskete. Danilo treibt sein Pferd auf ihn zu... Kosak, du reitest ins Verderben!... Der Schuss kracht, und der Zauberer verschwindet hinter dem Berge. Nur der getreue Stetzko allein sah den roten Kaftan und die seltsame Mütze aufleuchten. Der Kosak schwankt und fällt aus dem Sattel. Der getreue Stetzko stürzt zu seinem Herrn hin: sein Pan liegt auf dem Boden hingestreckt, die klaren Augen geschlossen; ein Quell hellroten Blutes bricht ihm aus der Brust. Aber er fühlte wohl, dass sein treuer Diener vor ihm stand; langsam hob er die Lider und blickte ihn an: »Leb wohl, Stetzko! Sag Katerina, sie soll den Sohn nicht verlassen! Verlasst auch ihr ihn nicht, ihr getreuen Diener!« Und er verstummte. Die Kosakenseele floh aus dem adligen Leib; blau wurden die Lippen: der Kosak schläft den ewigen Schlaf.

Der getreue Diener schluchzte und winkte Katerina mit der Hand: »Komm her, Pani, komm her: dein Pan ist berauscht; er liegt trunken auf dem feuchten Boden; es wird lange dauern, bis er wieder nüchtern ist!«

Katerina schlug die Hände zusammen und fiel wie leblos über den Leichnam. »Mein Gemahl! Bist du es, der mit geschlossenen Augen daliegt? Steh auf, mein lieber Falke, strecke deine Hand aus! Steh auf! Sieh nur einmal noch deine Katerina an, öffne die Lippen, sprich ein Wörtchen!... Aber du schweigst, du schweigst, mein edler Pan! Du bist dunkelblau wie das Schwarze Meer! Dein Herz schlägt nicht mehr! Warum bist du so kalt, mein Pan? Meine Tränen sind wohl nicht heiß genug, um dich zu erwärmen! Mein Weinen ist wohl nicht laut genug, um dich zu erwecken! Wer wird nun dein Heer anführen? Wer wird auf deinem Rappen vor den Kosaken dahinsprengen, mit lauten Schreien und den Säbel schwingend? Kosaken, Kosaken! Wo ist eure Ehre, wo ist euer Ruhm? Da liegt eure Ehre und euer Ruhm mit geschlossenen Augen auf der feuchten Erde. Begrabt mich, begrabt mich zusammen mit ihm! Verschüttet mir die Augen mit Erde! Presst mir Ahornbretter auf den weißen Busen! Ich brauche meine Schönheit nicht mehr!«

So weint und jammert Katerina; eine Staubwolke steigt indes in der Ferne auf: es ist der alte Hauptmann Gorobetz, der zur Hilfe eilt.

## X

Herrlich ist der Dnjepr bei heiterem Wetter, wenn er seine reichen Wasser frei und gemessen durch Wald und Berge trägt. Kein Rauschen, kein Dröhnen. Du schaust hin und weißt nicht, ob sich sein majestätisch breiter Spiegel regt, ob nicht: und es scheint dir, als ob er ganz aus Glas gegossen wäre, als ob eine blaue Spiegelstraße, maßlos in der Breite, endlos in der Länge, sich durch die grüne Welt winde. So wohlig ist dann der heißen Sonne, wenn sie von ihrer Höhe blickt und ihre Strahlen in die Kühle der kristallenen Wogen versenkt; wohlig ist auch den Wäldern am Ufer, wenn sie sich klar in den Wassern spiegeln. Die Grüngelockten! Sie drängen sich zugleich mit den Feldblumen zu den Wassern, und beugen sich über sie, und schauen, und können sich nicht satt sehen an ihrem lichten Spiegelbild, und sie lächeln ihm zu, und sie grüßen es, mit ihren Zweigen winkend. Doch in die Mitte des Dnjepr wagen sie nicht zu schauen: niemand als die Sonne und der blaue Himmel blickt hinein; nur wenige Vögel fliegen bis zur Mitte des Dnjepr. Der Prunkvolle! Es gibt keinen Strom in der Welt, der ihm gliche. Herrlich ist auch der Dnjepr in einer warmen Sommernacht, wenn alles schläft: Mensch und Tier und Vogel, und Gott allein majestätisch Himmel und Erde überschaut und majestätisch seinen Ornat schüttelt. Vom Ornate fallen Sterne herab; die Sterne glühen und leuchten über der Welt und spiegeln sich alle zugleich im Dnjepr. Er hält sie alle in seinem dunkeln Schoße fest; kein einziger kann ihm entrinnen, es sei denn, dass er am Himmel erlischt. Der schwarze Wald voller schlafender Krähen und die seit Urzeiten zerklüfteten Berge beugen sich vor und suchen ihn wenigstens mit ihren langen Schatten zu bedecken: vergebens! Es gibt nichts in der Welt, was den Dnjepr bedecken könnte. Tiefblau wogt seine freie Flut, und bei Tage wie bei Nacht sieht man ihn so weit, als das Menschenauge nur blicken kann. Vor nächtlicher Kühle erzitternd, schmiegt er sich zärtlich ans Ufer, und in seiner Mitte leuchtet dann eine silberne Flut auf, gleich einer Damaszener Klinge; doch er, der Blaue, schlummert schon wieder. Auch dann ist der Dnjepr herrlich, und es gibt keinen Strom, der ihm gliche! Doch wenn über den Himmel dunkelblaue Gewitterwolken ziehen und sich zu Bergen türmen, wenn der schwarze Wald bis auf die Wurzeln erzittert, die Eichen krachen und der Blitz, aus den Wolken hervorbrechend, mit einem Male die ganze Welt erleuchtet – schrecklich ist dann der Dnjepr! Die Wasserhügel prallen dröhnend gegen die Felsen und laufen stöhnend zurück und weinen und schluchzen in der Ferne. So jammert die alte Kosakenmutter, wenn sie ihren Sohn ins Feld geleitet: kühn und munter sitzt er auf seinem Rappen, die Hände in die Hüften gestemmt und die Mütze keck in den Nacken geschoben; sie aber läuft ihm weinend nach, greift nach den Steigbügeln, sucht die Zügel zu erhaschen, ringt die Hände und zerfließt in heißen Tränen.

Wild ragen zwischen den kämpfenden Wellen schwarze, verkohlte Baumstümpfe und Steine auf dem vorspringenden Ufer. Ein Boot schlägt ans Ufer, es hebt sich empor und stürzt wieder: das Boot will wohl landen. Welcher Kosak wagt es, zu einer Stunde, wo der alte Dnjepr wütet, ins Boot zu steigen? Er weiß wohl nicht, dass der Dnjepr Menschen wie die Fliegen verschlingt.

Doch das Boot legt an, und der Zauberer tritt ans Ufer. Er ist nicht froh: bitter war der Totenschmaus, den die Kosaken ihrem erschlagenen Pan zu Ehren aufgetischt hatten. Nicht billig kam er den Polen zu stehen: vierundvierzig vornehme Herren samt Kaftans und Rüstung, und dreiunddreißig Knechte wurden in Stücke gehauen; und die übrigen wurden mit ihren Rossen gefangen genommen, um an die Tataren verkauft zu werden.

Er stieg die steinernen Stufen zwischen den verkohlten Baumstümpfen in die Kammer hinab, die er sich tief in der Erde gegraben hatte. Leise trat er ein, ohne mit der Tür zu knarren, stellte auf den mit einem Tuche bedeckten Tisch einen Topf und begann mit seinen langen Händen unbekannte Kräuter hineinzuwerfen; dann nahm er einen aus wunderlichem Holz gedrechselten Krug, schöpfte mit ihm Wasser und goß es, fortwährend Beschwörungen murmelnd, in den Topf. Rosiges Licht erfüllte die Kammer, und schrecklich war das Gesicht des Zauberers: blutrot war es, die tiefen Furchen zeichneten sich darauf schwarz ab, und die Augen glühten wie Feuer. Der ruchlose Sünder! Sein Bart war ja schon längst ergraut und sein Gesicht voller Runzeln; ganz ausgetrocknet war er, und doch hatte er immer noch Gottloses im Sinn. Mitten in der Stube bildete sich eine weiße Wolke, und in seinem Gesicht leuchtete etwas wie Freude auf;

doch warum war er plötzlich erstarrt, warum sperrte er den Mund auf, warum wagte er nicht, sich zu rühren? Warum sträubten sich seine Haare wie Borsten? In der Wolke vor ihm leuchtete ein seltsames Gesicht. Ungebeten, ungerufen war es zu ihm gekommen; und es wurde immer deutlicher und starrte ihn immer fester mit unbeweglichen Augen an. Die Züge, die Brauen, die Augen, die Lippen – alles war ihm unbekannt, noch nie im Leben hatte er sie gesehen. Das Gesicht war ja gar nicht so schrecklich, und doch überfiel den Zauberer ein Grauen. Und der unbekannte, wunderbare Kopf starrte ihn noch immer aus der Wolke an. Schon hatte sich die Wolke verzogen. Aber die unbekannten Züge erschienen immer schärfer, und die stechenden Augen wollten sich nicht von ihm wenden. Der Zauberer wurde bleich wie Leinwand; er schrie mit wilder Stimme, die gar nicht wie seine Stimme klang, auf und warf den Topf um... Alles war verschwunden.

## XI

»Beruhige dich, geliebte Schwester!« sagte der alte Hauptmann Gorobetz. »Träume sprechen selten die Wahrheit.«

»Leg dich hin, Schwesterchen!« sagte seine junge Schwiegertochter. »Ich will die alte Wahrsagerin kommen lassen; keine böse Macht kann ihr widerstehen. Sie wird Blei gießen und den Grund dieser Unruhe erfahren.«

»Fürchte nichts!« rief des Hauptmanns Sohn, nach dem Säbel greifend. »Niemand wird dir etwas zuleide tun.«

Mit trüben Augen blickte Katerina alle an und konnte kein Wort sagen. »Ich habe mich selbst ins Verderben gestürzt: ich habe ihn herausgelassen!« Endlich sagte sie: »Ich finde keine Ruhe vor ihm! Ich bin ja schon seit zehn Tagen bei euch in Kiew, und mein Kummer ist um keinen Tropfen geringer. Ich dachte, ich würde mir in Ruhe meinen Sohn zum Rächer großziehen... So furchtbar erschien er mir im Traum! Der Herr behüte euch davor, ihn je zu sehen! Mein

Herz klopft noch immer wie wild. – ›Ich werde dein Kind in Stücke hauen, Katerina‹, schrie er, ›wenn du nicht mein Weib werden wirst!‹...« Und schluchzend stürzte sie zur Wiege, aus der das erschrockene Knäblein schreiend die Hände ausstreckte.

Des Hauptmanns Sohn tobte vor Wut, als er diese Reden hörte.

Auch der Hauptmann selbst war mächtig erregt. »Mag er's nur versuchen, herzukommen, der verdammte Antichrist: er soll sehen, welche Kraft in den Armen des alten Kosaken noch wohnt. Gott ist mein Zeuge!« rief er aus, seine scharfen Augen gen Himmel erhebend. »Eilte ich denn nicht meinem Bruder Danilo zu Hilfe? Doch es war Sein heiliger Wille! Ich traf ihn schon auf dem kalten Bette, auf dem schon so viel Kosakenvolk ruhte. War aber sein Totenschmaus nicht prunkvoll? Haben wir auch nur einen einzigen Polen am Leben gelassen?... Beruhige dich, mein Kind! Niemand wird dir etwas zuleide tun, es sei denn, dass ich und mein Sohn nicht mehr am Leben sind.«

Nach diesen Worten trat der alte Hauptmann zur Wiege; als das Kind seine rote, in Silber gefasste Pfeife und das glänzende Feuerzeug erblickte, streckte es die Händchen aus und lachte. »Der wird ganz wie der Vater!« sagte der alte Hauptmann, indem er die Pfeife vom Riemen löste und dem Kinde reichte. »Er ist noch nicht der Wiege entwachsen und will schon Pfeife rauchen!«

Leise seufzte Katerina und begann ihr Kind zu wiegen. Man kam überein, die Nacht gemeinsam zu verbringen, und bald schliefen sie alle; auch Katerina war eingeschlummert.

Auf dem Hofe und in der Stube war alles still; nur die Kosaken, die Wache hielten, schliefen nicht. Plötzlich stieß Katerina einen Schrei aus, und mit ihr erwachten auch alle anderen. »Er ist tot, er ist ermordet!« rief sie aus und stürzte zur Wiege... Alle umringten die Wiege und erstarrten vor Entsetzen, als sie das Kind leblos daliegen sahen. Keiner von ihnen sprach ein Wort, keiner wusste, was er von der unerhörten Missetat denken sollte.

## XII

Fern vom Lande der Ukrainer, hinter Polen und der volkreichen Stadt Lemberg zieht sich eine Bergkette hin mit hohen Gipfeln. Berg steht hinter Berg; wie mit einer steinernen Kette haben sie die Erde gefesselt, damit das brausende, wilde Meer nicht hindurchsickere. Die steinernen Ketten ziehen sich bis in die Walachei und Siebenbürgen hinein und ragen als ein Riesenhufeisen zwischen den galizischen und den ungarischen Landen. In unserer Heimat gibt es solche Berge nicht. Das Auge wagt nicht, sie zu umfassen. Manchen Gipfel betrat noch kein Menschenfuß. Seltsam ist ihr Anblick: hat nicht die ausgelassene Meeresflut bei Sturm ihre weiten Ufer verlassen und ihre unförmigen Wellen im Wirbel hinaufgeschleudert, die nun versteinert in die Luft ragen? Sind nicht schwere Wolken vom Himmel gestürzt, die sich da zu wilden Haufen türmen? Denn die Berge haben die graue Farbe der Wolken, und nur ihre Gipfel blinken und funkeln weiß in der Sonne. Bis zu den Karpaten hört man noch hie und da die russische Sprache, und auch hinter den Bergen kann man zuweilen ein vertrautes Wort hören; aber dann kommt ein Land mit einem anderen Glauben und einer fremden Sprache. Da lebt das zahlreiche Volk der Ungarn; sie reiten, fechten und zechen nicht schlechter als die Kosaken; für schönes Zaumzeug und prächtige Kaftans ziehen sie gern manchen Dukaten aus der Tasche. Große und freie Seen liegen zwischen den Bergen. Unbeweglich wie Glas ist ihr Wasser, und wie im Spiegel zeichnen sich in ihnen die nackten Gipfel und die grünen Sohlen der Berge.

Wer reitet aber um Mitternacht – bei sternklarer und auch bei finsterer Nacht auf einem riesigen Rappen? Welcher Recke von übermenschlicher Gestalt reitet da unter den Berggipfeln über den Seen und spiegelt sich mit seinem Riesenross im regungslosen Wasser, während sein endloser

Schatten unheimlich an den Bergen vorbeihuscht? Sein aus Stahl geschmiedeter Harnisch glänzt, auf der Schulter trägt er die Lanze; am Sattel rasselt der Säbel; das Visier ist herabgelassen; schwarz ist sein Schnurrbart; geschlossen sind die Augen – er schläft und lenkt schlafend sein Roß; hinter seinem Rücken sitzt im selben Sattel ein kleiner Page; auch er schläft und hält sich im Schlafe an dem Recken fest. Wer ist er, wo reitet er hin und wozu? Niemand weiß es. Es ist nicht der erste und auch nicht der zweite Tag, seit er so über die Berge reitet. Wenn der Tag anbricht und die Sonne aufgeht, ist er unsichtbar; nur selten sahen die Bergbewohner, wie durch die Berge ein langer Schatten huschte, obwohl der Himmel ganz klar war und keine Wolke über ihn zog. Aber wenn die finstere Nacht kommt, ist er mit seinem Spiegelgebilde im Wasser gleich wieder zu sehen, und ihm folgt zitternd sein Schatten. Über viele Berge ist er schon hinübergeritten; nun hat er den Krivan erklommen. Es ist der höchste Berg unter den Karpaten: wie ein König erhebt er sich über die anderen. Hier blieb der Reiter mit seinem Roß stehen: noch tiefer sank er in Schlaf, und die Wolken senkten sich über ihn und hüllten ihn ein.

## XIII

»Still, Weib! Lärme nicht so: mein Kind ist eben eingeschlafen. Lange hat mein Sohn geschrien, nun schläft er. Ich will in den Wald gehen, Weib! Was schaust du mich so an? Du bist so schrecklich; eiserne Zangen stecken dir aus den Augen heraus... so lang sind die Zangen, und sie glühen wie Feuer! Du bist wohl eine Hexe! Wenn du eine Hexe bist, so verschwinde! Du wirst mir meinen Sohn rauben. Wie dumm ist doch dieser Hauptmann: er glaubt, es sei mir eine Wonne, in Kiew zu leben. Nein, hier ist mein Mann, auch mein Söhnchen ist hier. Wer wird das Haus bewachen? Ich ging so leise fort, dass es weder die Katze noch der Hund hörten. Willst du, Weib, wieder jung werden? Das ist gar nicht so schwer: man muss tanzen. Sieh nur her, wie ich tanze...« Und nach diesen sinnlosen Worten begann Katerina zu tanzen. Sie blickte wie irrsinnig nach allen Seiten und stemmte sich die Arme in die Hüften. Sie schrie und stampfte mit den Füßen; ohne Maß, ohne Takt klirrten ihre silberbeschlagenen Absätze. Ihre aufgelösten schwarzen Flechten hingen ihr über den weißen Hals. Sie flog wie ein Vogel, ohne stehen zu bleiben, dahin; sie schwang die Arme und nickte mit dem Kopf, und es schien, als müsse sie jetzt ohnmächtig zu Boden stürzen oder aus dieser Welt hinausfliegen.

Traurig stand die alte Kinderfrau vor ihr, und Tränen strömten ihr über die tiefen Runzeln; eine schwere Last bedrückte die Herzen der getreuen Burschen, als sie das Gebaren ihrer Pani sahen. Schon war sie ermüdet und stampfte mit den Beinen auf demselben Fleck. Aber sie glaubte, es sei der Turteltaubentanz, was sie tanzte. »Ich habe eine Halskette, Burschen!« sagte sie, endlich stehen bleibend. »Und ihr habt keine! ... Wo ist mein Mann?« schrie sie plötzlich auf und zog einen türkischen Dolch aus dem Gürtel. »Ach, das ist kein Dolch, wie ich ihn brauche.« Tränen traten ihr in die Augen, und ihr Gesicht verzerrte sich vor Kummer. »Bei meinem Vater liegt das Herz gar tief: der Dolch kann nicht so tief eindringen. Sein Herz ist aus Eisen geschmiedet; eine Hexe hat es ihm auf dem höllischen Feuer geschmiedet. Warum kommt mein Vater noch immer nicht? Weiß er denn nicht, dass ich ihn jetzt erdolchen muss? Er will wohl, dass ich selbst zu ihm komme ...« Sie hielt inne und lachte seltsam auf. »Eine gar lustige Geschichte kommt mir eben in den Sinn: ich erinnere mich, wie man meinen Mann begrub. Man hat ihn ja lebendig begraben ... Ich musste so lachen! ... Hört doch, hört!« Und statt weiterzusprechen, begann sie ein Lied zu singen:

»Kommt ein Wagen angefahren,
Ein Kosak in blut'ger Wehr
Liegt im Wagen, totgeschossen,
Und die Rechte hält den Speer.
Und ein Blutstrom fließt vom Speere,

Fließt dahin mit blut'gem Schaum ...
Steht ein Ahornbaum am Ufer,
Krächzt ein Rabe auf dem Baum.
Und die Mutter weint vor Leid ...
Weine nicht, Kosakenmutter,
Denn dein Sohn hat schon gefreit.
Ist erbaut zum Hochzeitsschmause
Auf dem Felde eine Klause;
Ohne Fenster sind die Wände,
Und das Liedchen hat ein Ende ...
Tanzt der Krebs mit einem Fische ...
Und wer mich nicht mag, des Mutter
kriegt die Kränke ...«

So bringt sie alle Lieder durcheinander. Sie lebt schon seit zwei Tagen in ihrem Hause und will nichts von Kiew wissen. Sie betet nicht, sie flieht die Menschen, sie irrt vom frühen Morgen bis in die späte Nacht in den dunkeln Wäldern umher. Die spitzen Äste ritzen ihr die Schultern und das weiße Gesicht blutig; der Wind zerzaust ihr das aufgelöste Haar; welkes Laub raschelt unter ihren Füßen – sie sieht aber nichts von alledem. In der Stunde, wo das Abendrot erlischt, wo die Sterne noch nicht zu sehen sind und der Mond noch nicht leuchtet, ist es so unheimlich, durch den Wald zu gehen. Die ungetauften Kinder krallen sich an die Baumstämme fest und greifen nach den Ästen; sie schluchzen und lachen und rollen wie Knäuel über die Wege und die Brennnesseln; aus den Wellen des Dnjepr steigen reihenweise die Mädchen heraus, die sich das Leben genommen haben; die Haare fließen von den grünen Köpfen auf die Schultern herab; das Wasser rieselt von den langen Haaren auf die Erde hinunter, und die Mädchenleiber schimmern durch das Wasser hindurch wie durch gläserne Hemden; seltsam lächeln ihre Lippen, die Wangen glühen, die Augen locken einem die Seele aus dem Leibe ... Die Jungfrau verbrennt vor Liebe, sie will dich totküssen ... Entfliehe, du Christenmensch! Ihre Lippen sind Eis, ihr Bett ist das kalte Wasser; sie wird dich zu Tode kitzeln und in den Fluss schleppen, Katerina sieht aber nichts, die Wahnsinnige hat keine Furcht vor den Wasserjungfrauen; sie rennt spät in der Nacht mit dem Dolche umher und sucht ihren Vater.

Am frühen Morgen kam ein unbekannter stattlicher Gast in rotem Kaftan und erkundigte sich nach Pan Danilo; als er alles erfahren hatte, wischte er sich mit dem Ärmel die Tränen aus den Augen, und seine Schultern erbebten. Er hätte mit dem seligen Burulbasch Seite an Seite gefochten; gegen die Krimer Tataren und die Türken hätten sie gekämpft; er hätte es nie erwartet, dass Pan Danilo ein solches Ende nehmen würde. Der Gast erzählte noch manches andere und wollte schließlich auch Pani Katerina sehen.

Katerina hörte zuerst gar nicht darauf, was der Gast erzählte; dann begann sie aber seinen Reden zu lauschen, wie wenn sie bei klarem Verstande wäre. Er sprach davon, dass er und Danilo wie zwei Brüder miteinander gelebt hätten; wie sie sich einmal vor den Krimer Tataren hinter einem Damme versteckt hatten... Katerina hörte ihm zu, ohne die Augen von ihm zu wenden.

– Sie wird wieder zur Besinnung kommen!– dachten sich die Burschen, die dabei waren und sie beobachteten. – Dieser Gast wird sie heilen! Sie hört ihm ja ganz vernünftig zu! –

Der Gast erzählte indessen, dass Pan Danilo ihm in einem vertraulichen Zwiegespräch gesagt hätte: »Sieh, Bruder Koprjan: wenn ich einmal nach Gottes Ratschluss nicht mehr bin, so nimm mein Weib zu dir, und sie soll dein Weib werden...«

Entsetzt starrte ihn Katerina an. »Ach!« schrie sie auf: »Er ist es! Er, mein Vater!« Und mit diesen Worten stürzte sie sich mit dem Dolche auf ihn.

Lange kämpfte er mit ihr und suchte ihr das Messer zu entreißen; endlich entwand er es ihr und holte zum Schlage aus. Eine schauerliche Tat geschah: der Vater erdolchte seine wahnsinnige Tochter.

Die Kosaken waren wie vom Blitze getroffen. Sie stürzten sich auf den Missetäter. Aber der Zauberer schwang sich in den Sattel und entschwand allen Blicken.

## XIV

In der Gegend bei Kiew begab sich ein unerhörtes Wunder. Alle vornehmen Herren und Hetmans versammelten sich, das Wunder anzustaunen: man konnte plötzlich ganz klar bis an die Enden der Welt sehen. In der Ferne blaute die Mündung des Dnjepr, hinter ihr wogte das Schwarze Meer. Leute, die die Welt gesehen hatten, erkannten auch die Krim, die sich wie ein Berg aus dem Meere erhob, und auch den sumpfigen Siwasch. Zur linken Hand konnten sie aber das galizische Land erkennen.

»Und was ist das?« befragte das Volk die alten Männer, auf die ferne am Himmel ragenden grauen und weißen Spitzen zeigend, die mehr wie Wolken aussahen.

»Das sind die Karpaten!« sagten die alten Männer. »Es gibt unter ihnen solche, von denen der Schnee niemals verschwindet; die Wolken landen und nächtigen auf ihren Gipfeln.«

Da geschah aber ein neues Wunder: vom höchsten Berge flogen plötzlich die Wolken herab, und auf dem Gipfel wurde ein Reiter in Ritterrüstung sichtbar; er hielt die Augen geschlossen, und man konnte ihn so deutlich sehen, als ob er ganz in der Nähe stünde.

Da sprang einer mitten in der vor Schreck erstarrten Menge aufs Pferd und jagte, wild um sich blickend, als wolle er sich vergewissern, dass ihn niemand verfolge, davon. Es war der Zauberer. Was hatte ihn so erschreckt? Er hatte im wunderbaren Ritter dasselbe Gesicht erkannt, das ihm, als er neulich seine schwarze Kunst übte, ungerufen erschienen war. Er konnte selbst nicht begreifen, warum dieser Anblick ihn so erschreckt hatte. Scheu um sich blickend, sprengte er auf seinem Pferde dahin, bis die Nacht anbrach und die Sterne aufleuchteten. Da wandte er sein Roß um und ritt nach

Hause, vielleicht um die bösen Mächte zu befragen, was jenes Wunder zu bedeuten habe. Er wollte schon über den schmalen Bach hinübersetzen, der quer über die Straße lief, als sein Pferd plötzlich wie angewurzelt stehen blieb, das Maul nach ihm wandte und – o Wunder! – zu lachen anfing! Unheimlich schimmerten die beiden Reihen seiner weißen Zähne in der Finsternis. Dem Zauberer standen die Haare zu Berge. Er stieß einen wilden Schrei aus, schluchzte wie ein Besessener und trieb sein Pferd geradeswegs auf Kiew zu. Es war ihm, als ob alles, was er sah, ihm nachsetzte, um ihn einzufangen; die Bäume drängten sich um ihn zu einem Dickicht zusammen; sie nickten wie lebendig mit den schwarzen Barten und streckten die langen Äste nach ihm aus, um ihn zu erwürgen; die Sterne schienen ihm vorauszueilen, um aller Welt den Sünder zu zeigen; selbst die Straße, so schien es ihm, setzte ihm nach.

Der Zauberer eilte in seiner Verzweiflung zum heiligen Höhlenkloster von Kiew.

## XV

Einsam saß der Einsiedler in seiner Höhle vor der Lampe und sah unverwandt in ein heiliges Buch. Seit vielen Jahren saß er schon in seiner Höhle; er hatte sich einen Sarg aus rohen Brettern gezimmert, in dem er wie in einem Bette schlief. Der heilige Greis schlug das Buch zu und begann zu beten ... Plötzlich kam ein Mann, seltsam und schrecklich von Angesicht, in die Höhle gestürzt. Zum ersten Mal erstaunte der heilige Einsiedler und taumelte zurück, als er diesen Menschen sah. Der Fremde zitterte am ganzen Leibe wie Espenlaub; seine Blicke schweiften irr umher; schreckliche Funken stoben aus seinen Augen; die Seele erschauerte vor seiner Missgestalt.

»Heiliger Vater, bete! Bete!« schrie er verzweifelt auf. »Bete für meine verlorene Seele.« Und er stürzte zu Boden.

Der heilige Einsiedler bekreuzigte sich, schlug sein Buch wieder auf, taumelte entsetzt zurück und ließ das Buch fallen. »Nein«, sagte er, »du unerhörter Sünder! Es gibt keine Gnade für dich! Fliehe von hier! Ich kann nicht für dich beten!«

»Du kannst nicht?« schrie der Sünder wie toll.

»Schau: die heiligen Lettern im Buche sind blutrot geworden. Noch nie hat es in der Welt einen solchen Sünder gegeben!«

»Heiliger Vater, du spottest meiner!«

»Geh, du verdammter Sünder! Ich spotte deiner nicht. Angst überfällt mich. Es ist nicht gut für den Menschen, mit dir zu sein!«

»Nein, nein! Du spottest, leugne es nicht ... Ich sehe, wie du den Mund auftust: weiß schimmern deine alten Zähne!«

Wie besessen stürzte er sich auf den Heiligen und erschlug ihn.

Etwas stöhnte schwer auf, und das Stöhnen klang durch Feld und Wald. Hinter dem Walde erhoben sich hagere trockene Arme mit langen Krallen; sie erbebten und verschwanden wieder.

Nun fühlte er keine Angst mehr, er fühlte gar nichts mehr. Alles kam ihm wie im Nebel vor; in seinen Ohren rauschte es, in seinem Kopfe rauschte es, wie wenn er trunken wäre, und alles, was er vor Augen sah, war gleichsam mit einem Spinngewebe überzogen. Er sprang in den Sattel und schlug den Weg nach Kanew ein, um von dort über Tscherkassy geradeaus nach der Krim zu den Tataren zu gelangen, obwohl er selbst nicht wusste, was er dort tun sollte. Er ritt zwei Tage lang, von Kanew war aber noch immer nichts zu sehen. Endlich leuchteten in der Ferne Kirchenkuppeln auf, aber es war nicht Kanew, sondern Schumsk. Der Zauberer staunte, als er sah, dass er einen falschen Weg genommen hatte. Und er trieb sein Pferd zurück auf Kiew zu, und am folgenden Tage zeigte sich die Stadt. Die Stadt war aber nicht Kiew, sondern Halitsch, eine Stadt, die von Kiew noch weiter entfernt ist als Schumsk; von Halitsch ist es nicht mehr weit nach Ungarn. Der Zauberer wusste gar nicht, was er anfangen sollte, und kehrte wieder um. Und er fühlte wieder, dass er in die entgegengesetzte Richtung ritt und immer weiter kam. Kein Mensch in der Welt hätte sagen können, was in der Seele des Zauberers vorging; und wenn ein Mensch in seine Seele hineingeblickt und gesehen hätte, was in ihr vorging, so würde er keine Nacht mehr ruhig zu Ende schlafen und würde niemals mehr lachen. Es war weder Wut noch Furcht, noch wilder Zorn. Es gibt kein Wort in der Welt, mit dem man es hätte nennen können.

Das Gefühl brannte ihm auf der Seele, er hatte Lust, die ganze Welt mit seinem Rosse zu zertrampeln, das ganze Land von Kiew bis nach Halitsch mit allen Menschen und allem, was darauf war, im Schwarzen Meere zu ertränken. Doch nicht aus Hass wollte er es tun: er wusste selbst nicht warum. Und er erzitterte, als ganz nahe vor ihm die Karpaten auftauchten und zwischen ihnen der hohe Krivan, dessen Gipfel mit einer grauen Wolke wie mit einer Mütze bedeckt war. Aber das Roß jagte immer weiter und sprengte schon über die Berge dahin. Plötzlich verzogen sich die Wolken, und vor ihm erschien in schauerlicher Majestät der Reiter ... Der Zauberer wollte sein Pferd anhalten, aus aller Kraft zog er die Zügel an; wild wieherte das Roß, es warf die Mähne empor und raste auf den Ritter zu. Da war es dem Zauberer, als ob alles in ihm erstürbe, als ob der regungslose Reiter sich bewege, die Augen aufmache und beim Anblick des auf ihn zueilenden Zauberers laut auflache. Wie der Donner dröhnte das wilde Lachen durch die Berge und hallte im Herzen des Zauberers wider, sein ganzes Inneres erschütternd. Und es war ihm, als ob jemand Starker in ihn hineingekrochen wäre und in ihm umherginge und auf sein Herz und seine Adern mit Hämmern schlüge: so schrecklich hallte in ihm das Lachen wider!

Und der Reiter ergriff mit mächtiger Hand den Zauberer und hob ihn in die Luft. Im Nu war der Zauberer tot. Als er schon tot war, schlug er die Augen auf; aber er war schon ein Leichnam und blickte wie ein Leichnam. So schrecklich blickt kein Lebendiger und kein vom Tode Auferstandener. Er rollte die toten Augen nach allen Seiten und sah, wie sich die Toten im Kiewer Lande, in Galizien und in den Karpaten aus ihren Gräbern erhoben; und sie alle glichen ihm wie zwei Tropfen Wasser. Entsetzlich bleich, einer immer größer als der andere, einer immer knochiger als der andere, umringten sie den Ritter, der in der Hand seine furchtbare Beute hielt. Und wieder lachte der Ritter und schleuderte ihn in einen Abgrund. Und alle Toten sprangen in den Abgrund, packten den Leichnam und bohrten ihre Zähne in ihn hinein. Aber ein Toter war größer und schrecklicher als alle anderen; auch er wollte sich aus der Erde erheben, doch er konnte es nicht: so riesengroß war er in der Erde geworden, dass die Karpaten, das Siebengebirge und die Türkei umstürzen würden, wenn er sich erhöbe. Er reckte sich nur ein wenig in seinem Grabe, und da ging ein Beben über die Erde, und viele Häuser wurden umgeworfen, und viele Menschen kamen dabei um.

Oft hört man in den Karpaten ein Sausen, wie wenn tausend Mühlräder sich im Wasser drehten: in einem Abgrund, aus dem es keinen Ausgang gibt, den noch kein Mensch gesehen hat und den jedermann fürchtet, nagen die Toten an einem Toten. Oftmals kommt es vor, dass die Erde von einem Ende bis zum anderen erzittert. Die gelehrten Menschen sagen, das käme daher, dass irgendwo am Meere ein Berg stehe, aus dem Flammen emporlodern und brennende Ströme hervorfließen. Aber die alten Männer in Ungarn und in Galizien wissen es besser und sagen, dass es der in die Erde hineingewachsene große Tote sei, der die Welt erschüttere.

## XVI

In der Stadt Gluchow hat sich das Volk um einen greisen Leiermann versammelt und hört wohl seit einer Stunde dem Spiele des Blinden zu. Kein Leiermann hat noch so wunderbare Lieder gesungen. Zuerst sang er von den Hetmans der alten Zeiten, von Sagaidatschnyj und von Chmelnitzkij. Das waren andere Zeiten: die Kosaken waren damals weit berühmt, sie stampften ihre Feinde mit den Rossen nieder, und niemand wagte es, ihrer zu spotten. Der Alte sang auch lustige Lieder und ließ dabei seine Augen wie ein Sehender über die Menge schweifen; seine Finger mit den Knochenstäbchen flogen wie die Fliegen über die Saiten, und die Saiten schienen von selbst zu klingen; das Volk aber lauschte andächtig, die Alten mit gesenkten Köpfen, die Jungen, die Augen auf den Greis gerichtet, und niemand wagte auch nur ein Wort zu flüstern.

»Wartet«, sagte der Greis, »ich singe euch von einer Begebenheit aus uralten Zeiten.« Das Volk rückte noch enger zusammen, und der Blinde sang:

»In der Zeit des Pan Stephans, des Fürsten von Siebenbürgen (damals war der Fürst von Siebenbürgen zugleich auch König der Polen), lebten zwei Kosaken, Iwan und Petro. Sie lebten wie Brüder miteinander. ›Sieh, Iwan, alles, was uns das Schicksal gibt, wird geteilt: hat der eine Freude, so hat auch der andere Freude; hat der einen Kummer, so haben beide Kummer; auch jede Beute wird geteilt; gerät der eine in Gefangenschaft, so muss der andere alles verkaufen und Lösegeld zahlen oder selbst in Gefangenschaft gehen.‹ Und so geschah es: was auch die Kosaken erbeuteten, ob fremdes Vieh, ob fremde Pferde, alles teilten sie untereinander.«

»König Stephan kämpfte gegen die Türken. Drei Wochen schon währte der Kampf, doch der König konnte die Feinde noch immer nicht verjagen. Die Türken hatten aber einen Pascha, der ganz allein mit zehn Janitscharen ein ganzes Regiment niedermetzeln konnte. Da verkündete König Stephan, dass, wenn sich ein Kühner fände, der ihm den Pascha tot oder lebendig brächte, er ihm allein so viel Lohn bezahlen würde, als das ganze Heer bekäme... ›Komm, Bruder, wollen wir den Pascha fangen!‹ sagte Bruder Iwan zu

Petro. Und die beiden Kosaken ritten davon, der eine nach rechts, der andere nach links.«

»Man weiß nicht, ob Petro den Pascha gefangen hätte oder nicht, aber Iwan führt ihn schon mit einem Strick um den Hals vor den König. ›Braver Bursch!‹ sagte König Stephan und ließ ihm so viel Lohn auszahlen, als ein ganzes Heer bekam; und er befahl, ihm Ländereien zuzuteilen, wo er nur welche haben wollte, und ihm so viel Vieh zu geben, als er nur verlangte. Als Iwan diesen Lohn vom König erhalten hatte, teilte er alles am selben Tage zu gleichen Teilen mit Petro. Petro nahm die Hälfte des königlichen Lohnes an, konnte aber nicht verschmerzen, dass der König seinem Bruder solche Ehre erwiesen hatte, und es regten sich in ihm heimliche Rachegedanken.«

»Nun ritten die beiden Kosaken hinter die Karpaten, in das Land, das der König verliehen hatte. Iwan hatte seinen Sohn zu sich auf den Sattel gesetzt und ihn an sich festgebunden. Es dämmerte schon, und sie ritten noch immer. Das Kind war eingeschlafen, und auch Iwan selbst nickte ein. Schlafe nicht, Kosak, die Wege in den Bergen sind gefährlich! Doch der Kosak hat ein Roß, das überall den Weg findet, das niemals strauchelt und niemals ausgleitet. Zwischen den Bergen gibt es einen Abgrund; noch niemand hat den Boden des Abgrundes gesehen; so weit es von der Erde bis zum Himmel ist, so weit ist es auch von der Erde bis zum Boden des Abgrundes. Und oben am Rande des Abgrundes führt ein Pfad, über den gerade noch zwei Menschen reiten können... Drei können es aber um nichts in der Welt. Behutsam setzte das Roß mit dem schlummernden Kosaken seine Hufe. An seiner Seite ritt Petro; er zitterte am ganzen Leibe und konnte vor Freude kaum atmen.

Er blickte sich um und stieß plötzlich seinen Blutsfreund in den Abgrund hinab; und das Roß stürzte mit dem Kosaken und dem Kinde in den Abgrund.«

»Der Kosak hielt sich aber an einem Aste fest, und nur das Roß allein stürzte hinab. Er begann, mit dem Sohne auf dem Rücken, hinaufzuklettern; schon hatte er beinahe den Rand erreicht, als er die Augen hob und sah, wie Petro ihm die Lanze entgegenhielt, um ihn wieder hinabzuwerfen. ›Gerechter Gott! Hätte ich doch lieber meine Augen nicht erhoben, als dass ich sehen muss, wie mein eigener Bruder mit der Lanze nach mir zielt, um mich wieder hinabzustoßen!... Liebster Bruder! Stich mich mit der Lanze nieder, das ist mir wohl schon so beschieden; nimm aber meinen Sohn zu dir; was hat das unschuldige Kind verbrochen, dass es einen so grausamen Tod sterben muss?‹

Petro lachte auf und stieß ihn mit der Lanze hinab, und der Kosak stürzte mit seinem Kinde in den Abgrund.

Petro nahm sich aber die ganze Habe und lebte wie ein Pascha. Niemand hatte solche Pferdeherden, niemand so viele Schafe und Hammel wie Petro. Und Petro starb.«

»Als Petro gestorben war, rief Gott die Seelen der beiden Brüder, Petro und Iwan, vor sein Gericht. ›Ein großer Sünder ist dieser Mensch!‹ sagte Gott. ›Iwan, ich kann keine Strafe für ihn finden, wähle du selbst die Strafe!‹ Lange dachte Iwan nach, um eine Strafe zu erfinden, und endlich sagte er: ›Großes Leid hat mir dieser Mensch zugefügt; wie ein Judas hat er seinen Bruder verraten, und er hat mich meines Geschlechts und meiner Nachkommenschaft beraubt. Der Mensch ohne Geschlecht und ohne Nachkommenschaft ist aber wie ein Samenkorn, das fruchtlos in der Erde umkommt. Die Saat geht nicht auf, und niemand erfährt, dass der Same ausgesät wurde.«

»So richte es, Herr, so ein, dass sein ganzes Geschlecht auf Erden kein Glück erfahre; dass der Letzte seines Geschlechts ein solcher Bösewicht werde, wie es noch keinen in der Welt gegeben hat; dass seine Ahnen und Urahnen keine Ruhe in ihren Särgen finden und sich in Qualen, wie sie die Welt noch nicht gekannt hat, aus ihren Gräbern erheben! Und der Judas Petro soll nicht die Kraft haben, aus dem Grabe zu steigen und noch schrecklichere Marter leiden; wie ein

Besessener soll er Erde essen und sich unter der Erde in Krämpfen winden!«

»Und wenn das Maß der Missetaten jenes Letzten seines Geschlechts voll wird, so erhebe mich, Herr, mit meinem Roß aus dem Abgrund auf den höchsten Bergesgipfel; und er soll zu mir kommen, und ich werde ihn vom Berge in den tiefen Abgrund schleudern, und alle Toten, alle seine Ahnen und Urahnen, in welchen Ländern sie auch bei Lebzeiten gewohnt haben, mögen von allen Seiten der Erde herbeikommen und zur Vergeltung aller Pein, die er ihnen zugefügt, an ihm nagen; und ich werde mich am Anblick seiner Qualen weiden. Und der Judas Petro soll sich nicht aus der Erde erheben können, um am Letzten seines Geschlechts zu nagen; er soll nur an sich selbst nagen, und seine Gebeine sollen je länger, je größer wachsen, damit sein Schmerz noch unerträglicher werde. Und diese Qual wird für ihn am schrecklichsten sein, denn es gibt für den Menschen keine größere Qual, als sich rächen zu wollen und es nicht tun zu können!‹«

»›Eine furchtbare Strafe hast du ersonnen, Mensch!‹ sprach der Herr. ›Doch es geschehe, wie du gesprochen; aber auch du sollst ewig auf deinem Rosse sitzen und nicht ins Himmelreich kommen, solange du auf deinem Rosse sitzest!‹ Und es geschah so; auch heute noch steht der wunderbare Reiter in den Karpaten und sieht, wie im bodenlosen Abgrunde die Toten an dem Toten nagen, und hört, wie der in der Erde liegende Tote wächst, wie er in furchtbaren Qualen an den eigenen Knochen nagt und die ganze Erde erschüttert.«

Der Blinde hat sein Lied beendet; schon greift er wieder in die Saiten; schon singt er lustige Lieder von Choma und Jerjoma und von Stkljar Stokosa... Doch die Alten und Jungen können noch immer nicht zu sich kommen. Lange stehen sie da, die Köpfe gesenkt, und sinnen über die schreckliche Mär aus uralten Zeiten.

## Iwan Fjodorowitsch Schponjka und sein Tantchen

Mit dieser Geschichte ist eine Geschichte passiert. Wir haben sie von Stepan Iwanowitsch Kurotschka gehört, der aus Gadjatsch kam. Ihr müsst nämlich wissen, dass ich ein furchtbar schlechtes Gedächtnis habe: ob man mir etwas sagt oder nicht, ist ganz gleich; es ist, wie wenn man Wasser in ein Sieb gießt. Da ich diesen meinen Fehler kenne, bat ich ihn, die Geschichte in ein Heftchen zu schreiben. Nun, Gott gebe ihm Gesundheit, er war immer freundlich zu mir, also schrieb er mir die Geschichte wirklich auf. Ich tat das Heftchen in das kleine Tischchen; ich glaube, ihr kennt das Tischchen gut: es steht gleich in der Ecke, wenn man zur Tür hereinkommt... Ach, ich hab' ja ganz vergessen, dass ihr noch niemals bei mir wart. Meine Alte, mit der ich schon an die dreißig Jahre zusammenlebe, hat, warum soll ich das verschweigen, zeit ihres Lebens weder schreiben noch lesen gelernt. Einmal bemerke ich, wie sie Pasteten auf Papier bäckt. Die Pasteten bäckt sie aber, meine lieben Leser, ganz wunderbar; bessere Pasteten werdet ihr nirgends bekommen. Als ich mir mal den Boden einer Pastete anschaue, sehe ich da geschriebene Worte. Mein Herz ahnte es gleich: ich laufe zum Tischchen, und vom Heftchen ist nicht mal die Hälfte übrig geblieben! Alle die Blätter hatte sie für ihre Pasteten weggeschleppt! Was war da zu machen? Ich konnte doch nicht auf meine alten Tage mit ihr raufen! Im vorigen Jahre traf es sich nun, dass ich durch Gadjatsch musste; ehe ich in die Stadt kam, machte ich mir einen Knoten ins Schnupftuch, um nicht zu vergessen, dass ich Stepan Iwanowitsch bitten wollte, mir's noch mal aufzuschreiben. Und noch mehr: ich nahm mir selbst das Versprechen ab, mich dessen zu erinnern, sobald ich in der Stadt niesen würde. Aber alles nützte nichts. Ich kam durch die Stadt, nieste, schnäuzte mich in mein Tuch und vergaß es doch; es fiel mir ein, als ich schon sechs Werst hinter der Stadtgrenze war. Nichts zu machen, ich muss die Geschichte ohne Schluss drucken lassen. Übrigens, wenn jemand unbedingt wissen will, wie die Geschichte weitergeht, so braucht er nur eigens nach Gadjatsch zu fahren und Stepan Iwanowitsch darum zu bitten. Der wird ihm mit dem größten Vergnügen die Geschichte erzählen, sogar von Anfang bis zu Ende. Er wohnt nicht weit von der steinernen Kirche. Da ist gleich ein schmales Gässchen, und wenn man in dieses Gässchen kommt, so ist es das zweite oder dritte Tor. Oder noch besser: wenn ihr auf einem Hofe eine lange Stange mit einer Wachtel erblickt und euch ein dickes Weibsbild in einem grünen Rocke entgegenkommt (ich muss bemerken, dass er Junggeselle ist), so ist es sein Hof. Übrigens könnt ihr ihm auch auf dem Markte begegnen, wo er jeden Morgen vor neun Uhr zu treffen ist; er kauft Fische und Gemüse für seinen Tisch ein und unterhält sich mit P. Antip oder mit dem jüdischen Branntweinpächter. Ihr werdet ihn gleich erkennen, weil niemand außer ihm eine Hose aus buntbedruckter Leinwand und einen gelben Nankingrock trägt. Da habt ihr noch ein Merkzeichen: im Gehen fuchtelt er immer mit den Armen. Der verstorbene dortige Assessor Denis Petrowitsch pflegte, wenn er ihn von ferne kommen sah, zu sagen: »Schaut, schaut, da kommt eine Windmühle!«

## I. Iwan Fjodorowitsch Schponjka

Es sind schon vier Jahre her, dass Iwan Fjodorowitsch Schponjka seinen Dienst quittiert hat und auf seinem Vorwerke Wytrebenki wohnt. Als er noch Wanjuscha hieß, besuchte er die Kreisschule von Gadjatsch, und man muss wohl sagen, dass er ein höchst sittsamer und fleißiger Junge war. Der Lehrer für russische Grammatik, Nikifor Timofejewitsch Dejepritschastije, pflegte zu sagen, dass, wenn alle so fleißig wären wie Schponjka, er das Ahornlineal nicht in die Klasse mitzunehmen brauchte, mit dem er den Faulen und Mutwilligen auf die Finger klopfte, was ihn, wie er selbst eingestand, auf die Dauer ermüdete. Sein Schulheft war stets sauber, schön umrandet und ohne ein Fleckchen. Er saß stets still, mit gefalteten Händen, die Augen auf den Lehrer gerichtet, befestigte nie einem vor ihm sitzenden Schüler einen Zettel auf dem Rücken, ruinierte nie seine Bank mit dem Messer und spielte auch nie vor dem Erscheinen des Lehrers »Drängeln«. Wenn jemand ein Messer brauchte, um eine Feder zu schneiden, so wandte er sich sofort an Iwan Fjodorowitsch, da er wusste, dass dieser stets ein Federmesser bei sich hatte; Iwan Fjodorowitsch, der damals noch einfach Wanjuscha hieß, holte das Messer aus einem kleinen Lederfutteral, das am Knopfloch seines grauen Rockes befestigt war, und bat nur, man möchte die Feder nicht mit der Schneide des Messers schaben, denn er behauptete, dass dazu die stumpfe Seite da sei. Dieses sittsame Benehmen erregte bald sogar die Aufmerksamkeit des Lateinlehrers, dessen bloßer Husten im Flur, noch bevor sein Friesmantel und sein blatternarbiges Gesicht in der Tür erschienen, der ganzen Klasse Angst einjagte. Dieser schreckliche Lehrer, der auf seinem Katheder stets zwei Bündel Ruten liegen hatte und bei dem stets die Hälfte der Schüler knien musste, ernannte Iwan Fjodorowitsch zum Auditor, obwohl es in der Klasse viele Jungen gab, die viel begabter waren als er. An dieser Stelle darf nicht ein Fall verschwiegen werden, der sein ganzes Leben beeinflusste. Einer der ihm anvertrauten Schüler brachte einmal, um seinen Auditor zu bewegen, ihm ein »seit« auf die Liste zu schreiben, obwohl er keinen Dunst von der Lektion hatte, einen in Papier eingewickelten, mit geschmolzener Butter übergossenen Pfannkuchen in die Klasse. Iwan Fjodorowitsch beobachtete zwar stets die strengste Gerechtigkeit, war aber diesmal hungrig und konnte der Versuchung nicht widerstehen; er nahm den Pfannkuchen, stellte vor sich ein Buch auf und begann zu essen; er war damit so beschäftigt, dass er gar nicht merkte, wie es in der Klasse plötzlich totenstill wurde, und kam erst dann zur Besinnung, als sich eine schreckliche Hand aus einem Friesmantel ausstreckte, ihn beim Ohre packte und in die Mitte der Klasse zerrte. »Gib den Pfannkuchen her! Gib ihn her, sagt man dir, du Taugenichts!« rief der schreckliche Lehrer; er nahm den Pfannkuchen mit den Fingern und warf ihn zum Fenster hinaus, wobei er den im Hofe herumlaufenden Schuljungen aufs strengste untersagte, ihn aufzuheben. Dann schlug er sofort Iwan Fjodorowitsch sehr schmerzhaft auf die Hände; und mit Recht, denn die Hände waren schuld: sie hatten doch den Pfannkuchen genommen und kein anderer Körperteil. Wie dem auch sei, die ihm stets eigene Schüchternheit wurde seitdem noch größer. Vielleicht war dieses Erlebnis auch der Grund davon, dass er niemals Lust verspürte, in den Zivildienst zu treten, da er aus eigener Erfahrung sah, dass es nicht immer gelingt, ein Vergehen zu verheimlichen.

Er war fast volle fünfzehn Jahre alt, als er in die zweite Klasse versetzt wurde und statt des gekürzten Katechismus und der vier Spezies der Arithmetik den ausführlichen Katechismus, das Buch von den Pflichten der Menschen und die Brüche lernen musste. Als er aber sah, dass die Wissenschaft immer schwieriger wurde und als er die Nachricht erhielt, dass sein Vater das Zeitliche gesegnet habe, blieb er noch zwei Jahre in der Schule und trat dann mit Einverständnis seiner Mutter in das P.sche Infanterieregiment ein.

Das P.sche Infanterieregiment war durchaus nicht von der Sorte, zu der die meisten Infanterieregimenter gehören; obwohl es meistens nur in Dörfern lag, lebte es auf solchem Fuße, dass es selbst manchem Kavallerieregiment nichts nachgab. Die Mehrzahl der Offiziere trank den stärksten Branntwein und verstand es nicht schlechter als die Husaren, die Juden an den Schläfenlocken herumzuzerren; einige Mann konnten sogar Mazurka tanzen, und der Oberst des P.schen Regiments erwähnte dies besonders, sooft er mit jemand in der Gesellschaft sprach. »Bei mir«, pflegte er zu sagen, indem er sich bei jedem Wort den Bauch tätschelte, »bei mir im Regiment tanzen viele Mazurka, jawohl, sehr viele, sehr viele.« Um dem Leser zu zeigen, wie hochgebildet das P.sche Infanterieregiment war, wollen wir noch hinzufügen, dass zwei der Offiziere leidenschaftliche Spieler waren und oft ihre Uniformen, Mützen, Mäntel, Degenkoppeln und selbst ihre Unterkleider verspielten, was man selbst unter Kavalleristen nicht immer antrifft.

Der Umgang mit solchen Kameraden verminderte jedoch die Schüchternheit Iwan Fjodorowitschs nicht im geringsten; da er aber niemals den stärksten Schnaps trank und ihm ein Gläschen einfachen Branntweins vor dem Mittag- und Abendessen vorzog, keine Mazurka tanzte und keine Karten spielte, so musste er natürlich immer allein sein. So kam es, dass, wenn die anderen auf Bürgerpferden zu den kleineren Gutsbesitzern zu Besuch ritten, er allein in seiner Wohnung saß und Beschäftigungen nachging, die seiner milden und gütigen Seele entsprachen: entweder putzte er seine Knöpfe, oder las im Wahrsagebuch, oder stellte in allen Ecken seines Zimmers Mausefallen auf; oder er zog schließlich die Uniform aus und legte sich aufs Bett.

Dafür gab es auch im ganzen Regiment keinen gewissenhafteren Offizier, und er führte seinen Zug so gut, dass der Kompaniechef ihn stets den anderen als Vorbild hinstellte. Dafür wurde er auch elf Jahre nach seiner Ernennung zum Fähnrich zum Leutnant befördert.

Während dieser Zeit erhielt er die Nachricht, seine Mutter sei gestorben, und die leibliche Schwester seiner Mutter, sein Tantchen, das er nur daher kannte, weil sie ihm einmal in seiner Kindheit getrocknete Birnen und selbst gebackene, sehr schmackhafte Pfefferkuchen gebracht hatte und später sogar nach Gadjatsch schickte (mit seiner Mutter war sie verzankt, und darum sah sie Iwan Fjodorowitsch später nicht mehr) – dieses selbe Tantchen habe aus Gutmütigkeit die Verwaltung seines kleinen Gutes übernommen, was sie ihm rechtzeitig in einem Briefe mitteilte.

Da Iwan Fjodorowitsch vollkommen vom praktischen Sinn seines Tantchens überzeugt war, fuhr er fort, seinen Dienst zu versehen. Ein anderer an seiner Stelle wäre, wenn er einen solchen Rang bekommen hätte, stolz geworden, aber der Stolz war ihm ein unbekannter Begriff, und auch als Leutnant blieb er noch derselbe Iwan Fjodorowitsch, der er als Fähnrich gewesen war. Nachdem er noch weitere vier Jahre nach diesem für ihn so denkwürdigen Ereignisse im Dienste geblieben war und gerade im Begriff stand, mit seinem Regiment aus dem Gouvernement Mohilew nach Großrussland zu ziehen, erhielt er einen Brief folgenden Inhalts:

» *Liebster Neffe,*
*Iwan Fjodorowitsch!*

Ich schicke Dir Wäsche: fünf Paar Zwirnsocken und vier Hemden aus feinster Leinwand; auch möchte ich mit Dir von Geschäften sprechen: da Du einen nicht geringen Rang bekleidest, was, wie ich glaube, auch Dir bekannt ist, und außerdem in einem Alter stehst, wo es Zeit ist, sich der Landwirtschaft zu widmen, so hat es für Dich keinen Sinn mehr, im Militärdienst zu bleiben. Ich bin schon alt und kann die Verwaltung Deines Gutes nicht in allen Dingen übersehen; außerdem habe ich Dir auch vieles persönlich zu eröffnen. Komm doch her, Wanjuscha! In Erwartung des aufrichtigen Vergnügens, Dich zu sehen, verbleibe ich Deine Dich liebende Tante

*Wassilissa Zupczewska.*

Bei uns im Gemüsegarten sind merkwürdige Zaunrüben gewachsen: sie gleichen mehr Kartoffeln als Zaunrüben.«

Acht Tage nach Empfang dieses Briefes schrieb Iwan Fjodorowitsch seiner Tante folgende Antwort:

» *Gnädige Frau Tantchen,*
*Wassilissa Kaschparowna!*

Ich danke Ihnen bestens für die Zusendung der Wäsche. Besonders meine Socken sind schon sehr alt, mein Bursche hat sie bereits viermal gestopft, und sie sind dadurch zu eng geworden. Was Ihre Ansicht über meinen Dienst betrifft, so bin ich mit Ihnen vollkommen einverstanden und habe schon vorgestern mein Abschiedsgesuch eingereicht. Sobald ich den Abschied habe, miete ich mir einen Fuhrmann. Ihren früheren Auftrag, sibirische Weizensamen zu beschaffen, konnte ich nicht ausführen: im ganzen Gouvernement Mohilew gibt es keine solchen. Die Schweine werden hier aber meistens mit Maische, der man etwas gegorenes Bier hinzufügt, gefüttert.

Mit vorzüglicher Hochachtung verbleibe ich, gnädige Frau Tante, Ihr Neffe

*Iwan Schponjka*«

Endlich erhielt Iwan Fjodorowitsch seinen Abschied mit dem Range eines Oberleutnants, mietete sich für vierzig Rubel einen jüdischen Fuhrmann von Mohilew nach Gadjatsch und setzte sich in den Wagen gerade zu der Zeit, als die Bäume sich mit den ersten jungen, noch spärlichen Blättern kleideten, die Erde in frischem Grün leuchtete und die ganze freie Natur nach Frühling duftete.

## II. Die Reise

Unterwegs ereignete sich nichts besonders Bemerkenswertes. Sie fuhren etwas über zwei Wochen. Iwan Fjodorowitsch wäre vielleicht noch schneller angekommen, aber der fromme Jude hielt jeden Sabbat und betete, in seine Decke gehüllt, den ganzen Tag. Iwan Fjodorowitsch war aber, wie ich schon früher bemerkt habe, ein Mensch, der keine Langweile zu sich heran ließ. Während dieser Zeit schnallte er seinen Koffer auf, holte die Wäsche heraus und untersuchte sie sorgfältig, ob sie gut gewaschen und richtig zusammengelegt sei; er entfernte behutsam ein Federchen von seiner neuen Uniform, die schon keine Achselstücke hatte, und packte alles wieder in schönster Weise ein. Das Bücherlesen liebte er im allgemeinen nicht; und wenn er auch zuweilen ins Wahrsagebuch hineinblickte, so tat er es nur, weil er es liebte, darin auf etwas zu stoßen, was er schon mehrere Mal gelesen hatte. So begibt sich auch ein Städter täglich in den Klub, gar nicht, um dort etwas Neues zu hören, sondern nur um Freunde zu treffen, mit denen er seit ewigen Zeiten im Klub zu plaudern gewohnt ist. So liest auch ein Beamter einige Mal am Tage mit großem Genuss das Adressbuch, nicht irgendwelcher diplomatischer Einfälle wegen, sondern weil ihn die gedruckte Aufzählung der Namen außerordentlich interessiert. »Ah! Iwan Gawrilowitsch Soundso...« sagt er dumpf vor sich hin. »Ah! Da bin auch ich! Hm!...« Und am nächsten Tage liest er alles wieder und macht dabei die gleichen Bemerkungen. Nach einer Reise von zwei Wochen erreichte Iwan Fjodorowitsch ein Dörfchen, das hundert Werst von Gadjatsch entfernt war. Es war ein Freitag. Die Sonne war schon längst untergegangen, als er mit seinem Wagen und dem Juden in ein Gasthaus einkehrte.

Dieses Gasthaus unterschied sich durch nichts von den anderen, die sich in kleinen Dörfern befinden. Man bewirtet hier den Reisenden meistens so eifrig mit Heu und Hafer, als ob er selbst ein Postpferd wäre. Wenn ihm aber der Wunsch käme, so zu frühstücken, wie anständige Menschen zu frühstücken pflegen, so bliebe sein Appetit unversehrt bis zur anderen Gelegenheit erhalten. Da Iwan Fjodorowitsch all das wusste, versorgte er sich rechtzeitig mit zwei Kränzen Brezeln und mit einer Wurst, ließ sich hier nur ein Glas Schnaps geben, an dem es in keinem Gasthaus mangelt, setzte sich auf die Bank vor dem Eichentisch, der fest in den Lehmboden eingegraben war, und machte sich an sein Abendessen.

Währenddessen ertönte das Rasseln eines Wagens. Das Tor knarrte; aber der Wagen fuhr noch lange nicht in den Hof ein. Eine laute Stimme schimpfte auf die Alte, der das Gasthaus gehörte. »Ich werde einkehren«, hörte Iwan Fjodorowitsch, »aber wenn mich auch nur eine Wanze in deinem Hause beißt, so werde ich dich verprügeln, bei Gott, ich werde dich verprügeln, alte Hexe, und nichts für das Heu bezahlen!«

Eine Weile später ging die Tür auf, und herein trat oder vielmehr kroch ein dicker Mann in einem grünen Rock. Sein Kopf ruhte unbeweglich auf dem kurzen Halse, der infolge des Doppelkinns noch dicker erschien. Seinem Aussehen nach schien er zu den Menschen zu gehören, die sich nie den Kopf über Bagatellen zerbrechen und deren ganzes Leben wie geschmiert geht.

»Ich begrüße Sie, mein sehr verehrter Herr!« sagte er, als er Iwan Fjodorowitsch erblickte.

Iwan Fjodorowitsch verbeugte sich stumm.

»Gestatten Sie die Frage: mit wem habe ich die Ehre zu sprechen?« fuhr der dicke Mann fort.

Bei diesem Verhör erhob sich Iwan Fjodorowitsch unwillkürlich von seinem Platz und stand stramm, was er sonst immer tat, wenn der Oberst ihn etwas fragte.

»Oberleutnant a.D. Iwan Fjodorowitsch Schponjka«, antwortete er.

»Darf ich fragen, in welche Gegend Sie Ihre Reise führt?«

»Auf mein eigenes Vorwerk Wytrebenki.«

»Wytrebenki!« rief der strenge Frager. »Gestatten Sie, verehrter Herr, gestatten Sie!« sagte er, indem er auf ihn zuging und so mit den Armen fuchtelte, als ob er sich gegen jemand wehren müsste oder sich durch eine Menge hindurchdrängen wollte; als er herangetreten war, schloss er Iwan Fjodorowitsch in seine Arme und küsste ihn erst auf die rechte, dann auf die linke und dann wieder auf die rechte Wange. Iwan Fjodorowitsch gefiel dieses Küssen sehr gut, denn die dicken Wangen des Fremden erschienen seinen Lippen wie zwei weiche Polster.

»Gestatten Sie, verehrter Herr, dass ich mich vorstelle!« fuhr der Dicke fort. »Ich bin Gutsbesitzer im gleichen Gadjatscher Kreise und Ihr Nachbar; ich wohne nicht weiter als fünf Werst von Ihrem Vorwerke Wytrebenki, im Dorfe Chortyschtsche; mein Name ist aber Grigorij Grigorjewitsch Stortschenko. Sie müssen mich ganz unbedingt, unbedingt im Dorf Chortyschtsche besuchen, sonst will ich von Ihnen nichts wissen, verehrter Herr. Jetzt eile ich in Geschäften...

Was ist das?« wandte er sich mit milder Stimme an seinen Jockei, einen Jungen im Kosakenkittel mit geflickten Ellenbogen und verwunderter Miene, der Pakete und Schachteln auf den Tisch stellte. »Was ist das, was ist das?« Die Stimme Grigorij Grigorjewitschs klang immer drohender. »Habe ich dir denn befohlen, die Sachen hierher zu stellen, mein Lieber? Habe ich dir denn gesagt, dass du sie herstellen sollst, Schuft? Habe ich dir nicht gesagt, dass du erst das Huhn aufwärmen sollst, Spitzbube? Geh!« schrie er und stampfte mit dem Fuße, »Wart, du Fratze! Wo ist das Kästchen mit den Fläschchen? Iwan Fjodorowitsch!« sagte er, indem er ein Gläschen Schnaps einschenkte: »Bitte ergebenst: es ist ein Schnaps aus Heilkräutern!«

»Bei Gott, ich kann nicht... ich hatte schon Gelegenheit...«, erwiderte Iwan Fjodorowitsch stotternd.

»Ich will davon nichts hören, sehr verehrter Herr!« sagte der Gutsbesitzer, die Stimme erhebend, »ich will davon nichts hören! Ich gehe nicht von der Stelle, ehe Sie getrunken haben...«

Als Iwan Fjodorowitsch sah, dass er sich nicht gut weigern konnte, leerte er nicht ohne Vergnügen ein Gläschen.

»Das ist ein Huhn, sehr verehrter Herr«, fuhr der dicke Grigorij Grigorjewitsch fort, indem er das Huhn mit dem Messer in einem Holzkästchen zerlegte. »Ich muss Ihnen sagen, meine Köchin Jawdocha trinkt manchmal einen Schluck Branntwein, und darum sind die Speisen oft ausgetrocknet. He, Junge!« wandte er sich an den Jungen in dem Kosakenkittel, der mit einem Federbett und Kissen hereinkam, »decke mir das Bett auf den Fußboden mitten in der Stube! Aber pass auf, leg recht viel Heu unter die Kissen! Zupfe der Wirtin etwas Hanf aus dem Bündel, damit ich es mir zur Nacht in die Ohren stopfe! Sie müssen nämlich wissen, sehr verehrter Herr, dass ich die Gewohnheit habe, mir auf die Nacht die Ohren zuzustopfen, seit jenem verfluchten Fall, wo mir einmal in einer großrussischen Herberge eine Schabe ins linke Ohr gekrochen ist. Die verdammten Großrussen essen, wie ich später erfuhr, auch die Kohlsuppe mit Schaben. Es lässt sich gar nicht beschreiben, was mit mir damals vorging: im Ohre kitzelte es so, dass ich auf die Wände klettern konnte! Geholfen hat mir später ein einfaches altes Weib in unserer Gegend, und womit glauben Sie? Einfach mit Besprechen. Was halten Sie, verehrter Herr, von den Ärzten? Ich denke, sie foppen und narren uns nur: manche Alte weiß zwanzigmal mehr als alle diese Ärzte.«

»In der Tat, Sie belieben die reinste Wahrheit zu sagen. Manches alte Weib ist wirklich...« Hier hielt er inne, als könnte er kein passendes Wort finden. Ich muss an dieser Stelle sagen, dass er überhaupt wortkarg war. Vielleicht beruhte das auf seiner Schüchternheit, vielleicht auch auf seinem Bestreben, sich möglichst schön auszudrücken.

»Schüttle das Heu ordentlich durch!« sagte Grigorij Grigorjewitsch zu seinem Diener. »Das Heu ist hier so abscheulich, dass man leicht auf ein Ästchen stoßen kann. Gestatten Sie, verehrter Herr, Ihnen gute Nacht zu wünschen! Morgen werden wir uns nicht mehr sehen: ich fahre noch vor Sonnenaufgang weg. Ihr Jude wird seinen Sabbat halten, denn morgen ist Sonnabend; darum brauchen Sie nicht früh aufzustehen. Vergessen Sie meine Bitte nicht: ich will von Ihnen nichts wissen, wenn Sie mich nicht in Chortyschtsche besuchen.«

Der Kammerdiener half Grigorij Grigorjewitsch aus dem Rock und den Stiefeln, zog ihm statt dessen einen Schlafrock an, und Grigorij Grigorjewitsch ließ sich auf sein Bett fallen, was genau so aussah, als hätte sich ein riesengroßes Federbett auf ein anderes gelegt.

»He, Junge! Wo willst du denn hin, Schuft? Komm her, zupf mir die Decke zurecht! He, Junge, stopfe mir noch Heu unter den Kopf! Ja, hat man die Pferde schon getränkt? Noch mehr Heu! Hierher, unter diese Seite! Aber zieh mir die Decke ordentlich zurecht, du Schuft! Ja so, noch! Ach!...«

Grigorij Grigorjewitsch seufzte noch an die zweimal und fing dann an, so fürchterlich durch die Nase zu pfeifen und zwischendurch zu schnarchen, dass man es im ganzen Zimmer hörte und die auf der Ofenbank schlummernde Alte einige Mal auffuhr, sich mit blöden Augen umsah und, als sie nichts bemerkte, sich wieder beruhigte und einschlief.

Als Iwan Fjodorowitsch am anderen Morgen erwachte, war der dicke Gutsbesitzer schon weg. Das war auch das einzige bemerkenswerte Erlebnis, das er unterwegs hatte. Am dritten Tage darauf näherte er sich seinem Vorwerk.

Hier fühlte er, wie sein Herz heftig zu pochen begann, als eine Windmühle, mit ihren Flügeln winkend, zum Vorschein kam und als in dem Maße, wie der Jude seine Klepper den Berg hinauftrieb, unten eine Reihe von Weiden sichtbar wurde. Lebhaft und grell leuchtete zwischen ihnen der Teich auf, der Kühle atmete. Hier pflegte er einst zu baden; in diesem selben Teiche watete er einst mit den Dorfjungen bis zum Halse im Wasser, um Krebse zu fangen. Der Wagen fuhr über den Damm, und Iwan Fjodorowitsch erblickte das alte, mit Schilf gedeckte Häuschen und die alten Apfel- und Kirschbäume, auf die er einst heimlich zu klettern pflegte. Kaum war er in den Hof eingefahren, als von allen Seiten Hunde aller möglichen Sorten zusammenliefen: braune, schwarze, graue und gescheckte. Einige von ihnen rannten bellend den Pferden vor die Füße, andere liefen hinterdrein, da sie gemerkt hatten, dass die Wagenachse mit Fett eingeschmiert war; der eine stand vor der Küche, deckte mit einer Pfote einen Knochen zu und heulte aus vollem Halse; ein anderer bellte von ferne, lief hin und her und wedelte mit dem Schwänze, als wolle er sagen: – Schaut nur, ihr Christenmenschen, was ich für ein junger Mann bin! – Die Dorfjungen in schmutzigen Hemden liefen herbei, um alles zu sehen. Das Schwein, das mit sechzehn Ferkeln im Hofe herumspazierte, hob seine Schnauze mit prüfender Miene in die Höhe und grunzte lauter als gewöhnlich. Im Hofe lag auf der Erde Leinwand, auf der viele Haufen von Weizen, Hirse und Gerste in der Sonne trockneten. Auch auf dem Dache trockneten allerlei Kräuter: Zichorie, Habichtskraut und anderes mehr.

Iwan Fjodorowitsch war dermaßen mit der Betrachtung dieser Dinge beschäftigt, dass er erst dann zu sich kam, als ein gescheckter Hund den vom Bocke kletternden Juden in die Wade biss. Das herbeigelaufene Gesinde, das aus der Köchin, einer Frau und zwei Mädchen in wollenen Unterröcken bestand, erklärte nach dem ersten Ausrufe: »Das ist ja unser junger Herr!«, dass die Tante im Garten mit Hilfe der Magd Palaschka und des Kutschers Omeljko, der oft auch das Amt eines Gärtners und Wächters versah, türkischen Weizen säe. Aber Tantchen, das den mit Bastgeflecht gedeckten Wagen aus der Ferne gesehen hatte, stand schon da. Und Iwan Fjodorowitsch staunte, als sie ihn mit den Armen fast hob, als zweifele er, dass es dasselbe Tantchen sei, das ihm von ihrer Gebrechlichkeit und Krankheit geschrieben hatte.

### III. Das Tantchen

Tantchen Wassilissa Kaschparowna war damals gegen fünfzig Jahre alt. Sie war niemals verheiratet gewesen und pflegte zu sagen, dass das Mädchenleben ihr teurer sei als alles auf der Welt. Übrigens hat auch, soviel ich mich erinnere, niemand um sie gefreit. Das kam daher, dass die Männer ihr gegenüber eine gewisse Scheu empfanden und nicht den Mut hatten, ihr ein Geständnis zu machen. »Wassilissa Kaschparowna hat Charakter!« pflegten die Freier zu sagen, und hatten auch recht, denn Wassilissa Kaschparowna verstand es, jeden Menschen samtweich zu machen. Den versoffenen Müller, der absolut zu nichts taugte, zerrte sie jeden Tag mit ihrer eigenen tapferen Hand am Schopfe und erreichte damit, ohne Anwendung anderer Mittel, dass aus ihm ein wahrhaft goldener Mensch wurde. Sie war von riesenhaftem Wuchse und verfügte auch über eine entsprechende Körperfülle und Kraft. Man hatte den Eindruck, dass die Natur einen unverzeihlichen Fehler begangen habe, als sie ihr bestimmte, an Wochentagen einen dunkelbraunen

Morgenrock mit kleinen Falbeln und am Ostersonntag und an ihrem Namenstage einen roten Kaschmirschal zu tragen, während ihr ein Dragonerschnurrbart und hohe Reiterstiefel viel besser zu Gesicht stünden. Dafür entsprach ihre Beschäftigung vollkommen ihrem Äußeren: sie fuhr allein Boot und ruderte besser als jeder Fischer; schoss Wild; stand den ganzen Tag bei den Schnittern; kannte ganz genau die Zahl der Melonen und Wassermelonen auf ihrem Felde; erhob einen Zoll von fünf Kopeken von jedem Wagen, der über ihren Damm fuhr; kletterte selbst auf die Bäume und schüttelte die Birnen herunter; züchtigte die faulen Vasallen mit eigener Hand und kredenzte mit derselben strengen Hand den Würdigen einen Schnaps. Sie konnte fast zur gleichen Zeit schimpfen, Garn färben, in die Küche laufen, Kwass zubereiten und Beeren mit Honig einmachen; sie arbeitete den ganzen Tag und kam überall zurecht. Die Folge davon war, dass das kleine Gut Iwan Fjodorowitschs, das nach der letzten Revisionsliste achtzehn leibeigene Seelen zählte, im vollen Sinne des Wortes blühte. Außerdem liebte sie ihren Neffen über alles und legte für ihn jede Kopeke auf die Seite.

Das Leben Iwan Fjodorowitschs erfuhr, sobald er wieder in seiner Heimat war, manche Veränderung und schlug ganz neue Bahnen ein. Die Natur selbst schien ihn dazu geschaffen zu haben, ein Gut mit achtzehn Leibeigenen zu verwalten. Auch Tantchen selbst merkte, dass aus ihm ein guter Landwirt werden würde, obwohl sie ihm noch nicht gestattete, sich in alle Zweige der Wirtschaft einzumischen. »Er ist ja noch ein junges Kind«, pflegte sie zu sagen, obwohl Iwan Fjodorowitsch schon fast vierzig Jahre alt war, »wie sollte er alles wissen!«

Und doch befand er sich fortwährend auf dem Felde bei den Schnittern und Mähern, und dies verschaffte seiner sanften Seele einen unsagbaren Genuss. Das einmütige Schwingen von zehn und mehr glänzenden Sensen; das Rauschen des reihenweise zur Erde fallenden Grases; die hie und da erklingenden Lieder der Schnitterinnen, bald lustig, wie der

Empfang von Gästen, bald traurig wie die Trennung; ein ruhiger, heiterer Abend – und was für ein Abend! Wie frei und frisch ist die Luft! Wie ist alles belebt: die Steppe glüht in roten und blauen Blumen; Wachteln, Wildgänse, Möwen, Grillen, Tausende von Insekten pfeifen, summen, knarren, schreien, und plötzlich erklingt ein harmonischer Chor; und dies alles verstummt für keinen Augenblick; aber die Sonne sinkt und versteckt sich. Ach, wie frisch, wie schön! Auf dem Felde werden hie und da Feuer angezündet und Kessel aufgestellt, um die Kessel herum setzen sich die Schnitter mit den mächtigen Schnurrbärten; von den Klößen erhebt sich ein Dampf; die Dämmerung senkt sich herab... Es ist schwer, zu sagen, was in solchen Augenblicken in Iwan Fjodorowitsch vorging. Er vergaß sogar, sich zu den Schnittern zu setzen und von ihren Klößen zu kosten, die er so gern mochte, und stand unbeweglich auf einem Fleck, mit den Augen eine hoch im Himmel verschwindende Möwe verfolgend oder die Garben des abgemähten Getreides zählend, die das ganze Feld bedeckten.

In kurzer Zeit fing man an, von Iwan Fjodorowitsch als von einem großen Landwirt zu sprechen. Tantchen konnte sich über ihren Neffen gar nicht genug freuen und ließ sich keine Gelegenheit entgehen, mit ihm zu prahlen. Eines Tages – es war schon nach Beendigung der Ernte, nämlich Ende Juli – nahm Wassilissa Kaschparowna ihren Neffen bei der Hand und sagte ihm mit geheimnisvoller Miene, sie wolle mit ihm über eine Sache sprechen, die sie schon seit langem beschäftige.

»Es ist dir, liebster Iwan Fjodorowitsch, bekannt«, fing sie an, »dass du auf deinem Vorwerke achtzehn leibeigene Seelen hast; so viel sind es nach der Revisionsliste, in Wirklichkeit werden es vielleicht vierundzwanzig sein. Es handelt sich aber nicht darum. Du kennst doch das Wäldchen hinter unserem Obstgarten und weißt wohl, dass hinter jenem Walde eine große Wiese liegt, vielleicht zwanzig Desjatinen groß; es wächst so viel Gras da, dass man davon jedes Jahr für mehr als hundert Rubel verkaufen kann, besonders wenn nach Gadjatsch, wie man sich erzählt, ein Reiterregiment kommt.«

»Gewiss, Tantchen, ich weiß es: das Gras ist sehr gut.«

»Das weiß ich auch selbst, dass es sehr gut ist; weißt du aber auch, dass dieses Land eigentlich dir gehört? Was sperrst du so die Augen auf? Hör mal, Iwan Fjodorowitsch! Erinnerst du dich noch an Stepan Kusmitsch? Wie kann ich nur fragen, ob du dich seiner erinnerst! Du warst damals so klein, dass du nicht mal seinen Namen aussprechen konntest. Wie wäre es auch möglich. Ich erinnere mich, als ich gerade auf Philippi zu euch kam und dich auf die Arme nahm, da hättest du mir um ein Haar mein neues Kleid verdorben; zum Glück hatte ich dich noch rechtzeitig deiner Amme Matrjona übergeben; so garstig warst du damals!... Es handelt sich aber nicht darum. Das ganze Land hinter unserem Vorwerk und auch das Dorf Chortyschtsche selbst hatte Stepan Kusmitsch gehört. Du musst nämlich wissen, dass er, als du noch nicht auf der Welt warst, deine Mutter manchmal besuchte, freilich zu einer Zeit, wo dein Vater nicht zu Hause war. Ich sage es aber nicht, um sie anzuklagen – der Herr schenke ihrer Seele ewige Ruhe! – obwohl die Selige mir gegenüber immer im Unrecht war. Es handelt sich aber nicht darum. Wie dem auch sei, Stepan Kusmitsch hat eine Schenkungsurkunde hinterlassen, nach der dir das Gut, von dem ich eben sprach, gehört. Aber deine selige Mutter hatte, unter uns gesagt, einen merkwürdigen Charakter: der Teufel selbst (Gott verzeihe mir dieses garstige Wort!) hätte sie nicht verstehen können. Wo sie diese Schenkungsurkunde hingetan hat, weiß Gott allein. Ich denke, sie befindet sich einfach in Händen des alten Junggesellen Grigorij Grigorjewitsch Stortschenko. Diesem dickbäuchigen Spitzbuben ist das ganze Gut zugefallen. Ich möchte Gott weiß was wetten, dass er die Urkunde unterschlagen hat.«

»Darf ich fragen, Tantchen, ist es nicht derselbe Stortschenko, den ich auf einer Station kennengelernt habe?« Und Iwan Fjodorowitsch erzählte von seiner Begegnung mit ihm.

»Wer kann das wissen!« antwortete Tantchen nach kurzem Besinnen. »Vielleicht ist er auch kein Schuft. Allerdings ist er erst vor einem halben Jahr in diese Gegend gezogen; in so kurzer Zeit kann man einen Menschen nicht richtig kennenlernen. Seine alte Mutter soll, wie ich gehört habe, eine sehr kluge Person sein und sich meisterhaft auf das Einsalzen von Gurken verstehen; ihre Mädchen sollen wunderbare Teppiche weben können. Da er dich aber, wie du selbst sagst, sehr gut empfangen hat, so fahre nur zu ihm hin: vielleicht wird der alte Sünder auf die Stimme seines Gewissens hören und zurückgeben, was ihm nicht gehört. Du kannst vielleicht mit der Kutsche hinfahren, aber die verdammten Jungen haben hinten alle Nägel herausgezogen; man muss dem Kutscher Omeljko sagen, er solle das Leder gut annageln.«

»Warum denn, Tantchen? Ich nehme lieber den Wagen, in dem Sie manchmal auf die Jagd fahren.«

### IV. Das Mittagessen

Iwan Fjodorowitsch fuhr um die Mittagszeit nach Chortyschtsche und wurde etwas ängstlich, als er sich dem Herrenhause näherte. Das Haus war sehr lang und nicht mit Schilf gedeckt, wie die Häuser vieler Gutsbesitzer dieser Gegend, sondern hatte ein Holzdach. Auch zwei Schuppen im Hofe hatten Holzdächer; das Tor war aus Eichenholz. Iwan Fjodorowitsch glich jenem Stutzer, der auf einen Ball kommt und sieht, dass alle, wohin er auch blickt, eleganter gekleidet sind als er. Aus Respekt ließ er sein Wägelchen neben einem Schuppen stehen und ging zu Fuß auf das Haus zu.

»Ach, Iwan Fjodorowitsch!« schrie der dicke Grigorij Grigorjewitsch, der auf dem Hofe im Rock, aber ohne Halsbinde, Weste und Hosenträger herumspazierte. Aber selbst diese Kleidung schien seinen dicken Körper zu beengen, denn der Schweiß rann ihm in Strömen vom Gesicht.

»Warum hatten Sie mir gesagt, dass Sie gleich, nachdem Sie Ihr Tantchen gesehen hätten, zu mir kommen würden, sind dann aber nicht gekommen?« Nach diesen Worten begegneten die Lippen Iwan Fjodorowitschs wieder den bekannten Polstern.

»Es sind hauptsächlich meine Arbeiten in der Wirtschaft ... Ich bin zu Ihnen nur auf einen Augenblick gekommen, eigentlich in Geschäften ...«

»Auf einen Augenblick? Na, das soll nicht sein. He, Junge!« schrie der dicke Hausherr, und derselbe Junge im Kosakenkittel kam aus der Küche gelaufen. »Sag dem Kaßjan, er solle sofort das Tor absperren – hörst du! – fest absperren! Und die Pferde dieses Herrn soll er sofort ausspannen. Kommen Sie, bitte, ins Haus. Hier ist es so heiß, dass mir das ganze Hemd trieft.«

Iwan Fjodorowitsch entschloss sich, sobald er das Zimmer betreten, keine Zeit zu verlieren und energisch vorzugehen.

»Tantchen hatte die Ehre ... sagte mir, dass die Schenkungsurkunde des seligen Stepan Kusmitsch ...«

Es lässt sich schwer beschreiben, welche unangenehme Miene in diesem Augenblick das breite Gesicht Grigorij Grigorjewitschs annahm. »Bei Gott, ich höre nichts!« antwortete er. »Ich muss Ihnen sagen, dass ich in meinem linken Ohr eine Schabe sitzen hatte (die verfluchten Großrussen züchten in ihren Häusern Schaben); es lässt sich mit keiner Feder beschreiben, was es für eine Qual war es kitzelte und kitzelte. Geholfen hat mir später eine alte Frau mit einem ganz einfachen Mittel ...«

»Ich wollte sagen ...«, wagte Iwan Fjodorowitsch ihn zu unterbrechen, da er sah, dass Grigorij Grigorjewitsch die Rede absichtlich auf andere Dinge bringen wollte, »dass im

Testament des seligen Stepan Kusmitsch sozusagen eine Schenkungsurkunde erwähnt ist ... nach der ich ...«

»Ich weiß, Ihr Tantchen hat es Ihnen schon eingeredet. Das ist eine Lüge, bei Gott, eine Lüge! Onkelchen hat gar keine Schenkungsurkunde aufgesetzt. Im Testament ist allerdings eine Urkunde erwähnt, aber wo ist sie? Niemand hat sie vorgewiesen. Ich sage das Ihnen, weil ich Ihnen aufrichtig wohl will. Bei Gott, es ist eine Lüge!«

Iwan Fjodorowitsch verstummte, da er sich sagte, dass es dem Tantchen vielleicht in der Tat nur so vorgekommen sei.

»Da kommt Mamachen mit meinen Schwestern!« sagte Grigorij Grigorjewitsch. »Folglich ist das Mittagessen fertig. Kommen Sie!«

Und er schleppte Iwan Fjodorowitsch an der Hand ins Zimmer, wo bereits Schnaps und die Vorspeisen auf dem Tische standen.

In diesem Augenblick erschien eine alte Frau, klein gewachsen, ganz wie eine Kaffeekanne in einem Häubchen, in Begleitung zweier junger Mädchen, eines blonden und eines brünetten. Iwan Fjodorowitsch küsste als wohlerzogener Kavalier erst der Alten und dann den beiden jungen Mädchen die Hand.

»Mütterchen, das ist unser Nachbar, Iwan Fjodorowitsch Schponjka!« sagte Grigorij Grigorjewitsch.

Die alte Dame sah Iwan Fjodorowitsch aufmerksam an; vielleicht hatte es auch nur den Anschein, als sähe sie ihn an. Übrigens war sie die Güte selbst; es schien, als ob sie Iwan Fjodorowitsch gleich fragen würde: Wie viel Gurken salzen Sie zum Winter ein?

»Haben Sie schon Schnaps getrunken?« fragte die Alte.

»Sie haben wohl nicht ausgeschlafen, Mütterchen«, sagte Grigorij Grigorjewitsch. »Wer wird einen Gast fragen, ob er schon getrunken hat? Bieten Sie ihm nur an; ob wir schon getrunken haben oder nicht, das ist unsere Sache. Iwan Fjodorowitsch, ich bitte, wollen Sie vom Tausendgüldenkrautschnaps oder von diesem gewöhnlichen Fusel? Welchen ziehen Sie vor? Iwan Iwanowitsch, was stehst du so da?« sagte Grigorij Grigorjewitsch sich umwendend, und Iwan Fjodorowitsch erblickte Iwan Iwanowitsch, der auf den Schnaps zuging; er trug einen langschößigen Rock mit einem riesigen Stehkragen, der seinen ganzen Nacken zudeckte, so dass sein Kopf im Kragen wie in einer Kutsche zu sitzen schien.

Iwan Iwanowitsch ging auf den Schnaps zu, rieb sich die Hände, sah sich das Glas aufmerksam an, schenkte ein, hielt es gegen das Licht, goss den ganzen Schnaps aus dem Glase in den Mund, schluckte ihn aber nicht gleich herunter, sondern spülte sich mit ihm erst ordentlich den Mund; dann erst trank er ihn, aß ein Stück Brot mit gesalzenen Birkenschwämmen dazu und wandte sich nun an Iwan Fjodorowitsch:

»Habe ich nicht die Ehre, mit Herrn Iwan Fjodorowitsch Schponjka zu sprechen?« – »Gewiss«, antwortete Iwan Fjodorowitsch.

»Sie geruhten sich sehr zu verändern seit der Zeit, wo ich Sie kenne. Gewiss«, fuhr Iwan Iwanowitsch fort, »ich erinnere mich, wie Sie erst so groß waren!« Bei diesen Worten hielt er die Hand einen Arschin über den Boden. »Ihr seliger Herr Vater, Gott schenke ihm das Himmelreich, war ein seltener Mensch. Er hatte solche Wassermelonen und Melonen, wie Sie sie jetzt nirgends finden. Auch hier im Hause«, fuhr er fort, indem er den Gast zur Seite führte, »wird man Ihnen Melonen vorsetzen – aber was sind das für Melonen? Man möchte sie gar nicht ansehen! Glauben Sie mir, sehr verehrter Herr, er hatte Wassermelonen«, sagte er mit geheimnisvoller Miene und spreizte die Arme, als wolle er einen dicken Baum umfassen, »bei Gott, die waren so groß!«

»Gehen wir zu Tisch!« sagte Grigorij Grigorjewitsch, indem er Iwan Fjodorowitsch bei der Hand nahm.

Grigorij Grigorjewitsch setzte sich auf seinen gewohnten Platz am Ende des Tisches und band sich eine riesengroße Serviette vor, die ihm eine Ähnlichkeit mit den Helden verlieh, die die Barbiere auf ihren Schildern darstellen. Iwan Fjodorowitsch setzte sich errötend auf den ihm angewiesenen Platz, den beiden jungen Mädchen gegenüber; und Iwan Iwanowitsch unterließ es nicht, sich neben ihn zu setzen, herzlich erfreut, dass er nun jemanden habe, dem er seine Kenntnisse mitteilen konnte.

»Sie hätten nicht das Steißbein nehmen sollen, Iwan Fjodorowitsch! Das ist ja eine Truthenne!« sagte die Alte, sich zu Iwan Fjodorowitsch wendend, dem der ländliche Diener im grauen Frack mit einem schwarzen Flick die Platte reichte. »Nehmen Sie lieber vom Rücken!«

»Mütterchen! Es hat Sie doch niemand gebeten, sich einzumischen!« sagte Grigorij Grigorjewitsch. »Sie können überzeugt sein, dass der Gast selbst weiß, was er nehmen soll! Iwan Fjodorowitsch! Nehmen Sie doch ein Flügelchen, hier, das andere mit dem Magen! Warum haben Sie aber so wenig genommen? Nehmen Sie doch ein Beinchen! Was stehst du so mit der Platte und reißt das Maul auf? Bitte ihn! Knie nieder, du Schuft! Sag sofort: ›Iwan Fjodorowitsch, nehmen Sie ein Beinchen!‹«

»Iwan Fjodorowitsch, nehmen Sie ein Beinchen!« brüllte der Diener, mit der Platte niederkniend.

»Hm! Was sind das für Truthühner?« sagte Iwan Iwanowitsch halblaut mit verächtlicher Miene, sich zu seinem Nachbarn wendend. »Dürfen denn die Truthühner so sein? Wenn Sie mal meine Truthühner gesehen hätten! Ich versichere Ihnen, jedes einzelne hat bei mir mehr Fett als zehn solche wie diese. Glauben Sie mir, mein Herr, es ist sogar ekelhaft, anzuschauen, wie sie bei mir auf dem Hofe herumgehen – so fett sind sie!...«

»Iwan Iwanowitsch, du lügst!« sagte Grigorij Grigorjewitsch, der dies gehört hatte.

»Ich will Ihnen sagen«, fuhr Iwan Iwanowitsch zu seinem Nachbarn gewandt fort und tat so, als hätte er die Worte Grigorij Grigorjewitschs gar nicht gehört, »als ich sie im vorigen Jahre nach Gadjatsch schickte, bot man mir fünfzig Kopeken für das Stück, und das war mir noch zu wenig.«

»Iwan Iwanowitsch! Ich sage dir, dass du lügst!« rief Grigorij Grigorjewitsch noch lauter und betonte der Deutlichkeit wegen jede Silbe.

Iwan Iwanowitsch tat aber so, als ginge ihn dies gar nichts an, und fuhr fort, aber viel leiser als früher: »Jawohl, mein Herr, das war mir noch zu wenig. In Gadjatsch hat kein einziger Gutsbesitzer...«

»Iwan Iwanowitsch! Du bist dumm und weiter nichts«, sagte Grigorij Grigorjewitsch laut. »Iwan Fjodorowitsch weiß ja das alles besser als du und wird dir sicher nicht glauben.«

Iwan Iwanowitsch fühlte sich jetzt verletzt, verstummte und begann die Truthenne zu verzehren, obwohl sie lange nicht so fett war wie die, die »ekelhaft anzuschauen« waren.

Das Klappern der Messer, Löffel und Teller unterbrach für einige Zeit das Gespräch; aber am lautesten hörte man, wie Grigorij Grigorjewitsch das Mark aus einem Hammelknochen sog.

»Haben Sie«, fragte Iwan Iwanowitsch nach einigem Schweigen, indem er den Kopf aus seiner Kutsche Iwan Fjodorowitsch zuwandte, »das Buch ›Korobejnikows Reise ins Heilige Land‹ gelesen? Eine wahre Erquickung für Herz und Seele! Solche Bücher werden heute nicht mehr gedruckt. Schade, dass ich nicht nachgesehen habe, in welchem Jahre es erschienen ist.«

Als Iwan Fjodorowitsch hörte, dass die Rede von einem Buche war, nahm er sich mit großem Eifer Soße auf den Teller.

»Es ist wirklich erstaunlich, mein Herr, wenn man bedenkt, dass ein einfacher Kleinbürger alle diese Stätten durchwandert hat, es sind über dreitausend Werst, mein

Herr! Über dreitausend Werst! Wahrlich, Gott selbst hat ihm diese Gnade erwiesen, dass er nach Palästina und Jerusalem kam.«

»Sie sagen also«, versetzte Iwan Fjodorowitsch, der von seinem Burschen viel über Jerusalem gehört hatte, »dass er auch nach Jerusalem kam?«

»Worüber sprechen Sie, Iwan Fjodorowitsch?« fragte Grigorij Grigorjewitsch vom anderen Tischende.

»Ich habe, das heißt, gelegentlich bemerkt, dass es in der Welt so ferne Länder gibt!« sagte Iwan Fjodorowitsch, herzlich erfreut darüber, dass es ihm gelungen war, einen so langen und so schwierigen Satz auszusprechen.

»Glauben Sie ihm nicht, Iwan Fjodorowitsch!« sagte Grigorij Grigorjewitsch, der es nicht genau gehört hatte. »Es sind lauter Lügen!«

Das Mittagessen war zu Ende. Grigorij Grigorjewitsch begab sich auf sein Zimmer, um nach seiner Gewohnheit ein Schläfchen zu machen; die Gäste aber folgten der alten Hausfrau und den jungen Mädchen ins Wohnzimmer, wo der gleiche Tisch, auf dem sie vor dem Mittagessen den Schnaps zurückgelassen hatten, sich wie durch einen Zauber verwandelt hatte: jetzt bedeckten ihn Schälchen mit eingemachtem Obst verschiedener Sorten und Platten mit Wassermelonen, Weichseln und Melonen.

Die Abwesenheit Grigorij Grigorjewitschs machte sich an allem bemerkbar: die Hausfrau wurde gesprächiger und enthüllte ganz von selbst, ohne dass man sie erst bitten musste, eine Menge von Geheimnissen über die Zubereitung von Fruchtpasten und das Trocknen von Birnen. Sogar die jungen Mädchen fingen zu sprechen an; die Blonde, die sechs Jahre jünger als ihre Schwester aussah und der man etwa fünfundzwanzig Jahre geben konnte, war übrigens schweigsamer.

Aber am meisten redete und betätigte sich Iwan Iwanowitsch. Da er die Sicherheit hatte, dass ihn nun niemand aus dem Konzept bringen würde, redete er von Gurken, von der

Kartoffelsaat, davon, wie klug die Menschen in früheren Zeiten waren – mit den heutigen kann man sie doch gar nicht vergleichen! und davon, dass jetzt die ganze Welt klüger würde und die gescheitesten Dinge ersinne. Mit einem Worte, er war einer von den Menschen, die sich mit dem größten Vergnügen einem die Seele erquickenden Gespräch hingeben und über alles mögliche reden, worüber man überhaupt reden kann. Wenn das Gespräch auf wichtige oder fromme Dinge kam, so seufzte Iwan Iwanowitsch nach jedem Wort und nickte leise mit dem Kopfe; wenn man von Wirtschaftsangelegenheiten sprach, so steckte er den Kopf aus seiner Kutsche hervor und machte Mienen, denen man ablesen zu können glaubte, wie man den Birnenkwass zubereiten soll, wie groß die Melonen seien, von denen er sprach, und wie fett die Gänse, die bei ihm auf dem Hofe herumliefen. – Endlich gelang es Iwan Fjodorowitsch nach langer Mühe, erst gegen Abend sich zu verabschieden; wie leicht er sonst zu überreden war und wie sehr man ihm auch zuredete, über Nacht dazubleiben, bestand er doch auf seinem Entschluss, heimzufahren, und fuhr auch wirklich heim.

### V. Tantchens neuer Plan

»Nun? Hast du vom alten Schurken die Urkunde herausgelockt?« Mit dieser Frage wurde Iwan Fjodorowitsch von seinem Tantchen empfangen, welches ihn schon seit einigen Stunden voll Ungeduld an der Freitreppe erwartet hatte und schließlich auch vors Tor gelaufen war.

»Nein, Tantchen«, antwortete Iwan Fjodorowitsch, aus dem Wagen steigend, »Grigorij Grigorjewitsch hat gar keine Urkunde!«

»Und du hast es ihm geglaubt? Er lügt, der Verfluchte! Einmal komme ich zu ihm und verprügle ihn mit eigenen Händen. Oh, ich werde ihm sein Fett schon auslassen! Übrigens muss man zunächst mit unserem Gerichtsschreiber reden, ob man es von ihm nicht auf gerichtlichem Wege fordern kann ... Aber es handelt sich jetzt nicht darum. War das Mittagessen gut?«

»Sehr gut... ganz ausgezeichnet, Tantchen!«

»Nun, was gab es für Speisen? Erzähle. Ich weiß, die Alte versteht sich auf die Küche.«

»Es gab Käsekuchen mit Sahne, Tantchen; Soße mit gefüllten Tauben...«

»Und gab es auch eine Truthenne mit Pflaumen?« fragte Tantchen, denn sie verstand selbst meisterhaft, dieses Gericht zuzubereiten.

»Es gab auch eine Truthenne!... Es sind recht hübsche Fräuleins, die Schwestern Grigorij Grigorjewitschs, besonders die Blonde!«

»Aha!« versetzte Tantchen und blickte Iwan Fjodorowitsch durchdringend an, welcher errötete und die Augen niederschlug. Ein neuer Gedanke durchzuckte sie.

»Nun«, fragte sie neugierig und lebhaft, »was hat sie für Augenbrauen?« Es ist nicht überflüssig, an dieser Stelle zu bemerken, dass Tantchen die Augenbrauen für das wichtigste Element der weiblichen Schönheit hielt.

»Die Augenbrauen, Tantchen, sind genauso, wie Sie sie nach Ihren Erzählungen in Ihrer Jugend gehabt haben. Und über das ganze Gesicht sind kleine Sommersprossen verstreut.«

»Aha!« versetzte Tantchen, erfreut über die Bemerkung Iwan Fjodorowitschs, der übrigens gar nicht gedacht hatte, ihr damit ein Kompliment zu machen. »Was für ein Kleid hatte sie an? Obwohl man heutzutage solche dauerhafte Stoffe, wie zum Beispiel der, aus dem mein Morgenrock gemacht ist, nicht mehr findet. Es handelt sich aber nicht darum. Nun, hast du dich mit ihr unterhalten?«

»Das heißt, wie ... ich, Tantchen... Sie glauben vielleicht schon ...«

»Was denn? Was wäre Wunderbares dabei? Das ist Gottes Wille! Vielleicht ist es euch beiden beschieden, als ein Pärchen zu leben.«

»Ich weiß wirklich nicht, Tantchen, wie Sie so was sagen können... Das beweist, dass Sie mich gar nicht kennen ...«

»Nun fühlt er sich gar beleidigt!« sagte Tantchen. – Er ist noch ein junges Kind! – dachte sie bei sich. – Er weiß noch nichts! Man muss sie zusammenführen: sollen sie sich nur näher kennenlernen! –

Tantchen ging nach der Küche und ließ Iwan Fjodorowitsch allein. Von dieser Zeit an dachte sie aber an nichts anderes als daran, ihren Neffen möglichst bald zu verheiraten und die kleinen Enkelkinder zu bemuttern. In ihrem Kopfe drängten sich nur noch Gedanken an die Vorbereitungen zur Hochzeit, und man konnte sehen, dass sie sich in allen Dingen viel geschäftiger zeigte als sonst, obwohl die Wirtschaft eher schlimmer als besser ging. Wenn sie irgendeinen Kuchen buk, dessen Zubereitung sie niemals der Köchin anvertraute, gab sie sich oft ihren Gedanken hin; sie stellte sich vor, dass neben ihr ein kleines Enkelkind stehe, das um ein Stück Kuchen bettle, und sie streckte zerstreut die Hand mit dem besten Stück aus; der Hofhund benutzte die Gelegenheit, schnappte nach dem leckeren Stück und weckte sie durch sein lautes Kauen aus ihrer Nachdenklichkeit, wofür er jedes Mal mit dem Schürhaken geschlagen wurde. Sie vernachlässigte sogar ihre Lieblingsbeschäftigungen und fuhr nicht mehr auf die Jagd, besonders seitdem sie einmal statt eines Rebhuhns eine Krähe geschossen hatte, was ihr früher niemals passiert war.

Endlich, vier Tage später, sahen alle, wie die Kutsche aus dem Schuppen in den Hof gerollt wurde. Der Kutscher Omeljko, der zugleich auch Gärtner und Wächter war, klopfte schon seit dem frühen Morgen mit dem Hammer und nagelte das Leder an, wobei er fortwährend die Hunde wegjagte, die an den Rädern leckten. Ich halte es für meine Pflicht, dem Leser mitzuteilen, dass es dieselbe Kutsche war, in der einst Adam zu fahren pflegte; wenn nun jemand eine andere Kutsche für die Adams ausgibt, so ist es eine glatte Lüge, und die Kutsche ist zweifellos gefälscht. Es ist absolut unbekannt, auf welche Weise sie der Sintflut entronnen ist; es ist anzunehmen, dass in der Arche Noah sich für sie ein eigener Schuppen befand. Schade, dass ich den Lesern ihr Aussehen nicht lebendig genug beschreiben kann. Es genügt wohl, wenn ich sage, dass Wassilissa Kaschparowna mit ihrer Architektur überaus zufrieden war und stets das Bedauern äußerte, dass solche alten Equipagen aus der Mode gekommen seien. Die etwas schiefe Konstruktion der Kutsche, nämlich dass die rechte Seite viel höher war als die linke, gefiel ihr gut, denn an der einen Seite, sagte sie, könne ein großgewachsener und an der anderen ein kleingewachsener Mensch einsteigen. Im Innern des Wagens konnten übrigens an die fünf Stück kleingewachsener und an die drei Stück solcher Personen wie die Tante Platz finden.

Um die Mittagsstunde führte Omeljko, der mit der Kutsche fertig war, aus dem Stalle drei Pferde, die nur wenig jünger waren als die Kutsche selbst, und begann sie mit einem Strick an die majestätische Equipage festzubinden. Iwan Fjodorowitsch und das Tantchen stiegen, er von links und sie von rechts, in die Kutsche, und diese rollte davon. Die Bauern, die ihnen begegneten, blieben beim Anblick einer so prunkvollen Equipage (Tantchen fuhr in ihr nur selten aus) respektvoll stehen, zogen die Mützen und verbeugten sich tief.

Nach etwa zwei Stunden hielt der Wagen vor dem Hause; ich glaube, ich brauche nicht zu erwähnen, dass es das Haus Stortschenkos war. Grigorij Grigorjewitsch war nicht zu Hause. Die Alte und die beiden jungen Mädchen empfingen die Gäste im Speisezimmer. Tantchen trat mit majestätischen Schritten ein, stellte einen Fuß mit großer Grazie vor und sagte laut:

»Es freut mich sehr, gnädige Frau, dass ich die Ehre habe, Ihnen persönlich meine Hochachtung auszusprechen;

zugleich gestatten Sie mir, Ihnen für die meinem Neffen Iwan Fjodorowitsch erwiesene Gastfreundschaft zu danken, welche dieser außerordentlich gerühmt hat. Sie haben herrlichen Buchweizen, gnädige Frau, ich sah ihn im Vorbeifahren vor Ihrem Dorfe. Darf ich fragen, wie viel Haufen Sie von einer Desjatine ernten?«

Nach diesen Worten erfolgte ein allgemeines Küssen. Als alle im Wohnzimmer Platz genommen hatten, begann die alte Hausfrau:

»Wegen des Buchweizens kann ich Ihnen nichts sagen: das ist Grigorij Grigorjewitschs Angelegenheit; ich befasse mich schon längst nicht mehr damit, ich kann auch nicht mehr: ich bin zu alt! In alten Zeiten hatten wir, wie ich mich erinnere, einen Buchweizen, der einem bis an den Gürtel reichte; jetzt ist er aber Gott weiß was, obwohl die Leute sagen, es werde jetzt alles besser.« Bei diesen Worten seufzte die Alte, und ein Beobachter hätte aus diesem Seufzer das Seufzen des alten achtzehnten Jahrhunderts heraushören können.

»Ich hörte, gnädige Frau, dass Ihre Mägde wunderbare Teppiche zu weben verstehen«, sagte Wassilissa Kaschparowna und berührte damit ihre empfindlichste Seite: die Alte wurde bei diesen Worten lebendig und erzählte unermüdlich, wie man das Garn färben und wie man den Faden zubereiten müsse.

Von den Teppichen ging das Gespräch bald auf das Einsalzen von Gurken und auf das Trocknen von Birnen über. Mit einem Worte, es war noch keine Stunde vergangen, als die beiden Damen sich schon so lebhaft unterhielten, als wären sie seit einer Ewigkeit bekannt. Wassilissa Kaschparowna sprach mit ihr über viele Dinge schon so leise, dass Iwan Fjodorowitsch nichts mehr hören konnte.

»Wollen Sie es sich nicht ansehen?« fragte die alte Hausfrau und stand auf. Mit ihr erhoben sich die jungen Mädchen und Wassilissa Kaschparowna, und alle begaben sich in die Mädchenkammer. Tantchen machte jedoch Iwan Fjodorowitsch ein Zeichen, dass er bleiben solle, und raunte der alten Dame leise etwas zu.

»Maschenjka!« sagte die Alte zum blonden Fräulein, »bleib mit dem Gast und unterhalte dich mit ihm, damit er sich nicht langweilt!«

Das blonde Fräulein blieb zurück und setzte sich aufs Sofa. Iwan Fjodorowitsch saß auf seinem Stuhl wie auf Nadeln, errötete und schlug die Augen nieder; aber das Fräulein schien das gar nicht zu bemerken und saß gleichgültig auf dem Sofa, aufmerksam die Fenster und die Wände betrachtend oder mit den Blicken die Katze verfolgend, die scheu unter den Stühlen umherlief.

Iwan Fjodorowitsch wurde etwas mutiger und wollte ein Gespräch beginnen; aber es schien ihm, dass er alle Worte unterwegs verloren habe. Kein einziger Gedanke wollte ihm in den Sinn.

Das Schweigen dauerte etwa eine Viertelstunde. Das Fräulein saß noch immer so da wie früher.

Endlich fasste Iwan Fjodorowitsch Mut. »Es gibt im Sommer sehr viel Fliegen, gnädiges Fräulein!« sagte er mit zitternder Stimme.

»Ja, außerordentlich viel!« antwortete das Fräulein. »Mein Bruder hat aus Mamas altem Schuh eine Fliegenklappe gemacht, – aber es sind immer noch sehr viele Fliegen da.«

Hier stockte das Gespräch, und Iwan Fjodorowitsch konnte unmöglich etwas Weiteres sagen.

Endlich kamen die Hausfrau, Tantchen und das brünette Fräulein zurück. Nachdem sie noch eine Weile gesprochen hatten, verabschiedete sich Wassilissa Kaschparowna von der Alten und den jungen Mädchen, obwohl man sie eifrig aufforderte, über Nacht dazubleiben. Die Alte und die jungen Mädchen begleiteten die Gäste auf die Freitreppe und nickten noch lange dem Tantchen und ihrem Neffen zu, die aus der Kutsche herausguckten.

»Nun, Iwan Fjodorowitsch, worüber hast du dich mit dem Fräulein allein unterhalten?« fragte Tantchen unterwegs.

»Marja Grigorjewna ist ein höchst bescheidenes und sittsames junges Mädchen!« sagte Iwan Fjodorowitsch.

»Hör mal, Iwan Fjodorowitsch, ich will mit dir ernst reden. Du bist ja, Gott sei Dank, schon fast achtunddreißig Jahre alt und hast auch einen schönen Rang: es ist Zeit, an Kinder zu denken! Du brauchst unbedingt eine Frau ...«

»Was, Tantchen!« rief Iwan Fjodorowitsch erschrocken. »Was, Frau! Nein, Tantchen, tun Sie mir den Gefallen ... Sie beschämen mich ... Ich bin noch nie verheiratet gewesen ... Ich weiß gar nicht, was ich mit ihr anfangen soll!«

»Das wirst du schon erfahren, Iwan Fjodorowitsch, das wirst du schon erfahren«, sagte Tante lächelnd und dachte bei sich: – Er ist ja noch ein junges Kind: er weiß nichts! – »Ja, Iwan Fjodorowitsch!« fuhr sie laut fort,»eine bessere Frau als Marja Grigorjewna findest du gar nicht. Sie hat dir auch selbst gut gefallen. Ich habe mit der Alten schon manches besprochen: sie wäre froh, dich als ihren Schwiegersohn zu sehen. Es ist freilich noch unbekannt, was dieser Sünder Grigorij Grigorjewitsch sagen wird; wir wollen aber auf ihn nicht hören, und wenn es ihm nur einfällt, ihr keine Mitgift zu geben, so verklagen wir ihn ...«

In diesem Augenblick fuhr die Kutsche in den Hof, und die alten Klepper wurden lebendig, als sie die Nähe des Stalles witterten.

»Hör mal, Omeljko! Lass die Pferde zuerst gut ausruhen und führe sie nicht gleich, nachdem du sie ausgespannt hast, zur Tränke: es sind hitzige Pferde. – Nun, Iwan Fjodorowitsch«, fuhr Tantchen fort, indem sie ausstieg, »ich rate dir, es dir ordentlich zu überlegen. Jetzt muss ich schnell in die Küche: ich hatte vergessen, Ssolocha das Abendessen zu bestellen, und die Nichtsnutzige hat wohl nicht selbst daran gedacht.«

Aber Iwan Fjodorowitsch stand da wie vom Donner gerührt. Marja Grigorjewna war zwar ein gar nicht übles junges Mädchen, aber heiraten?! ... Dies kam ihm so sonderbar, so wunderlich vor, dass er daran ohne Entsetzen gar nicht denken konnte. Mit einer Frau leben! ... Unverständlich! Er wird nicht mehr allein in seinem Zimmer sein, es werden ihrer überall zwei sein müssen! ... Der Schweiß trat ihm auf die Stirn, je mehr er sich in solche Betrachtungen vertiefte.

Er legte sich früher als gewöhnlich zu Bett, konnte aber trotz aller Bemühungen nicht einschlafen. Endlich umfing ihn der ersehnte Schlaf, dieser Ruhebringer aller Menschen; aber was war das für ein Schlaf! Sinnlosere Träume hatte er noch niemals gehabt. Bald träumte ihm, dass alles rings um ihn rausche und sich drehe, er selbst aber laufe und fühle unter sich keinen Boden ... Schon verlassen ihn die Kräfte ... Plötzlich packt ihn jemand am Ohr. »Ach, wer ist das?« – »Das bin ich, deine Frau!« antwortet ihm eine laute Stimme, und plötzlich erwacht er. Bald kam ihm vor, dass er schon verheiratet sei und in seinem Häuschen alles so wunderlich und merkwürdig aussehe: in seinem Zimmer steht statt eines Einzelbettes ein Doppelbett; auf dem Stuhle sitzt die Frau. Es ist ihm seltsam zumute: er weiß nicht, wie an sie heranzutreten, worüber mit ihr zu sprechen, und plötzlich sieht er, dass sie das Gesicht einer Gans hat. Zufällig wendet er sich um und sieht eine zweite Frau, die ebenfalls das Gesicht einer Gans hat. Er wendet sich nach der anderen Seite – da steht eine dritte Frau; er wendet sich nach hinten – noch eine Frau. Es wird ihm unheimlich zumute, und er rennt in den Garten; aber im Garten ist es heiß, er nimmt den Hut ab und sieht: auch im Hut sitzt eine Frau. Der Schweiß tritt ihm auf die Stirn. Er will sein Tuch aus der Tasche ziehen – auch in der Tasche ist eine Frau; er nimmt die Watte aus dem Ohre heraus – auch da ist eine Frau ... Bald hüpfte er auf einem Bein, und Tantchen sah ihm zu und sagte mit wichtiger Miene: »Ja, du musst hüpfen, denn du bist jetzt ein verheirateter Mann.« Er eilt auf sie zu, aber Tantchen ist nicht mehr das Tantchen, sondern ein Glockenturm. Und er fühlt, wie ihn jemand an einem Strick auf den Glockenturm hinaufzieht. »Wer zieht mich da?« fragt Iwan Fjodorowitsch klagend. »Ich, deine Frau, ziehe dich, denn du bist eine Glocke.« – »Nein, ich bin keine Glocke, ich bin Iwan Fjodorowitsch!« schreit er. »Nein, du bist eine Glocke«, sagt im Vorbeigehen der Oberst des P.schen Infanterieregiments. Bald träumte ihm, die Frau sei gar kein Mensch, sondern ein Wollstoff. Er tritt in Mohilew in einen Kaufladen. »Welchen Stoff befehlen Sie?« fragt der Kaufmann. »Nehmen Sie doch Frau, das ist der modernste Stoff! Sehr dauerhaft! Alle lassen sich jetzt daraus die Röcke machen.« Der Kaufmann misst und schneidet ein Stück von der Frau ab. Iwan Fjodorowitsch nimmt sie unter den Arm und geht zum jüdischen Schneider. »Nein«, sagt der Schneider, »es ist ein schlechter Stoff! Niemand lässt sich daraus einen Rock machen ...«

Voller Angst und halb bewusstlos erwachte Iwan Fjodorowitsch; der kalte Schweiß rann ihm in Strömen vom Gesicht.

Sobald er am Morgen aufstand, wandte er sich an sein Wahrsagebuch, dem ein gewisser tugendsamer Buchhändler in seiner seltenen Güte und Uneigennützigkeit auch eine kurze Erklärung von Träumen angehängt hatte. Aber darin stand nichts, was diesem sinnlosen Traume auch nur entfernt ähnlich sähe.

Indessen reifte im Kopfe des Tantchens ein ganz neuer Plan, von dem ihr im nächsten Kapitel erfahren werdet.

## Der verhexte Ort

### Eine wahre Begebenheit,
### erzählt vom Küster der X-schen Kirche

Bei Gott, das Erzählen wird mir schon zu dumm! Was glaubt ihr eigentlich? Es ist wirklich langweilig: man soll euch erzählen und wieder erzählen und kann sich vor euch gar nicht retten! Also gut, ich erzähle, aber bei Gott, es ist das letzte Mal. Ihr habt neulich davon gesprochen, dass ein Mensch, wie man sagt, mit dem unsauberen Geiste fertig werden könne. Gewiss, wenn man so bedenkt, es hat in der Welt schon manches gegeben ... Aber das sollt ihr nicht sagen: wenn der Teufel einen Menschen narren will, so narrt er ihn auch, bei Gott, er tut es! ... Nun, mein Vater hatte im ganzen vier Söhne; ich war damals noch ein dummer Junge, erst elf Jahre alt ... aber nein, nicht elf: ich erinnere mich, wie wenn es heute wäre: als ich einmal auf allen vieren lief und wie ein Hund zu bellen begann, schüttelte mein Vater den Kopf und schrie mich an: »Ach, Foma, Foma! Es ist Zeit, dich zu verheiraten, du bist aber noch so dumm wie ein junges Maultier!«

Mein Großvater war damals noch am Leben und – mag ihm in jener Welt das Schlucken leicht fallen – noch recht rüstig auf den Beinen. Manchmal fiel ihm ein ... Aber wozu erzähle ich euch das? Der eine wühlt schon seit einer Stunde im Ofen und sucht eine Kohle für seine Pfeife, und der andere ist aus irgendeinem Grunde in die Kammer gelaufen. Was ist das, in der Tat! ... Wenn ich euch noch gezwungen hätte, mir zuzuhören; aber ihr habt doch selbst darum gebettelt ... Wenn ihr zuhören wollt, so hört zu!

Mein Vater war schon zu Beginn des Frühlings mit Tabak in die Krim gefahren, um ihn da abzusetzen; ich kann mich nur nicht besinnen, ob es zwei oder drei Wagen waren; der Tabak stand damals hoch im Preise. Er nahm meinen dreijährigen Bruder mit, um ihn frühzeitig an das Fuhrmannsgeschäft zu gewöhnen; zu Hause blieben: der Großvater, die Mutter, ich, ein Bruder und noch ein Bruder. Der Großvater hatte dicht an der Landstraße ein Melonenfeld angelegt und war in die Feldhütte übergesiedelt; uns nahm er mit, damit wir ihm die Spatzen und die Elstern von den Beeten verscheuchten. Ich kann nicht sagen, dass es uns da missfiel: manchmal aßen wir uns am Tage so sehr mit Gurken, Melonen, Rüben, Zwiebeln und Erbsen voll, dass es uns hinterher, bei Gott, so war, als ob uns die Hähne im Bauche krähten. Es hatte auch andere Vorteile: auf der Landstraße gab es immer Reisende, die bald eine Zuckermelone, bald eine Wassermelone kosten wollten; oder die Leute aus den umliegenden Vorwerken brachten Hühner, Eier, Truthühner zum Tausch. Es war ein schönes Leben.

Dem Großvater gefiel aber am besten, dass jeden Tag an die fünfzig Frachtfuhren vorüberkamen. Die Fuhrleute sind, wie ihr wisst, geriebene Leute: wenn sie zu erzählen anfangen, so sperrt man nur die Ohren auf! Für den Großvater war es aber dasselbe, was die Knödel für einen Hungrigen sind. Manchmal traf er auch alte Bekannte – jedermann kannte schon den Großvater –, ihr könnt euch selbst vorstellen, was es für ein Gerede und Getratsch gab, wenn sich die alten Leute versammelten: tarara, tarara, dann und dann, dies und jenes ... Sie kamen ins Reden und gedachten längst vergangener Zeiten.

Einmal – es ist mir, als wäre es jetzt eben geschehen – ging Großvater beim Sonnenuntergang über sein Feld und nahm von den Wassermelonen die Blätter ab, mit denen er sie den Tag über zudeckte, damit sie nicht von der Sonne versengt werden.

»Schau, Ostap«, sagte ich zu meinem Bruder, »da kommen Fuhrleute gefahren!«

»Wo sind Fuhrleute?« fragte der Großvater und brachte auf einer großen Melone ein Zeichen an, damit die Jungen sie nicht aufessen.

Auf der Straße kamen wirklich an die sechs Wagen gefahren. Vorn ging ein Fuhrmann mit grauem Schnurrbart. So etwa – na, wie viel werden es gewesen sein? – so an die zehn Schritte vor uns blieb er stehen.

»Guten Tag, Maxim! So hat uns Gott hier zusammengeführt!«

Großvater kniff die Augen zusammen. »Ah, grüß Gott, grüß Gott! Woher des Weges? Ist auch Boljatschka dabei? Grüß Gott, Bruder! Der Teufel auch: es sind ja alle da: Krutotryschtschenko! Und Petscheryza! Und Kowelek! Und Stetzko! Grüß Gott! Hohoho! ...« Und das Küssen ging los.

Man spannte die Ochsen aus und ließ sie auf der Wiese weiden; die Wagen blieben auf der Landstraße stehen; sie selbst setzten sich aber vor der Hütte in einen Kreis zusammen und steckten sich ihre Pfeifen an. Aber wer dachte da ans Rauchen? Vor lauter Erzählen kam wohl keiner dazu, mehr als eine Pfeife zu rauchen. Nach dem Mittagessen traktierte der Großvater die Gäste mit Melonen. Ein jeder nahm eine Melone und putzte sie sorgfältig mit dem Messer (es waren lauter geriebene Kerle, die sich in der Welt nicht wenig herumgetrieben hatten und wussten, wie man in der feinen Welt zu essen pflegt: sie könnten sich auch ohne weiteres an eine herrschaftliche Tafel setzen); nachdem er sie ordentlich geputzt hatte, bohrte er mit dem Finger ein Loch hinein, trank den ganzen Saft aus, schnitt sie dann in kleine Stücke und tat diese in den Mund.

»Und ihr, Burschen«, sagte der Großvater, »was habt ihr die Mäuler aufgesperrt? Tanzt doch, ihr Hundesöhne! Ostap, wo ist deine Flöte? Nun, einen Kosakentanz! Foma, die Hände in die Hüften! Ja, so, ja, so! Ei, hopp!«

Ich war damals ein lebhafter Bursche. Dieses verdammte Alter! Heute kann ich es nicht mehr so: anstatt zu springen, stolpere ich nur. Lange sah uns der Großvater zu, während er mit den Fuhrleuten saß. Ich merkte, dass seine Beine keinen Augenblick ruhig blieben, als ob jemand an ihnen zupfte.

»Pass auf, Foma«, sagte Ostap, »der alte Knaster wird noch selbst tanzen!«

Und was glaubt ihr? Kaum hatte er das gesagt, da konnte sich der Alte nicht mehr halten! Er wollte, wisst ihr, den Fuhrleuten zeigen, was er konnte. »Ach, ihr Teufelssöhne! Tanzt man denn so? So muss man tanzen!« sagte er, indem er auf die Beine sprang, die Arme vorstreckte und mit den Absätzen stampfte.

Nun, das muss man schon sagen, er tanzte wirklich so, dass er auch mit der Hetmansfrau hätte tanzen können. Wir traten zur Seite, und der alte Knaster begann über den ganzen freien Platz, der neben dem Gurkenbeet war, herumzuspringen. Kaum hatte er aber die Mitte erreicht und wollte mit den Beinen ein besonderes Kunststück zeigen da wollten die Beine sich plötzlich nicht heben lassen! Verdammt! Er nahm noch einmal Anlauf, kam bis zur Mitte – es geht nicht! Er konnte tun, was er wollte; es ging nicht und ging nicht! Die Beine waren plötzlich wie aus Holz. »Diese verhexte Stelle! So eine Teufelei! Immer muss sich der Feind des Menschengeschlechts, dieser Herodes, einmischen!« Wie konnte er sich aber vor den Fuhrleuten so bloßstellen? Er fing noch einmal an, zuerst mit kleinen Schritten, dass es eine Freude war, ihm zuzusehen; wie er aber zur Mitte kam, ging es wieder nicht und basta! »Ach, du verfluchter Satan! Du sollst doch an einer faulen Melone ersticken! Wärest du doch schon als Kind krepiert, du Hundesohn! In meinen alten Tagen hast du mir solche Schande angetan!...« Und in der Tat, hinter ihm lachte jemand.

Er sah sich um: das Gemüsefeld und die Fuhrleute waren plötzlich verschwunden; hinter ihm, vor ihm, rechts und links nichts als freies Feld. »So! Da hab' ich's!« Der Großvater kniff die Augen zusammen, der Ort kam ihm nicht ganz unbekannt vor: auf der einen Seite liegt ein Wald, und hinter dem Walde ragt eine Stange in den Himmel. Was, Teufel? Das ist ja der Taubenschlag, der im Gemüsegarten des Popen steht! Auf der anderen Seite ist etwas Graues zu sehen; er blickt genauer hin: das ist ja die Scheune des Gemeindeschreibers. Dahin hat ihn also die unsaubere Macht verschleppt! Er irrte eine Weile umher und fand einen schmalen Weg. Der Mond schien nicht: an seiner Stelle schimmerte ein weißer Fleck durch eine Wolke. – Morgen wird es starken Wind geben! – dachte sich der Großvater. Da sieht er abseits vom Wege auf einem Grabhügel ein Lichtchen brennen. »Da schau!« Der Großvater blieb stehen, stemmte die Hände in die Hüften und sah hin: das Lichtchen erlosch, aber etwas weiter leuchtete ein anderes auf. »Ein Schatz!« rief der Großvater, »ich gebe Gott weiß was darum, dass es ein Schatz ist!« Er spuckte sich schon in die Hände, um zu graben, merkte aber, dass er weder eine Schaufel noch einen Spaten bei sich hatte. »Ach, schade! Wer kann aber wissen? Vielleicht braucht man nur den Rasen aufzuheben, und der Schatz liegt gleich darunter! Nichts zu machen, ich muss wenigstens ein Zeichen machen, um die Stelle später zu finden!«

Er schleppte einen mächtigen Ast, den wohl der Sturm vom Baume abgebrochen hatte, herbei, wälzte ihn auf den Grabhügel, auf dem das Lichtchen gebrannt hatte, und ging den Weg weiter. Der junge Eichenwald lichtete sich; ein Zaun wurde sichtbar. – Nun, hab' ich's denn nicht gleich gesagt, – dachte sich der Großvater, – dass es der Obstgarten des Popen ist? Da ist ja auch sein Zaun! Bis zu meinem Gemüsefeld ist es weniger als eine Werst. –

Er kam aber spät heim und wollte nicht mal Klöße essen. Er weckte meinen Bruder Ostap, fragte ihn nur, ob die Fuhrleute schon lange weggefahren seien, und wickelte sich in seinen Schafspelz. Und als jener ihn auszufragen versuchte: »Wo haben dich denn heute die Teufel hingetragen, Großvater?« antwortete er: »Frage lieber nicht«, und hüllte sich noch fester in den Pelz. »Frag lieber nicht, Ostap, sonst wirst du noch grau werden!« Und er begann so zu schnarchen, dass die Spatzen, die aufs Feld gekommen waren, vor Schreck in die Luft stiegen. Aber konnte er denn auch wirklich schlafen? Er war, Gott hab' ihn selig, eine schlaue Bestie und verstand immer einen Frager abzufertigen. Manchmal erzählte er solche Sachen, dass man sich bloß stillschweigend in die Lippen biss. Am anderen Morgen, als es im Felde erst dämmerte, zog der Großvater seinen Kittel an, band den Gürtel um, nahm eine Schaufel und einen Spaten unter den Arm, setzte sich die Mütze auf, trank einen Krug Kwass, wischte sich die Lippen mit dem Rockschoß ab und ging geradeswegs zum Gemüsegarten des Popen. Er ist schon am Zaun und am niederen Eichenwald vorbeigegangen. Zwischen den Bäumen schlängelt sich ein Weg, der ins Feld führt; es scheint derselbe Weg zu sein. Er kommt aufs Feld, es ist die gestrige Stelle: da ragt auch der Taubenschlag, aber von der Scheune ist nichts zu sehen. »Nein, das ist nicht die Stelle. Jene Stelle war etwas weiter; ich muss wohl zur Scheune umkehren!« Er kehrte um, ging einen anderen Weg – die Scheune ist zu sehen, der Taubenschlag aber nicht! Er ging wieder auf den Taubenschlag zu, und da verschwand die Scheune. Wie zum Fleiß, begann auch noch ein Regen zu tröpfeln. Er lief wieder zur Scheune der Taubenschlag war weg; zum Taubenschlag – die Scheune war weg.

»Verfluchter Satan, dass du es nie erlebst, deine Kinder zu sehen!« Es fing aber in Strömen zu regnen an.

Er zog seine neuen Stiefel aus, wickelte sie in ein Tuch, damit sie sich vor Nässe nicht werfen, und fing so zu rennen an wie ein herrschaftlicher Passgänger. Er kam ganz durchnässt in seine Hütte, bedeckte sich mit dem Schafspelz und fing an, etwas durch die Zähne zu murmeln und den Teufel mit so schmeichelhaften Worten zu traktieren, wie ich sie mein Lebtag nicht gehört habe. Ich muss gestehen, ich wäre wohl rot geworden, wenn es am hellen Tage geschehen wäre.

Am anderen Tage erwache ich und sehe: der Großvater geht, als ob nichts geschehen wäre, auf dem Felde auf und ab und deckt die Wassermelonen mit großen Blättern zu. Beim Mittagessen wurde der Alte wieder gesprächig und fing meinen jüngeren Bruder damit zu schrecken an, dass er ihn wie eine Melone gegen Hühner eintauschen werde; nachdem er gegessen hatte, schnitzte er selbst aus einem Stück Holz eine Flöte und fing auf ihr zu blasen an; uns gab er aber eine Melone zum Spielen, die ganz wie eine zusammengerollte Schlange aussah und die er eine »türkische« Melone nannte. Solche Melonen habe ich nachher nicht mehr gesehen; freilich hatte er den Samen von sehr weit her bekommen.

Am Abend, als wir zu Nacht gegessen hatten, ging der Großvater mit dem Spaten ins Feld, um ein neues Beet für die späten Kürbisse zu graben. Als er an der verhexten Stelle vorüberging, konnte er sich nicht beherrschen und brummte durch die Zähne: »Verhexter Ort!« Er trat just auf die Stelle, wo ihm vorgestern das Tanzen nicht gelingen wollte, und stieß wütend den Spaten in die Erde. Plötzlich steht er wieder auf dem gleichen Feld: von der einen Seite ragt der Taubenschlag, von der anderen die Scheune. »Nun, es ist gut, dass ich jetzt den Spaten bei mir habe! Da ist auch der Weg! Da ist der Grabhügel! Da ist der Ast, den ich hingelegt habe! Da brennt auch das Lichtchen! Dass ich mich nur nicht irre!«

Er lief leise mit erhobenem Spaten heran, als wolle er einen Eber, der sich in sein Gemüsefeld verirrt hätte, traktieren, und blieb vor dem Grabhügel stehen. Das Lichtchen war erloschen, und auf dem Grabe lag ein mit Gras bewachsener Stein. – Diesen Stein muss ich heben! – dachte sich der Großvater und begann ihn von allen Seiten zu umgraben. Groß war der verfluchte Stein; er stemmte sich fest mit den Füßen gegen die Erde und stieß ihn vom Grabhügel herunter. »Hu!« tönte es durchs Tal. »Recht ist dir geschehen! Jetzt wird die Arbeit besser gehen.«

Der Großvater hielt inne, holte seine Tabakdose hervor, schüttete sich etwas Tabak auf die Faust und wollte ihn schon an die Nase führen, als über seinem Kopfe – »Aptschi!« – etwas so laut nieste, dass die Bäume wackelten und das ganze Gesicht des Großvaters bespritzt war. »Du kannst dich doch etwas wegwenden, wenn du niesen willst!« sagte der Großvater und rieb sich die Augen. Er sah sich um: niemand da. »Nein, der Teufel liebt wohl den Tabak nicht!« fuhr er fort, indem er die Tabakdose in den Busen steckte und den Spaten wieder zur Hand nahm. »Er ist ein Dummkopf, denn solchen Tabak hat weder sein Großvater noch sein Vater je geschnupft!« Er fing zu graben an – der Boden war so weich, dass der Spaten ganz von selbst eindrang. Plötzlich klirrte etwas. Er nahm die Erde aus dem Loch heraus und erblickte einen Kessel.

»Ah, Täubchen, da bist du also!« rief der Großvater und schob den Spaten unter den Kessel.

»Ah, Täubchen, da bist du also!« piepste ein Vogelschnabel und pickte nach dem Kessel.

Der Großvater wich zur Seite und ließ den Spaten aus der Hand.

»Ah, Täubchen, da bist du also!« blökte ein Hammelkopf von einem Baumwipfel herab.

»Ah, Täubchen, da bist du also!« brüllte ein Bär, seine Schnauze hinter einem Baum hervorstreckend. Den Großvater befiel ein Zittern.

»Hier ist es schrecklich, ein Wort zu sagen!« brummte er vor sich hin.

»Ist es schrecklich, ein Wort zu sagen!« piepste der Vogelschnabel.

»Schrecklich, ein Wort zu sagen!« blökte der Hammelkopf.

»Ein Wort zu sagen!« brüllte der Bär.

»Hm ...«, sagte der Großvater und erschrak selbst vor seiner Stimme.

»Hm!« piepste der Schnabel.

»Hm!« blökte der Hammel.

»Hm!« brüllte der Bär.

Entsetzt wandte sich der Großvater um. Mein Gott, was für eine Nacht! Weder Sterne noch Mond; ringsherum Gräben; vor den Füßen ein bodenloser Abgrund; über dem Kopfe hängt ein Berg herab, der auf ihn niederstürzen will! Und es kommt dem Großvater vor, als ob hinter dem Berge eine Fratze hervorblinzele: hu, was für eine Fratze: die Nase wie ein Blasebalg in der Schmiede; die Nasenlöcher so groß, dass man in jedes einen Eimer Wasser gießen könnte! Die Lippen – bei Gott, wie zwei Baumklötze! Die Fratze glotzt mit roten Augen, streckt die Zunge hervor und neckt! »Dass dich der Teufel!« sagte Großvater und ließ den Kessel sein. »Behalte deinen Schatz! Du ekelhafte Fratze!« Er wollte schon davonlaufen, sah sich aber noch einmal um und blieb stehen: alles war wie früher. »Die unsaubere Macht will mir bloß Angst machen!«

Er machte sich wieder an den Kessel heran – nein, der war zu schwer! Was war da zu machen? Man kann ihn doch nicht hier lassen! Er nahm alle seine Kraft zusammen und packte ihn mit beiden Händen: »Angepackt! Angepackt! Noch, noch!« – und er zog ihn heraus. »Uff ... – Jetzt nehme ich eine Prise!«

Er holte seine Tabakdose hervor. Ehe er aber den Tabak auf die Faust schüttete, sah er sich ordentlich um, ob nicht jemand in der Nähe sei. Nein, es schien niemand da zu sein. Plötzlich kam es ihm aber vor, als ob ein Baumstrunk keuche und fauche; es kamen Ohren zum Vorschein, rote Augen glotzten, die Nüstern blähten sich, die Nase verzog sich – gleich wird er niesen. – Nein, ich schnupfe lieber nicht! – dachte sich der Großvater und steckte die Tabakdose wieder in den Busen, – der Satan wird mir wieder die Augen vollspucken! – Er packte schnell den Kessel und begann zu laufen, was er konnte; er fühlte nur, wie ihn jemand von hinten auf die Beine peitschte ... »Au, au, au!« schrie der Großvater und rannte noch schneller; erst beim Garten des Popen holte er Atem.

– Wo mag der Großvater hingeraten sein? – fragten wir uns, nachdem wir an die drei Stunden gewartet hatten. Unsere Mutter war schon längst vom Vorwerk mit einem Topf heißer Klöße gekommen. Weg ist der Großvater! Wir begannen ohne ihn zu essen. Nachdem wir gegessen hatten, wusch Mutter den Topf und suchte mit den Augen nach einer Stelle, wo sie das Spülicht ausgießen könnte, denn ringsherum waren lauter Beete; plötzlich sieht sie, wie eine Tonne ganz von selbst auf sie zuging. Es war sehr finster. Hinter der Tonne stand wohl einer der Jungens und stieß sie zum Spaß vor. »So, hier gieß' ich das Spülicht hinein!« sagte die Mutter und goss das heiße Spülicht in die Tonne.

»Au!« schrie eine Bassstimme. Sie sah hin – es war der Großvater. Wer konnte das wissen! Bei Gott, wir glaubten, es sei die Tonne, die da komme! Ich muss gestehen, obwohl es eine Sünde ist, es war doch sehr komisch, den grauen Kopf des Großvaters mit dem Spülicht übergössen und mit den Melonenrinden behängt zu sehen.

»Das Teufelsweib!« sagte der Großvater, indem er sich den Kopf mit dem Rockschoß abwischte. »Wie sie mich abgebrüht hat – wie man eine Sau vor Weihnachten abbrüht! Na, Burschen, jeder von euch kriegt eine Brezel! Ihr werdet in goldenen Röcken herumspazieren, ihr Hundesöhne! Schaut nur, schaut, was ich hergebracht habe!« sagte der Großvater und öffnete den Kessel.

Was glaubt ihr wohl, was drin war? Denkt einmal nach: Gold, nicht wahr? Das ist es eben, dass es kein Gold war, sondern Kehricht, Dreck, eine Schande zu sagen, was es war. Der Großvater spuckte aus, warf den Kessel weg und wusch sich die Hände.

Von dieser Zeit an beschwor uns der Großvater, niemals dem Teufel zu trauen. »Dass es euch nie einfällt!« sagte er uns öfters. »Alles, was der Feind Jesu Christi sagt, ist gelogen! Der Hundesohn hat auch nicht für eine Kopeke Wahrheit!« Und wenn der Großvater hörte, dass es irgendwo nicht ganz geheuer sei, rief er uns zu: »Nun, Kinder, schlagt ein Kreuz darüber! Ja, so, ordentlich!« Und er machte auch selbst das Zeichen des Kreuzes. Um jenen verhexten Ort aber, wo ihm das Tanzen nicht gelingen wollte, machte er einen Zaun herum und ließ alle Abfälle, jeden Dreck, den er in seinem Felde ausgrub, hineinwerfen.

So narrt also die unsaubere Macht den Menschen! Ich kenne gut jenes Stück Land: später pachteten es vom Vater einige Kosaken aus der Nachbarschaft, um Melonen darauf zu bauen. Der Boden war vortrefflich, die Ernten waren wunderbar; aber auf dem verhexten Orte wuchs niemals was Gescheites. Man sät etwas, so wie es sich gehört, was aber aufgeht, kann kein Mensch erkennen: es sind weder Melonen noch Kürbisse, auch keine Gurken ... weiß der Teufel, was es ist!